abc
LA COLLECTION

Réussite

Le BAC efficace
et un bon dossier pour Parcoursup

SVT Term

Christian Camara
Claudine Gaston
Professeurs agrégés de SVT

Natha

Crédits photographiques couverture : Shutterstock

Crédits photographiques intérieur :

15-27 Shutterstock / Roman Samborskyi ; 41-53 Shutterstock / lisnic ; 51 haut © Pr. Hongyan Zhu ; 51 bas Shutterstock / Alexwilko ; 65-75 Shutterstock / frantic00 ; 73 Shutterstock / rdonar ; 80-196 DR ; 87-97 Shutterstock / Alex Serebrennikov ; 111-125 Shutterstock / Olga Glagazina ; 137-147 Shutterstock / MakroBetz ; 139 Shutterstock / Coulanges ; 143 haut © Adobe Stock / Sean And Sun ; 143 bas Shutterstock / Heather L. Hubbard ; 145 haut iStock / Henri Koskinen ; 145 bas iStock / middelveld ; 148 Shutterstock / fortton ; 152 DR ; 153 Shutterstock / Kentaro.k ; 154 Biosphoto / Claudius Thiriet ; 157-165 Shutterstock / Konstantin Zibert ; 159 © Hugh Iltis ; 163 Shutterstock / luchschenF ; 166 Shutterstock / Shebeko ; 171 DR ; 175-189 Shutterstock / pichetw ; 177 haut © National Geographic / Jacob J. Gayer ; 177 bas iStock / Jean-Marc Zaorski ; 190 Shutterstock / S. Zykov ; 205-221 Shutterstock / Christopher Meade ; 233-245 Shutterstock / Wavebreak Media ; 259-269 Shutterstock / Andrey Popov ; 263 Shutterstock / Jose Luis Calvo ; 281-291 Shutterstock / Roman Samborskyi ; 292 Shutterstock / Photo RK.

Direction éditoriale : Raphaëlle Mourey

Coordination éditoriale : Julie Langlais

Édition : Charlotte Luttringer, Maria Tasso

Conception graphique intérieur : Clémentine Largant

Couverture : Élise Launay

Schémas : Pascal Marseaud, Coredoc

Compositeur : PCA

Fabrication : Kévin Magar

ISBN : 978-2-09-157129-4

Mode d'emploi

Un ouvrage synthétique pour réviser et progresser avec méthode !

Cours

- Le cours est structuré en **doubles-pages**, pour faciliter les révisions. Il comporte les éléments indispensables pour assimiler les nouvelles connaissances.
- La page de gauche présente un **cours précis et concis**.
- La page de droite présente les **documents** associés au cours, ainsi que le **vocabulaire**.
- La double-page ***Révision Express*** résume les **points importants** à retenir, les **mots-clés** et présente un **schéma bilan**.
- La rubrique **« apprendre autrement »** propose un lien vers une **vidéo** qui complète le cours.

Méthode

- Cette double-page présente de manière simple les **savoir-faire** classiques qu'il est indispensable de maîtriser.
- Ces fiches-méthode s'appuient sur des **cas concrets** et présentent la **démarche à suivre** de manière très détaillée, grâce à un **exercice corrigé**.

Exercices

- Des **fiches test** (Vrai/Faux et QCM) permettent de vérifier vos connaissances.
- **Nombreux et variés**, les exercices proposés permettent de couvrir l'ensemble des notions abordées dans le chapitre.

Corrigés

- Les corrigés, **entièrement rédigés**, sont très détaillés.
- Ils sont accompagnés de petites « bulles » présentant des **conseils**, des **remarques**, des **astuces pour gagner des points**…

Sommaire

CHAPITRE 7 La domestication des plantes

CHAPITRE 8 Les climats de la Terre

Partie III • Corps humain et santé

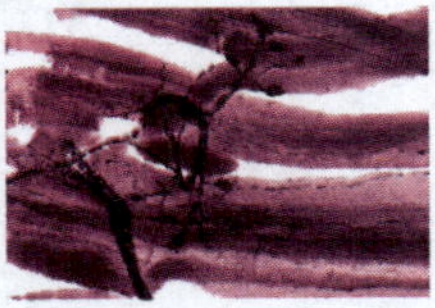

CHAPITRE 9 Comportements, mouvement et système nerveux

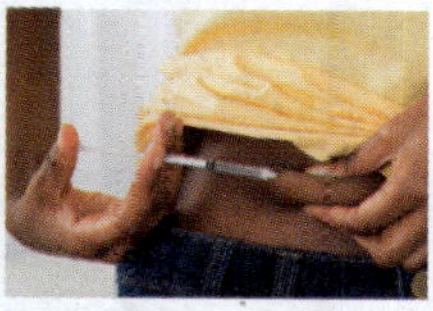

RESSOURCES VIDÉOS

Nathan live!

1 Télécharge l'appli gratuitement

DISPONIBLE SUR Google Play

Disponible sur App Store

2 Lance l'appli et scanne les pages de ton ouvrage pour faire apparaître les ressources* (audio, vidéo, liens...)

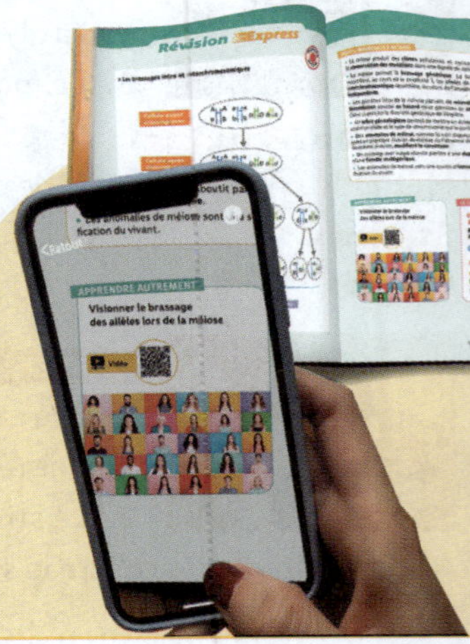

L'appli Nathan live, c'est un environnement **sécurisé** pour accéder gratuitement **sans inscription**, sans publicité et d'un **simple scan** aux **contenus numériques** de ton ouvrage.

L'appli garde en mémoire les ressources déjà scannées, te permettant ainsi de les consulter n'importe où et n'importe quand, même sans ton ouvrage.

+ D'INFOS ET TUTOS

sur **nathan.fr/nathan-live** ou en scannant cette page avec Nathan live

OU

QR CODE

Scanne le QR Code associé à la ressource*.

Video

* Les éditions Nathan ne sont pas garantes de la pérennité des liens.

Le nouveau Bac

Calendrier

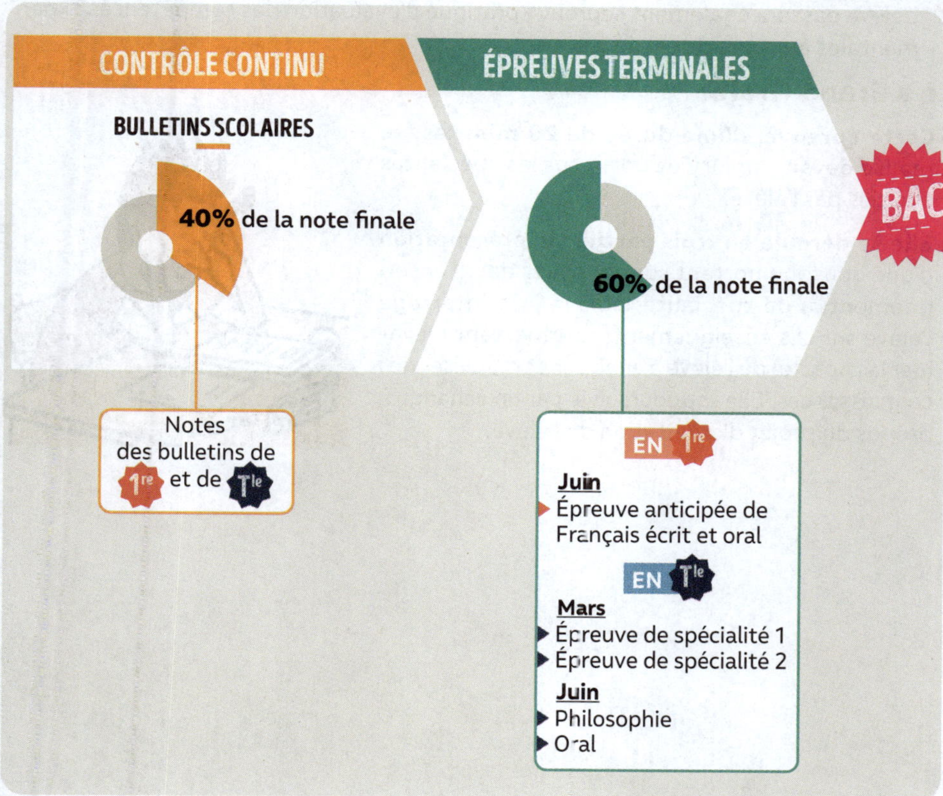

3 spécialités en 1re, 2 spécialités en Terminale

- À la fin de l'année, les élèves de Première décident de ne pas poursuivre l'une des trois spécialités choisies en début d'année.
- Les deux spécialités conservées en Terminale sont évaluées par une **épreuve finale** en fin de Terminale (60% de la note finale). Cette épreuve se déroule au printemps.
- Par ailleurs, toutes les notes des **bulletins scolaires** des années de Première et de Terminale compteront pour 40% de la note finale.

L'épreuve finale pour l'enseignement de spécialité SVT en T^le^

3 h 30 | Coeff. 16 | 2nd trimestre

- **2 exercices écrits:**
  - Rédaction d'un texte argumenté répondant à une question scientifique 6 OU 7 PTS
  - Développement d'un raisonnement scientifique pour résoudre un problème 8 OU 9 PTS
- L'élève passera également l'épreuve pratique d'évaluation des compétences expérimentales au cours du second trimestre.

Le «Grand Oral»

- **Cette épreuve, d'une durée de 20 minutes**, se réalise devant un jury et porte sur les spécialités choisies par l'élève.
- **Elle se déroule en trois parties:** la présentation d'une question portant sur un (ou les deux) enseignement(s) de spécialité, puis le jury interroge l'élève sur ces enseignements, permettant d'évaluer la capacité de l'élève à analyser et mobiliser des connaissances. Elle est poursuivie par un échange à propos du projet d'orientation de l'élève.

Les grands moments de l'année de Terminale

CALENDRIER DU BAC		CALENDRIER PARCOURSUP
	Novembre	Recherche des informations sur Parcoursup
	Janvier	Inscription sur Parcoursup
	Février	Constitution de votre dossier complet, saisie et confirmation de vos vœux
Deux épreuves écrites de spécialité	**Fin mars**	
	Avril	
	3e trimestre dates au choix de votre lycée	
	Mai	Pensez à répondre aux propositions des établissements.
Épreuve écrite de Philosophie et « Grand Oral »	**Juin**	
	Juillet	Éventuellement, phase complémentaire
	Septembre	

* Informations mises à jour en mars 2022

Partie 1

La Terre, la vie et l'évolution du vivant

Chapitre 1

L'origine du génotype des individus

FICHE 1

La conservation des génomes

De quoi s'agit-il ?

La mitose produit des clones de cellules qui conservent l'information génétique, y compris lorsque celles-ci sont affectées par des mutations.

1 Une production de clones

- La mitose est une division affectant les cellules au cours de laquelle les chromatides de chaque **chromosome** sont réparties équitablement dans les deux **cellules filles**. Celles-ci possèdent donc une information génétique identique, c'est-à-dire les mêmes **allèles**.
- Comme la mitose est précédée de la réplication de l'ADN, la quantité de matériel génétique est elle aussi maintenue constante entre générations.
- Les deux cellules filles issues d'une cellule mère sont identiques, comme le seront les générations de cellules filles suivantes. Toutes ces cellules forment un **clone**.

Rappel
La réplication de l'ADN produit deux molécules Elles sont strictement identiques entre elles et identiques à la molécule mère initiale.

- Dans l'organisme, une **lignée de cellules** issues d'une cellule mère peut former un clone de cellules, séparées (cellules sanguines) ou associées au sein d'un tissu (**Doc.**).
- Les cellules d'un clone possèdent le même génotype, mais aussi le même phénotype, si leur environnement et les constituants de leur cytoplasme sont identiques. Par exemple, les **lymphocytes B** (LB) sélectionnés contre un **antigène** et tous issus de la division d'un même LB ont le même **génotype** et le même **phénotype**, c'est-à-dire qu'ils produisent le même anticorps.
- Il existe donc une stabilité génétique à l'intérieur d'un clone.

2 Les mutations, conservées dans les lignées cellulaires

- Une **mutation** peut perturber la stabilité génétique. Elle entraîne une variation de la séquence en nucléotides de l'ADN et donc, de l'information génétique qui se retrouvera à l'intérieur de toutes les cellules d'un clone.
- Comme les mutations se produisent au hasard, elles s'accumulent au cours du temps dans les lignées cellulaires. Il se forme alors des sous-clones, chacun de génotype et de phénotype différents.

Remarque
Les mutations génétiques sont aléatoires. Leur nombre augmente dans les cellules avec l'âge, ce qui explique alors la survenue plus fréquente de maladies comme un cancer.

- Quand une mutation affecte une cellule, les cellules qui en sont issues porteront toutes cette mutation. Un clone de cellules mutées peut évoluer en cellules cancéreuses et former une **tumeur**.

LA BOITE À DOCS

Doc. Lignées cellulaires et devenir des mutations

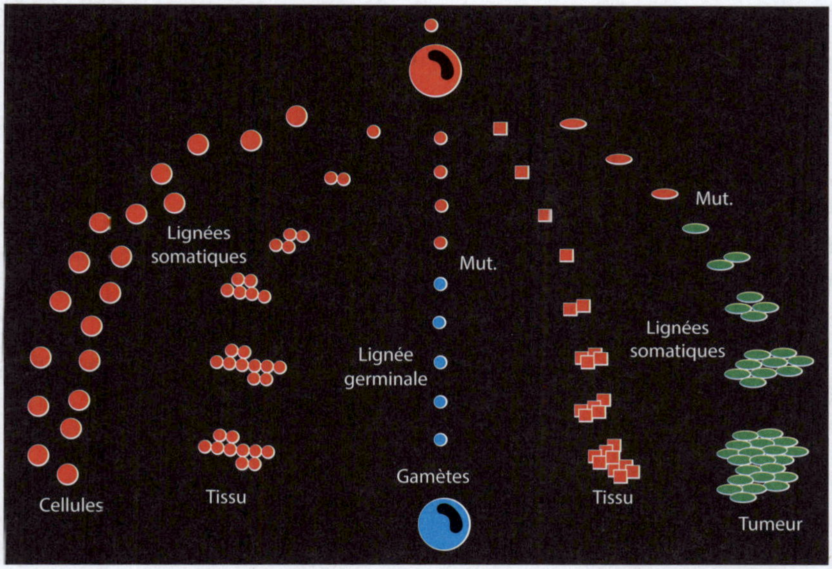

Les cellules de la lignée somatique peuvent rester indépendantes ou s'associer en tissu. Les cellules de la lignée germinale à l'origine des cellules sexuelles restent toujours à l'état indépendant.

Quand une mutation affecte une cellule, les cellules qui en sont issues porteront toutes cette mutation. Un clone de cellules mutées peut évoluer en cellules cancéreuses et former une tumeur.

Vocabulaire

- **Chromosome :** élément constitué d'une ou deux molécules d'ADN et de protéines.
- **Cellule fille :** cellule issue d'une division.
- **Allèle :** version d'un gène.
- **Clone :** ensemble de cellules génétiquement identiques.
- **Lignée de cellules :** groupe de cellules issues d'une même cellule mère.
- **Lymphocyte B :** cellule du système immunitaire.
- **Antigène :** molécule qui déclenche une réaction immunitaire.
- **Génotype :** ensemble des allèles correspondant au(x) gène(s) d'une cellule ou d'un organisme.
- **Phénotype :** caractère(s) d'une cellule ou d'un organisme.
- **Mutation :** modification de la séquence de l'ADN.

FICHE 2

Reproduction sexuée et brassage des génomes

De quoi s'agit-il ?

La reproduction sexuée crée de la diversité par la fécondation et par la méiose qui brassent les allèles.

1 La fécondation et le brassage des génomes

- La fusion de gamètes **haploïdes** aboutit à la formation d'une cellule œuf **diploïde**.
- Deux **génomes** d'origine différente, paternel et maternel, apportant chacun un lot d'allèles différents sont réunis, ce qui forme une combinaison particulière d'allèles.
- Si pour un gène donné, les deux allèles paternel et maternel sont identiques, l'individu est homozygote pour ce gène. Dans le cas contraire, il est hétérozygote.

Remarque
Un individu n'est jamais entièrement homozygote ou hétérozygote, cela dépend des gènes étudiés.

2 La méiose et le brassage des génomes

- La méiose permet la formation de gamètes haploïdes : ils ne contiennent qu'un seul des deux chromosomes de chaque paire d'homologues et donc un seul des deux allèles de chaque gène porté par ceux-ci.
- Lors de la séparation des chromosomes homologues à l'anaphase de la première division de méiose, les couples d'allèles se séparent et chacun d'eux migre au hasard, porté par son homologue, à un pôle ou à l'autre de la cellule.
- Soit une cellule de génotype (A//a D//d), avec deux gènes indépendants A et D portés par des chromosomes différents, présents sous deux formes alléliques A et a, D et d (**Doc.**). Après la disjonction (séparation) des chromosomes homologues, l'allèle A peut migrer aussi bien avec l'allèle D qu'avec l'allèle d, et réciproquement. La **ségrégation des allèles** est indépendante : les deux cas sont équiprobables.

À savoir
Le signe // dans le génotype désigne une paire de chromosomes homologues.

- La méiose aboutit à quatre types équiprobables de gamètes différents : deux gamètes parentaux AD et ad (mêmes combinaisons d'allèles que dans les gamètes à l'origine de la cellule initiale) et deux gamètes recombinés Ad et aD (combinaisons alléliques différentes).
- Ce brassage de chromosomes différents ou « **brassage interchromosomique** » produit des combinaisons d'allèles différentes seulement pour des gènes hétérozygotes. Dans une cellule à l'origine des gamètes, plus le nombre de gènes à l'état hétérozygote est élevé, plus le nombre de combinaisons qu'ils peuvent former dans les gamètes le sera aussi.

LA BOITE À DOCS

Doc. Le brassage interchromosomique

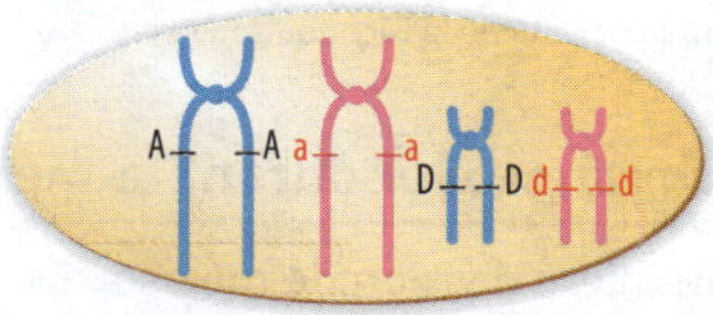

cellule à 2n = 4, hétérozygote pour deux gènes

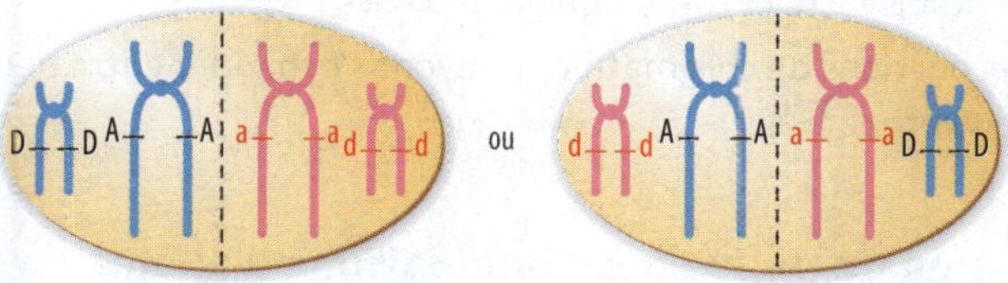

deux cas possibles de répartition des homologues
lors de leur séparation en anaphase de première division

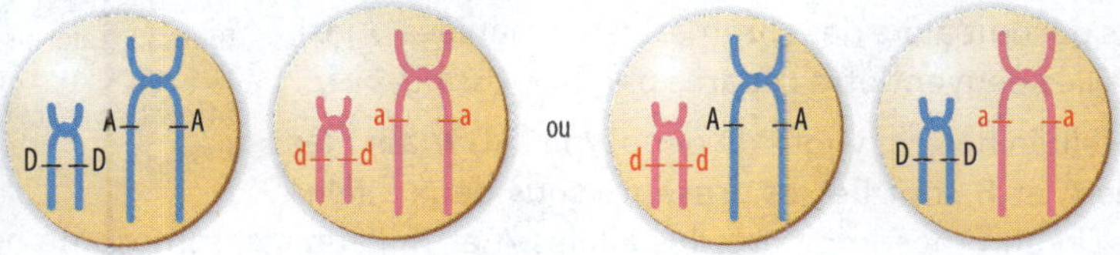

résultat de la première division dans les deux cas

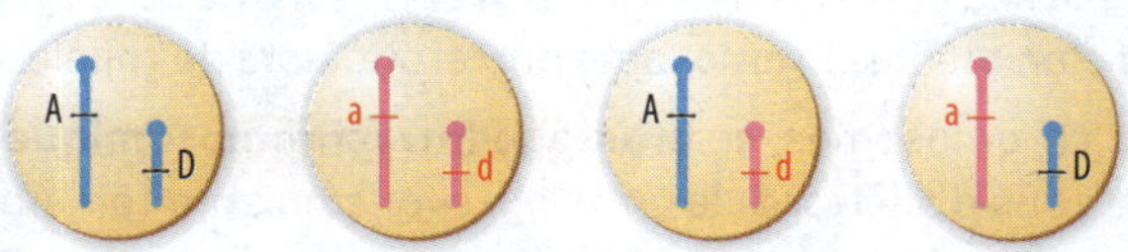

AD ad Ad aD

quatre types de gamètes possibles à l'issue de la deuxième division

Vocabulaire

- **Haploïde :** cellule dans laquelle chaque type de chromosome existe en un seul exemplaire (ex. : gamète).
- **Diploïde :** cellule dans laquelle chaque type de chromosome existe en deux exemplaires.
- **Génome :** ensemble des gènes d'un individu.
- **Ségrégation des allèles :** séparation des allèles au cours de la méiose.
- **Brassage interchromosomique :** recombinaison des allèles portés par des chromosomes différents.

FICHE 3

Le brassage intrachromosomique

De quoi s'agit-il ?

Les **gènes liés** subissent également un brassage qui amplifie le brassage interchromosomique et celui de la fécondation.

1 La formation de *crossing-over* durant la méiose

- Pendant la prophase de première division de méiose, les chromosomes homologues s'apparient et leurs chromatides s'enchevêtrent : il se forme ainsi un ou plusieurs **chiasmas**, point de contact entre chromosomes. Voir p. 33
- À ce niveau, des portions de chromatides peuvent s'échanger entre deux homologues : c'est le ***crossing-over***.

2 La formation de nouvelles combinaisons d'allèles

- Après un *crossing-over*, lorsque les chromosomes homologues se séparent à l'anaphase et migrent vers des pôles opposés, ils portent alors des chromatides remaniées. Ainsi, deux gènes liés peuvent être séparés par un *crossing-over*.
- Soit une cellule hétérozygote de génotype (AB // ab) : les deux gènes A et B sont liés et présents sous deux allèles différents. Un chromosome porte les allèles A et B, l'autre chromosome homologue porte les allèles a et b aux mêmes **loci**.

À savoir

Plus des gènes sont éloignés, plus ils sont susceptibles d'être affectés par un *crossing-over*.

- Si un *crossing-over* a lieu entre les deux gènes A et B, à l'issue de la première division, les deux **chromatides** d'un même chromosome porteront alors des allèles différents (**Doc.**).
- En remaniant les chromosomes, ce **brassage intrachromosomique** est à l'origine de nouvelles combinaisons d'allèles. Si le *crossing-over* concerne forcément chaque paire d'homologues, il n'affecte pas systématiquement deux gènes liés. Pour cette raison, le nombre de gamètes recombinés est inférieur au nombre de gamètes parentaux. En effet, en absence de *crossing-over*, seuls se forment des gamètes parentaux.
- Le caractère non systématique du brassage intrachromosomique distingue celui-ci du brassage interchromosomique. Cette différence est utilisée dans les études génétiques pour déterminer si deux gènes sont portés par des chromosomes identiques ou différents. Voir p. 28

Remarque

Les deux types de brassages se superposent ce qui multiplie le nombre de combinaisons possibles d'allèles.

LA BOITE À DOCS

Doc. Les conséquences du brassage intrachromosomique

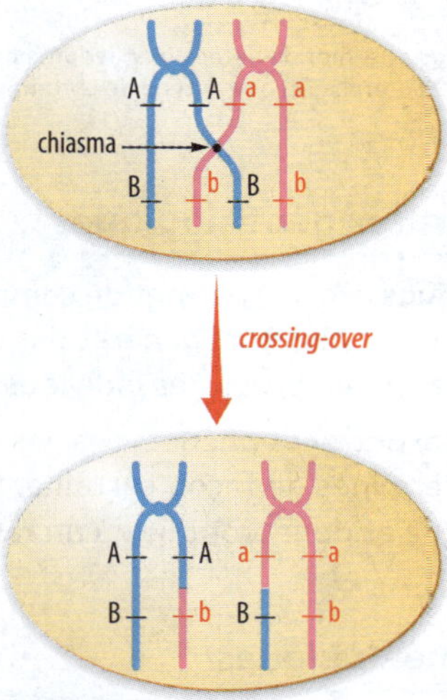

remaniement chromosomique en prophase de première division de méiose

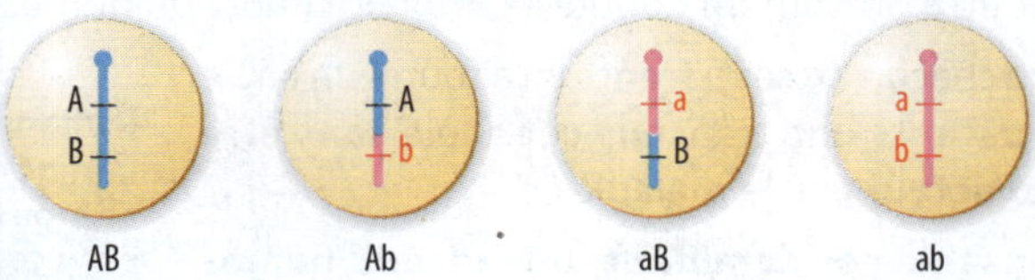

La méiose aboutit alors à quatre types de gamètes différents : deux gamètes parentaux AB et ab (mêmes combinaisons d'allèles que la cellule initiale) et deux gamètes recombinés Ab et aB (combinaisons alléliques différentes).

Vocabulaire

- **Gènes liés :** gènes portés par le même chromosome.
- **Chiasma :** zone de croisement et de contact entre deux homologues au cours de la prophase de première division de méiose.
- ***Crossing-over* :** échange de fragments de chromatide et d'allèle au cours de la prophase 1 de méiose.
- **Locus (plur. loci) :** emplacement d'un gène sur un chromosome.
- **Chromatide :** molécule d'ADN condensée qui constitue le chromosome ou une moitié de celui-ci.
- **Brassage intrachromosomique :** recombinaison des allèles de gènes portés par une même paire d'homologues.

FICHE 4

Transmission des caractères dans l'espèce humaine

De quoi s'agit-il ?

Un arbre généalogique permet de déterminer la dominance d'un allèle responsable d'un caractère, ainsi que le type de chromosome, sexuel ou non, qui le porte.

1 La construction d'arbres généalogiques

- L'étude d'**arbres généalogiques** (**Doc. 1**) permet de comprendre le mode de transmission d'une maladie génétique entre plusieurs générations d'une même famille. Dans ces arbres généalogiques, seuls les phénotypes des individus sont représentés.
- Il s'agit alors de déduire, à partir de ces phénotypes, les génotypes des individus. Des génotypes pourront être déterminés de façon certaine, tandis que d'autres le seront avec un caractère hypothétique et donneront lieu à un **raisonnement probabiliste**.

2 L'étude d'arbres généalogiques

- L'allèle responsable de la maladie peut être **récessif**. Dans ce cas, pour s'exprimer chez un individu, il doit être présent en double exemplaire (individu homozygote).
- Ceci suppose que chacun de ses parents lui a fourni un allèle défectueux. Les parents ont transmis cet allèle sans être malades. Ils sont **vecteurs** de la maladie.
- Si l'allèle responsable est **dominant**, un individu homozygote comme un individu hétérozygote exprimera la maladie.

Remarque
L'étude d'un arbre permet de prouver qu'un allèle est récessif mais pas de façon absolue qu'il est dominant.

- Un gène peut être porté par un **autosome** (chromosome non sexuel) ou un **gonosome** (chromosome sexuel : XY chez l'homme, XX chez la femme). Dans le premier cas (**Doc. 1**), les individus des deux sexes sont atteints par la maladie dans les mêmes proportions.
- Lorsque le gène est porté par un gonosome (**Doc. 2**), on parle d'hérédité liée au sexe. Les chromosomes X et Y ne sont pas homologues et portent donc des gènes différents, sauf pour quelques loci qu'ils ont en commun.
- Si le gène est porté sur la partie spécifique de Y (celle qui n'a pas d'équivalent sur X), la maladie n'apparaît que chez les hommes et se transmet obligatoirement de père en fils.
- Si le gène est porté par la partie spécifique de X, il s'exprimera chez toutes les femmes porteuses de l'allèle muté s'il est dominant, et chez les femmes homozygotes s'il est récessif. Chez l'homme, l'allèle muté s'exprimera dans tous les cas.

LA BOITE À DOCS

Doc. 1 Arbre généalogique pour une maladie autosomique récessive

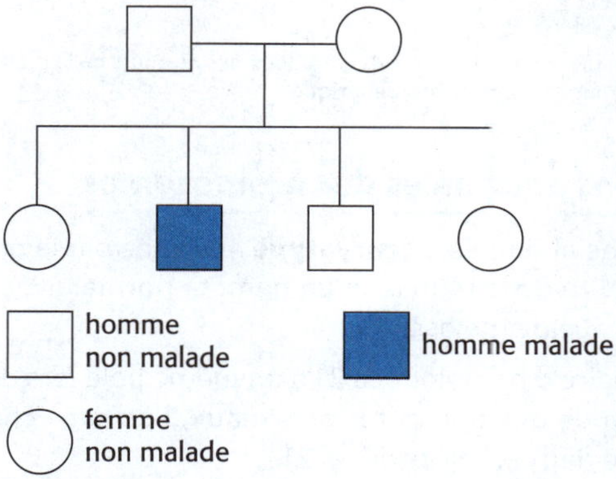

Doc. 2 Arbre généalogique pour une maladie portée par un gonosome

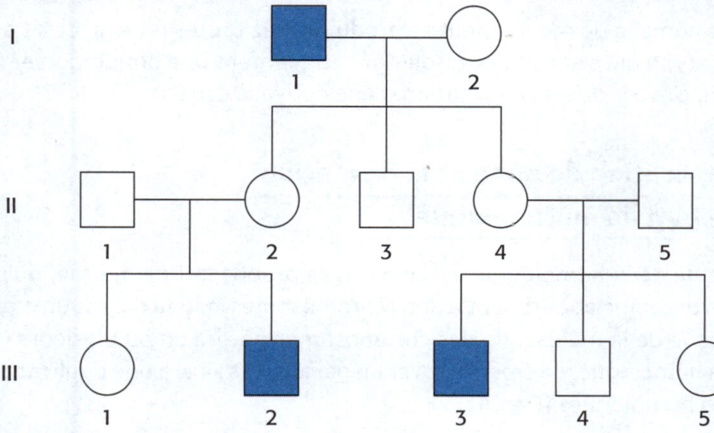

Vocabulaire

- **Arbre généalogique :** représentation permettant d'étudier la transmission d'une maladie génétique au sein d'une famille.
- **Raisonnement probabiliste :** raisonnement avec incertitude.
- **Récessif :** qui ne s'exprime pas.
- **Vecteur :** agent de transmission.
- **Dominant :** qui s'exprime.
- **Autosome :** chromosome non sexuel.
- **Gonosome :** chromosome sexuel (X ou Y).

FICHE 5

Les accidents génétiques au cours de la méiose

De quoi s'agit-il ?

Les anomalies de répartition des chromosomes au cours de la méiose peuvent être à l'origine d'innovations génétiques.

1 Des migrations anormales de chromosomes

- La trisomie 21 est une anomalie du **caryotype** marquée par la présence de trois chromosomes 21. Elle résulte de la réunion d'un gamète normal avec un gamète anormal, produit par une anomalie de méiose.
- La migration de la paire d'homologues 21 à un même pôle lors de la première division entraîne la formation de deux gamètes anormaux, l'un sans chromosome 21 et non viable, l'autre muni de deux chromosomes 21.
- De même, l'absence de séparation des chromatides en deuxième division de méiose conduit à la formation d'un gamète contenant deux chromosomes 21.
- Ce type d'anomalie de méiose peut se produire chez toutes les espèces. La modification du caryotype qui s'ensuit peut isoler génétiquement une population et conduire à la spéciation, c'est-à-dire à la formation d'une nouvelle espèce.

2 La duplication de gène et la formation d'une famille multigénique

- La cassure de deux homologues au cours de la prophase 1 de méiose, puis leur soudure avec un décalage aboutissent à deux chromosomes inégaux. C'est un *crossing-over* inégal. À l'issue de la méiose, un des chromosomes perdra un ou plusieurs gènes, que gagnera son homologue. Le *crossing-over* inégal aboutit ainsi à une duplication génique pour l'un des homologues (**Doc. 1**).
- Le gène surnuméraire est transposé dans un nouveau locus où il évolue indépendamment du gène d'origine, chacun subissant des mutations différentes. Ils constituent alors une **famille multigénique** (**Doc. 2**).
- Ce mécanisme accroît les possibilités de diversification car les mutations peuvent être létales et entraîner la mort de l'individu qui les porte. Or, dans le cas d'une famille multigénique, puisque le gène existe en deux exemplaires, si une mutation létale affecte un exemplaire, l'autre exemplaire continue de fonctionner correctement et permet la viabilité de l'individu.
- À l'origine de la formation de nouveaux gènes, les anomalies de méiose participent à la complexification du génome et à l'évolution.

LA BOITE À DOCS

Doc. 1 La duplication d'un gène

Doc. 2 La formation d'une famille multigénique

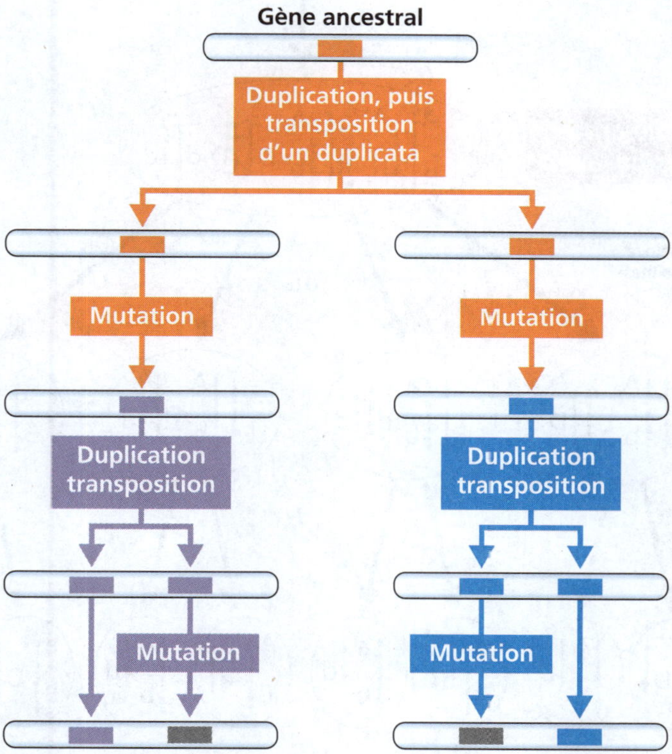

Vocabulaire

- **Caryotype :** garniture chromosomique d'une cellule.
- **Famille multigénique :** ensemble de gènes issus d'un gène ancestral commun.

Révision Express

SCHÉMA BILAN

> Les brassages intra et interchromosomiques

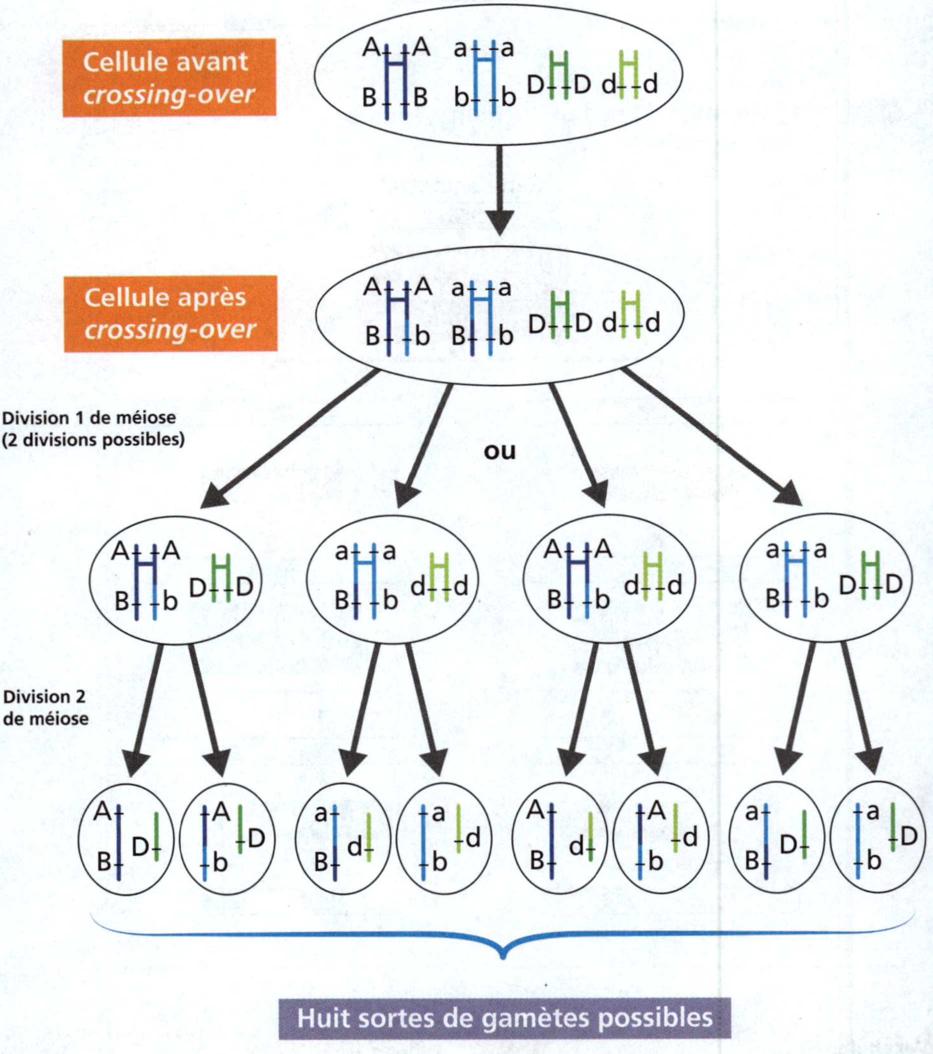

POINTS IMPORTANTS À RETENIR

- La mitose produit des **clones** cellulaires et conserve le génotype. Elle assure la **conservation des mutations** dans une lignée de cellules.
- La méiose permet le **brassage génétique**. Le brassage **intrachromosomique** recombine, au cours de la prophase 1, les allèles de deux gènes **liés**. Le brassage **interchromosomique** recombine, au cours de l'anaphase 1, les allèles de deux gènes **indépendants**.
- Les gamètes issus de la méiose portent de **nouvelles combinaisons d'allèles**. La **fécondation** associe **au hasard** deux gamètes et **amplifie** le **brassage** génétique. Celui-ci enrichit la diversité génétique de l'espèce.
- Un **arbre généalogique** permet de mettre en évidence la dominance ou la récessivité d'un allèle et le type de chromosome qui le porte.
- Des **anomalies de méiose**, comme la non disjonction des chromosomes homologues en première division de méiose ou l'absence de séparation des chromatides en deuxième division, **modifient le caryotype**.
- Un *crossing-over* inégal aboutit parfois à une **duplication** de gène et à la création d'une **famille multigénique**.
- Les anomalies de méiose sont une source d'**innovations génétiques** et de diversification du vivant.

APPRENDRE AUTREMENT

Visionner le brassage des allèles lors de la méiose

Vidéo

LE COURS EN 10 MOTS-CLÉS

combinaisons d'allèles
DUPLICATION
BRASSAGE INTERCHROMOSOMIQUE
MUTATIONS
GÉNOTYPE
CLONE
BRASSAGE INTRACHROMOSOMIQUE
famille multigénique
CROSSING-OVER
INNOVATIONS GÉNÉTIQUES

Analyser un croisement génétique

ÉNONCÉ

L'étude de la transmission des caractères se fait le plus souvent chez des animaux modèle en génétique comme la drosophile. On peut étudier la transmission de deux caractères à la fois ce qui permet de savoir si les gènes les contrôlant sont liés ou indépendants.

Chez la drosophile, un gène présent sous deux allèles « eb+ » et « eb » détermine la couleur du corps : gris-jaune pour le premier et noir-ébène pour le second. Deux allèles d'un autre gène, « vg+ » et « vg », déterminent la présence d'ailes longues pour le premier et celle d'ailes vestigiales (courtes) pour le second.

On croise deux souches pures (homozygotes) P1 et P2 (génération parentale) de phénotypes différents :

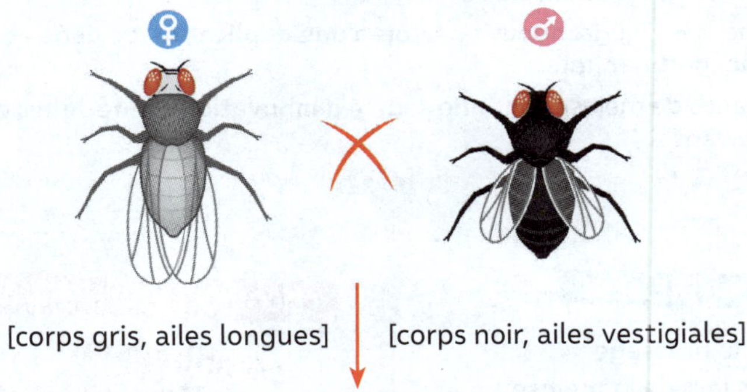

Tous les individus F1 (génération fille) issus de ce croisement sont de même phénotype : [corps gris, ailes longues].

On réalise dans un second temps un *test cross* : des individus F1 sont croisés avec des homozygotes récessifs P2 [corps noir, ailes vestigiales].

Les individus F2 issus de ce croisement présentent quatre phénotypes différents dans les mêmes proportions : ¼ de [eb+ vg+], ¼ de [eb vg], ¼ de [eb+ vg] et ¼ de [eb vg+].

QUESTION

Analysez ces deux croisements pour en déduire le mode de transmission des deux gènes étudiés.

MÉTHODE

- Les parents sont **homozygotes** : leur génotype se déduit de leur phénotype et ils ne produisent donc qu'**un seul type de gamètes**.
- Le génotype des individus **F1** correspond à l'association d'**un gamète de P1** et d'**un gamète de P2**.
- On peut déduire de la F1 quels sont les allèles **récessifs** et les allèles **dominants**.
- Pour interpréter le résultat du *test cross*, on part de l'**hypothèse** que les **gènes** considérés sont **indépendants**. Dans ce cas, les **proportions** des phénotypes résultant du croisement sont **prévisibles**.
- On **confronte** ensuite les **résultats** réels obtenus et ceux attendus dans le cadre de l'hypothèse. S'ils correspondent, l'hypothèse est **validée**.

CORRIGÉ

- Les souches pures P1 et P2 sont homozygotes.
Elles ont pour génotypes :
P1 (eb+//eb+, vg+// vg+) P2 (eb//eb, vg//vg)

L'astuce du prof
En l'absence d'information, on suppose les deux gènes indépendants, portés par deux chromosomes différents ; 2 // symbolisent alors les deux paires de chromosomes les portant.

- Chacun des parents ne produit donc qu'un seul type de gamètes :
– gamète de P1 (eb+/ vg+/),
– gamète de P2 (eb/ vg/).
- Le génotype des individus F1 résulte de la réunion des gamètes de P1 et de P2. Il s'écrit (eb+//eb, vg+// vg).
- Seuls eb+ et vg+ s'expriment dans le phénotype. Ils sont dominants.
- Les gamètes des individus F1 résultent de la méiose. Si les gènes considérés sont indépendants, il y a ségrégation indépendante des allèles et formation de quatre types de gamètes équiprobables : ¼ de (eb+/, vg+/), ¼ de (eb/, vg/) soit des gamètes parentaux ; ¼ de (eb+/, vg/) et ¼ de (eb/, vg+/) soit des gamètes recombinés.
- P2 produit un seul type de gamètes porteurs des allèles récessifs eb et vg. Seuls les allèles des gamètes de F1 s'expriment donc dans le phénotype des descendants.
- Si les gènes sont indépendants, on attend donc quatre phénotypes dans les mêmes proportions : ¼ de [eb+ vg+], ¼ de [eb vg], ¼ de [eb+ vg] et ¼ de [eb vg+]. Puisque c'est le cas, on peut en déduire que les gènes considérés sont bien portés par des chromosomes différents.

VRAI FAUX

1 min
À revoir
Acquis

Fiche test 1 Je fais le point

Indiquer pour chaque proposition si elle est vraie ou fausse.

1. Le brassage interchromosomique remanie les chromatides.	Vrai	Faux
2. Des gènes liés sont situés sur un même chromosome.	Vrai	Faux
3. Le brassage interchromosomique n'a pas de conséquences chez un homozygote.	Vrai	Faux
4. La duplication d'un gène peut résulter d'une anomalie de méiose.	Vrai	Faux
5. En fin de méiose, chaque cellule reçoit deux allèles d'un même gène.	Vrai	Faux

SCORE : ___ / 5

QCM

3 min
À revoir
Acquis

Fiche test 2 Le bon choix

Pour chaque question ou affirmation, il y a entre 0 et 3 bonnes réponses.

1 Dans un clone, les cellules :
- **a.** sont toujours séparées.
- **b.** possèdent le même génotype.
- **c.** sont issues de méiose.

FICHE 1 p. 16

2 Lorsqu'un gène est présent sur le chromosome X :
- **a.** il est transmis par les femmes seulement.
- **b.** il est en double exemplaire chez les femmes.
- **c.** il peut être responsable d'une maladie chez les hommes.

FICHE 2 p. 18

3 Le brassage intrachromosomique :
- **a.** affecte seulement les gènes liés.
- **b.** produit de nouvelles combinaisons d'allèles.
- **c.** se produit en seconde division de méiose.

FICHE 3 p. 20

4 Les anomalies de méiose :
- **a.** se produisent toujours lors de la première division.
- **b.** peuvent modifier le caryotype.
- **c.** jouent un rôle dans la diversification des génomes.

FICHE 5 p. 24

5 La reproduction sexuée :
- **a.** assure l'émergence de nouveaux génomes.
- **b.** assure la stabilité du caryotype.
- **c.** est responsable de la formation de clones.

FICHE 2 p. 18

6 Chez un hétérozygote, pour deux paires d'allèles, en cas de gènes liés :
- **a.** la méiose forme quatre combinaisons d'allèles équiprobables.
- **b.** la méiose forme quatre types de gamètes différents.
- **c.** il se forme autant de gamètes parentaux que de gamètes recombinés.

FICHE 3 p. 20

7 Avec une maladie génétique à transmission autosomale récessive :
- **a.** tous les individus porteurs de l'allèle muté sont malades.
- **b.** tous les parents d'enfants malades sont porteurs de l'allèle muté.
- **c.** seuls les homozygotes sont malades.

FICHE 4 p. 22

SCORE : ___ / 7

EXERCICES D'ENTRAÎNEMENT

① Étude d'un arbre généalogique

Exploitation de document

Le document ci-dessous représente l'arbre généalogique d'une famille dont certains individus sont atteints d'une maladie déterminée par un allèle défectueux récessif.

Doc. Un arbre généalogique

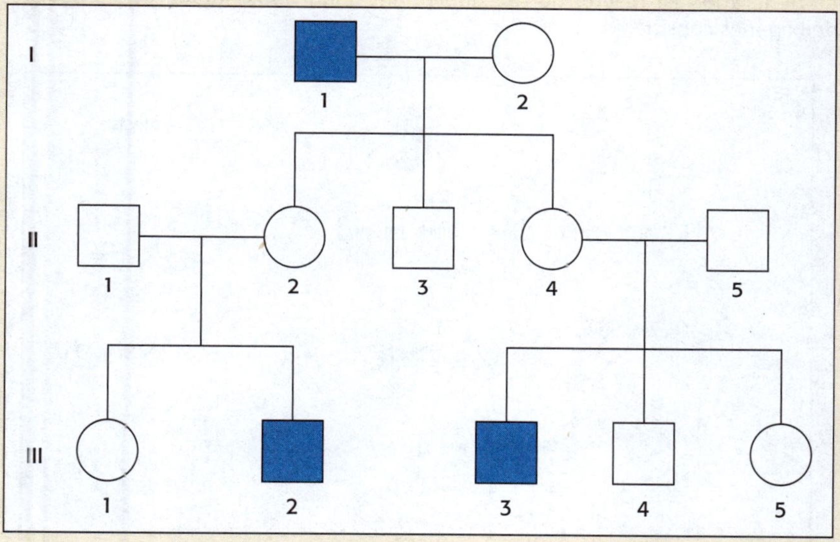

QUESTION

Déterminez, grâce à l'analyse de l'arbre généalogique, la localisation (autosome ou gonosome) de l'allèle à l'origine de la maladie.

② Brassages génétiques chez la drosophile EXO BAC

Exploitation de documents

Afin d'illustrer la diversité des génomes, on cherche à interpréter les résultats d'un *test cross* chez un organisme diploïde, la drosophile, dans le cas de deux couples d'allèles.

Doc. 1 **Les résultats de croisements**

Le caractère alternatif « ailes longues / ailes vestigiales » est déterminé par un gène existant sous deux formes alléliques respectivement notées vg+ (dont l'expression est dominante) et vg (dont l'expression est récessive). Le caractère alternatif « yeux rouges / yeux pourpres » est déterminé par un gène existant sous deux formes alléliques notées respectivement pu+ (dont l'expression est dominante) et pu (dont l'expression est récessive).

La génération F1 résulte de l'accouplement d'individus homozygotes pour les deux gènes considérés.

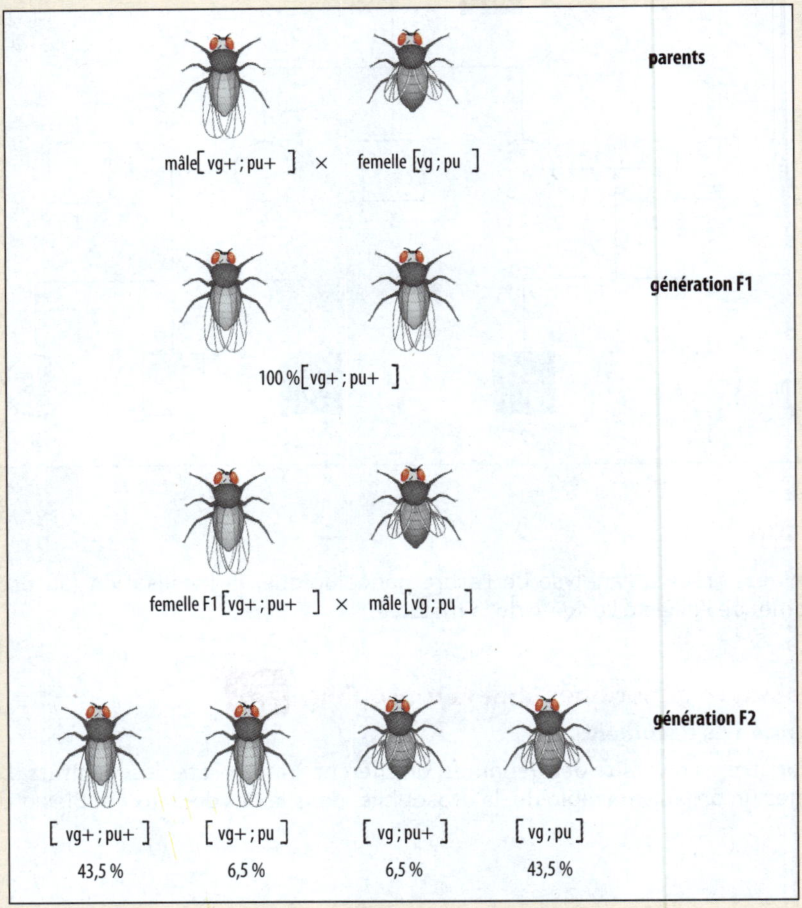

Doc. 2 **Observation cytologique dans une cellule mère de gamète**

Ces deux chromosomes homologues à deux chromatides en prophase 1 de méiose mesurent quelques micromètres. Le chiasma est une zone d'accolement.

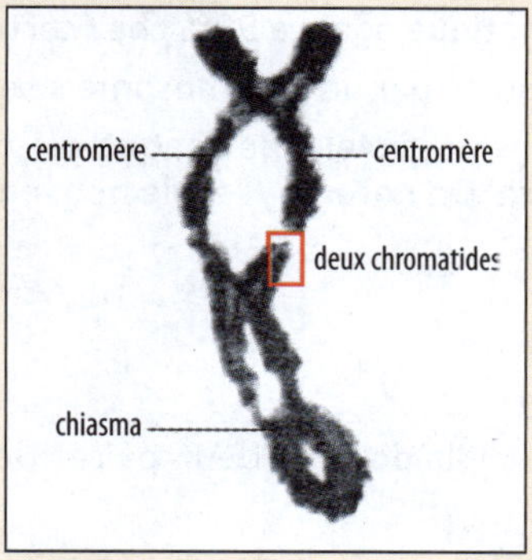

QUESTIONS

1. À partir de l'exploitation du **Doc. 1**, prouvez que l'hypothèse « Les deux gènes sont situés sur deux chromosomes distincts » est fausse.
2. Expliquez comment le phénomène mis en évidence par l'observation cytologique (**Doc. 2**) permet de comprendre les pourcentages de la génération F2.
3. Illustrez votre explication par un schéma représentant le devenir des allèles présents sur une paire de chromosomes homologues chez un individu F1.

③ Une maladie héréditaire

Exploitation de document

Un enfant de sexe masculin présente des troubles de l'excrétion urinaire en raison de difficultés à éliminer l'adénine. Cette base azotée est normalement dégradée avant d'être éliminée par une chaîne de réactions faisant intervenir plusieurs enzymes parmi lesquelles l'APTR.

Des analyses ont montré que l'activité de l'APTR chez cet enfant était quasiment nulle. Les dosages de cette activité chez des membres de sa famille ont donné les résultats suivants :
- père → 50% ;
- mère → 50% ;
- grand-père maternel → 50% ;
- grand-mère maternelle → 100% ;
- demi-frère (issu d'un mariage précédent de sa mère) → 100%.

Remarque : aucun de ces individus n'est malade.

QUESTIONS

1. Schématisez l'arbre généalogique de la famille de cet enfant.
2. Indiquez si l'allèle responsable de la maladie est récessif ou dominant.
3. Expliquez l'activité enzymatique égale à 50% chez certains individus.
4. Déterminez si l'allèle est porté par un chromosome sexuel.
5. Écrivez le ou les génotypes possible(s) de chaque membre de la famille, y compris celui du père du demi-frère. On notera A l'allèle non muté et a l'allèle muté.

④ Une division anormale

Exploitation de document

On a représenté une cellule diploïde avec deux paires de chromosomes en cours de division.

Doc. **Une cellule en division**

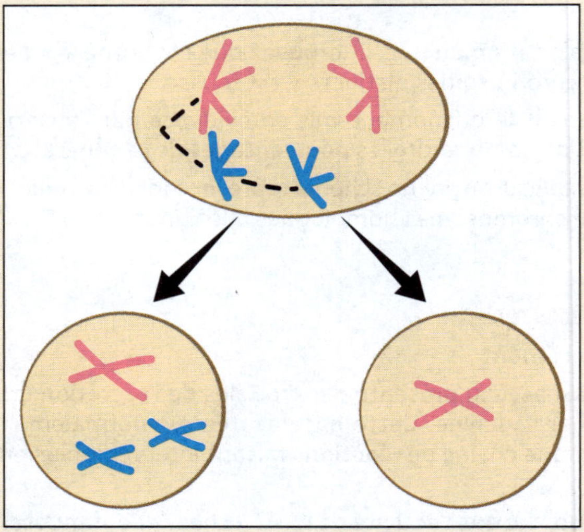

QUESTIONS

1. Identifiez le type de division subie par cette cellule ainsi que l'étape de cette division à laquelle elle se trouve.
2. Relevez les particularités de la division représentée sur ce schéma.
3. Indiquez les conséquences de la suite du déroulement de cette division.

5 Analyse de séquences d'ADN EXO BAC

Exploitation de document

Le développement des techniques de séquençage de l'ADN permet de recenser et de comparer des séquences au sein de familles touchées par une maladie génétique.
Ainsi, dans une famille dont plusieurs membres sont atteints d'une maladie métabolique, on a pu isoler un gène qui semble impliqué dans la maladie.
Il a ensuite été possible de séquencer une région de ce gène et de comparer cette séquence à celles trouvées chez différents membres de la famille, y compris chez un enfant à naître.
Le document suivant représente l'arbre généalogique de la famille et, pour ses différents membres, une portion de la séquence des deux allèles du gène considéré.

Doc. Extraits de séquences alléliques d'un gène responsable d'une maladie chez différents membres d'une famille

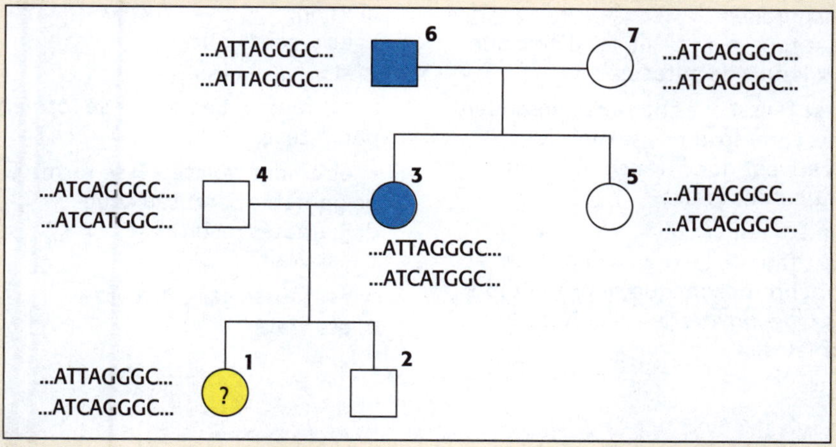

QUESTIONS

1. Étudiez la transmission des différents allèles dans la famille et identifiez leur rôle dans l'expression de la maladie.
2. Déterminez si l'enfant à naître (1) sera lui-même atteint par la maladie.

Fiche test 1 — Je fais le point

1. **Faux.** C'est le brassage intrachromosomique qui remanie les chromatides.
2. **Vrai.**
3. **Vrai.**
4. **Vrai.** Elle peut résulter d'un *crossing-over* inégal en prophase 1.
5. **Faux.** Les couples d'allèles sont disjoints à la suite d'une méiose.

Fiche test 2 — Le bon choix

1. **a.** est fausse. Les cellules d'un clone peuvent être associées au sein d'un tissu.
   b. est vraie.
   c. est fausse. Les cellules d'un clone sont issues de mitoses.
2. **a.** est fausse. Les hommes possèdent deux chromosomes sexuels X et Y ; ils peuvent donc transmettre un X.
   b. et **c.** sont vraies.
3. **a.** et **b.** sont vraies.
   c. est fausse. Le brassage intrachromosomique se produit lors des *crossing-over* en prophase 1 de méiose.
4. **a.** est fausse. Les deux chromatides d'un chromosome peuvent rester associées à la suite de la deuxième division.
   b. et **c.** sont vraies.
5. **a.** et **b.** sont vraies.
   c. est fausse. Les clones se forment par mitose.
6. **a.** et **c.** sont fausses. Il se forme plus de gamètes parentaux que de gamètes recombinés.
   b. est vraie.
7. **a.** est fausse car **c.** est vraie.
   b. est vraie.

EXERCICES D'ENTRAÎNEMENT

1 Étude d'un arbre généalogique

Tous les individus malades sont des hommes, ce qui donne à penser que le gène est porté par un gonosome sans que cela ne constitue une preuve.

Hypothèse 1 : le gène est porté par le chromosome Y. Dans ce cas, I1 transmet son chromosome Y, à son fils II3. Le chromosome Y étant en un seul exemplaire dans les cellules de ces trois individus, la maladie devrait apparaître. Ce n'est pas le cas. L'hypothèse est donc fausse.

Hypothèse 2 : le gène est porté par le chromosome X. Il n'est pas possible de confirmer de façon catégorique cette hypothèse.

L'astuce du prof

Lorsqu'aucun individu d'une génération n'est atteint, contrairement à ceux des générations précédentes et suivantes, cela signifie souvent que le gène est porté par X, si le caractère est déterminé par un allèle récessif.

Néanmoins, un homme malade n'a jamais de fils malade, ce qui donne à penser que le gène est transmis par le chromosome X (un père ne transmet qu'un Y à son fils). Il y a donc une forte probabilité pour que l'hypothèse soit juste. Par ailleurs, l'absence de femmes malades (du fait de l'effet létal de l'allèle défectueux à l'état homozygote) va dans le sens d'une localisation du gène sur X.

2 Brassages génétiques chez la drosophile

L'astuce du prof

Commencez par déterminer les génotypes et les gamètes des parents pour en déduire le génotype de F1.

1. D'après le doc. 1, on étudie le croisement de deux parents homozygotes qui se distinguent par deux caractères : longueur des ailes et couleur des yeux.

L'individu aux ailes longues et aux yeux rouges a pour phénotype [vg+ pu+]. L'autre individu aux ailes vestigiales et aux yeux pourpres a pour phénotype [vg pu].

Puisqu'ils sont homozygotes, on peut en déduire leurs génotypes en supposant leurs gènes indépendants : (vg+//vg+, pu+//pu+) pour le premier et (vg//vg, pu//pu) pour le second.

Lors de la méiose, chacun ne produit qu'un type de gamètes, respectivement (vg+/pu+/) et (vg/pu/). Le croisement de ces gamètes aboutit, d'après l'énoncé, à des individus de phénotype [vg+pu+]. Leur génotype formé par la réunion des gamètes est (vg+//vg pu//pu+). Ce sont des hétérozygotes. La confrontation du phénotype et du génotype confirme bien que les allèles vg+ et pu+ sont dominants par rapport à vg et pu.

On réalise ensuite un *test cross*. Le parent double homozygote récessif produit un seul type de gamètes constitués des seuls allèles récessifs qui ne s'exprimeront pas dans le phénotype des individus F2. Celui-ci dépendra donc uniquement de F1. Le *test cross* permet de déduire, à partir des phénotypes obtenus en F2 et de leurs proportions, les gamètes produits par les individus F1.

Remarque

Il faut prévoir la conséquence de l'hypothèse de gènes indépendants et la confronter aux résultats réels pour la valider ou non.

On obtient en F2 quatre phénotypes : [vg+pu+], [vg pu+], [vg+pu] et [vg pu] en proportions inégales.

Si les gènes étaient portés par deux chromosomes distincts, il y aurait lors de la méiose une ségrégation indépendante des allèles, c'est-à-dire que chaque chromosome aurait la même probabilité de migrer avec un autre au même pôle de la cellule. Dans ce cas, il se formerait quatre types de gamètes équiprobables : (vg+/pu+/), (vg+/pu/), (vg/pu+/) et (vg/pu/).

Le croisement aboutirait alors à quatre types de génotypes et de phénotypes équiprobables, comme le montre l'échiquier de croisement.

Gamètes de F1 / Gamète de F2	vg+/pu+/	vg/pu+/	vg+/pu/	vg/pu/
vg/pu/	(vg+//vg, pu+//pu) ¼ [vg+pu+]	(vg//vg, pu+//pu) ¼ [vg pu+]	(vg+//vg, pu//pu) ¼ [vg+pu]	(vg//vg, pu//pu) ¼ [vg pu]

Or, les résultats obtenus ne correspondent pas à ceux attendus selon l'hypothèse de deux gènes portés par des chromosomes distincts. L'hypothèse est donc fausse : les deux gènes sont sur le même chromosome, ils sont liés.

Le croisement a abouti à deux nouveaux phénotypes, absents chez les parents. Ils proviennent de gamètes recombinés.

2. Le **doc. 2** montre des chiasmas en prophase 1 de méiose, c'est-à-dire des accolements entre deux chromosomes homologues. À ce niveau se produisent des *crossing-over* : des échanges entre chromosomes et aussi entre les allèles qu'ils portent. Ainsi, l'allèle vg+ se retrouve associé à pu, ce qui n'était pas le cas chez les parents. Le *crossing-over* forme des gamètes recombinés.

Leur proportion inférieure à celle des gamètes parentaux s'explique par le caractère aléatoire du *crossing-over*. La méiose permet un brassage des allèles, à l'origine de nouvelles combinaisons. Ici, il s'agit d'un brassage intrachromosomique qui concerne des gènes liés.

Remarque

Comme il est impossible de prévoir à l'avance les résultats obtenus dans le cas de gènes liés, on ne raisonne jamais à partir de l'hypothèse de gènes liés.

3.

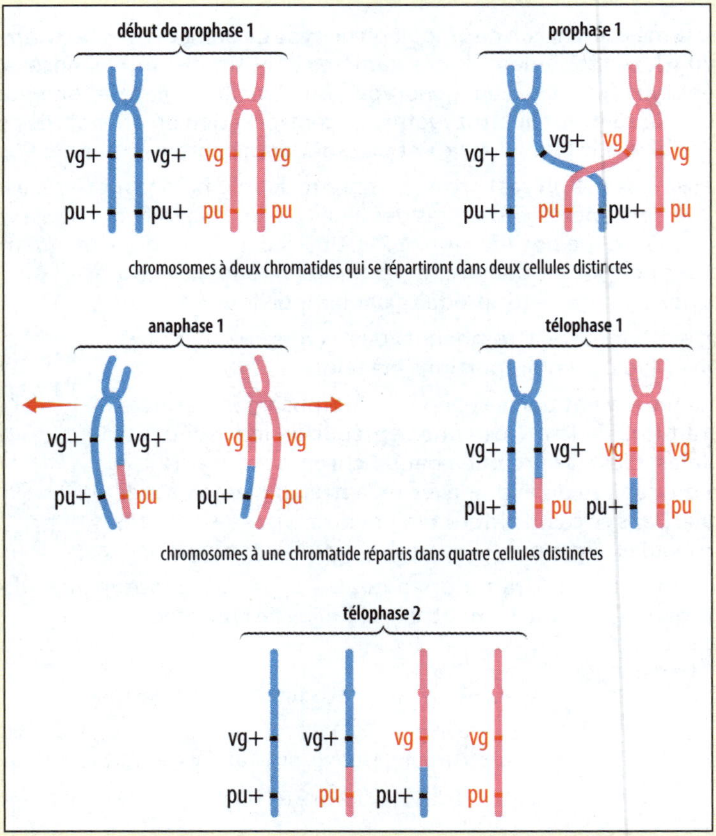

③ Une maladie héréditaire

1.

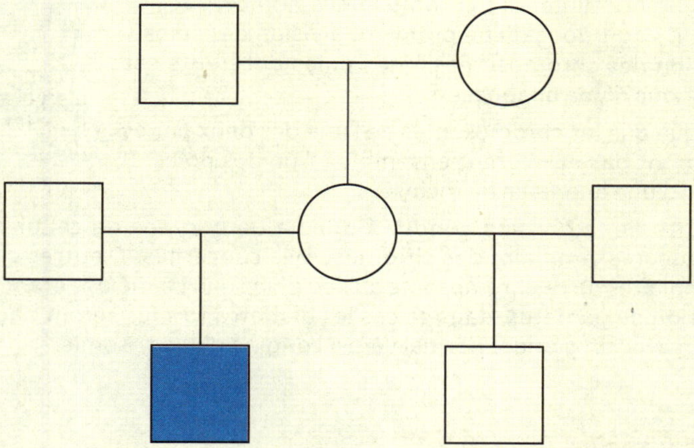

2. L'allèle responsable de la maladie est récessif pu s-que deux parents non malades ont donné naissance à un enfant malade.

3. Les individus présentant une activité enzymatique à 50% sont hétérozygotes.

Remarque

Quand un seul allèle normal s'exprime, l'activité est réduite de moitié.

4. **Hypothèse 1 :** l'allèle est porté par Y. L'enfant est malade, son père ne l'est pas. Comme il lui a transmis son chromosome Y, l'hypothèse est infirmée.

   Hypothèse 2 : l'allèle est porté par le chromosome X. Le père, qui présente une activité enzymatique à 50%, porte un allèle muté. Si celui-ci était localisé sur X, son activité serait nulle. Or, elle est de 50%. L'hypothèse est infirmée. L'allèle responsable de la maladie est donc porté par un autosome.

5. Les individus présentant une activité enzymatique à 100% sont homozygotes et l'enfant malace est donc lui aussi homozygote. Les génotypes des différents membres de cette famille sont donc :

   Grand-mère = A//A.

   Grand-père = A//a.

   Mère = A//a.

   Père = A//a.

   Fils = a//a.

   Demi-frère = A//A.

   Père du demi-frère = A//A ou A//a.

④ Une division anormale

1. On observe une migration des chromosomes à des pôles différents de la cellule. Les chromosomes homologues se séparent : il s'agit donc d'une première division de méiose. La migration des chromosomes à des pôles différents est caractéristique d'une anaphase 1.
2. On remarque que les chromosomes de l'une des deux paires ne se séparent pas et migrent ensemble à l'un des pôles. Il s'agit donc d'une anomalie de méiose.

> **L'astuce du prof**
> Lorsque des chromosomes à deux chromatides migrent aux pôles de la cellule, il s'agit forcément d'une méiose.

3. La poursuite de la division conduira donc à deux types de cellules : certaines n'auront aucun exemplaire des chromosomes concernés. D'autres comporteront deux exemplaires de ce chromosome au lieu d'un seul. La méiose étant à l'origine de la production de gamètes, dans ce cas les gamètes formés seront anormaux. Leur association avec un gamète normal sera à l'origine d'une trisomie.

⑤ Analyse de séquences d'ADN

1. On observe que l'individu (6) qui est malade possède deux allèles de séquence ... ATTAGGGC... (on les notera m, pour allèles mutés).

   La femme (7) qui n'est pas malade possède deux allèles ...ATCAGGGC... (on les notera S, pour allèles sains).

   Leur fille (5) a pour génotype S//m : elle a reçu un allèle S de sa mère et un allèle m de son père. Elle est hétérozygote et non malade.

   Ainsi, la maladie ne s'exprime qu'à l'état homozygote, l'allèle m est donc récessif.

   Les deux parents (6) et (7) étant homozygotes, leur fille (3) devrait hériter d'un allèle S et un allèle m et, comme son frère, ne devrait pas être malade. Pourtant elle est atteinte de la maladie. L'analyse de ses allèles montre qu'elle possède bien un allèle m, transmis par son père. En revanche, son second allèle ...ATCATGGC... diffère de l'allèle S que devrait lui avoir transmis sa mère, par une autre mutation (T au lieu de G en 5e position). Ce nouvel allèle (notons le X) semble être apparu spontanément *de novo* (par une nouvelle mutation).

> **Remarque**
> La mutation a pu se produire lors de la formation des gamètes chez la mère.

   Le génotype m//X chez l'individu (3) est donc responsable de la maladie.
2. L'enfant à naître a pour génotype m//S, comme l'individu (5). Il ne sera donc pas atteint par la maladie.

Chapitre

2 Diversification des êtres vivants et évolution

Les coraux sont dans une relation symbiotique avec des algues microscopiques.

FICHE 1

Des transferts horizontaux de gènes

De quoi s'agit-il ?

En dehors de la reproduction sexuée, des échanges de gènes peuvent avoir lieu entre espèces différentes, soit directement chez les bactéries, soit indirectement par l'intermédiaire d'un virus.

1 Des échanges de gènes chez les bactéries

- Lors de la **conjugaison** (**Doc. 1**), des échanges de gènes, en particulier ceux portés par un **plasmide**, se produisent entre bactéries (d'espèces différentes ou non).
- Le matériel génétique n'est pas forcément conservé par le receveur, sauf s'il lui procure un **avantage sélectif**. On parle alors de **transfert horizontal de gènes,** indépendant de la reproduction sexuée.

Remarque
Les bactéries se reproduisent le plus souvent par simple multiplication. La conjugaison permet de pallier l'absence de brassage génétique.

- Le gène ainsi transféré peut être à l'origine d'une nouvelle fonction (comme la résistance aux antibiotiques) et se répand peu à peu dans la population.
- Ainsi, le transfert horizontal de gènes participe à l'évolution des espèces.

2 Des transferts à partir des virus

- À partir des **comparaisons de séquences** d'une même molécule chez différentes espèces, on peut établir un arbre de parenté (plus les ressemblances sont fortes, plus la parenté est étroite).
- Lorsque pour une molécule donnée, l'arbre de parenté est différent, sa transmission s'est effectuée par un autre mécanisme : un **transfert horizontal de gènes**.
- Les virus jouent le rôle de vecteurs capables de transférer du matériel génétique. Ce sont des parasites intracellulaires qui injectent leur matériel génétique dans une cellule, laquelle produit alors des constituants viraux (**Doc. 2**).
- Quand les nouveaux virus s'échappent de la cellule et recommencent un nouveau cycle, ils peuvent emporter par erreur une partie du matériel génétique de la cellule infectée ou encore lui laisser des fragments d'ADN viral.
- Ainsi, d'après les **homologies de séquence**, 8 à 10% du génome humain serait d'origine virale. Ces fragments d'ADN viraux sont parfois intégrés dans le fonctionnement cellulaire. La syncytine par exemple (**Doc. 3**), une molécule d'origine virale, participe chez les mammifères à la formation du placenta.
- Ainsi, lorsqu'un virus infecte différentes espèces, il peut transférer des gènes d'une espèce à une autre.

Cours

LA BOITE À DOCS

Doc. 1 Conjugaison bactérienne

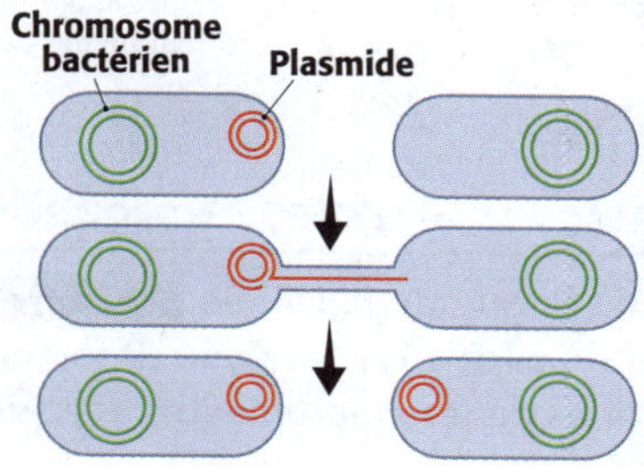

Doc. 2 Le cycle viral

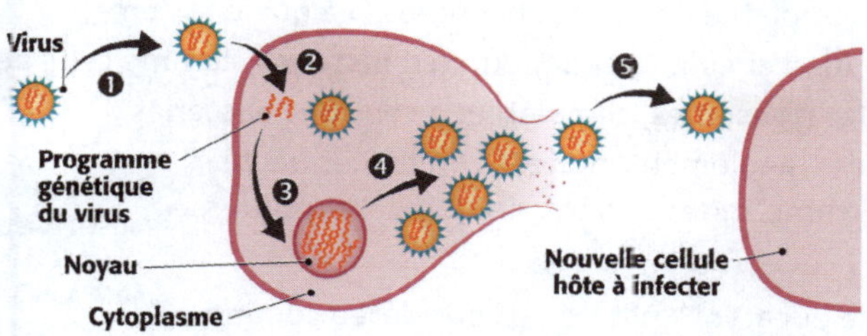

❶ Fixation sur la cellule cible
❷ Entrée du virus
❸ Copie du matériel génétique
❹ Production de nouveaux virus
❺ Éclatement de la cellule et sortie

Doc. 3 Comparaison de la syncytine humaine et de la protéine virale MSRV

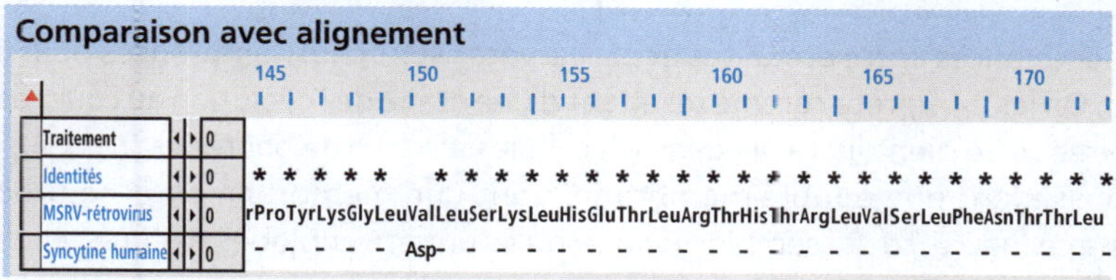

Vocabulaire

- **Conjugaison :** mécanisme d'échange génétique entre bactéries.
- **Plasmide :** fragment d'ADN circulaire qui peut s'échanger entre bactéries.
- **Avantage sélectif :** caractère qui permet à un individu de voir la fréquence de son phénotype et de son génotype augmenter de génération en génération.
- **Transfert horizontal de gènes :** échange de gènes hors de la reproduction sexuée.
- **Homologie de séquence :** similarité de séquence indiquant une relation de parenté.

FICHE 2

Les endosymbioses

De quoi s'agit-il ?

Des symbioses entre cellules procaryotes, indépendamment de la reproduction sexuée, ont permis la formation des cellules eucaryotes.

1 Des similarités entre procaryotes et organites des eucaryotes

- La **cellule eucaryote** se distingue de la cellule **procaryote** (**Doc 1**) par la présence d'**organites** parmi lesquels on peut citer le noyau. Pourtant, la comparaison d'organites comme les mitochondries ou les chloroplastes avec des procaryotes montre des ressemblances.
- Les organites :

– sont de taille semblable à celle des bactéries (1 à quelques µm) ;

– possèdent un ADN circulaire et dépourvu d'**histones**, comme celui des bactéries ;

– contiennent des **ribosomes**, semblables à ceux des bactéries ;

– se divisent par étranglement médian, comme les bactéries, et à un rythme indépendant de la cellule qui les contient.

- Ainsi, la cellule eucaryote peut être considérée comme une chimère, comportant des constituants caractéristiques de la cellule eucaryote (noyau) et des constituants aux propriétés de procaryotes (chloroplastes, mitochondries).

Remarque
Ainsi il existe une hérédité mitochondriale, maternelle. En effet seules les mitochondries de la mère (et donc ses gènes mitochondriaux) sont transmises à ses enfants.

2 La théorie endosymbiotique

- Ces ressemblances entre organites et procaryotes sont trop nombreuses pour être dues au hasard. On les interprète comme résultant d'une étape de l'évolution au cours de laquelle les organites se seraient installés dans les cellules à partir de bactéries (**Doc. 2**). En effet, ceux-ci possèdent une double membrane, dont une membrane externe proche de la membrane cellulaire, ce qui semble indiquer qu'ils ont été englobés par une cellule initiale.
- La mitochondrie dériverait d'une bactérie **aérobie** ; le chloroplaste d'une cyanobactérie, bactérie autotrophe capable de réaliser la photosynthèse.
- Selon cette **théorie endosymbiotique**, des procaryotes auraient d'abord colonisé d'autres procaryotes, soit en établissant une symbiose, soit en les parasitant.
- Des échanges définitifs de gènes ont eu lieu entre les deux cellules, des constituants de l'une étant synthétisés par l'autre. L'association étant devenue obligatoire, il s'est établi une **endosymbiose**.

Remarque
Cette théorie déjà pressentie dès le milieu du XIXe siècle par certains scientifiques fut formulée dans les années 1960 par la biologiste Lynn Margulis.

LA BOITE À DOCS

Doc. 1 Les cellules eucaryotes et procaryotes

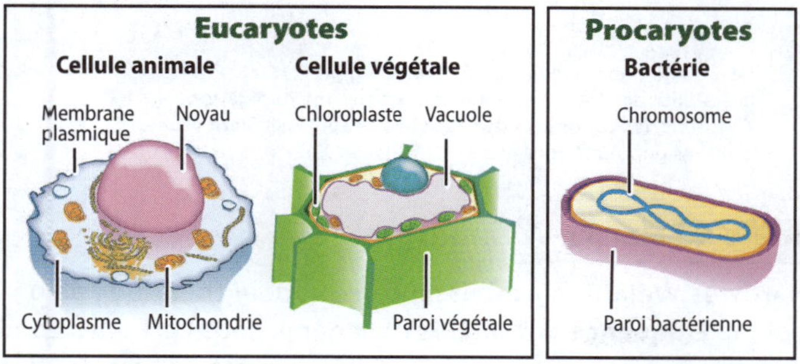

Doc. 2 Établissement de l'endosymbiose cellulaire

Des bactéries ont colonisé une cellule hôte ancestrale et s'y sont établies de façon définitive. La cellule hôte est devenue une cellule eucaryote.

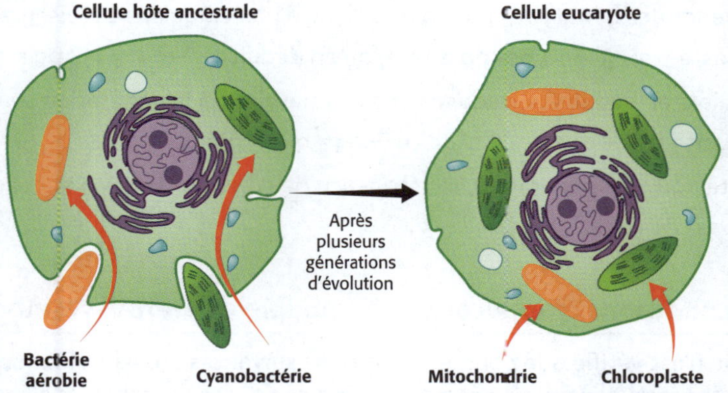

Vocabulaire

- **Cellule eucaryote :** cellule qui possède un noyau et des organites.
- **Procaryote :** cellule dépourvue de noyau et d'organite.
- **Organite :** compartiment cellulaire délimité par une membrane et spécialisé dans une fonction.
- **Histone :** protéine qui compacte l'ADN.
- **Ribosome :** assemblage moléculaire intervenant dans la synthèse protéique.
- **Aérobie :** qui ne vit qu'en présence de dioxygène.
- **Théorie endosymbiotique :** théorie selon laquelle les organites des cellules eucaryotes proviennent de cellules procaryotes.
- **Endosymbiose :** symbiose établie à l'intérieur d'une cellule.

FICHE 3

Évolution des génomes au sein des populations

De quoi s'agit-il ?

Le modèle théorique de Hardy-Weinberg prévoit la stabilité des fréquences alléliques dans une population. Toutefois, les conditions de cet équilibre sont rarement réunies dans les populations réelles.

1 Le modèle de Hardy-Weinberg

- En 1908, Hardy et Weinberg établissent un modèle théorique selon lequel, dans une population, la **fréquence des allèles** d'un gène, sous certaines conditions, reste constante au cours des générations. Ce modèle permet de calculer des **fréquences de génotypes** à partir des fréquences des allèles. Les fréquences de ces génotypes restent également constantes.
- Soit deux allèles A1 et A2 d'un même gène, avec p (compris entre 0 et 1) fréquence de l'allèle A1, et q (compris entre 0 et 1) fréquence de l'allèle A2, avec $p + q = 1$; on peut calculer la fréquence des génotypes possibles à l'aide d'un échiquier de croisement (**Doc. 1**).

Puisqu'il existe trois génotypes possibles, on en déduit que $p^2 + q^2 + 2\,pq = 1$ (**Doc. 2**).

- On peut alors en déduire la fréquence de chaque allèle à la génération suivante :

$f(A1) = p^2 + pq = p\,(p + q) = p$; $f(A2) = q^2 + pq = q\,(p + q) = q$.

- Dans cette nouvelle génération, la fréquence de A1 est toujours p et celle de A2 est toujours q.

2 Les conditions d'application du modèle de Hardy-Weinberg

- Ce modèle n'est vérifié que pour les conditions suivantes : une population de grande taille, des espèces diploïdes avec reproduction sexuée, des croisements aléatoires entre individus pour lesquels les gamètes sont produits en proportion égale et se rencontrent au hasard.
- De plus, l'allèle étudié n'a pas subi de mutation et les individus n'ont pas subi de migration, de **sélection naturelle** ou de **dérive génétique**.
- Dans de nombreux cas, on constate que la transmission des allèles ne respecte pas le modèle de Hardy-Weinberg.
- En effet, les allèles mutent, les individus sont sélectionnés ou subissent la dérive génétique et par conséquent, la fréquence des allèles est modifiée au cours des générations. Les populations se différencient génétiquement les unes des autres. Les échanges de gènes entre populations se raréfient, et les espèces apparaissent comme des ensembles hétérogènes de populations, en évolution permanente.

LA BOITE À DOCS

Doc. 1 Les génotypes possibles et leurs fréquences respectives suite au croisement de deux hétérozygotes

Gamètes femelles	Gamètes mâles
A1A1 (p^2)	A1A2 (pq)
A1A2 (pq)	A2A2 (q^2)

Doc. 2 Fréquence des génotypes en fonction de la fréquence des allèles (pour 2 allèles)

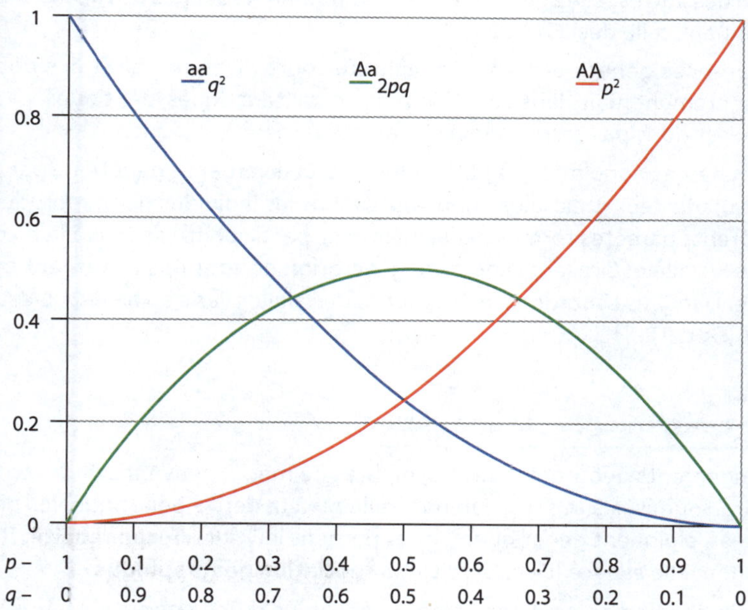

Vocabulaire

- **Fréquence d'un allèle :** proportion d'un allèle dans une population.
- **Fréquence de génotype :** proportion d'un génotype dans une population.
- **Sélection naturelle :** modification de la fréquence d'allèles sous la pression de l'environnement.
- **Dérive génétique :** variation de la fréquence d'allèles, du fait du hasard, dans une population de faible effectif.

FICHE 4

L'évolution au sein des populations : la spéciation

De quoi s'agit-il ?

Par le biais de la sélection naturelle ou de la dérive génétique, les populations sont soumises à des variations génétiques qui favorisent la formation de nouvelles espèces.

1 Des changements génétiques au sein des populations

- Dans une **population**, les chances de survie sont inégales selon les caractères portés par les individus. La sélection naturelle favorise les phénotypes avantageux et diminue la proportion des autres. Elle agit ainsi en augmentant la fréquence des allèles avantageux et en diminuant celle des autres.
- Des différences génétiques s'accumulent au cours du temps chez des populations élevées séparément mais dans des milieux aux caractéristiques identiques. La sélection naturelle n'est donc pas responsable de cette divergence.
- En effet, chez les populations à petits effectifs, la divergence génétique par rapport à la population de départ est plus importante. Tous les individus ne se reproduisent pas et les différents gamètes formés par la méiose ne participent pas tous à la fécondation. Ainsi, tous les allèles présents chez une génération ne sont pas forcément transmis à la suivante. Dans ces conditions, la fréquence des allèles varie au hasard. C'est la dérive génétique (**Doc. 1**).

2 Une conséquence : la spéciation

- Des changements géographiques (relief, bras de mer...) peuvent scinder en deux une population. Soumises à la sélection naturelle ou à la dérive génétique, les deux sous-populations s'éloignent génétiquement et perdent leur **interfécondabilité**. Il se forme alors une nouvelle espèce (**Doc. 2**) : c'est la **spéciation géographique**.
- D'autres mécanismes peuvent être responsables d'une spéciation. Ainsi, chez les oiseaux, la mutation d'un gène contrôlant la nature du chant ou la coloration du plumage peut empêcher la reconnaissance des partenaires.
- Une modification de l'habitat, du mode de vie (nocturne, diurne) ou des modifications anatomiques rendant l'accouplement impossible aboutissent aussi à la spéciation.
- La disparition du milieu de vie d'une espèce entraîne la disparition des individus qui la composent et donc, de l'espèce elle-même. Elle disparaît aussi lorsque les individus qui la composent ne sont plus isolés mais réalisent avec d'autres des échanges génétiques auparavant impossibles.

LA BOITE À DOCS

Doc. 1 Modélisation de l'évolution de la fréquence d'un allèle au cours du temps pour trois effectifs de population

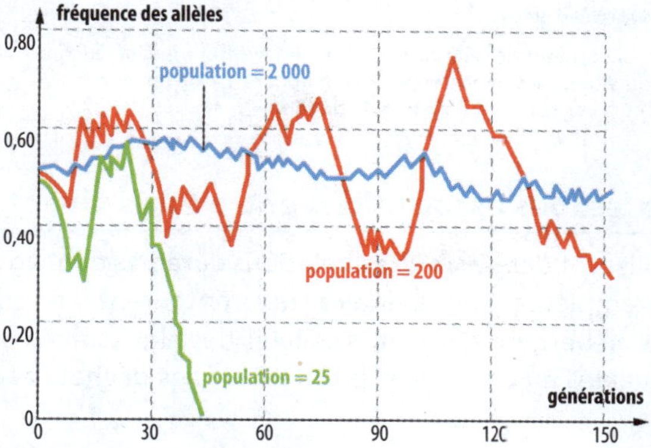

Doc. 2 La spéciation par isolement géographique (a) ou non (b)

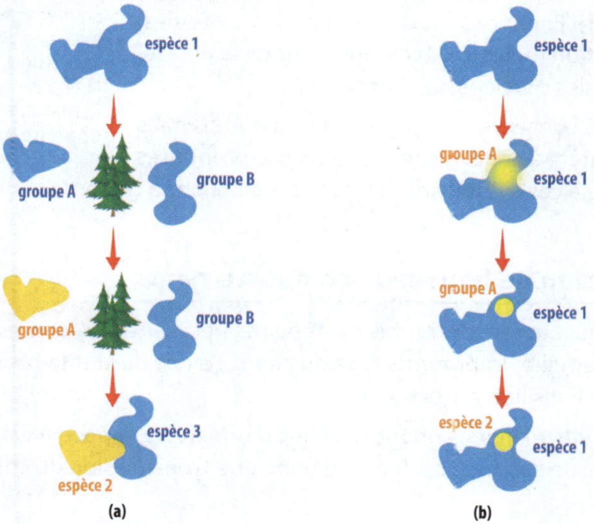

Vocabulaire

- **Population :** ensemble d'individus d'une espèce, vivant en même temps dans un même endroit.
- **Interfécondabilité :** capacité pour des individus à se reproduire entre eux.
- **Spéciation géographique :** formation de nouvelles espèces à partir de populations séparées géographiquement.

FICHE 5

Diversification sans modification du génome

De quoi s'agit-il ?

L'établissement de relations entre espèces différentes ou encore l'acquisition de comportements font apparaître de nouveaux phénotypes sans modification du **génome**.

1 Les symbioses, des associations entre êtres vivants

- Des espèces établissent des **symbioses**, relations durables et obligatoires, à bénéfices réciproques. Par exemple, certains **cnidaires** qui s'entourent d'un squelette calcaire et forment les coraux, hébergent dans leurs cellules des algues microscopiques. Celles-ci fournissent des glucides au cnidaire et profitent de ses déchets azotés ainsi que d'un milieu de vie stable.
- De nombreux exemples de symbioses existent aussi chez les plantes. Des bactéries qui fixent l'azote de l'air s'établissent dans les racines des plantes de la famille des **légumineuses** (**Doc. 1**). En favorisant la synthèse des protéines, elles permettent un meilleur développement de la plante, laquelle fournit des glucides aux bactéries.
- Chaque espèce conserve son génome (en général) mais l'association confère à chacune des espèces des propriétés nouvelles. Grâce à ces symbioses, les espèces évoluent à génome constant.

Remarque
Chez de nombreux arbres, l'absorption d'eau et d'ions du sol est facilitée le plus souvent par des symbioses avec des champignons, les mycorhizes. En échange, le champignon reçoit la matière organique produite par le végétal.

2 L'acquisition de nouveaux comportements

- Chez des oiseaux, la rencontre des partenaires nécessite la reconnaissance du chant du mâle par la femelle. L'apprentissage du chant se fait durant la première période de la vie, par le jeune oisillon encore au nid.
- Or, un oisillon élevé en entendant le chant d'une autre espèce n'est plus capable de reconnaître celui de son espèce. Il existe donc une transmission du comportement des parents aux jeunes.
- Cette transmission du chant diffère aussi selon le lieu. Ainsi, d'une région à l'autre, le comportement transmis varie, ce qui participe à l'évolution.
- D'autres comportements dans les populations animales, comme l'utilisation des outils, peuvent être transmis de génération en génération. On connaît ainsi des populations de chimpanzés qui, pour se nourrir, utilisent des méthodes différentes d'une population à l'autre. Elles sont acquises par les jeunes qui, à leur tour, les transmettront à la génération suivante (**Doc. 2**).

LA BOITE À DOCS

Doc. 1 Des racines de plants de soja cultivés en champ normal (a) ou stérile (b)

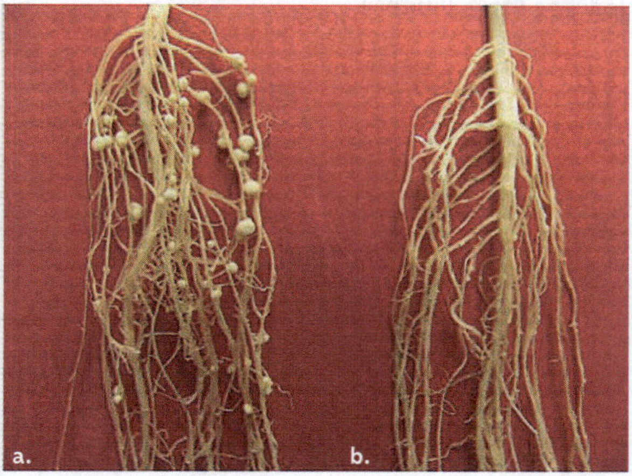

Les racines de soja possèdent, en milieu naturel (a), des nodosités : petites masses contenant des bactéries du genre Rhizobium. Une culture expérimentale en milieu stérile (b) empêche le développement des nodosités. Les racines sont alors moins développées, ce qui montre le bénéfice de cette association pour la plante.

Doc. 2 Acquisition d'un comportement par des chimpanzés

Vocabulaire

- **Génome :** ensemble du matériel génétique d'un organisme.
- **Symbiose :** association durable et obligatoire à bénéfices réciproques entre deux organismes.
- **Cnidaire :** groupe d'animaux auquel appartiennent les coraux, les méduses et les anémones de mer.
- **Légumineuse :** famille de plantes herbacées comprenant, entre autres, les pois et les lentilles.

Révision Express

SCHÉMA BILAN

> La diversification des êtres vivants

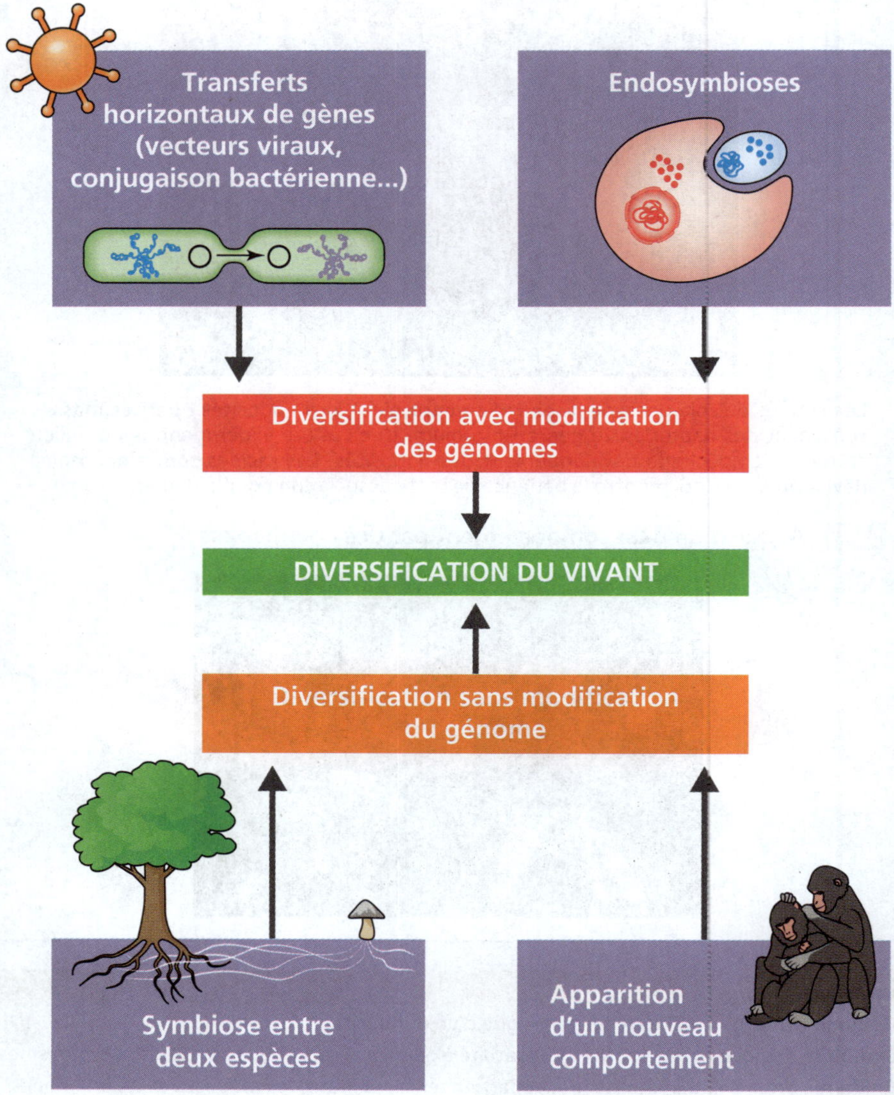

POINTS IMPORTANTS À RETENIR

- Des **échanges** de gènes entre bactéries modifient leur **génome**. Les virus peuvent modifier le génome de cellules eucaryotes en y intégrant leur ADN ou celui provenant d'autres cellules hôtes. Ces **transferts horizontaux** de gènes, hors de la reproduction sexuée, participent ainsi à l'évolution des espèces.
- Selon la **théorie endosymbiotique**, les organites des cellules **eucaryotes** se sont formés à la suite de **symbioses** établies entre **procaryotes.**
- Dans une population, le **modèle théorique de Hardy-Weinberg** prévoit la stabilité des fréquences relatives des allèles dans certaines conditions (absence de mutations, croisements au **hasard** dans des populations de grand effectif...).
- Néanmoins, la **sélection naturelle** et la **dérive génétique** modifient génétiquement les populations. De **nouvelles espèces** peuvent alors se former.
- La **diversification** phénotypique des êtres vivants peut aussi se faire sans modification du génome. Ainsi, dans le cas de symbioses, deux organismes établissent une relation durable qui modifie le phénotype de chacun.
- L'acquisition de **nouveaux comportements**, comme une modification du chant des oiseaux ou l'utilisation d'outils chez les chimpanzés, modifie le phénotype des populations et contribue à leur évolution.

APPRENDRE AUTREMENT

Comprendre les mécanismes de complexification du génome

Vidéo

LE COURS EN 10 MOTS-CLÉS

SYMBIOSE
spéciation
CONJUGAISON
THÉORIE ENDOSYMBIOTIQUE
HASARD
TRANSFERT HORIZONTAL
Hardy-Weinberg
sélection naturelle
DÉRIVE GÉNÉTIQUE
TRANSMISSION DES COMPORTEMENTS

Comprendre l'origine d'un nouveau comportement

ÉNONCÉ

En 1980, un spécialiste des baleines à découvert l'existence d'un comportement de *lobtail feeding* consistant à frapper violemment la surface de l'eau avec sa queue afin de produire un rideau de bulles qui regroupe les poissons, ce qui facilite leur capture.

Les documents suivants fournissent des informations sur ce nouveau comportement.

Doc. 1 Développement du *lobtail feeding* au sein de plusieurs groupes de baleines

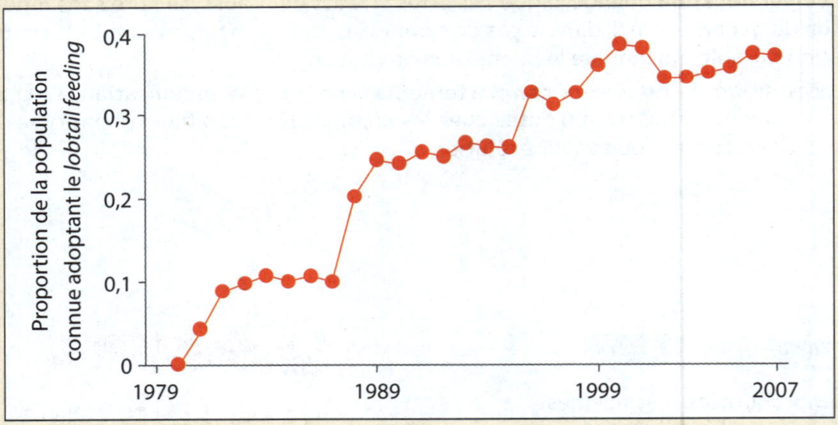

À partir de 1979, suite à la disparition des harengs dans le golfe du Maine, les baleines à bosse se mettent à consommer des lançons, proies plus difficiles à regrouper.

Doc. 2 Taux comparés d'apprentissage du *lobtail feeding* chez la baleine à bosse

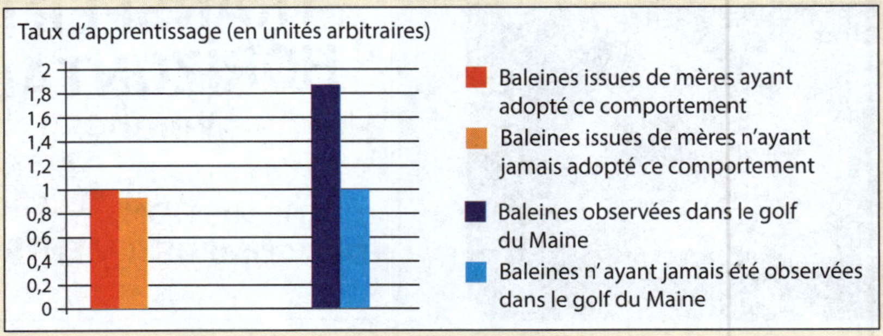

Les individus adoptent d'autant plus ce comportement qu'ils ont de liens sociaux.

Méthode

QUESTION

Exploitez les documents pour expliquer comment ce nouveau comportement de chasse a pu apparaître chez les baleines, et surtout comment il s'est dispersé à l'intérieur de l'espèce.

MÉTHODE

- Le **Doc. 1** permet d'établir une **relation entre l'apparition du comportement** et une modification des **conditions du milieu**. Il faut se poser la question de savoir si l'apparition de ce comportement est liée à une **transformation du génome**. Dans ce cas, il faudrait trouver des arguments confirmant qu'il se **transmet héréditairement**. Dans le cas contraire, il faut expliquer comment un comportement peut se transmettre **sans faire intervenir le génome**.
- Le **Doc. 2** permet de répondre à cette question.

CORRIGÉ

D'après le **Doc. 1**, le *lobtail feeding* n'existait pas avant 1980 chez les baleines. Il est apparu peu après le changement de proies, lequel a posé problème puisque la nouvelle proie, le lançon, est plus difficile à capturer.

En 2007, presque 40 % de la population des baleines avaient adopté ce comportement. Celui-ci s'est donc transmis en moins de trois décennies.

Le **Doc. 2** montre que le *lobtail feeding* n'est pas plus répandu chez des individus dont la mère a adopté ce comportement que chez d'autres. Il n'est donc pas transmis génétiquement, de la mère à la progéniture. Par conséquent, il ne s'agit pas d'un comportement déterminé génétiquement mais d'un comportement acquis.

Par contre, l'importance de ce comportement varie significativement (du simple au double) selon que l'individu est issu d'une population ayant séjourné ou non dans le golfe du Maine. Or, c'est dans le golfe du Maine que ce comportement a été observé pour la première fois. De plus, les individus ayant adopté ce comportement sont ceux qui ont les liens sociaux les plus nombreux.

L'astuce du prof
Pensez à relier les informations fournies par les deux documents !

On peut donc penser que face au problème de la nourriture plus difficile à capturer, un individu a acquis un nouveau comportement (sans doute par hasard). Ce comportement augmentant la prise de nourriture, il a été reproduit et transmis aux autres individus. Ainsi, ce comportement a été sélectionné et la proportion d'individus l'adoptant a augmenté au cours du temps.

VRAI FAUX

1 min

À revoir

Acquis

Fiche test 1 Je fais le point

Indiquer pour chaque proposition si elle est vraie ou fausse.

1. Les symbioses sont sources de diversité.	Vrai	Faux
2. Lors de la reproduction sexuée, un transfert vertical de gènes s'effectue.	Vrai	Faux
3. Selon le modèle de Hardy-Weinberg, la fréquence d'un allèle diminue au cours du temps.	Vrai	Faux
4. Les comportements sont transmis génétiquement chez les vertébrés.	Vrai	Faux
5. Le chant des oiseaux est uniquement d'origine génétique.	Vrai	Faux

SCORE : ___ / 5

QCM

3 min

À revoir

Acquis

Fiche test 2 Le bon choix

Pour chaque question ou affirmation, il y a entre 0 et 3 bonnes réponses.

1 La sélection naturelle :
- a. retient toujours les mêmes allèles.
- b. favorise les allèles avantageux en fonction des conditions du milieu.
- c. modifie les fréquences alléliques au sein des populations.

FICHE 4 p. 48

2 La spéciation :
- a. nécessite un isolement reproductif.
- b. est favorisée dans des populations de petits effectifs.
- c. s'accompagne de la conservation du patrimoine génétique.

FICHE 4 p. 48

3 Dans une mitochondrie, on trouve :
- a. comme dans une bactérie, un chromosome circulaire.
- b. comme dans un chloroplaste, un chromosome circulaire.
- c. des gènes qui attestent que c'est une ancienne bactérie symbiotique.

FICHE 2 p. 44

4 Un transfert horizontal de gènes :
- a. est une transmission de gènes par l'intermédiaire de la reproduction sexuée.
- b. peut se faire par le biais d'un virus.
- c. est un facteur de diversité à génome constant.

FICHE 1 p. 42

5 La fréquence d'un allèle dans une population :
- a. peut varier selon les conditions du milieu.
- b. peut être modifiée sous l'effet du hasard.
- c. reste constante malgré des mutations du gène concerné.

FICHE 4 p. 48

6 Les symbioses entre espèces différentes :
- a. sont un facteur de diversification des phénotypes.
- b. modifient le génome des espèces concernées.
- c. sont des associations transitoires à bénéfices réciproques.

FICHE 5 p. 50

7 La conjugaison bactérienne :
- a. est à l'origine d'un transfert vertical de gènes.
- b. peut s'effectuer entre espèces différentes.
- c. permet l'échange de plasmides.

FICHE 1 p. 42

SCORE : ___ / 7

EXERCICES D'ENTRAÎNEMENT

1 Une vérification du modèle de Hardy-Weinberg

Dans une population de 300 individus, les génotypes se répartissent de façon suivante : A1//A1 = 148, A1//A2 = 125 et A2//A2 = 28.

QUESTION

Montrez que les effectifs des génotypes resteront constants à la génération suivante.

2 La spéciation chez les grenouilles

Exploitation de document

Les grenouilles, même d'espèces différentes, sont pour beaucoup d'entre elles des animaux physiologiquement proches. Il est d'ailleurs possible de les croiser entre elles en laboratoire. Pourtant, dans la nature, elles ne s'hybrident pas (il n'y a pas de croisement entre deux espèces différentes).
On a reporté sur le graphique suivant la période de reproduction de différentes espèces de grenouilles vivant dans une même région, ainsi que leur milieu de reproduction.

Doc. **Période et milieu de reproduction des différentes espèces de grenouilles**

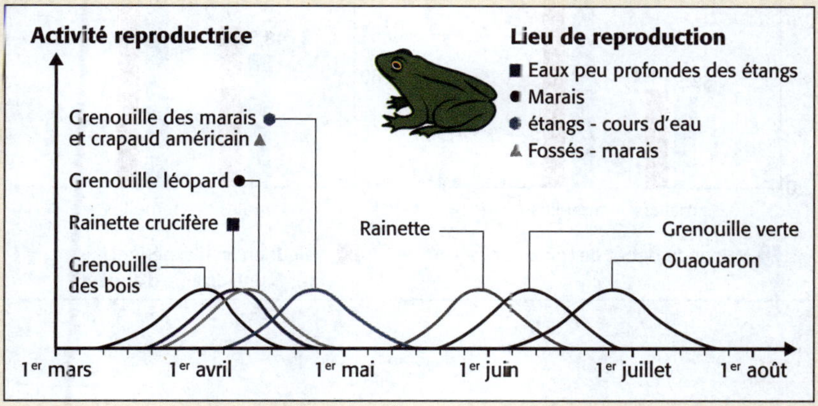

QUESTIONS

1. Indiquez la conséquence de l'absence d'hybridation entre différentes espèces de grenouilles dans les conditions naturelles.
2. Expliquez les raisons de l'isolement reproductif entre ces espèces.
3. En admettant que ces différentes espèces de grenouilles appartenaient initialement à une même espèce, expliquez comment de nouvelles espèces ont pu se former.

③ Pression du milieu et diversification des êtres vivants EXO BAC

Le guppie, un petit poisson d'eau douce, a plusieurs prédateurs, notamment les killis et les crenicichles. Les premiers se nourrissent de guppies de petite taille, les seconds de guppies de grande taille.
Dans les milieux où seuls les killis sont présents, les guppies sont de plus grande taille et deviennent adultes plus tardivement. C'est l'inverse dans les milieux où les guppies ont pour seuls prédateurs les crenicichles.
Pour expliquer cette différence, des chercheurs ont mené une expérience présentée sur le document suivant.

Doc. Les résultats d'une expérience

Des guppies vivant en présence de crenicichles (sans killis) ont été déplacés durant une dizaine d'années dans un autre milieu où seuls des killis sont présents. En début et en fin d'expérience, leur poids a été mesuré à maturité ainsi que l'âge de cette maturité.

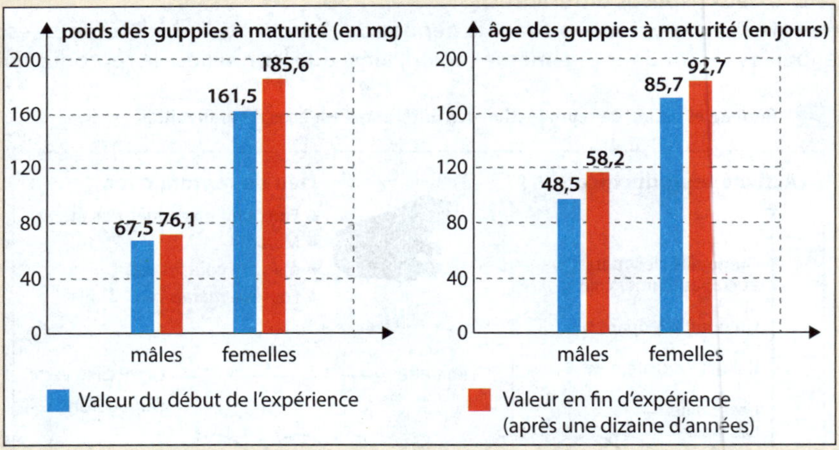

QUESTION

À partir de l'exploitation du document, montrez que la pression de sélection exercée par les prédateurs tend à diversifier les êtres vivants.

④ Un transfert de gènes EXO BAC

Exploitation de documents

Agrobacterium rhizogenes est une bactérie capable de transférer un fragment d'ADN à l'intérieur des cellules des racines de végétaux. Celui-ci s'insère dans le génome de la cellule végétale et déclenche une maladie caractérisée par l'apparition d'un chevelu racinaire au point d'infection par la bactérie.

En déchiffrant le génome de variétés agricoles comme celui de la patate douce, des chercheurs y ont découvert des traces du génome de cette bactérie.
Les documents suivants indiquent quelques-uns de leurs résultats.

Doc. 1 Recherche de gènes bactériens dans l'ADN de la patate douce cultivée

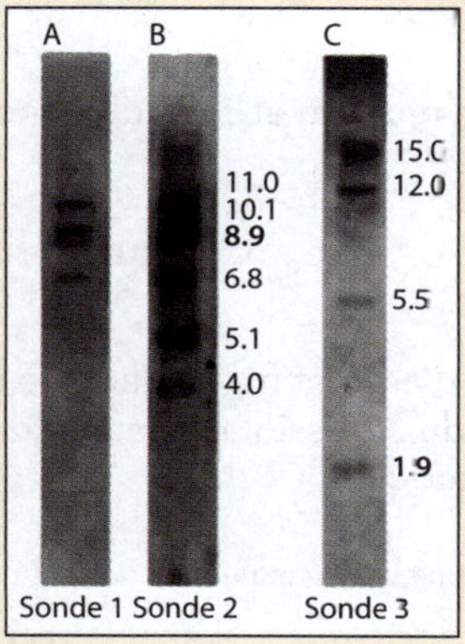

Pour rechercher la présence d'ADN bactérien dans le génome de la patate douce, on utilise une sonde radioactive constituée de séquences d'ADN bactérien simple brin capable de s'hybrider avec un ADN complémentaire Lorsque l'hybridation se produit, cet ADN double brin peut être rendu visible sous forme de bandes sombres.

Doc. 2 Degré d'expression de trois gènes bactériens chez la patate douce cultivée

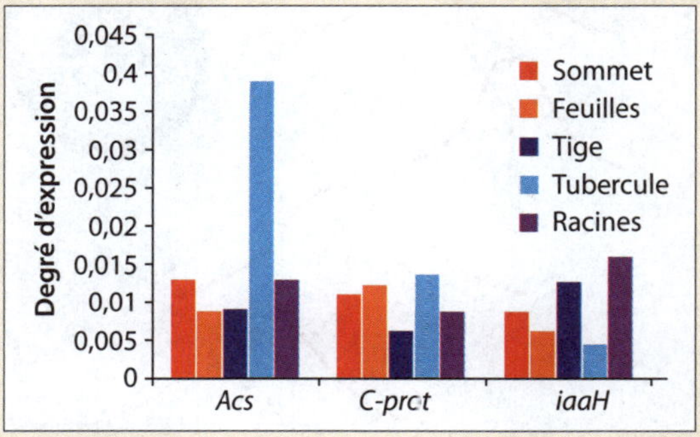

On a recherché dans différents organes de la patate douce l'expression de trois gènes présents chez *Agrobacterium rhizogenes* (Acs, C-prot et iaaH), puis on a mesuré leur degré d'expression.

QUESTION

À partir de l'exploitation des documents, expliquez par quels mécanismes ont été acquis les caractères phénotypiques de la patate douce cultivée.

⑤ Fréquence de la mucoviscidose dans une population

La mucoviscidose est une maladie qui frappe un enfant sur 2 500.
Elle est due à un allèle muté récessif, noté m.
On notera M l'allèle non muté.

QUESTION

Calculez la fréquence de l'allèle muté m et celle du génotype hétérozygote m//M.

⑥ Un exemple de spéciation chez les ammonites

Exploitation de document

On suit le devenir d'une espèce d'ammonite (mollusque fossile) dans les couches géologiques du Callovien (un étage du Jurassique) à partir du caractère E/H, rapport entre l'épaisseur et la hauteur de la coquille.

Doc. **La spéciation dans le groupe des ammonites**

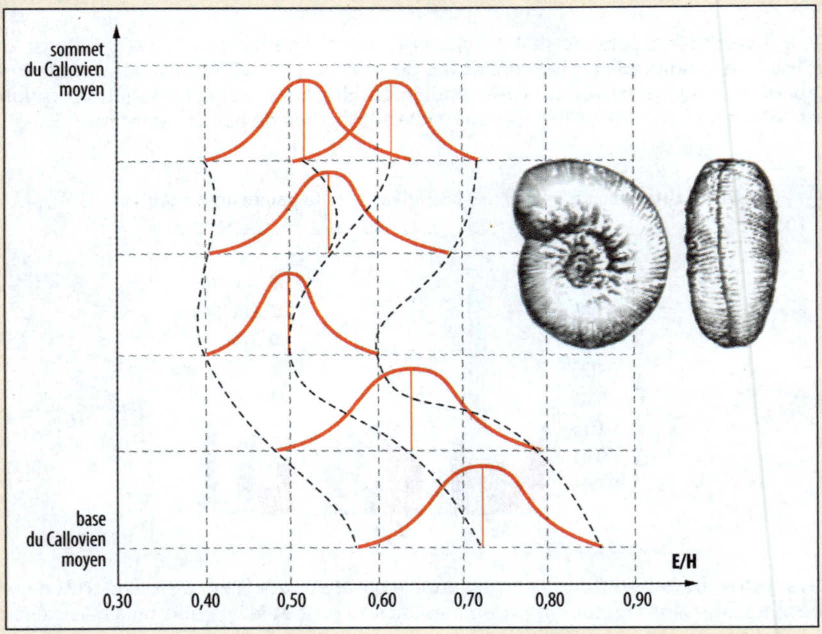

QUESTION

Exploitez les informations fournies par ce document pour mettre en évidence la spéciation.

Fiche test 1 — Je fais le point

1. **Vrai.**
2. **Vrai.**
3. **Faux.** Selon le modèle de Hardy-Weinberg, la fréquence d'un allèle reste constante au cours du temps.
4. **Faux.** Les comportements peuvent se transmettre de génération en génération mais indépendamment du génome.
5. **Faux.** Le chant des oiseaux nécessite un apprentissage.

Fiche test 2 — Le bon choix

1. **a.** est fausse. La sélection naturelle retient des allèles avantageux dans un environnement donné.
   b. et **c.** sont vraies.
2. **a.** et **b** sont vraies.
   c. est fausse. Deux espèces différentes se forment lorsqu'elles sont isolées génétiquement, c'est-à-dire lorsqu'elles ont des patrimoines génétiques différents.
3. **a.**, **b.** et **c.** sont vraies.
4. **a.** est fausse. Un transfert horizontal de gène se produit hors de la reproduction sexuée.
   b. est vraie.
   c. est fausse. Le transfert horizontal de gènes modifie le génome.
5. **a.** et **b.** sont vraies.
   c. est fausse. Des mutations peuvent faire apparaître de nouveaux allèles qui se révèlent avantageux et se répandent dans une population.
6. **a.** est vraie.
   b. est fausse. Les symbioses permettent une diversification phénotypique à génome constant.
   c. est fausse. Les symbioses sont des associations durables.
7. **a.** est fausse. La conjugaison bactérienne correspond à un transfert horizontal de gènes.
   b. et **c.** sont vraies.

EXERCICES D'ENTRAÎNEMENT

1 Une vérification du modèle de Hardy-Weinberg

Chaque individu possède deux exemplaires du gène considéré. Dans une population de 300 individus, le nombre total d'allèles de ce gène est donc de 600.

L'allèle A1 est présent dans les génotypes A1//A1 et A1//A2. Sa fréquence est donc égale à : $(2 \times 148 + 125)/600 = 0,7$.

L'allèle A2 est présent dans les génotypes A2//A2 et A1//A2. Sa fréquence est de : $(2 \times 28 + 125)/600 = 0,3$.

Si la population se reproduit selon les conditions du modèle théorique de Hardy-Weinberg (absence de mutation, pas de sélection naturelle, population de grande taille), on peut calculer les effectifs de chaque génotype à la génération suivante. Les résultats figurent dans le tableau ci-dessous.

Remarque
On suppose que l'effectif de la population se maintient de génération en génération.

Allèles des parents	Fréquence des appariements	Fréquence des génotypes de descendance	Effectif du génotype chez les descendants
A1 × A1	0,7 × 0,7	0,49	0,49 × 300 = 147
A1 × A2	0,7 × 0,3	0,21	(0,21 + 0,21) × 300 = 126
A2 × A1	0,3 × 0,7	0,21	
A2 × A2	0,3 × 0,3	0,09	0,09 × 300 = 27

Les effectifs des génotypes sont restés constants par rapport à la génération précédente. Le modèle de Hardy-Weinberg est vérifié.

② La spéciation chez les grenouilles

1. Comme les différentes espèces de grenouille ne s'hybrident pas à l'état naturel, il n'y a pas d'échanges de gènes entre elles. Ainsi, l'isolement reproductif permet le maintien de chaque espèce.
2. Les périodes de reproduction sont incompatibles pour certaines grenouilles (grenouille des bois et rainette, par exemple). Par conséquent, elles sont incapables de se reproduire entre elles.

   Certaines ont des périodes de reproduction qui se chevauchent mais leur milieu de reproduction est différent : la rainette crucifère se reproduit dans les eaux peu profondes des étangs, alors que la grenouille léopard s'accouple dans les marais. Il existe donc deux mécanismes d'isolement reproductif qui se complètent.

Remarque
Une espèce peut être définie comme une population d'individus suffisamment isolée génétiquement des autres populations.

3. L'isolement reproductif entre différentes populations a interrompu le flux de gènes entre elles. Chaque population, sous l'effet des mutations et/ou de la dérive génétique, a évolué séparément, entraînant un phénomène de spéciation.

③ Pression du milieu et diversification des êtres vivants

On cherche à expliquer comment les caractères des individus d'une population peuvent se modifier sous l'influence du milieu.
En présence de prédateurs comme les crenicichles, les guppies sont de plus petite taille et arrivent plus précocement à maturité.

On étudie l'effet d'un changement de milieu en les plaçant avec d'autres prédateurs : les killis. Cela se traduit par une augmentation de poids d'environ 10 %, chez les mâles comme chez les femelles. L'âge de la maturité est quant à lui retardé, là encore d'environ 10 %.

Les caractéristiques des guppies ont été modifiées, elles correspondent maintenant à celles des populations qui, dans des conditions naturelles, vivent en présence des killis. Le changement de milieu est donc responsable de ces transformations. Celles-ci présentent un avantage en permettant aux guppies de mieux échapper à leurs prédateurs puisqu'ils ne présentent pas les caractéristiques des proies habituelles (petite taille, âge de maturité précoce).

L'astuce du prof

Il faut éliminer les données inutiles. Ici, les variations concernant les mâles et les femelles sont les mêmes, donc sans grand intérêt. Le fait que les mâles soient plus petits que les femelles n'a pas de signification par rapport à l'expérience.

Il reste à expliquer comment ce changement s'est produit. Les caractéristiques d'un individu sont déterminées par son génotype, l'introduction du guppie dans un nouveau milieu ne le modifie pas.

Par contre, des mutations ont lieu en permanence de façon aléatoire et peuvent aboutir notamment à des guppies de plus grande taille avec un âge de maturité retardé. Ces individus seront avantagés, ils échapperont plus facilement au prédateur et se reproduiront en plus grand nombre.

Remarque

Ce n'est pas le changement de milieu qui provoque la mutation. En revanche, celle-ci peut être sélectionnée sous la pression du milieu.

De ce fait, la fréquence des allèles avantageux augmentera et, de génération en génération, la taille et l'âge de maturité seront modifiés. C'est un exemple de sélection naturelle.

4 Un transfert de gènes

Le **Doc. 1** met en évidence une complémentarité entre certaines séquences d'ADN bactérien et différentes régions du génome de la patate douce. Le génome de la patate douce comporte donc des gènes d'origine bactérienne.

Le **Doc. 2** montre que trois gènes présents chez la bactérie s'expriment dans différents organes de la patate douce, aussi bien dans les feuilles que les racines et les tubercules. Ainsi, ces gènes sont présents dans le génome de la patate douce.

On peut noter que l'un d'eux (Acs) s'exprime davantage dans le tubercule ; ce gène est donc en partie responsable des caractéristiques de cet organe de réserve et, par conséquent, des particularités de la patate douce cultivée.

Remarque

Lorsqu'une sonde simple brin s'hybride avec une séquence d'ADN, c'est par complémentarité de base. La séquence reconnue a donc la même séquence que celle du brin complémentaire de l'ADN de la sonde.

Ainsi, on peut penser que le génome de la patate douce a été modifié après infection par la bactérie. Il s'agit d'un transfert horizontal de gènes, responsable d'une modification phénotypique.

Gagnez des points

Pensez à employer les notions-clés.

Par la suite, certains de ces nouveaux caractères, notamment ceux du tubercule qui présente un intérêt alimentaire, auraient été sélectionnés par l'Homme.

5 Fréquence de la mucoviscidose dans une population

La mucoviscidose est une maladie qui frappe un enfant sur 2 500. Elle est due à un allèle muté récessif (noté m). On cherche à calculer sa fréquence ainsi que celle du génotype hétérozygote m//M (M étant l'allèle non muté).

L'allèle muté m est récessif, les individus malades ont donc pour génotype m//m. Soit (p) la fréquence de l'allèle M et (q) la fréquence de l'allèle m.

Si on suppose qu'il n'existe que deux versions du gène : (p) + (q) = 1.

Remarque
La fréquence de la maladie dans la population correspond à la fréquence d'un génotype (et non d'un allèle).

On peut évaluer par un échiquier de croisement la probabilité des différents génotypes pour deux parents hétérozygotes.

Gamètes femelles / Gamètes mâles	M (p)	m (q)
M (p)	M//M (p^2)	M//m (pq)
m (q)	M//m (pq)	m//m (q^2)

La fréquence du génotype muté m//m est donc (q^2) = 1/2 500 et celle de l'allèle muté est (q) = 1/50 = 0,02.

S'il n'existe que deux versions du gène et si (p) = 1/50, alors (q) = 49/50.

La fréquence du génotype hétérozygote M//m est :

2pq = 2 × (1/50 × 49/50) = 0,0039.

6 Un exemple de spéciation chez les ammonites

Dans chacun des niveaux étudiés, correspondant à une période de temps, la distribution de ce caractère est représentée par une courbe de Gauss (en cloche) autour d'une valeur moyenne. Il y a homogénéité des ammonites, qui forment une espèce.

Néanmoins, pour chaque niveau, la valeur moyenne de E/H n'est pas la même. Il s'agit d'espèces différentes.

Les ammonites évoluent. Une espèce se transforme en une autre. Il y a spéciation, c'est-à-dire formation d'une nouvelle espèce.

Entre l'avant-dernier et le dernier niveau, les ammonites se répartissent en deux groupes pour le caractère E/H. L'espèce s'est scindée en deux autres.

Chapitre

3 Le temps et les roches

Les fossiles sont des traces d'êtres vivants partiellement conservés dans les roches.

FICHE 1

La chronologie relative

De quoi s'agit-il ?

Des relations géométriques permettent de reconstituer la chronologie relative de structures ou d'événements géologiques.

1 Des principes géométriques

- La **chronologie relative** consiste à dater des roches ou des événements les uns par rapport aux autres. Elle se fonde sur des principes géométriques.

- Les roches sédimentaires se forment par dépôts successifs de couches. Ainsi, selon le principe de superposition, une couche de roche sédimentaire (ou une coulée de lave) est plus récente que celle qu'elle recouvre (**Doc.**).

- Selon le principe de recoupement, toute structure qui en recoupe une autre (ou toute **déformation** qui l'affecte) lui est postérieure. Par exemple, un **pluton de granite** qui traverse un ensemble de couches sédimentaires est postérieur à la plus récente des **strates** qu'il recoupe. Les roches qui sont **métamorphisées** au contact du granite lui sont antérieures.

Remarque
Au contact du magma qui remonte, les roches subissent une augmentation de température qui entraîne des transformations minéralogiques : c'est le métamorphisme de contact.

- De même, lorsqu'une déformation affecte une couche de roche, elle est postérieure au **dépôt** de celle-ci. En revanche, si elle n'affecte pas les couches qui reposent sur les roches déformées, elle est antérieure à celles-ci.

- Une couche horizontale peut en recouvrir une autre qui a été **plissée**. Dans ce cas, les deux couches ont une orientation différente. La couche supérieure est dite « **discordante** ». Cette anomalie géométrique s'explique par une **interruption de la sédimentation**. Par exemple, la couche inférieure a été plissée. Cela a généré un relief qui a été soumis à l'érosion. Comme la couche supérieure est horizontale, elle s'est déposée sur une surface plane, donc seulement après l'érosion. La déformation (le pli) est donc **postérieure** à la couche inférieure affectée et **antérieure** à la couche supérieure non plissée.

- Enfin, si un fragment A est inclus dans B, alors A était initialement présent avant d'être englobé par B, et il est donc antérieur à ce dernier. Ce principe d'**inclusion** s'applique aux roches et aux minéraux.

2 Des corrélations à distance

- Les principes géométriques ne s'appliquent que lorsque les roches sont **en contact**. Dans le cas contraire, on utilise le principe de **continuité** : une couche donnée a le même âge sur toute son étendue. Ainsi, si elle a pu être datée en un endroit, on connaîtra son âge sur toute sa longueur.

- Les corrélations établies entre couches éloignées reposent le plus souvent sur leur contenu en fossiles. C'est le principe d'**identité paléontologique**.

LA BOITE À DOCS

Doc. Les principes de datation relative

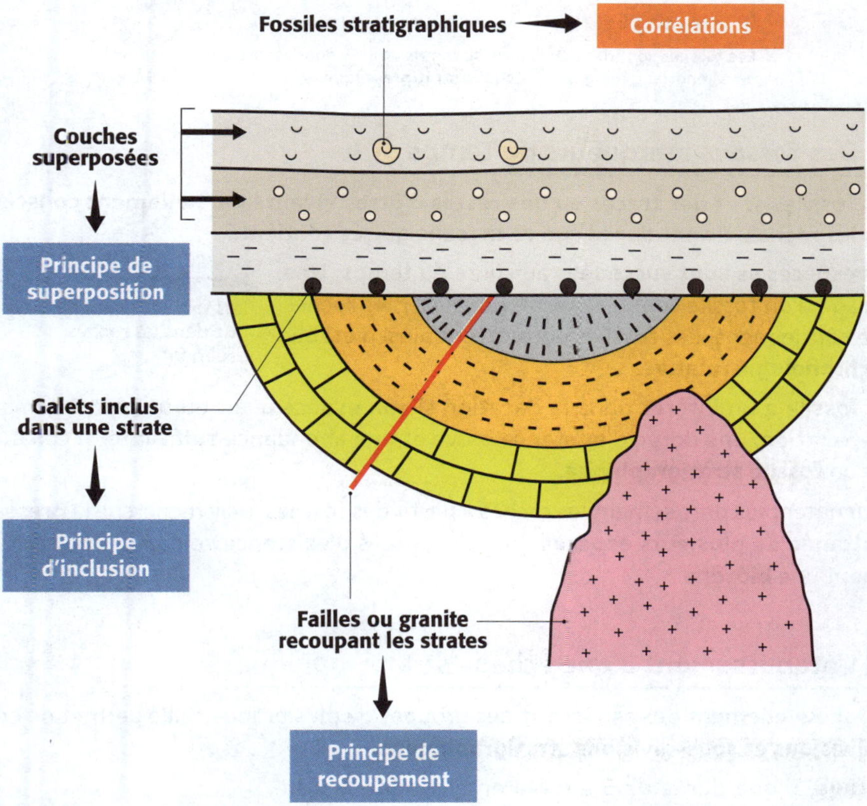

Vocabulaire

- **Chronologie relative :** datation des roches et événements géologiques les uns par rapport aux autres.
- **Déformation (de la roche) :** pli ou faille.
- **Pluton de granite :** massif de granite qui se forme en profondeur à la suite d'une remontée de magma.
- **Strate :** couche de roche.
- **Métamorphisée (roche) :** roche qui a subi des transformations minéralogiques. Au contact d'un pluton de granite, sous l'effet de la chaleur, les roches sont transformées.

FICHE 2

Les fossiles stratigraphiques et l'échelle des temps

De quoi s'agit-il ?

Les fossiles sont des marqueurs du temps utilisés pour construire un calendrier géologique : l'**échelle stratigraphique**.

1 Des fossiles marqueurs du temps

- Les fossiles sont **des traces ou des restes d'êtres vivants partiellement conservés dans les roches**. Ils ont donc l'âge de la roche qui les contient.
- Les espèces **se sont succédées** au cours du temps. Une fois l'âge d'un fossile connu, il permet de dater les roches qui le contiennent. Les fossiles permettent ainsi d'établir une **chronologie relative**.

> **Remarque**
> Les fossiles ne sont présents que dans les roches sédimentaires.

- Un fossile a un intérêt dans la datation si son espèce avait eu un vaste domaine de répartition, une durée d'existence brève et une abondance suffisante. Il constitue alors un **fossile stratigraphique**.
- Pour dater plus précisément les roches à partir des fossiles, on y recherche la **présence simultanée de plusieurs espèces** dont les durées d'existence se chevauchent et qui forment une **biozone**.

2 L'établissement d'une échelle stratigraphique

- Le **renouvellement** des espèces et des groupes de plus grande taille permet de créer des **divisions et sous-divisions stratigraphiques.**
- L'**étage**, d'une durée de 5 à 6 Ma en moyenne, est la division de base de la **stratigraphie**. C'est une formation (un ensemble de couches) caractérisée par la roche et surtout les fossiles qu'elle contient. Plusieurs étages sont regroupés en systèmes (ex. : le Crétacé est un système), eux-mêmes regroupés en ères (Précambrien, Primaire, Secondaire, Tertiaire).

> **À savoir**
> Le Précambrien, qui s'étend de - 4.5 Ga à - 540 Ma, est la période la plus longue sur l'échelle des temps géologiques.

- On a ainsi progressivement construit une **échelle des temps géologiques** (**Doc.**). Les grandes divisions, notamment les limites des ères géologiques, ont été établies à partir des **crises biologiques**.
- Les crises biologiques sont des **modifications brutales** (à l'échelle des temps géologiques) de toute la biosphère. Elles sont liées à des **événements planétaires** (météorites...) qui provoquent des extinctions de masse et la disparition de grands groupes, comme celui des dinosaures à la fin de l'ère secondaire.

LA BOITE À DOCS

Doc. Échelle des temps géologiques

Éon	Ère	Période	Époque	Date (millions d'années)
Phanérozoïque	Cénozoïque	Quaternaire	Holocène	0,01
			Pléistocène	1,8
		Tertiaire	Pliocène	5,3
			Miocène	23
			Oligocène	34
			Éocène	56
			Paléocène	65
	Mésozoïque	Crétacé		145
		Jurassique		199
		Trias		251
	Paléozoïque	Permien		299
		Carbonifère		359
		Dévonien		416
		Silurien		443
		Ordovicien		488
		Cambrien		542
Précambrien	Protérozoïque			2 500
	Archéen			4 600

Vocabulaire

- **Échelle stratigraphique :** échelle des temps géologiques.
- **Fossile stratigraphique :** fossile utilisé pour la datation d'une roche.
- **Biozone :** ensemble de couches défini par son contenu en fossiles.
- **Division stratigraphique :** ensemble de couches correspondant à une période.
- **Étage :** division de base de la stratigraphie.
- **Stratigraphie :** science qui étudie la succession des différentes couches géologiques dans le temps.
- **Crise biologique :** extinction de masse des espèces et groupes, se produisant de façon brutale et sur toute la planète.

FICHE 3

Les principes de la chronologie absolue

De quoi s'agit-il ?

La désintégration des isotopes radioactifs est utilisée comme chronomètre pour dater les roches.

1 La désintégration des éléments radioactifs

- Les roches renferment des **isotopes radioactifs** dits « **éléments pères** » qui se désintègrent au cours du temps en émettant une particule, comme un électron ou un neutron. Cela aboutit alors à la formation d'un élément radiogénique stable dit « **élément fils** » (**Doc. 1**).
- La décroissance d'un élément radioactif est une fonction du temps, telle que le nombre d'éléments dP disparaissant en un intervalle de temps dt est $dP/dt = -\lambda P$ où λ est une **constante de désintégration** propre à chaque élément. Elle témoigne de la vitesse de désintégration de l'élément.
- On appelle « **période** » (ou « demi-vie ») la durée pendant laquelle une masse initiale d'éléments pères se transforme de moitié en éléments fils (**Doc. 2**).
- Pour connaître l'âge d'une roche, le principe est simple : il faut mesurer le **rapport entre la masse de l'élément père au départ par rapport à la masse actuelle de l'élément fils**. Comme on connaît les constantes de désintégration et les valeurs des périodes pour un grand nombre d'isotopes, on peut alors évaluer, plus ou moins directement, l'âge de la roche.

2 Une désintégration à vitesse constante

- La **désintégration** se fait, pour un isotope donné, à la même vitesse quelles que soient les conditions du milieu (pression, température...).
- Ainsi, à partir du moment où une roche intègre un élément radioactif, il commence à se désintégrer de la même façon, qu'il soit présent dans la croûte, le manteau ou le noyau. Le nombre d'éléments pères diminue proportionnellement au nombre d'éléments fils formés.
- Plusieurs conditions sont nécessaires pour la validité des mesures.

– L'élément père doit être incorporé à la roche au moment de sa formation et non pas après.
– La roche doit former un **système clos** et ne pas laisser « fuir » les éléments radioactifs.
– Enfin, il faut connaître le nombre d'éléments pères au moment de la formation de la roche.

À savoir
Une roche sédimentaire ne peut pas constituer un système clos.

LA BOITE À DOCS

Doc. 1 Désintégration du potassium 40 en argon 40

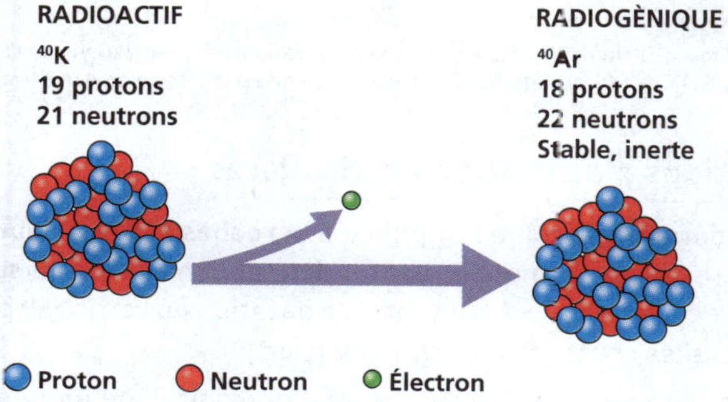

Doc. 2 La décroissance des éléments radioactifs

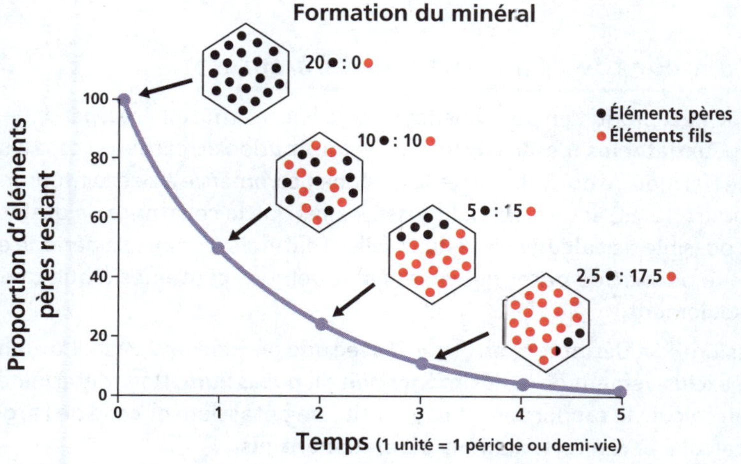

Vocabulaire

- **Isotope radioactif :** élément instable qui se désintègre au cours du temps pour devenir un élément stable.
- **Élément père :** isotope instable à l'origine de la désintégration.
- **Élément fils :** isotope stable qui résulte de la désintégration.
- **Constante de désintégration :** constante caractérisant la vitesse de désintégration d'un isotope instable.
- **Période :** temps nécessaire pour qu'une masse d'éléments radioactifs se désintègre de moitié.
- **Système clos :** système qui ne réalise aucun échange avec son environnement.

FICHE 4

Différents chronomètres pour dater les roches

De quoi s'agit-il ?

Le choix de l'élément radioactif utilisé pour dater une roche dépend de l'âge supposé de celle-ci, lequel peut être appréhendé par chronologie relative.

1 Des conditions d'utilisation particulières

- La méthode de datation absolue s'applique aux **roches magmatiques** ou **métamorphiques** dont les cristaux se forment **en profondeur** et non aux roches sédimentaires qui se forment à partir d'éléments préexistants. La datation au carbone^{14} peut être utilisée pour des restes fossiles contenant du carbone (**Doc. 1**).
- Si le principe de datation reste le même quel que soit l'âge de la roche, les caractéristiques de chaque **chronomètre isotopique** font que chacun a des **applications particulières** (**Doc. 2**).

2 Des périodes de désintégration différentes

- Le carbone^{14} est produit en permanence dans la haute atmosphère à partir de l'**azote**. Il est utilisé pour **dater les fossiles**. En effet, l'incorporation du carbone cesse à la mort de l'organisme (fermeture du système) et le carbone^{14} commence à se désintégrer. Connaissant le rapport $^{14}C/^{12}C$ actuel, celui du fossile, ainsi que la constante de désintégration, il est alors possible de **calculer l'âge du fossile**. Toutefois, comme sa période est courte (5 730 ans) il permet de dater des objets de quelques centaines à quelques milliers d'années seulement.
- Le potassium^{40} se désintègre en argon^{40} avec une période de 1,3 Ga. L'argon provient en théorie exclusivement de la **désintégration du potassium**. Pour déterminer l'âge de la roche, on calcule le rapport entre la quantité de potassium et celle de l'argon, ce qui revient à calculer le **rapport élément père/élément fils**.
- Le rubidium^{87} se transforme en strontium^{87}. Avec sa période longue (48.8 Ga), il peut être utilisé pour dater **les roches les plus anciennes**. Toutefois, le ^{87}Sr est présent dans la roche au moment de sa formation et sa quantité est inconnue. Or, il existe un autre isotope, le ^{86}Sr qui est stable. Comme dans une roche donnée, le rapport initial $^{87}Sr/^{86}Sr$ est le même pour tous les minéraux (c'est celui du magma), on peut établir l'équation suivante :

$(^{87}Sr/^{86}Sr)$ actuel = $(^{87}Rb/^{86}Sr)$ actuel. λt + $(^{87}Sr/^{86}Sr)$ initial.

- En mesurant pour chacun des minéraux d'une roche le rapport $^{87}Sr/^{86}Sr$ et le rapport $^{87}Rb/^{86}Sr$, on peut établir une **droite isochrone** obéissant à cette équation (**Doc. 3**). La mesure du coefficient directeur de cette droite (λt) permet de déterminer t, c'est-à-dire l'âge de la roche.

LA BOITE À DOCS

Doc. 1 Peintures au charbon de bois

L'âge de peintures préhistoriques au charbon de bois est estimé par datation au carbone 14.

Doc. 2 Les différents chronomètres isotopiques

Couples d'isotopes	Périodes	Âges mesurés
^{238}U / ^{206}Pb	4,47 Ga	> 25 Ma
^{87}Rb / ^{87}Sr	48,8 Ga	> 100 Ma
^{40}K / ^{40}Ar	1,31 Ga	1 à 300 Ma
^{14}C / ^{14}N	5 730 ans	100 à 50 000 ans

Doc. 3 Datation du granite par le couple rubidium strontium

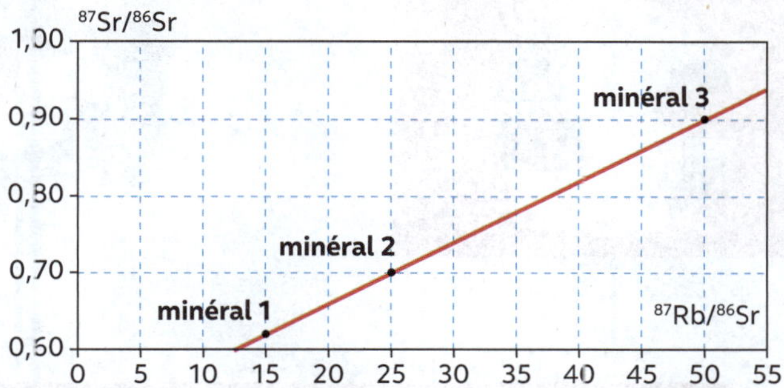

Vocabulaire

- **Chronomètre isotopique :** couple formé par un isotope père radioactif et un isotope fils radiogénique, permettant de mesurer un âge absolu.
- **Droite isochrone :** droite construite à partir de mesures effectuées sur des minéraux de même âge, et dont le coefficient directeur est proportionnel à cet âge.

SCHÉMA BILAN

> La mesure du temps en géologie

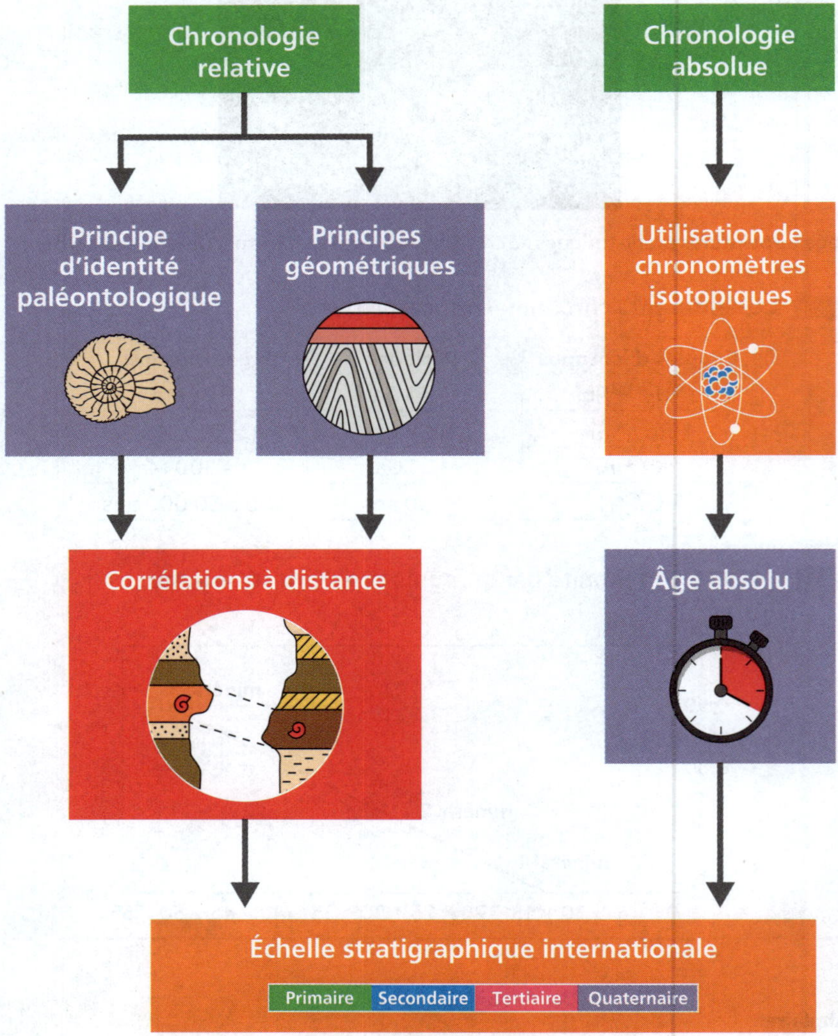

POINTS IMPORTANTS À RETENIR

- La **chronologie relative** consiste à établir une **succession** d'événements les uns par rapport aux autres grâce aux principes de **superposition**, de **recoupement**, d'**inclusion** et de **continuité**.
- Les **fossiles stratigraphiques** sont utilisés comme **marqueurs du temps**. Ils ont une courte durée d'existence, une abondance et une large répartition.
- L'apparition et la disparition des espèces est utilisée pour établir une **échelle stratigraphique**. Elle comporte plusieurs divisions et sous-divisions stratigraphiques (étages, systèmes, ères).
- Les **éléments radioactifs** présents dans les roches permettent leur **datation absolue**. En effet, la désintégration d'un élément donné est une fonction du temps, indépendante des conditions du milieu (température, pression...).
- Plusieurs éléments radioactifs sont utilisés comme **chronomètres**. Ils diffèrent les uns des autres par leur **période**, c'est-à-dire le temps nécessaire pour qu'une quantité d'éléments radioactifs diminue de moitié.
- Le carbone^{14}, avec une période courte, est utilisé pour dater des **objets relativement récents**. Pour les **roches les plus anciennes**, on peut utiliser le couple argon-potassium ou le couple rubidium-strontium.

APPRENDRE AUTREMENT

Comprendre les principes de la chronologie relative

Vidéo

LE COURS EN 10 MOTS-CLÉS

datation relative
RADIOCHRONOLOGIE
INCLUSION
FOSSILE STRATIGRAPHIQUE
SUPERPOSITION
RECOUPEMENT
DROITE ISOCHRONE
principes géométriques
CONSTANTE DE DÉSINTÉGRATION
ÉCHELLE STRATIGRAPHIQUE

Utiliser des méthodes de datation

ÉNONCÉ

La coupe géologique présentée par le **Doc. 1** met en évidence les relations entre des roches sédimentaires (couches 1 à 5) et magmatiques ayant subi différents événements.

Le **Doc. 2** est un graphique établi à partir des dosages de différents isotopes sur les minéraux du granite présent sur la coupe du **Doc. 1**.

Doc. 1 Coupe géologique

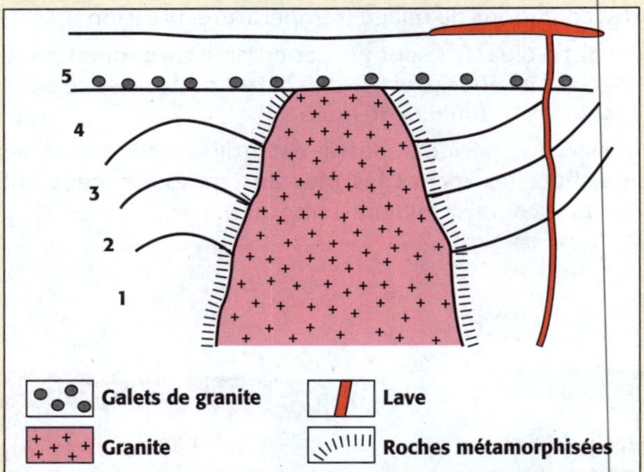

Doc. 2 Droite isochrone correspondant aux minéraux du granite

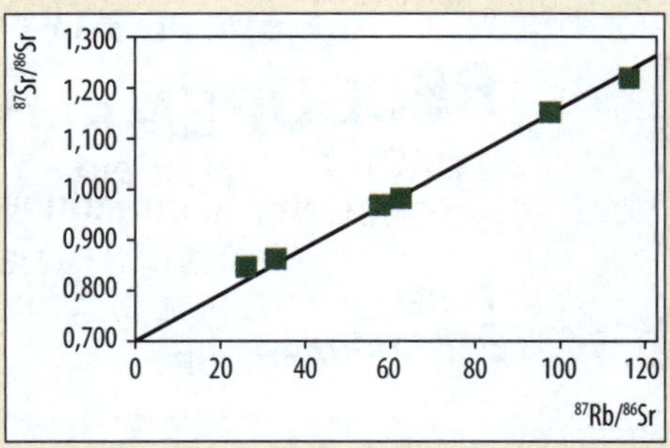

Le rubidium^{87} est un élément radioactif qui donne du strontium^{87} en se désintégrant. Comme les quantités initiales de rubidium et de strontium dans la roche sont inconnues, on a établi une relation entre les quantités connues de différents isotopes afin de pouvoir dater la roche.

$(^{87}Sr/^{86}Sr)$ actuel = $(^{87}Rb/^{86}Sr)$ actuel × λt + $(^{87}Sr/^{86}Sr)$ initial. Avec $\lambda = 1{,}42.10^{-11}$.

QUESTION

Exploitez le **Doc. 1** pour établir une chronologie relative des roches et des événements, puis précisez l'âge absolu du granite et des roches associées (**Doc. 2**).

MÉTHODE

- La coupe du Doc. 1 doit être exploitée en appliquant les **principes géométriques** de superposition, de recoupement et d'inclusion.
- La droite représentée sur le Doc. 2 est d'équation : ($^{87}Sr/^{86}Sr$) actuel = ($^{87}Rb/^{86}Sr$) actuel × λt + ($^{87}Sr/^{86}Sr$) initial.
  Son **coefficient directeur est égal à λt**. Comme on connait λ, la détermination du coefficient directeur permet de connaître t.

CORRIGÉ

Les roches sédimentaires se formant par dépôt, la couche 5 qui recouvre toutes les autres est la plus récente, l'âge des couches 4 à 1 est de plus en plus ancien.

Les couches 1 à 4 sont affectées d'un pli mais pas la 5. Le pli est donc postérieur à la couche 4 mais antérieur à la couche 5.

Un pluton de granite traverse les couches 1 à 4 qui se sont métamorphisées à son contact. La couche 5, au contact du granite, n'est pas métamorphisée. On peut donc en déduire que la remontée de magma est postérieure à la couche 4 et antérieure à la couche 5.

La couche 5, horizontale, s'est déposée sur une surface plane. Il y a donc eu une érosion qui a affecté le granite et la couche 4.

La couche 5 renferme des galets de granite. Selon le principe d'inclusion, tout élément inclus dans une roche lui est antérieur. La couche 5 est donc bien postérieure au granite. Enfin, l'ensemble des couches est surmonté par une couche de lave qui est postérieure à toutes les roches.

Remarque
Tous les minéraux utilisés pour construire cette droite ont le même âge : c'est pourquoi on l'appelle « droite isochrone ».

À partir du Doc. 2, il est possible de déterminer l'âge du granite.

Pour déterminer le coefficient directeur (a) de la droite, on prend deux points éloignés : soit x1 = 20 et y1 = 0.8 ; x2 = 100 et y2 = 1.16.
a = y2–y1 / x2–x1 soit λt = 0.36/80 d'où t = 0.36/80 × $1,42.10^{-11}$
t = 316.10^{6} ans = 316 Ma

Ainsi, la couche 4 est antérieure à 316 Ma, tandis que la couche 5 est postérieure à 316 Ma.

Fiche test 1 *Je fais le point*

VRAI FAUX

1 min
◯ À revoir
◯ Acquis

Indiquer pour chaque proposition si elle est vraie ou fausse.

1. Lorsqu'une roche est affectée par une déformation, celle-ci lui est postérieure.	◯ Vrai	◯ Faux
2. L'âge de la Terre a pu être établi grâce à l'utilisation du carbone^{14}.	◯ Vrai	◯ Faux
3. Les fossiles ont l'âge des roches qui les contiennent.	◯ Vrai	◯ Faux
4. Si A est inclus dans B, B est antérieur à A.	◯ Vrai	◯ Faux
5. La vitesse de désintégration d'un élément radioactif est aussi appelée « période ».	◯ Vrai	◯ Faux

SCORE : ____ / 5

Fiche test 2 *Le bon choix*

QCM

3 min
◯ À revoir
◯ Acquis

Pour chaque question ou affirmation, il y a entre 0 et 3 bonnes réponses.

1 La chronologie relative :
- ◯ **a.** utilise des fossiles stratigraphiques.
- ◯ **b.** permet de dater les couches de roches les unes par rapport aux autres.
- ◯ **c.** repose sur l'utilisation d'isotopes radioactifs.

FICHE 1 p. 66

2 Les fossiles stratigraphiques sont choisis pour :
- ◯ **a.** leur évolution lente.
- ◯ **b.** leur large répartition.
- ◯ **c.** les indications qu'ils donnent sur le milieu.

FICHE 2 p. 68

3 Les coupures dans les temps géologiques :
- ◯ **a.** correspondent exclusivement à des crises biologiques.
- ◯ **b.** sont établies sur la base d'apparition ou de disparition de fossiles.
- ◯ **c.** sont établies à partir d'événements géologiques affectant les roches.

FICHE 2 p. 68

4 La chronologie absolue :
- ◯ **a.** permet de dater des roches sédimentaires.
- ◯ **b.** est basée sur la quantification d'éléments radioactifs et radiogéniques présents dans une roche.
- ◯ **c.** peut s'utiliser pour dater des fossiles.

FICHE 3 p. 70

5 La désintégration radioactive :
- ◯ **a.** est irréversible.
- ◯ **b.** s'opère à la même vitesse pour tous les isotopes radioactifs.
- ◯ **c.** peut servir de chronomètre pour dater des roches.

FICHE 3 p. 70

6 Le principe de superposition :
- ◯ **a.** s'applique pour toutes les catégories de roches.
- ◯ **b.** suppose que toute roche qui en recouvre une autre lui est antérieure.
- ◯ **c.** permet la datation relative de différentes couches.

FICHE 1 p. 66

7 La stratigraphie :
- ◯ **a.** est l'étude des fossiles.
- ◯ **b.** permet d'identifier la période de dépôt de roches.
- ◯ **c.** est basée notamment sur des critères paléontologiques.

FICHE 2 p. 68

SCORE : ____ / 7

EXERCICES D'ENTRAÎNEMENT

1 Analyse d'une coupe géologique

Exploitation de document

Le document suivant représente une coupe géologique dans laquelle figurent des roches sédimentaires (a à d), plutonique (e) et volcanique (g). Un événement tectonique (f) est également représenté. Enfin, les tirets représentent des roches transformées sous l'action de la chaleur.

Doc. **Une coupe géologique**

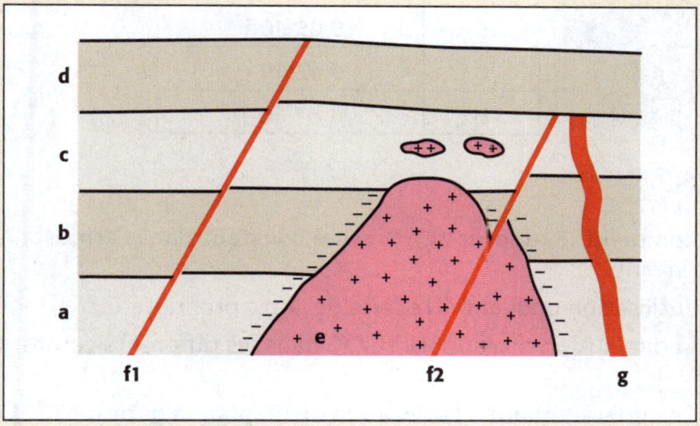

QUESTION

Identifiez les événements géologiques qui se sont produits dans cette région et reconstituez leur chronologie.

2 La méthode de datation au carbone^{14}

Exploitation de document

La datation au carbone^{14} peut être réalisée sur certains échantillons. On a montré que la désintégration radioactive dans un échantillon obéit à la loi suivante :

$$^{14}C/^{12}C \text{ échantillon} = {}^{14}C/^{12}C \text{ initial} \cdot e^{-\lambda t}.$$

t = ln (rapport initial/rapport échantillon)/λ

λ = constante de désintégration = $1{,}209 \cdot 10^{-4}$/an

t = temps écoulé depuis la mort de l'organisme (exprimé en années)

La période du ^{14}C est de 5 730 ans.

On a dosé le rapport $^{14}C/^{12}C$ dans les cernes d'un séquoia géant. Le cerne A est le plus périphérique et considéré comme actuel, le cerne H le plus central.

Doc.

Cerne	Rapport $^{14}C/^{12}C$
A	$1{,}20 \cdot 10^{-12}$
B	$1{,}13 \cdot 10^{-12}$
C	$1{,}09 \cdot 10^{-12}$
D	$1{,}04 \cdot 10^{-12}$
E	$1{,}00 \cdot 10^{-12}$
F	$9{,}65 \cdot 10^{-13}$
G	$9{,}42 \cdot 10^{-13}$
H	$8{,}87 \cdot 10^{-13}$

QUESTIONS

1. Expliquez comment le rapport $^{14}C/^{12}C$ reste constant dans l'atmosphère et chez un organisme vivant.
2. Expliquez l'utilisation pouvant être faite de cette propriété.
3. Expliquez la diminution du rapport $^{14}C/^{12}C$ dans les différents cernes. Calculez l'âge du cerne H.
4. Quelle limite apparaît quant à l'utilisation du ^{14}C pour la datation?

3 Des fossiles stratigraphiques EXO BAC

Exploitation de document

Les foraminifères sont des protozoaires : des animaux microscopiques unicellulaires marins entourés d'une coquille calcaire. Abondants dans de nombreuses formations sédimentaires, ils sont très diversifiés et largement répandus sur tout le globe.

Le document ci-après donne la succession de foraminifères dans les sédiments du Paléocène et de l'Éocène. Les strates ont pu être divisées en fonction de leur contenu en fossiles.

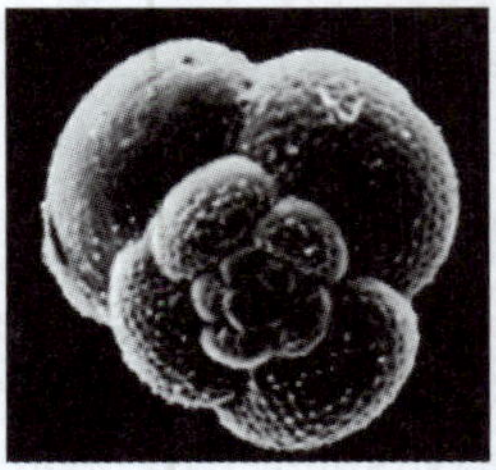

Globigérine

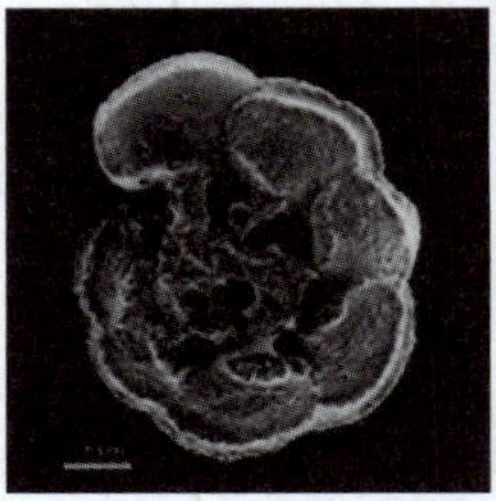

Globotruncana

Doc. **Biozonations établies à partir de fossiles de foraminifères**

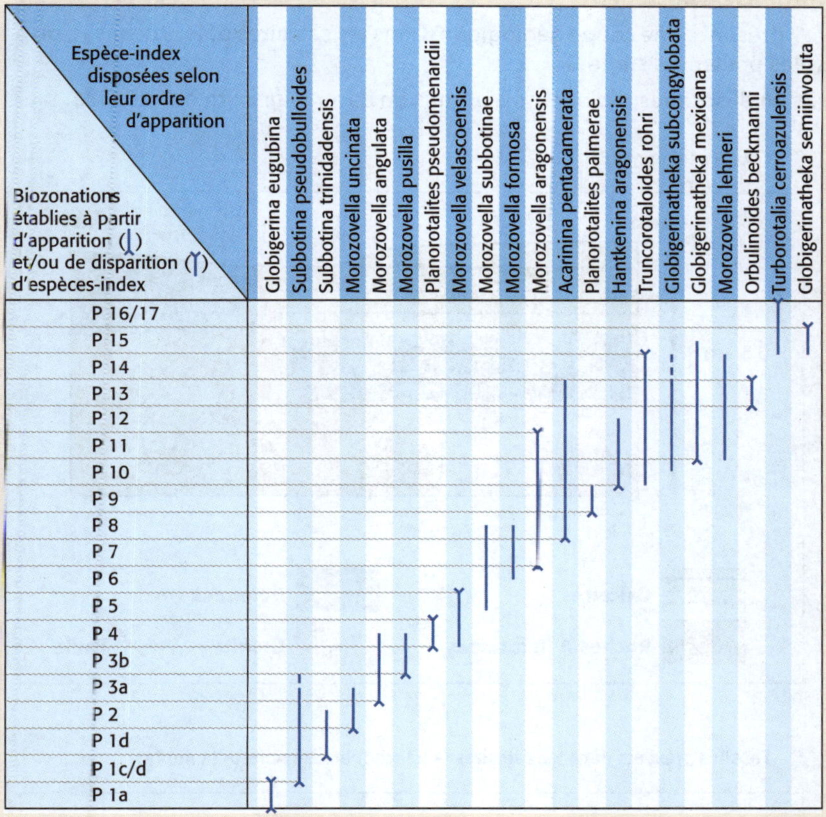

QUESTIONS

1. Indiquez les caractéristiques des foraminifères qui en font de bons fossiles stratigraphiques.
2. À partir du document, citez une espèce de foraminifère que l'on peut qualifier de bon fossile stratigraphique et une autre de mauvais fossile stratigraphique. Justifiez vos réponses.
3. Indiquez les critères utilisés pour caractériser les biozones suivantes : P1a, P6, P7, P12.

④ Reconstitution de l'histoire d'une région EXO BAC

Exploitations de documents

Le **Doc. 1** présente une coupe géologique. Dans les calcaires et les roches A, on a trouvé les fossiles présentés sur le **Doc. 2**.

L'utilisation d'isotopes radioactifs a permis de dater le granite de −281 Ma.

Doc. 1 Coupe géologique

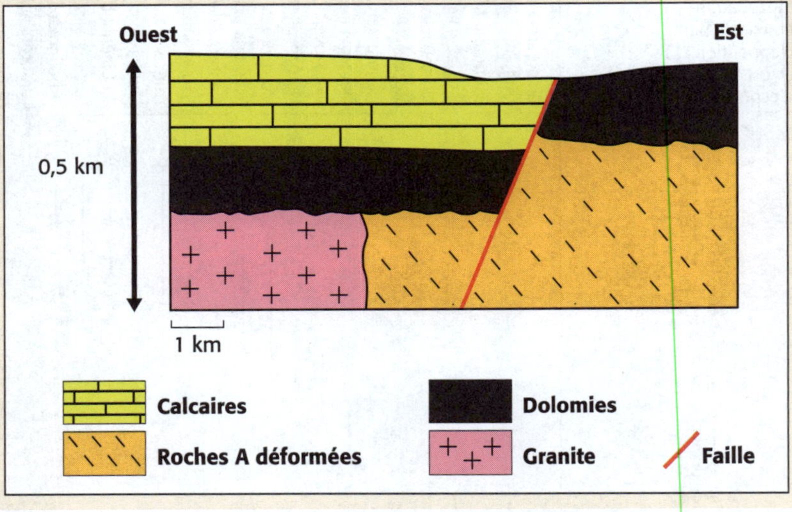

Doc. 2 Fossiles présents dans les calcaires (à gauche) et les roches A (à droite)

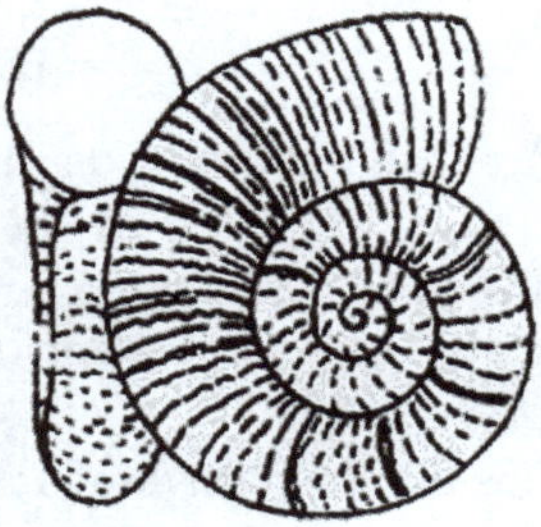

exemple de lytocératidé

exemple d'olénellidé

Le **Doc. 3** est une échelle stratigraphique qui permet de situer dans le temps les fossiles du **Doc. 2**.

Doc. 3 **Échelle stratigraphique en millions d'années**

Ère mésozoïque	−145 à −65	Crétacé	
	−200 à −145	Jurassique	Lytocératidés
	−245 à −200	Trias	
Ère paléozoïque	−290 à −245	Permien	
	−362 à −290	Carbonifère	
	−408 à −362	Dévonien	
	−439 à −408	Silurien	
	−510 à −439	Ordovicien	
	− 570 à −510	Cambrien	Olénellidés

QUESTION

En utilisant les informations fournies dans les documents, établissez la chronologie des événements géologiques observés sur la coupe du **Doc. 1** : dépôts des calcaires, dépôts des dolomies, mise en place du granite en déterminant son âge absolu, mise en place des roches A, faille.

5 Chronologie relative dans la région de Clermont-Ferrand

Exploitation de document

Doc. **Coupe géologique de la région de Clermont-Ferrand**

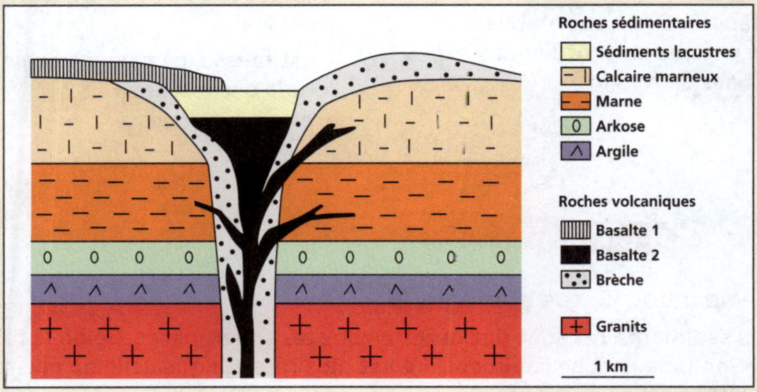

QUESTION

À partir de la coupe ci-dessus, reconstituez l'histoire géologique de cette région.

Fiche test 1 — Je fais le point

1. **Vrai.**
2. **Faux.** La méthode de datation au carbone[14] n'est utilisée que pour dater des objets récents (de quelques centaines à quelques milliers d'années).
3. **Vrai.**
4. **Faux.** Si A est inclus dans B, B est postérieur à A.
5. **Faux.** La période correspond à une durée, le temps nécessaire pour qu'une quantité d'éléments radioactifs diminue de moitié.

Fiche test 2 — Le bon choix

1. **a.** et **b.** sont vraies.
   c. est fausse. La datation relative repose sur de principes géométriques, l'utilisation de fossiles et des corrélations à distance.
2. **a.** est fausse. Les fossiles stratigraphiques évoluent rapidement.
   b. est vraie.
   c. est fausse. Les fossiles stratigraphiques fournissent une indication sur l'âge de la roche qui les contient.
3. **a.** est fausse.
   b. est vraie.
   c. est fausse. Elles sont établies sur des critères paléontologiques (sur la base de fossiles).
4. **a.** est fausse. Les roches sédimentaires ne correspondent pas à des systèmes clos.
   b. et **c.** sont vraies.
5. **a.** et **c.** sont vraies.
   b. est fausse. Pour chaque type d'élément radioactif, il existe une constante de désintégration caractéristique de la vitesse de désintégration.
6. **a.** est fausse. Le principe de superposition s'applique pour les roches sédimentaires qui se forment par dépôt ou les coulées de lave.
   b. est fausse. Toute roche qui en recouvre une autre lui est postérieure.
   c. est vraie.
7. **a.** est fausse. La paléontologie est l'étude des fossiles.
   b. et **c.** sont vraies.

EXERCICES D'ENTRAÎNEMENT

1 Analyse d'une coupe géologique

Les roches sédimentaires sont disposées en strates superposées. Selon le principe de superposition (une couche sédimentaire est plus récente que celle qu'elle recouvre), l'ordre de dépôt est : a, b, c et d.

Un pluton granitique traverse les couches a et b. Selon le principe de recoupement (toute structure qui en recoupe une autre lui est postérieure), le granite est postérieur à ces deux couches.

On remarque que l'extrémité du granite est fragmentée. C'est le signe d'une érosion. Comme le granite est une roche qui se met en place en profondeur, on doit admettre qu'il a été amené en surface par l'érosion. Celle-ci a formé des galets de granite qui ont été pris dans le dépôt de la couche c. Selon le principe d'inclusion (tout fragment inclus dans un autre lui est antérieur), le granite est antérieur à la couche c.

Une coulée volcanique g traverse les couches a, b et c mais pas la couche d. Selon le principe de recoupement, g est postérieure à c mais antérieure à d.

L'astuce du prof
La datation du granite est confirmée par le fait que les couches a et b sont transformées par la chaleur émise par le magma granitique.

Enfin, deux failles f1 et f2 découpent cette formation géologique. Les terrains à droite de la faille sont remontés. Il s'agit de failles inverses résultant d'une compression. F1 affecte les couches a à d, elle est donc postérieure à cette dernière. Quant à f2, puisqu'elle affecte c mais pas d, elle est postérieure à c mais antérieure à d.

2 La méthode de datation au carbone^{14}

1. Comme le carbone^{14} est produit en permanence dans la haute atmosphère à partir de l'azote, sa teneur est constante dans l'atmosphère comme chez les êtres vivants qui utilisent le CO_2 de l'air (directement ou indirectement) pour produire leur matière organique.
2. L'incorporation du carbone cesse à la mort de l'organisme. Le système se ferme et le carbone^{14} commence à se désintégrer. Connaissant le rapport $^{14}C/^{12}C$ du milieu de vie de l'organisme, celui du fossile ainsi que la constante de désintégration, il est alors possible de calculer l'âge du fossile.
3. Seul le cerne périphérique correspond à du bois vivant. Dans les autres, il n'y a plus d'incorporation de carbone atmosphérique et le carbone^{14} qui se désintègre n'est pas renouvelé. Le rapport $^{14}C/^{12}C$ diminue alors progressivement.

   $^{14}C/^{12}C$ initial correspond à celui mesuré dans le cerne actuel encore vivant.

   On a donc $t = \ln(1.20 \cdot 10^{-12}/8.87 \cdot 10^{-13})/1,209 \cdot 10^{-4}$.

   t = 2 500 ans environ

Remarque
Le carbone est incorporé par les végétaux au cours de la photosynthèse.

4. La période du carbone^{14} étant courte, il ne peut être utilisé que pour dater des objets récents. Au-delà d'un certain âge, la quantité de carbone^{14} devient indétectable, voire nulle.

3 Des fossiles stratigraphiques

1. Les foraminifères sont des organismes microscopiques présents en très grand nombre. Ils sont entourés d'une coquille minéralisée, ce qui est favorable à leur fossilisation. Enfin, leur répartition est large, ce qui permet de faire des corrélations à distance.
2. *P. pseudomenardii* pourrait être un bon fossile stratigraphique car il a une durée de vie courte. *M. aragonensis* serait moins bon en raison de sa durée de vie plus longue.

3. P1a correspond à la présence d'une espèce unique, *G. eugubina*, qui apparaît avec le début de la biozone et disparaît avec la fin de celle-ci.
P6 correspond à la biozone dont le début est marqué par la disparition de *M. velascoensis* et la fin par l'apparition de *M. aragonensis*.
P7 est la zone de coïncidence de trois espèces : *M. subbotina, M. formosa* et *M. aragonensis*.
P12 correspond à la biozone dont le début est marqué par la disparition de *M. aragonensis* et la fin par l'apparition de *O. beckmanni*.

4 Reconstitution de l'histoire d'une région

Les calcaires contiennent des ammonites du Jurassique. Les roches A contiennent des trilobites du Cambrien. En application du principe d'identité paléontologique, les roches ont l'âge des fossiles qu'elles contiennent. Les calcaires se sont formés entre −200 et −145 millions d'années. Les roches A se sont mises en place entre −570 et −510 millions d'années.

Les roches A sont recoupées par le granite. Les dolomies recouvrent le granite et les roches A. En application du principe de recoupement selon lequel tout événement qui affecte une structure lui est postérieur, le granite est postérieur aux roches A mais antérieur aux dolomies.

Gagner des points
Pensez à énoncer les principes géométriques.

On observe que les calcaires recouvrent les dolomies. En application du principe de superposition selon lequel une couche de roches est plus récente que celle qu'elle recouvre, les calcaires se sont déposés après les dolomies.

La faille affecte le calcaire. En application du principe de recoupement, la faille s'est mise en place après les calcaires.

On peut donc reconstituer la chronologie des différents événements :
- mise en place des roches A (−570 à −510 millions d'années) ;
- mise en place du granite dans les roches A (−281 millions d'années) ;
- dépôt des dolomies et des calcaires (dépôt des calcaires entre −200 et −145 millions d'années) ;
- mise en place de la faille.

5 Chronologie relative dans la région de Clermont-Ferrand

Des couches superposées d'argile, arkose, marne et calcaire recouvrent le granite. D'après le principe de superposition on peut donc en déduire que le dépôt d'argile est postérieur au granite, puis que les trois autres couches se sont déposées successivement.

La brèche recoupe les différentes couches et recouvre le calcaire. Sa mise en place est donc postérieure au dépôt du calcaire.

Le basalte 2 recoupe la brèche : d'après le principe de recoupement, sa mise en place est donc postérieure à la brèche.

Le sédiment lacustre recouvre le basalte 2 : son dépôt est donc postérieur à la mise en place du basalte 2 ; il est lui-même recouvert par le basalte 1 : ce dernier est donc postérieur au dépôt du sédiment lacustre.

Chapitre 4

Les traces du passé mouvementé de la Terre

Les chaînes de montagnes se forment et disparaissent au cours des temps géologiques.

FICHE 1

Des domaines continentaux d'âges variés

De quoi s'agit-il ?

Plusieurs indices géologiques permettent de retrouver les traces d'anciennes chaînes de montagnes pourtant démantelées aujourd'hui.

1 Deux types de chaînes de montagnes

- Des formations géologiques comme le Massif armoricain, le Massif central ou les Vosges présentent, malgré leur altitude modeste, des caractéristiques de chaînes de montagnes : déformations (plis, **failles inverses** et **chevauchements**), présence d'ophiolites (roches issues de la lithosphère océanique. FICHE 2 p. 90

> **Rappel**
> Plis et failles inverses se forment sous l'effet de forces convergentes.

- Elles se distinguent néanmoins d'autres chaînes de montagnes comme les Alpes ou l'Himalaya par la moindre épaisseur de leur **couverture sédimentaire**. En revanche, les **roches plutoniques** et **métamorphiques** (comprenant des **minéraux repères** de haute pression comme le grenat) avec des traces de fusion ou « **migmatites** » y sont plus abondantes (**Doc.**).
- Or, ces dernières se forment en profondeur. Leur affleurement témoigne d'une intense érosion qui a fait disparaître les roches qui les recouvraient auparavant.
- Par ailleurs, leurs roches ont des âges supérieurs à 300 Ma, contre pas plus de 100 Ma dans les Alpes, par exemple. Ainsi, ce sont des chaînes de montagnes anciennes qui ont été démantelées après leur formation.

2 Des ceintures orogéniques mondiales

- À l'échelle mondiale, ces chaînes de montagnes anciennes forment des bandes allongées appelées **ceintures orogéniques.**
- Le Massif armoricain, le Massif central ou les Vosges appartenaient à une vaste chaîne qui s'étendait du sud de l'Espagne jusqu'au Caucase, sur 5 000 km de long : la chaîne hercynienne (−420 à 250 Ma). Aujourd'hui érodée, elle renferme des roches métamorphiques et des granites. Ces roches, qui constituaient autrefois la racine profonde de la chaîne, sont les témoins d'une collision entre plaques.

> **À savoir**
> La chaîne hercynienne, érigée durant la deuxième moitié de l'ère primaire, culminait à des altitudes équivalentes à celles de l'Himalaya.

- Un continent associe plusieurs domaines **d'âges différents**, chacun portant un **reliquat** d'une ceinture orogénique. Ainsi, les continents s'accroissent par la succession de cycles orogéniques. FICHE 4 p. 94

LA BOITE À DOCS

Doc. Carte géologique du sud de la France au 1/10^6

Dans les chaînes de montagnes anciennes comme le Massif central, les roches magmatiques et métamorphiques formées en profondeur affleurent.
Dans les chaînes récentes (Alpes), la couverture sédimentaire est importante.

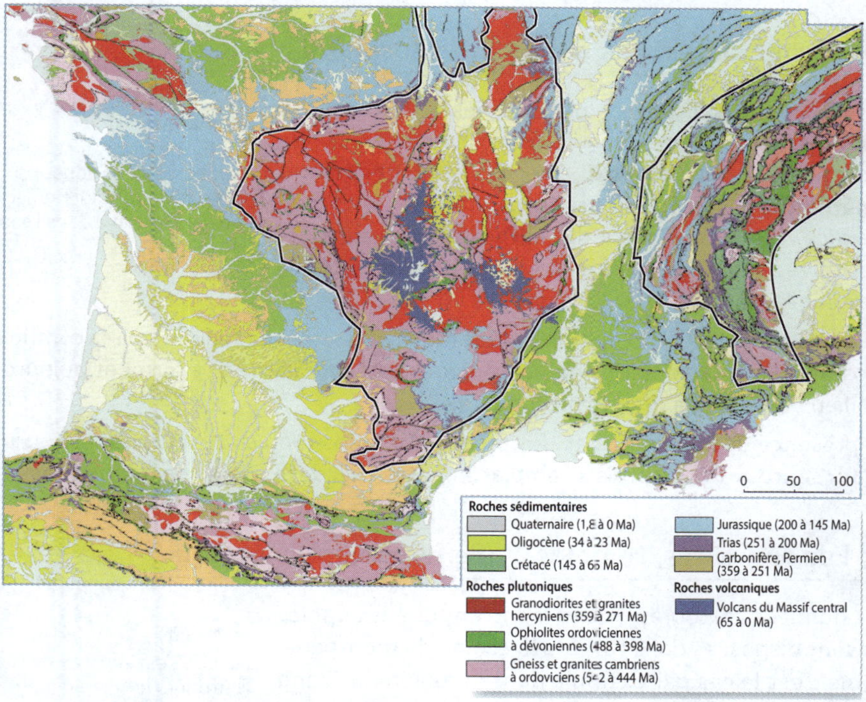

Vocabulaire

- **Faille inverse :** cassure et coulissement des roches le long d'un plan de fracture. Elle indique une compression.
- **Chevauchement :** recouvrement d'un terrain par un autre, plus âgé.
- **Couverture sédimentaire :** ensemble superficiel constitué de roches sédimentaires.
- **Roche plutonique :** roche magmatique ayant cristallisé en profondeur.
- **Roche métamorphique :** roche transformée sous l'effet de variations de pression et/ou de température.
- **Minéraux repères :** minéraux permettant de reconstituer les conditions dans lesquelles s'est formée une roche.
- **Migmatite :** roche métamorphique qui présente des traces de fusion.
- **Ceinture orogénique :** zone étroite de terrains qui ont été soumis à des plissements et autres déformations.

FICHE 2 La recherche d'océans disparus

De quoi s'agit-il ?

Dans les chaînes de montagnes, la lithosphère océanique ancienne témoigne de la présence d'un océan aujourd'hui disparu, à la suite d'une subduction.

1 Les ophiolites, fragments de lithosphère océanique

- Les **chaînes de collision** comme les Alpes renferment des **ophiolites,** associations constituées d'un empilement de roches telles que des **basaltes** en coussin, des **gabbros** et des **péridotites** (**Doc. 1**). Cette séquence caractéristique, de la surface vers la profondeur de la **lithosphère** océanique, se retrouve aujourd'hui à plusieurs milliers de mètres d'altitude sur les continents.

Remarque
La forme caractéristique des basaltes en coussins est due au refroidissement brutal de la lave dans l'eau de mer.

- On trouve, associées aux ophiolites, des radiolarites, roches sédimentaires composées de fossiles d'animaux marins microscopiques. Les radiolarites se forment aujourd'hui en milieu océanique à grande profondeur.
- La présence des ophiolites et des roches associées prouve qu'un océan aujourd'hui disparu se trouvait autrefois à l'emplacement actuel de la chaîne de montagnes.

2 Les ophiolites, témoins d'une fermeture océanique

- Les données cartographiques montrent que les ophiolites sont disposées dans l'axe de la chaîne de montagne, comme c'est le cas par exemple dans la région du Tsang Po, dans l'Himalaya (**Doc. 2**). Elles correspondent à la zone de suture entre deux lithosphères continentales, après la fermeture d'un océan par subduction.

À savoir
L'Inde s'est séparée de l'Afrique de l'Est en même temps que s'ouvrait l'océan indien. Elle est remontée vers le nord et a percuté la plaque asiatique pour former l'Himalaya.

- Une fois la lithosphère océanique subduite, les deux lithosphères continentales se sont affrontées et sont entrées en collision à l'endroit où se trouvent aujourd'hui les ophiolites.
- La subduction étant bloquée, une partie de la lithosphère océanique échappe alors à l'enfouissement et passe par-dessus le continent. C'est le phénomène d'**obduction**.
- La lithosphère océanique a pu aussi remonter en surface, par des phénomènes complexes, après la subduction.
- Les plus vieilles ophiolites datent de plus de 2 milliards d'années, ce qui indique que le phénomène de subduction, et plus généralement la tectonique des plaques, existait déjà à cette époque.

LA BOITE À DOCS

Doc. 1 Coupe simplifiée d'une ophiolite

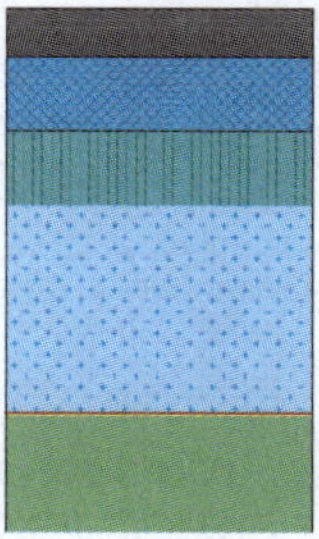

Doc. 2 Carte géologique simplifiée de l'Himalaya

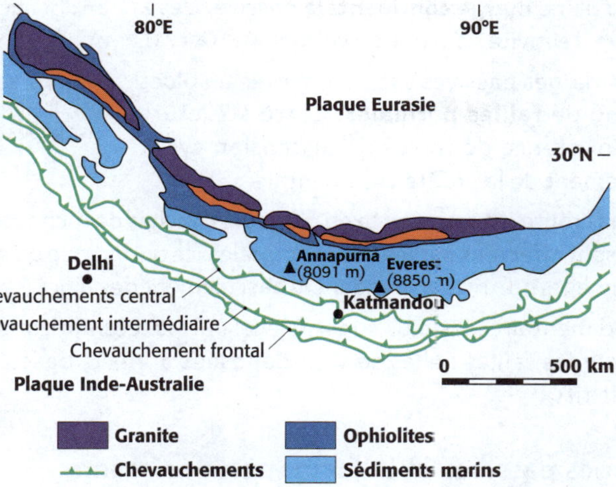

Vocabulaire

- **Chaîne de collision :** chaîne de montagnes formée par la collision de deux lithosphères continentales.
- **Ophiolite :** fragment émergé de la lithosphère océanique.
- **Basalte :** roche volcanique, présente notamment dans la croûte océanique.
- **Gabbro :** roche plutonique de la croûte océanique.
- **Péridotite :** roche constituant le manteau.
- **Lithosphère :** couche la plus superficielle de la Terre, constituée de la croûte et de la partie supérieure du manteau.
- **Obduction :** chevauchement d'une croûte continentale par une lithosphère océanique.

FICHE 3

Les marques de la fragmentation continentale et de l'ouverture océanique

De quoi s'agit-il ?

Une marge continentale renferme les témoins géologiques de la fragmentation d'un continent et de la naissance d'un océan.

1 Les marges passives, des structures en distension

- Dans l'océan Atlantique, la croûte continentale s'amincit progressivement avant de se raccorder à la croûte océanique au niveau d'une **marge continentale** passive, c'est-à-dire dépourvue d'activité sismique ou volcanique (**Doc. 1**).
- La croûte des marges passives est fragmentée en blocs basculés le long de **failles normales**. Cette structure témoigne de l'existence de forces de distension ayant provoqué l'étirement de la croûte continentale.

Rappel
Les marges passives se distinguent des marges actives, présentes dans les zones de subduction, et qui se caractérisent par une importante activité sismique et un volcanisme explosif.

- La surface de la croûte est recouverte de plusieurs couches de roches sédimentaires. Les plus profondes sont affectées par les failles normales, ce qui indique qu'elles ont été déposées avant (sédiments pré-rift) ou pendant le basculement des blocs (sédiments syn-rift).
- Les roches sédimentaires les plus superficielles, disposées horizontalement, ne sont pas affectées par les failles : elles se sont déposées après le basculement des blocs (sédiments post-rift).

2 Les marges passives et la formation des océans

- Si l'on réunit virtuellement les deux marges passives d'un océan, on retrouve le stade correspondant au début de sa formation. Il s'agit d'un **rift continental** : une structure constituée par une croûte amincie, fracturée par des failles normales (**Doc. 2**).
- Un rift continental se forme lors d'une remontée de l'**asthénosphère** qui réchauffe et distend la lithosphère sus-jacente. La croûte se fracture alors et du magma remonte. Du fait de son effondrement, le rift continental est progressivement envahi par la mer.
- La poursuite de la distension entraîne l'éloignement des deux moitiés du rift. De la croûte océanique basaltique se met en place, un océan se forme et grandit. C'est l'expansion océanique. Chaque moitié du rift est devenue une marge passive.

Remarque
Le passage du rift continental au stade océan a lieu lorsque la croûte continentale est suffisamment amincie. Dans le cas du fossé rhénan, l'extension ne s'est pas poursuivie jusqu'à ce stade.

LA BOITE À DOCS

Doc. 1 Une marge passive

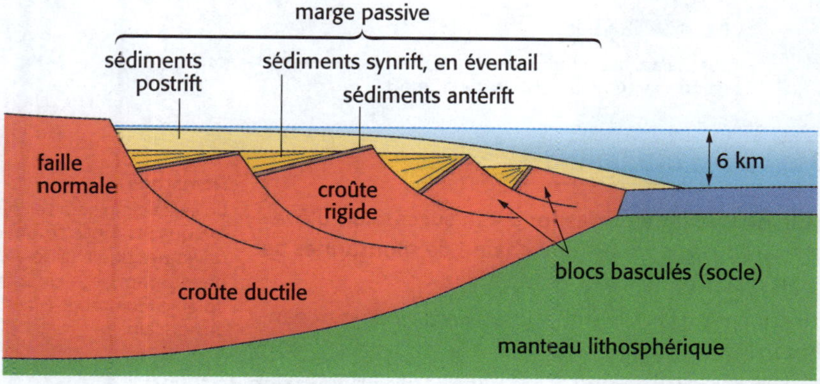

Doc. 2 Un rift continental

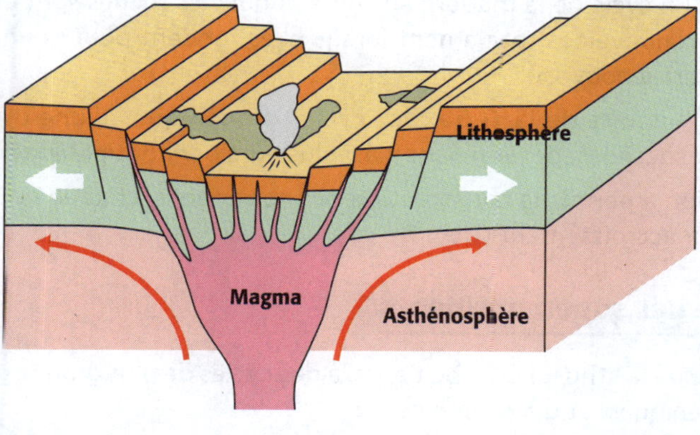

Vocabulaire

- **Marge continentale :** zone de transition entre la lithosphère océanique et la lithosphère continentale.
- **Faille normale :** faille dont le jeu est responsable d'un allongement des terrains concernés.
- **Rift continental :** fossé d'effondrement dans la croûte continentale, structuré par des failles normales.
- **Asthénosphère :** enveloppe rocheuse ductile située sous la lithosphère.

FICHE 4

Une dynamique cyclique de la lithosphère

De quoi s'agit-il ?

Les chaînes de montagnes se forment et disparaissent de façon répétée au cours de l'histoire de la Terre.

1 Des cycles orogéniques

Remarque
Le cycle alpin sera terminé lorsque les Alpes seront devenues une chaîne de montagnes ancienne, aplanie, comme le Massif armoricain.

- Un **cycle orogénique** correspond à la succession d'événements au cours desquels une chaîne de montagnes se forme puis disparaît, c'est-à-dire :
– fracturation d'un continent, puis ouverture d'un océan, et sédimentation ;
– **orogenèse** avec déformation des sédiments et élévation de reliefs ;
– **pénéplanation** de la chaîne, notamment par érosion.
- Il se double d'un cycle de la matière au cours duquel les roches sont érodées, métamorphisées et renouvelées totalement lorsqu'elles fondent pour donner un magma, lequel cristallisera à nouveau.
- Au cours de l'histoire de la Terre, des cycles orogéniques d'une durée d'environ 200 Ma se sont succédés, déterminant ainsi plusieurs périodes **paléogéographiques**.
- Leur succession a permis la construction des continents, chaque cycle orogénique permettant leur accroissement (**Doc. 1**).

2 Le cycle des supercontinents

- La dynamique de la lithosphère obéit aussi à des cycles de plus grande durée (incluant les cycles orogéniques) et qui comportent :
– une phase de distension entraînant la fragmentation d'un supercontinent et l'apparition d'un rift, puis la formation d'un océan ;
– une phase de convergence des plaques, avec subduction de la lithosphère océanique qui, plus âgée, est devenue plus dense. Celle-ci est suivie de la collision de deux continents et de l'édification d'une chaîne de montagnes. Ainsi, la Pangée s'est formée il y a 300 Ma, avec la collision de deux blocs continentaux lors de l'orogenèse hercynienne (**Doc. 2**).
– une phase d'érosion des reliefs qui conduit à la remontée des roches profondes, magmatiques et métamorphiques. Des sédiments s'accumulent dans un bassin sédimentaire et un nouveau cycle peut recommencer.
- Ce cycle est appelé « cycle de Wilson » ou « cycle des supercontinents ». D'une durée de 400 à 600 Ma, il s'est reproduit, selon les modélisations, de 8 à 12 fois au cours de l'histoire de la Terre.

LA BOITE À DOCS

Doc. 1 Carte mondiale des ceintures orogéniques

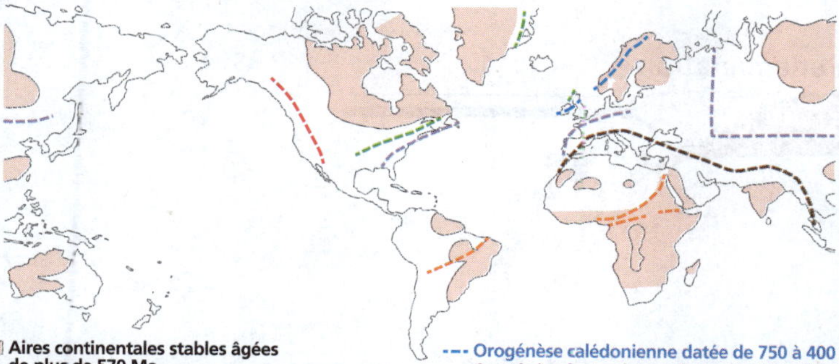

- Aires continentales stables âgées de plus de 570 Ma
- Orogénèse grenvillienne datée de 1 250 à 980 Ma
- Orogénèse panafricaine datée de 600 Ma
- Orogénèse calédonienne datée de 750 à 400 Ma
- Orogénèse hercynienne datée de 400 à 250 Ma
- Orogénèse laramienne datée de 80 à 35 Ma
- Orogénèse alpine datée de 60 Ma à aujourd'hui

Doc. 2 Un supercontinent, la Pangée

Reconstitution de la répartition des continents au Carbonifère supérieur (-300 Ma)

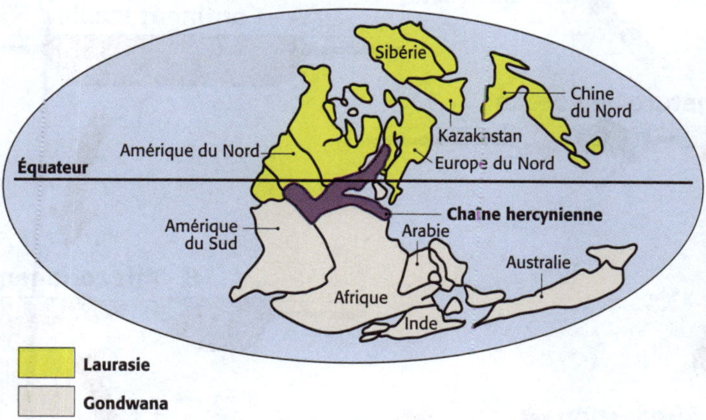

D'après *« Science de la Terre et de l'Univers »*, Vuibert.

Vocabulaire

- **Cycle orogénique :** succession des événements allant de la formation à la destruction d'une chaîne de montagnes.
- **Orogenèse :** formation d'une chaîne de montagnes.
- **Pénéplanation :** aplanissement d'une zone continentale.
- **Paléogéographique (période) :** période de l'histoire de la Terre durant laquelle la répartition des masses continentales et des océans était différente de la répartition actuelle.

Révision Express

SCHÉMA BILAN

> Le cycle de Wilson

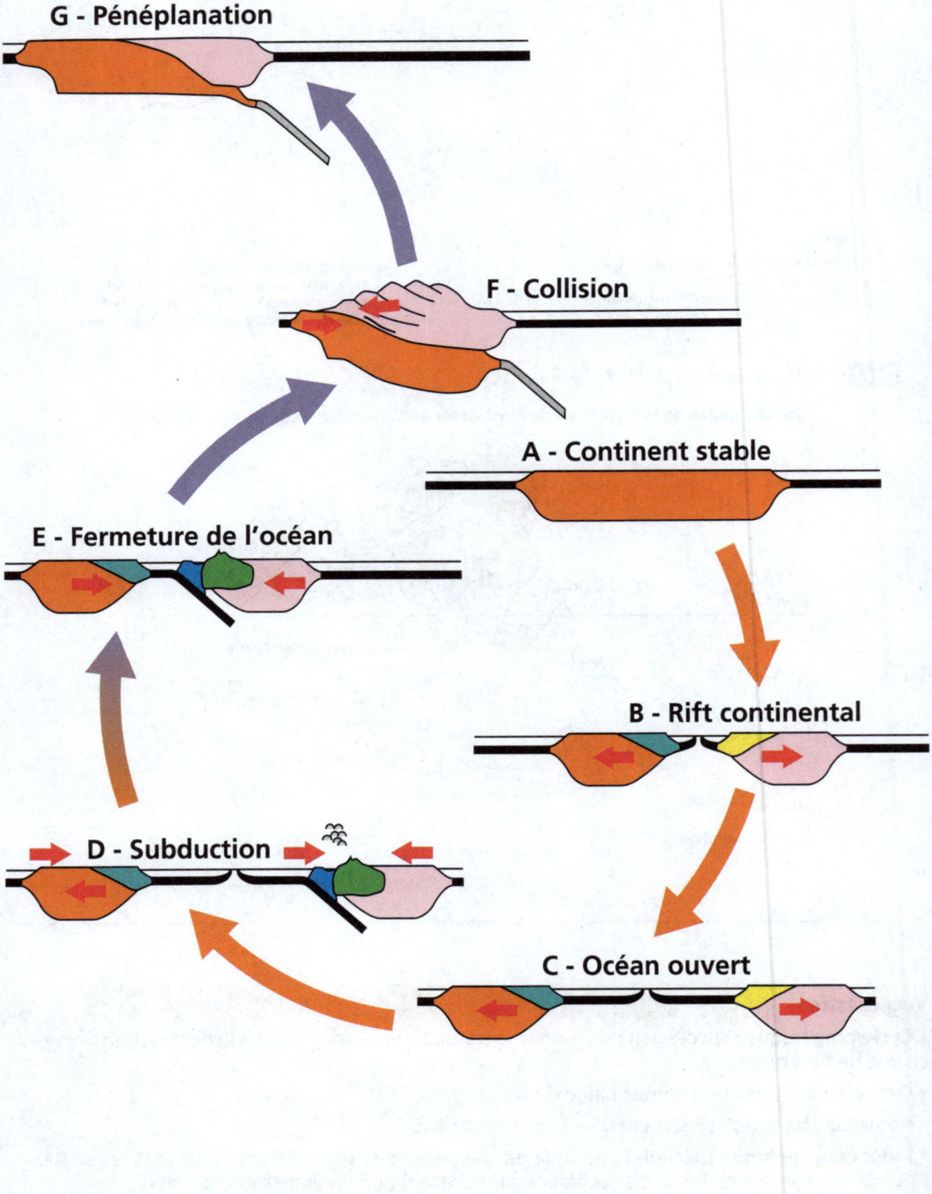

POINTS IMPORTANTS À RETENIR

- Les chaînes de montagnes anciennes présentent un **relief érodé** et des **déformations**. Des roches **magmatiques** et **métamorphiques** d'origine profonde y affleurent. Ces chaînes de montagnes forment des bandes allongées appelées « **ceintures orogéniques** ».
- Les chaînes de montagnes récentes présentent des reliefs élevés et d'épaisses couches de roches sédimentaires. Les chaînes de **collision** comme les Alpes renferment des **ophiolites**, reliques de la lithosphère océanique. Elles marquent la zone de **suture** entre deux plaques, après une collision suite à la fermeture océanique par **subduction**.
- Dans une **marge continentale** passive, la croûte est fragmentée en blocs basculés, le long de **failles normales**. Des forces de **distension** sont à l'origine de la fracturation continentale et de la formation d'une croûte océanique.
- Les chaînes de montagnes se forment et disparaissent au cours d'une succession d'événements : ouverture d'un océan, sédimentation, subduction, puis collision et élévation de reliefs, érosion.
- L'ensemble forme un **cycle orogénique** dont la succession au cours de l'histoire de la Terre a déterminé différentes **périodes paléogéographiques**.
- Au cours de l'histoire de la Terre, la lithosphère a été animée de mouvements qui ont abouti régulièrement à la formation de **supercontinents**, comme celui de la **Pangée**. Ceux-ci ont été disloqués avant d'être reconstitués autrement.

APPRENDRE AUTREMENT

Comprendre la formation des chaînes de montagne et la collision continentale

Vidéo

LE COURS EN 10 MOTS-CLÉS

blocs basculés
SUPERCONTINENT
marge passive
OBDUCTION
CYCLE OROGÉNIQUE
OPHIOLITES
RIFT
PÉRIODE PALÉOGÉOGRAPHIQUE
CEINTURE OROGÉNIQUE
FAILLES NORMALES

Étudier une carte géologique

ÉNONCÉ

Le document suivant représente un extrait simplifié de la carte géologique de la région de Condé sur Noireau (en Normandie).

Doc. **Extrait simplifié de carte géologique**

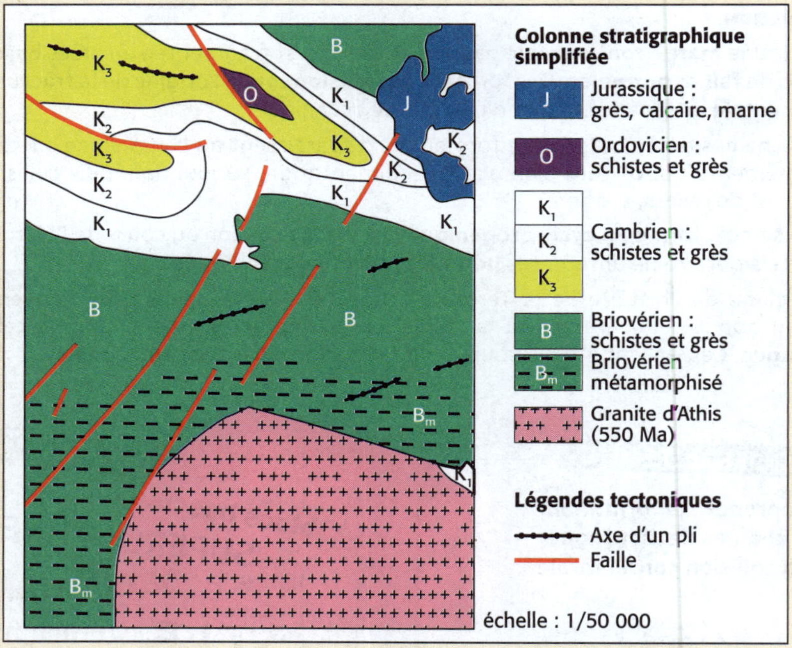

QUESTION

Exploitez les informations fournies par cette carte pour montrer que la région a été le témoin de plusieurs orogenèses que vous daterez.

MÉTHODE

- Une carte géologique représente les terrains à l'affleurement. Il faut **reconstituer la disposition des couches** en observant leurs relations géométriques.
- La **colonne stratigraphique** indique l'**âge des roches sédimentaires**. Du haut vers le bas, les âges sont de plus en plus anciens.
- L'étude des relations géométriques entre les terrains d'âge différents permet de **dater les événements géologiques** (failles, plis, intrusions de granite).

CORRIGÉ

Au nord-est de la carte, on observe du nord au sud, une série de couches : briovérien, k1, k2, k3, O, puis, k3, k2, k1 et le briovérien. Cette disposition symétrique de part et d'autre d'une zone axiale témoigne d'un plissement.

D'après le principe de recoupement (selon lequel un événement tectonique est plus récent que les couches qu'il affecte), le pli est postérieur à la couche la plus récente affectée, c'est-à-dire l'ordovicien.

On observe par ailleurs que les terrains plissés sont affectés par des failles. D'après le principe de recoupement, les failles sont donc post-ordovicien et postérieures au pli. Failles et plis attestent donc d'une phase tectonique liée à une orogenèse, postérieure à l'ordovicien.

Au nord de la carte, on observe qu'une couche datée du Jurassique recouvre deux couches plus anciennes (le briovérien et k1). Elle repose en discordance sur les couches antérieures et n'est affectée ni par le pli, ni par les failles. On peut donc en déduire que la phase tectonique est antérieure au Jurassique. Le dépôt du Jurassique s'est donc produit après l'érosion des terrains plissés.

Remarque
Deux couches sont discordantes lorsqu'elles ont des dispositions différentes. Sur une carte, la plus récente en recouvre deux autres d'âges différents.

Au sud de la carte, on observe un massif de granite. Les terrains du briovérien sont métamorphisés à son contact.

D'après le principe de recoupement, l'intrusion de granite est donc postérieure au briovérien. On constate par ailleurs que les couches k1 du cambrien inférieur ne sont pas métamorphisées au contact du granite. Elles reposent en discordance sur celui-ci (après érosion). Le granite est donc antérieur à k1.

En conclusion, la région a été témoin d'au moins deux orogenèses : l'une responsable de l'intrusion de granite, post-briovérien et ante-cambrien ; l'autre postérieure à l'ordovicien et antérieure au jurassique. Celle-ci est responsable des plis et failles observés dans la région. Chaque orogénèse est suivie d'une phase d'érosion.

Fiche test 1 — Je fais le point

VRAI FAUX — 1 min

À revoir
Acquis

Indiquer pour chaque proposition si elle est vraie ou fausse.

1. Les ophiolites témoignent de la subduction d'une lithosphère océanique sous une autre, de même nature.	Vrai	Faux
2. Les marges continentales passives sont affectées de failles normales.	Vrai	Faux
3. Au niveau d'une chaîne de collision, la lithosphère continentale est subduite sous la lithosphère océanique.	Vrai	Faux
4. La Pangée est un supercontinent.	Vrai	Faux
5. Un cycle orogénique comprend une phase d'ouverture océanique.	Vrai	Faux

SCORE : ____ / 5

Fiche test 2 — Le bon choix

QCM — 3 min

À revoir
Acquis

Pour chaque question ou affirmation, il y a entre 0 et 3 bonnes réponses.

1 Au niveau d'une marge passive :

- a. les sédiments syn-rift sont affectés par les failles.
- b. l'épaisseur de la croûte est constante.
- c. la croûte est affectée par des failles normales.

FICHE 3 p. 92

2 Les ophiolites présentes dans les chaînes de montagnes :

- a. sont les traces d'un amincissement crustal mettant à nu le manteau.
- b. sont composées de basalte surmontant du granite.
- c. témoignent d'un domaine océanique disparu.

FICHE 2 p. 90

3 La croûte continentale est principalement formée :

- a. de gabbros et de granites.
- b. de roches sédimentaires et de granites.
- c. de péridotites.

FICHE 1 p. 88

4 La collision de deux lithosphères continentales entraîne :

- a. des plis et des chevauchements.
- b. des plis et des failles normales.
- c. une obduction.

FICHE 2 p. 90

5 Dans les chaînes de montagnes anciennes :

- a. affleurent principalement des roches magmatiques et métamorphiques.
- b. la couverture sédimentaire est épaisse.
- c. les roches présentent des déformations liées à une compression.

FICHE 1 p. 88

6 Un rift continental :

- a. présente des blocs basculés limités par des failles inverses.
- b. se forme à la suite d'une remontée de l'asthénosphère.
- c. est à l'origine des deux marges d'un océan.

FICHE 3 p. 92

7 Les continents :

- a. ont une forme variable selon la dynamique de la lithosphère.
- b. se forment lors d'une orogenèse.
- c. se fracturent pour donner naissance à un océan.

FICHE 4 p. 94

SCORE : ____ / 7

EXERCICES D'ENTRAÎNEMENT

1 Histoire d'un continent

Exploitation de document

L'Amérique du Nord présente un ensemble de chaînes de montagnes représentées sur la carte géologique ci-dessous.

Doc. **Les principales chaînes de montagnes anciennes et récentes d'Amérique du Nord**

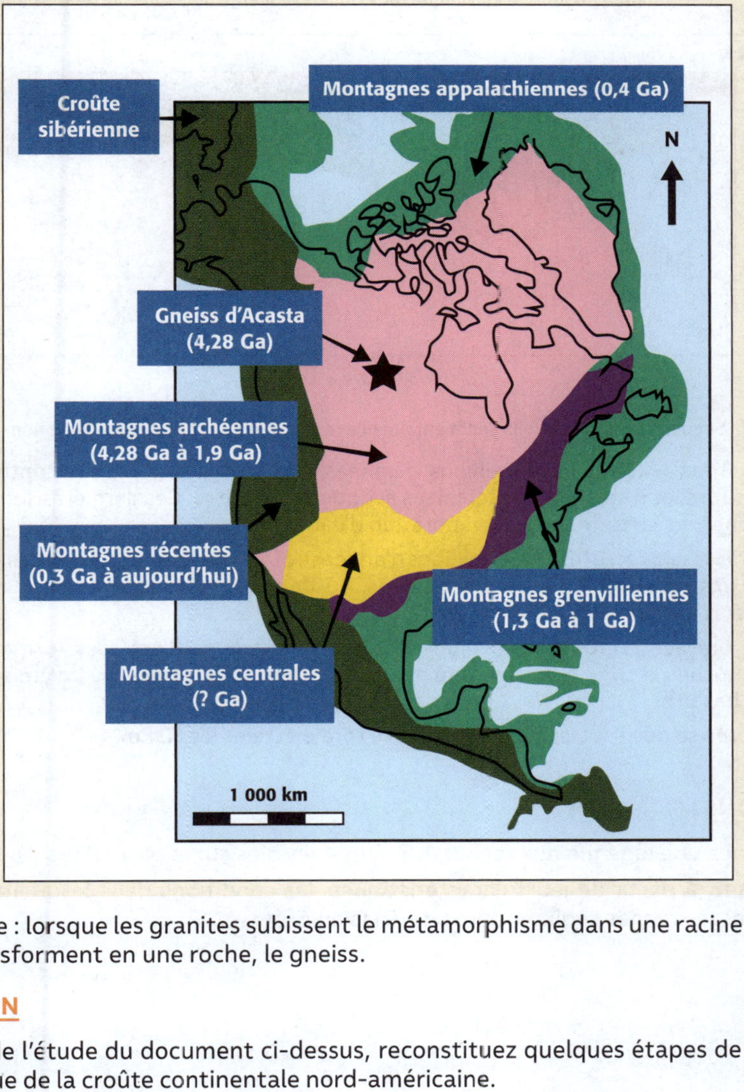

Remarque : lorsque les granites subissent le métamorphisme dans une racine crustale, ils se transforment en une roche, le gneiss.

QUESTION

À partir de l'étude du document ci-dessus, reconstituez quelques étapes de l'histoire géologique de la croûte continentale nord-américaine.

② La marge de Saint-Pierre-et-Miquelon

Exploitation de documents

La marge de Saint-Pierre-et-Miquelon qui borde l'océan Atlantique dans la région de Terre-Neuve est une marge passive au niveau de laquelle on soupçonne la présence de pétrole. Des études de sismique réflexion ainsi que des forages ont permis de connaître sa structure et les roches présentes.

Doc. 1 **Interprétation du profil de sismique réflexion de la marge de Saint-Pierre-et-Miquelon**

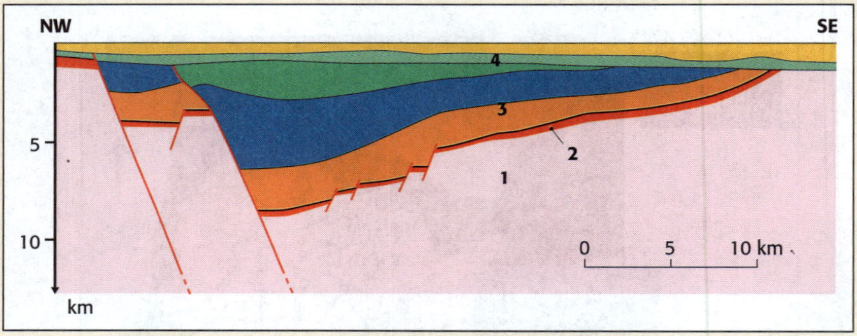

Doc. 2 **Séquence des formations sédimentaires de la marge de Saint-Pierre-et-Miquelon**

- Au Trias (−250 à −200 millions d'années), on trouve des roches contenant des fossiles d'eau douce intercalées avec des évaporites. Ces dernières sont des roches qui se forment par évaporation d'eau salée.
- Au Jurassique (−200 à −150 millions d'années), à la base se trouvent des basaltes, les uns sous-marins, les autres aériens. Au-dessus, on observe des calcaires et autres roches sédimentaires, deltaïques ou marines.
- Au Crétacé (−150 à −65 millions d'années), on trouve d'épaisses formations de roches d'origine marine (craies, argiles). On ne retrouve plus d'émissions de basalte.

On précise que l'épaisseur sédimentaire totale atteint les 10 km.

QUESTIONS

1. Attribuez une légende aux roches 1, 2, 3 et 4 visibles sur le profil (Doc. 1).
2. Déduisez, à partir de leurs caractéristiques, les conditions dans lesquelles se sont formées les roches sédimentaires du Trias au Crétacé.

Exercices

③ Des indices pour reconstituer l'histoire des Alpes

Exploitation de document

Les études géologiques réalisées dans les Alpes franco-italiennes ont montré que cette chaîne de collision s'est formée en deux étapes : la formation d'un océan, puis la fermeture de cet océan par collision des marges continentales.

Le document suivant représente une coupe géologique dans un massif alpin.

Doc. **Coupe dans le massif des Bauges, appartenant aux Alpes franco-italiennes**

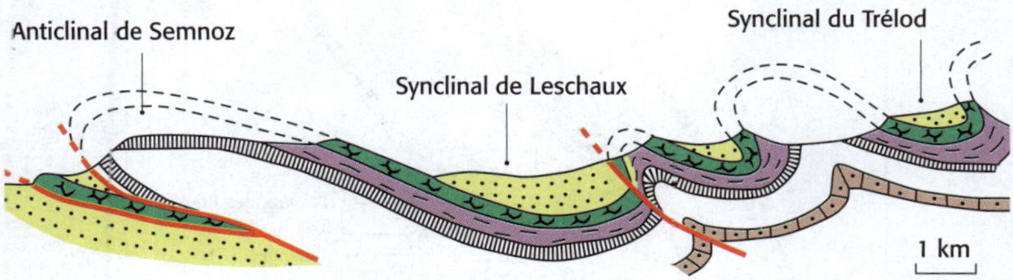

- Molasses de l'Oligocène (- 34 à - 23,5 Ma) contenant de rares fossiles d'organismes marins et continentaux
- Calcaire massif de l'Urgonien (- 116 à - 110 Ma) contenant des fossiles de rudistes, de brachiopodes et d'oursins*
- Calcaire marneux de l'Hauterivien (-122 à -116 Ma) contenant des fossiles d'ammonites et d'oursins*
- Marnes du Valanginien (-130 à -122 Ma) contenant des fossiles d'ammonites*
- Calcaires marneux du Berriasien (-135 à -130 Ma)
- Calcaires du Tithonique (-141 à -135 Ma) contenant des fossiles de bélemnites*
- Failles postérieures à l'Oligocène

* Les oursins, les ammonites, les bélemnites, les rudistes et les brachiopodes sont des organismes marins.

QUESTION

À partir des seules informations extraites du document, justifiez ce modèle de l'histoire des Alpes franco-italiennes.

④ À la recherche de l'océan alpin

Exploitation de documents

Au cours d'un stage de géologie dans les Alpes, des étudiants cherchent des indices de l'existence d'un ancien océan alpin qui aurait disparu.

Doc. 1 **Localisation des différents sites visités lors du stage**

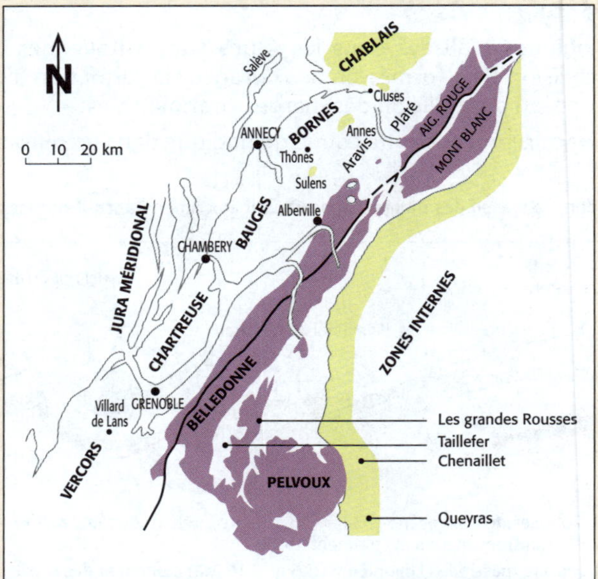

Source : https://www.geol-alp.com/h_oisans/index_oisans.html

Doc. 2 **Coupe des blocs basculés au niveau des massifs de la Mure, du Taillefer et du Rochail**

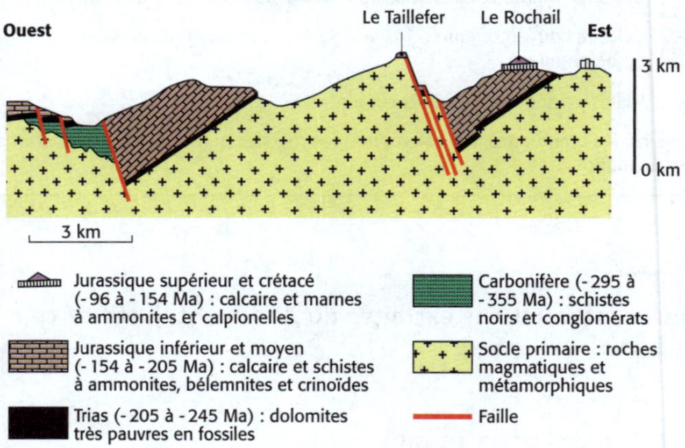

Ammonites et Bélemnites : mollusques marins pélagiques (nageant en pleine mer).
Crinoïdes : organismes benthiques (fixés sur fond marins).
Calpionnelles : organismes unicellulaires marins pélagiques.

D'après *http://svt.ac-dijon.fr/schemassvt/article.php3?id_article=1033.*

Doc. 3 Coupe géologique schématique des ophiolites du Chenaillet

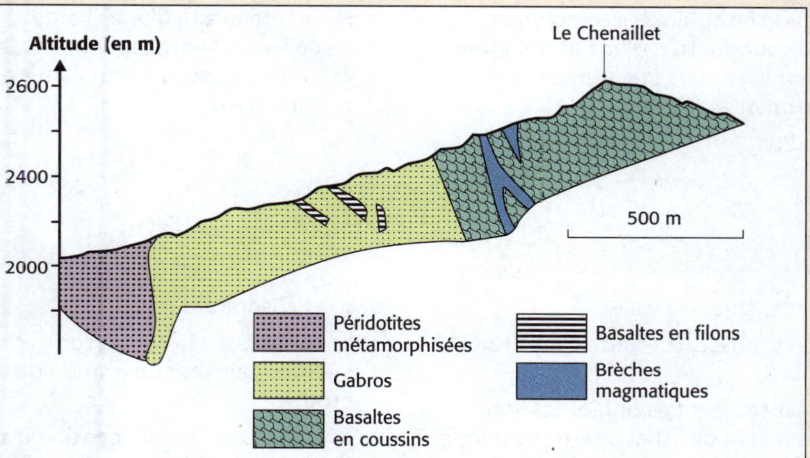

D'après *http://svt.ac-dijon.fr/schemassvt/chercher.php3.*

QUESTION

À partir des documents proposés et de vos connaissances, présentez des indices témoignant de l'ouverture d'un océan alpin, puis de sa fermeture.

Fiche test 1 — Je fais le point

1. **Faux.** Les ophiolites témoignent de la subduction d'une lithosphère océanique sous une lithosphère continentale.

2. **Vrai.**

3. **Faux.** Au niveau d'une chaîne de collision, la lithosphère océanique est subduite sous la lithosphère continentale.

4. **Vrai.**

5. **Vrai.**

Fiche test 2 — Le bon choix

1. **a.** et **c.** sont vraies.

   b. est fausse, la croûte est étirée et amincie.

2. **a.** est fausse. Les ophiolites sont des restes de lithosphère océanique.

   b. est fausse. Les ophiolites sont constituées de basalte surmontant du gabbro et de la péridotite.

   c. est vraie.

3. **a.** et **c.** sont fausses.

   b. est vraie.

4. **a.** et **c.** sont vraies.

   b. est fausse car la collision entraîne la formation de plis et de failles inverses.

5. **a.** et **c.** sont vraies.

   b. est fausse : la couverture sédimentaire est en grande partie érodée.

6. **a.** est fausse. Un rift continental présente des blocs basculés limités par des failles normales.

   b. et **c.** sont vraies.

7. **a.** et **c.** sont vraies.

   b. est fausse. Une orogenèse peut accroître la taille d'un continent mais n'est pas responsable de sa formation.

EXERCICES D'ENTRAÎNEMENT

1 Histoire d'un continent

On cherche à reconstituer les étapes de la formation du continent nord-américain en étudiant les formations géologiques qui le composent.

Les plus anciennes roches d'Amérique du Nord sont les gneiss d'Acasta, que l'on trouve dans la chaîne de montagnes archéennes.

On sait par ailleurs que ces gneiss sont des roches métamorphiques qui proviennent de la transformation de granites lors de la formation d'une racine crustale, au moment de la surrection d'une chaîne de montagne. Ces roches ayant été datées de 4,28 Ga, on peut donc conclure que la chaîne de montagnes archéenne s'est mise en place à partir de – 4,28 Ga.

On observe par ailleurs que les différentes chaînes de montagnes d'Amérique du Nord ne sont pas disposées au hasard, mais que leur âge diminue du centre du continent vers l'extérieur. En effet, la chaîne de montagnes archéenne, la plus ancienne, est bordée au sud par la chaîne de montagnes grenvilliennes datée de 1,3 à 1 Ga, elle-même au contact de la chaîne de montagnes appalachiennes (0,4 Ga). On peut noter que cette dernière forme une ceinture orogénique qui s'étend vers le nord du continent, de façon à entourer sa partie la plus ancienne.

Remarque

La chaîne de montagnes centrales n'est pas datée mais sa position entre la chaîne archéenne et la chaîne grenvillienne indique que son âge est compris entre 1,3 et 1,9 milliard d'années (Ga).

Enfin, dans la partie la plus méridionale du continent, on trouve les chaînes de montagnes les plus récentes datées de 0,3 Ga jusqu'à aujourd'hui.

On peut donc supposer que le continent nord-américain s'est progressivement agrandi au cours d'orogenèses successives. Suite à la fermeture d'un domaine océanique, la collision entre deux lithosphères continentales provoque la formation d'une chaîne de montagnes, ce qui permet l'accroissement du continent. Une fois formés, les reliefs des chaînes de montagnes disparaissent grâce à l'érosion.

Enfin, il est à noter que la croûte nord-américaine grandit toujours. Ainsi, la croûte sibérienne, émergée, s'est accolée à ce continent en même temps que se formaient les chaînes de montagnes récentes.

2 La marge de Saint-Pierre-et-Miquelon

1. Légendes :

   1. croûte continentale

   2. sédiments affectés par les failles et donc ante-rift

   3. sédiments en éventail, syn-rift

   4. sédiments non affectés par les failles et donc post-rift

2. Les roches du Trias contiennent des fossiles d'eau douce : la région est donc émergée au début du Trias. La présence d'évaporites témoigne de l'invasion de la zone par une mer de faible épaisseur, condition nécessaire à l'évaporation. Les roches du Trias sont affectées de failles normales. Celles-ci indiquent un effondrement de la région dans une zone en distension, pouvant expliquer l'incursion marine. Les dépôts du Trias sont des sédiments ante-rift.

   Au Jurassique, on trouve du basalte, une roche volcanique. Une distension, créant des fractures, permet la remontée de magma. Il semble donc que la distension observée au Trias se poursuive.

   L'astuce du prof

   Il faut déduire les conditions du milieu au moment où les roches se sont déposées : milieu aérien ou marin (faible ou grande profondeur marine).

   La région présente au Jurassique les caractéristiques d'un rift continental. Les dépôts du Jurassique sont des sédiments syn-rift.

   Au Crétacé, les formations nettement marines attestent de la présence de la mer. L'absence de roches volcaniques (basaltes) à cette époque, ainsi que les couches déposées en milieu marin, montrent que la structure n'est plus celle d'un rift continental mais celle d'une marge passive. Il y a donc eu production de lithosphère océanique au niveau d'une dorsale située à l'emplacement du rift, tandis que les deux moitiés du rift s'éloignaient avec l'expansion de la lithosphère océanique.

③ Des indices pour reconstituer l'histoire des Alpes

La coupe géologique de cette région des Alpes fournit plusieurs indices géologiques permettant d'établir dans quel contexte géologique la chaîne de montagnes s'est mise en place.

La présence de fossiles marins témoigne de l'existence d'un ancien océan. Les roches contenant ces fossiles sont datées de –141 à –110 Ma. Ainsi, cette période correspond à celle d'une sédimentation, probablement au cours de l'expansion océanique.

Les roches contenant ces fossiles sont affectées par des plis (synclinal du Trélod, anticlinal de Semnoz) et des failles inverses (au niveau du synclinal de Leschaux). On observe également un chevauchement (au niveau de l'anticlinal de Semnoz) : des terrains plus récents (Oligocène –30 Ma) sont recouverts par des terrains plus anciens (calcaires du Berriasien –135 Ma).

Gagnez des points

Attention à avoir une démarche rigoureuse : description, puis interprétation.

Toutes ces déformations sont le résultat de l'application de forces de compression, dans un contexte de convergence. Elles provoquent un raccourcissement des strates, responsable de l'élévation des reliefs, caractéristique d'un contexte géologique de collision.

Ainsi, la période de collision fait suite à une période d'expansion océanique.

④ À la recherche de l'océan alpin

Différents marqueurs géologiques témoignent de l'existence d'un ancien océan.

Le **doc. 2** présente une coupe de blocs basculés. On observe que ceux-ci sont affectés par des failles normales. Il s'agit donc d'une structure résultant d'une extension. De ce fait, les blocs basculés sont les vestiges d'une marge continentale passive. Ils témoignent de la fracturation d'un continent, stade initial de l'ouverture d'un océan.

On peut observer sur le **doc. 3** les ophiolites du massif du Chenaillet, une succession de roches comportant de bas en haut : des péridotites, des gabbros et des basaltes en coussin.

Celles-ci peuvent être identifiées comme caractéristiques de la lithosphère océanique. Elles témoignent donc de la présence d'un ancien océan, aujourd'hui refermé, à l'emplacement des Alpes.

L'astuce du prof

Identifiez les failles normales au niveau du Taillefer en vous représentant l'aspect des terrains avant, puis après avoir été affectés par celles-ci.

Partie 2

Enjeux planétaires contemporains

Chapitre 5

Organisation fonctionnelle des plantes à fleurs

Les plantes réalisent de nombreux échanges avec leur milieu.

FICHE 1

Des surfaces d'échanges en relation avec le milieu

De quoi s'agit-il ?

Le mode de vie dit « fixé » des plantes à fleurs les a contraintes à développer des surfaces d'échanges.

1 Une vie fixée entre le sol et l'air

- Les **plantes à fleurs** (groupe des Angiospermes) sont des végétaux dont l'**appareil végétatif** est constitué d'une **tige feuillée aérienne** et d'une **racine** qui les fixe dans le sol. L'**appareil reproducteur** est quant à lui constitué par la fleur.
- L'appareil végétatif se trouve **à l'interface** du sol et de l'air : les racines au contact du sol, les feuilles au contact de l'air.

2 Les feuilles à l'interface avec l'air

- La structure aplanie de la feuille constitue une vaste surface d'échange, favorable à la capture de la lumière et du CO_2 nécessaires à la photosynthèse.
- Grâce à l'énergie lumineuse, de la matière organique (glucose, acides aminés) est produite à partir de matière minérale (eau, CO_2, ions minéraux). La photosynthèse se déroule à l'intérieur des **chloroplastes** des cellules chlorophylliennes.
- La lumière est captée par la face supérieure de la feuille, par les cellules du **parenchyme chlorophyllien palissadique** (**Doc. 1**). Allongées, accolées et riches en chloroplastes, elles offrent une vaste surface favorable à la capture lumineuse.
- Le CO_2 pénètre dans les feuilles par les **stomates** (**Doc. 2**), concentrés sur l'épiderme inférieur. Chaque stomate est formé de deux cellules ménageant un orifice capable de s'ouvrir ou de se fermer. Les stomates communiquent avec des cavités remplies d'air délimitées par des cellules formant le **parenchyme lacuneux**.

3 Les racines à l'interface avec le sol

- La racine ancre la plante dans le sol et absorbe l'eau et les sels minéraux nécessaires à la photosynthèse. À son extrémité, la zone pilifère porte des **poils absorbants**, dont l'ensemble constitue une surface d'échange considérable, parfois de plusieurs centaines de mètres carrés.
- Les racines peuvent s'associer à un champignon microscopique du sol et former des **mycorhizes**. Les **filaments mycéliens**, nombreux et entourés chacun d'une fine paroi constituent un réseau de grande surface autour de la racine et favorisent, tout comme les poils, l'absorption de l'eau et des sels minéraux.

LA BOITE À DOCS

Doc. 1 Coupe transversale de feuille vue au microscope optique

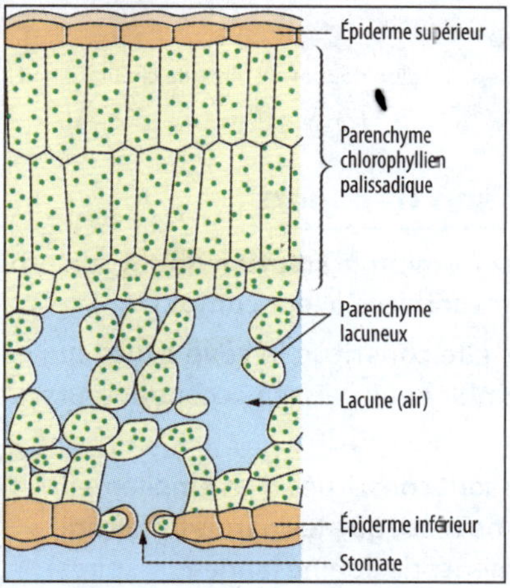

Doc. 2 Stomate ouvert (a) et partiellement fermé (b)

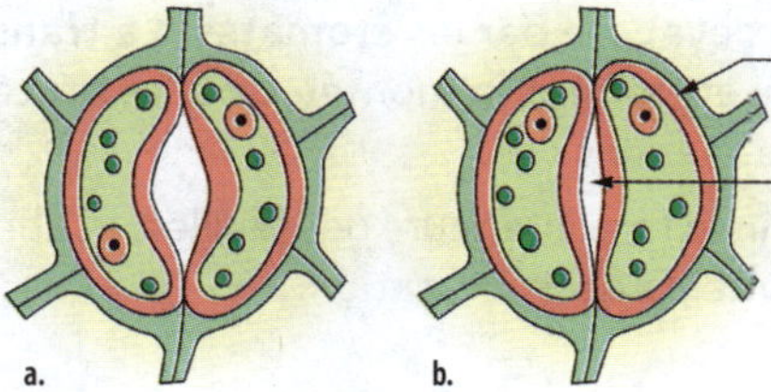

Vocabulaire

- **Chloroplaste :** organite de la photosynthèse.
- **Parenchyme chlorophyllien palissadique :** tissu constitué de cellules allongées et riches en chlorophylle.
- **Stomate :** structure constituée de deux cellules ménageant un orifice dans l'épiderme des feuilles et permettant les échanges gazeux entre la plante et l'air.
- **Parenchyme lacuneux :** tissu constitué de petites cellules entre lesquelles se trouvent des espaces remplis d'air.
- **Poil absorbant :** cellule différenciée absorbant l'eau et les sels minéraux dans le sol.
- **Mycorhize :** association symbiotique entre les racines d'une plante et un champignon.
- **Filaments mycéliens :** filaments microscopiques constituant le champignon.

FICHE 2

La circulation de matière dans la plante

De quoi s'agit-il ?

La plante est le siège d'un double système de circulation véhiculant deux types de sèves.

1 La sève brute et son transport

- L'eau et les sels minéraux forment la **solution du sol**, absorbée par les poils absorbants (**Doc. 1**) ainsi que par les mycorhizes à leur contact.
- Une fois dans la racine, elle constitue la **sève brute** qui est prise en charge par des cellules conductrices assemblées en vaisseaux conducteurs. L'ensemble de ces vaisseaux constitue le **xylème**.
- Les vaisseaux du xylème sont constitués d'un empilement de cellules mortes dont il ne reste que les parois longitudinales ornées d'épaississements de lignine (anneaux, spires) ou de ponctuations (**Doc. 2**).
- Dans le xylème, la sève brute circule de façon ascendante pour être distribuée dans toute la plante. Arrivée dans les feuilles, une partie de l'eau s'évapore par les stomates. La transpiration des feuilles crée ainsi un appel d'eau qui entretient la montée de sève brute, depuis les organes souterrains jusqu'aux organes aériens.
- Les **stomates**, concentrés sur la face inférieure des feuilles, à l'abri du soleil, se ferment en cas de sécheresse pour éviter la déshydratation.

À savoir
Grâce à un colorant spécifique, le vert de méthyle, la lignine se colore en vert sur une coupe de tige ou de racine.

2 La production de sève élaborée et son transport

- En passant dans les feuilles, la sève brute se charge en substances organiques produites par la photosynthèse. Elle se transforme alors en **sève élaborée**.
- La circulation de la sève élaborée est réalisée par l'intermédiaire du **phloème**. Il s'agit d'un ensemble de **tubes criblés**, eux-mêmes formé par un empilement de cellules vivantes séparées par des parois transversales criblées de pores (**Doc. 2**).
- La sève élaborée produite dans les feuilles est distribuée dans toute la plante et permet la croissance des feuilles plus jeunes, des tiges, des bourgeons, des racines et des fruits.
- Elle participe également à la formation de réserves dans des organes souterrains (tubercules) ou dans les graines.

À savoir
La pyronine colore en rose les parois cellulosiques des cellules du phloème sur une coupe de tige ou de racine.

LA BOITE À DOCS

Doc. 1 Coupe transversale de racine au niveau de la zone pilifère

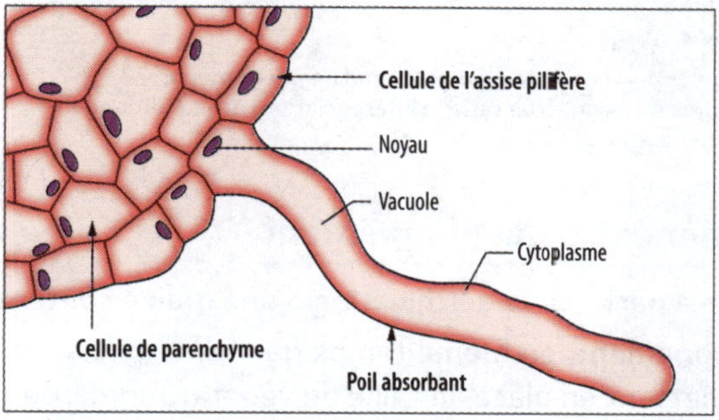

Doc. 2 Xylème (trois premiers vaisseaux) et phloème (à droite) – vue longitudinale

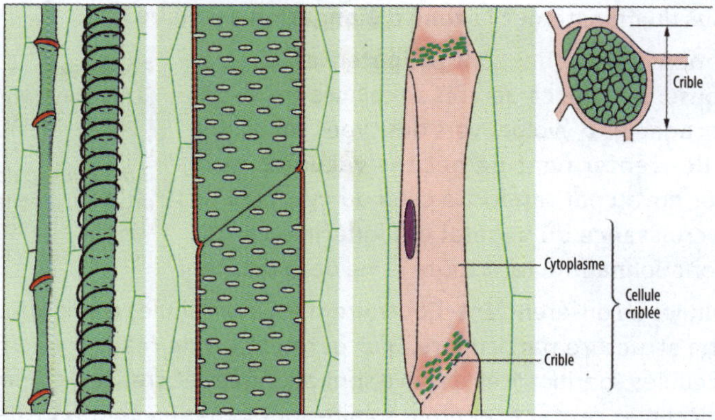

Vocabulaire

- **Solution du sol :** eau et sels minéraux présents dans le sol.
- **Sève brute :** liquide composé d'eau et de sels minéraux et distribué dans la plante par les vaisseaux du xylème.
- **Xylème :** ensemble des vaisseaux conducteurs de sève brute.
- **Sève élaborée :** liquide riche en molécules organiques synthétisées dans les feuilles et distribué dans la plante par le phloème.
- **Phloème :** tissu conducteur assurant le transport de la sève élaborée.
- **Tubes criblés :** files de cellules permettant la circulation de la sève élaborée grâce aux perforations de leurs parois transversales.

FICHE 3

Croissance et développement de la plante

De quoi s'agit-il ?

Le développement de la plante dépend de phénomènes cellulaires (division, croissance, différenciation) qui conditionnent son organisation.

1 Les phénomènes du développement

- La plante se forme à partir de la germination d'une graine contenant un embryon.

Au cours du développement, en même temps que les organes (tige, feuilles, racines, fleurs et fruits) se mettent en place, la taille du végétal augmente.

- La croissance des organes résulte d'une augmentation du nombre et de la taille des cellules. Ainsi, l'extrémité de la racine renferme des territoires spécialisés, les **méristèmes**, dont les cellules se divisent activement. Elles repoussent les cellules issues des divisions précédentes et en s'éloignant, celles-ci augmentent de taille dans le territoire situé au-dessus du méristème : la **zone d'élongation** cellulaire (**Doc. 1**).

- Les cellules méristématiques sont **totipotentes**, c'est-à-dire qu'elles conservent des caractères de cellules embryonnaires et sont capables d'évoluer vers des types cellulaires différents. Elles renferment de petites **vacuoles** et le volume de leur noyau par rapport à celui du cytoplasme est élevé. La croissance du végétal est indéfinie car les méristèmes fonctionnent durant toute la vie de la plante.

> **Remarque**
> Si les plantes ont théoriquement la potentialité de former indéfiniment de nouveaux organes, le fonctionnement des méristèmes est contrôlé par différents facteurs.

- Enfin, les cellules se différencient. Contrairement aux cellules méristématiques, elles acquièrent une structure particulière, leur permettant de réaliser une fonction. Par exemple, les cellules conductrices de sève sont allongées et creuses, comme des tubes, tandis que les cellules captant l'énergie solaire sont riches en chlorophylle.

2 Une organisation en phytomères

- Dans la tige, des **bourgeons apicaux** (terminaux) et **axillaires** renferment des méristèmes responsables de l'édification des feuilles et des rameaux (**Doc. 2**). Le port du végétal (sa forme) dépend du fonctionnement des bourgeons.

> **À savoir**
> Chacun des nouveaux phytomères se met en place de façon telle que la réception de lumière soit maximale pour chacun des rameaux.

- La plante est organisée en une succession de **phytomères**, ensembles d'unités fonctionnelles. Chaque phytomère est constitué typiquement d'un **nœud** (zone de division cellulaire) à partir duquel se développe une feuille, d'un **entrenœud** (segment compris entre deux nœuds successifs) et d'un bourgeon axillaire à la base de la feuille.

LA BOITE À DOCS

Doc. 1 Structure et croissance de la racine

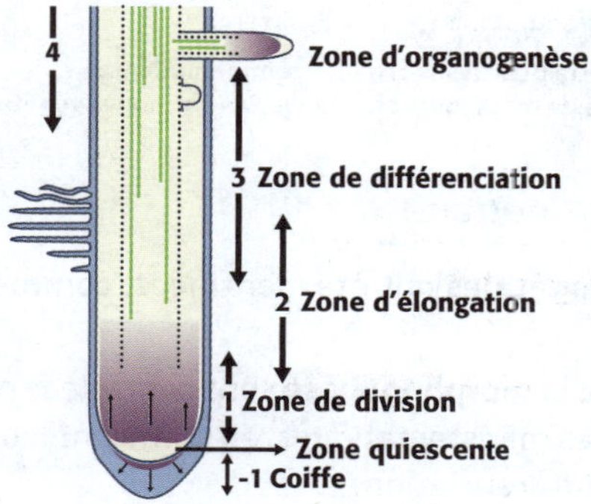

Doc. 2 Organisation d'une tige feuillée

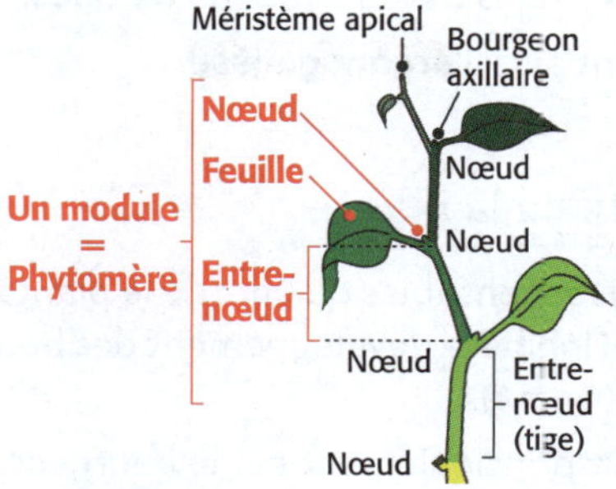

Vocabulaire

- **Méristème :** ensemble de cellules en division.
- **Zone d'élongation (de la racine) :** partie de la racine au niveau de laquelle les cellules sont en croissance et s'allongent.
- **Totipotente (cellule) :** capable de donner différents types cellulaires.
- **Vacuole :** organite dont l'un des rôles est le stockage de l'eau et des molécules.
- **Bourgeon apical :** bourgeon situé à l'extrémité de la tige.
- **Bourgeon axillaire :** bourgeon situé au niveau des nœuds.
- **Phytomère :** unité fonctionnelle constitutive d'une plante constituée d'un nœud et d'un entrenœud.
- **Nœud :** zone de division cellulaire, point d'attache d'une feuille ou d'un rameau.
- **Entrenœud :** intervalle entre deux nœuds successifs.

FICHE 4

Les hormones végétales et le développement

De quoi s'agit-il ?

À l'intérieur de la plante, les organes communiquent par l'intermédiaire de messagers chimiques, les hormones végétales.

1 Hormones et organogenèse

- Différentes **hormones végétales** ont été identifiées, comme l'auxine, les cytokinines et les gibbérellines.
- Les différentes étapes de la **morphogenèse** sont contrôlées par l'action des hormones. Elles agissent sur les cellules méristématiques, en stimulant leur division ou, au contraire, en les entraînant vers la différenciation.
- Selon les hormones, les cellules méristématiques se différencient en une catégorie de cellules ou en une autre. Par exemple, l'auxine favorise l'apparition de racines, tandis que les cytokinines sont responsables de la formation de tiges.
- Les hormones permettent ainsi l'**organogenèse**.

À savoir
Comme les hormones animales, les hormones végétales agissent en se fixant à des récepteurs cellulaires.

2 Hormones et port de la plante

- Les hormones sont aussi responsables du port de la plante. Le bourgeon apical d'une tige sécrète de l'auxine qui inhibe le développement des bourgeons axillaires, situés en dessous le long de la tige (**Doc. 1**).
- Ainsi, la croissance se fait principalement par le bourgeon apical. Elle est alors verticale comme chez les pins. Si la dominance apicale est faible, l'arbre prend au contraire l'aspect d'une boule.

3 Hormones et environnement

- L'action des hormones est modulée par l'environnement. Si une plante reçoit un éclairage latéral, elle grandit plus vite du côté non éclairé. Cette croissance inégale s'explique par la migration de l'auxine, sous l'action de la lumière, vers le côté non éclairé, ce qui provoque une plus forte croissance de ce dernier (**Doc. 2**).
- L'environnement module la répartition des hormones et donc leur effet sur le port et la croissance du végétal.
- Cela montre que le phénotype résulte de l'expression du génotype sous le contrôle de l'environnement.

Cours

LA BOITE À DOCS

Doc. 1 Mise en évidence de la dominance apicale

L'ablation du bourgeon apical entraîne le développement des axillaires. L'inhibition des axillaires peut être restaurée par l'application d'auxine dans la zone apicale. Ainsi, l'auxine libérée par le bourgeon apical empêche le développement des axillaires.

Doc. 2 Effet de la lumière sur la répartition de l'auxine à l'apex d'un coléoptile*

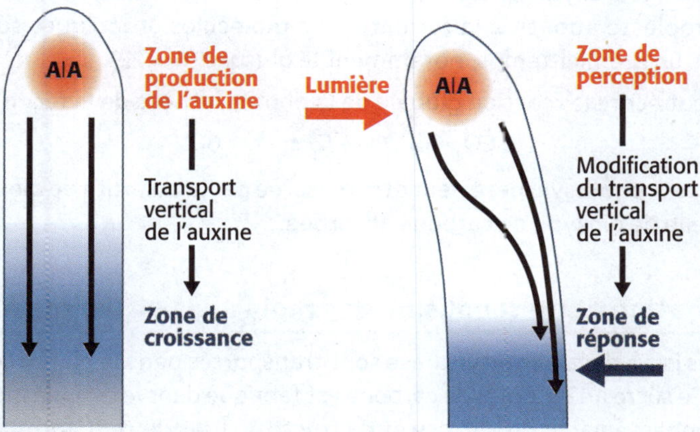

*étui creux enveloppant les premières feuilles d'une jeune plantule de graminée

Vocabulaire

- **Hormone végétale :** messager chimique circulant à l'intérieur de la plante.
- **Morphogenèse :** acquisition de sa forme par la plante.
- **Organogenèse :** développement des organes de la plante.

FICHE 5

La photosynthèse et la production de matière

De quoi s'agit-il ?

Les végétaux sont autotrophes, c'est-à-dire capables de réaliser la synthèse de matière organique à partir de matière minérale grâce à l'énergie lumineuse.

1 Une conversion de l'énergie lumineuse en énergie chimique

- L'énergie lumineuse est captée par la chlorophylle contenue dans les **chloroplastes**, organites présents dans les cellules chlorophylliennes.
- La chlorophylle présente un maximum d'absorption dans le rouge (680 nm) et le bleu (440 nm) mais n'absorbe pas le vert. Or, l'intensité de la photosynthèse est maximale pour les radiations rouge et bleu (**Doc. 1**). L'énergie lumineuse captée par la chlorophylle est utilisée par la plante au cours de la photosynthèse. Elle permet la **photolyse de l'eau** au cours de laquelle H_2O est dissociée en O_2 et $H^+ + e^-$. Cette réaction d'oxydation est couplée avec la formation d'ATP et la réduction d'un oxydant (devenu un composé réducteur) selon la réaction :

$$2\ H_2O + 2NADP^+ \rightarrow 2\ NADPH + O_2$$

- Parallèlement, le dioxyde de carbone est absorbé par la feuille. La réduction du CO_2 dans le chloroplaste aboutit à la formation de molécules organiques sous forme de glucides dans un premier temps, notamment le glucose (**Doc. 2**).
- Ainsi, on peut écrire la réaction globale de la photosynthèse de la façon suivante :

$$6\ CO_2 + 6H_2O \rightarrow C_6H_{12}O_6 + 6O_2$$

- L'intensité de la photosynthèse peut être mesurée par la quantité de dioxygène dégagée ou par celle de dioxyde de carbone absorbée.

2 Distribution et métabolisme des molécules organiques

- Les glucides issus de la photosynthèse sont transportés dans la plante sous forme de **saccharose**. Ce sucre à 12 atomes de carbone est fabriqué dans le cytoplasme des cellules chlorophylliennes, à partir du glucose et du fructose, tous deux de formule $C_6H_{12}O_6$.

$$2C_6H_{12}O_6 \rightarrow (C_6H_{10}O_5)_2 + H_2O$$

- Une **enzyme**, la saccharose synthétase, catalyse cette réaction.
- Des **acides aminés** sont synthétisés dans la feuille à partir des glucides de la photosynthèse et d'ammoniac (NH_3), source d'azote.
- L'ammoniac peut être formé à partir de la réduction des nitrates (NO_3^-) prélevés dans le sol. Il peut aussi provenir de la fixation de l'azote atmosphérique par des micro-organismes vivant en symbiose ou non avec les plantes.

LA BOITE À DOCS

Doc. 1 Spectre d'absorption de la chlorophylle et spectre d'action de la photosynthèse

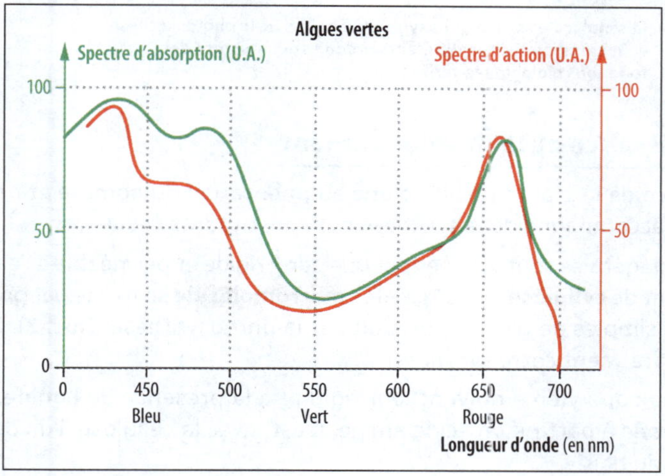

Doc. 2 Bilan de la photosynthèse

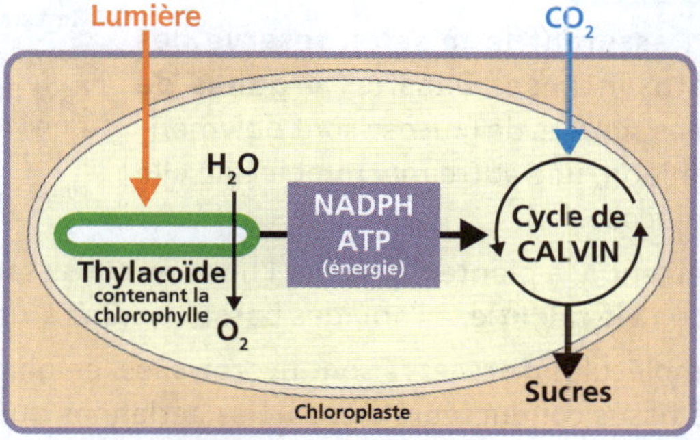

Vocabulaire

- **Chloroplaste :** organite de la photosynthèse.
- **Photolyse de l'eau :** dissociation de la molécule d'eau sous l'action de la lumière captée par la chlorophylle.
- **Saccharose :** glucide à 12 atomes de carbone.
- **Enzyme :** substance qui catalyse une réaction chimique.
- **Acide aminé :** molécule élémentaire constituant une protéine.

FICHE 6

Le devenir des produits de la photosynthèse

De quoi s'agit-il ?

Les molécules organiques synthétisées lors de la photosynthèse sont transformées en différents produits qui assurent des fonctions biologiques variées.

1 La croissance et le développement

- La croissance de la plante résulte d'une augmentation du nombre et de la taille des cellules qui s'accompagne de la synthèse des constituants cellulaires.
- Les cellules végétales sont limitées par une paroi rigide et perméable à l'eau, composée principalement de **cellulose** (**Doc. 1**). Cette **macromolécule** se forme par **polymérisation** de molécules simples de glucose, produit par la photosynthèse (**Doc. 2**). Des enzymes spécifiques catalysent cette synthèse.
- Les vaisseaux du xylème doivent leur rigidité à la présence de lignine, une macromolécule formée à partir d'un acide aminé. C'est, avec la cellulose, l'un des principaux constituants du bois.

2 La mise en réserve

- D'autres enzymes assurent la mise en réserve des produits de la photosynthèse. Dans les **organes de réserves**, les molécules simples de glucose sont polymérisées pour former l'amidon, une autre macromolécule elle aussi constituée de glucose.

> **Remarque**
> Dans le tubercule de la pomme de terre, l'amidon est contenu dans des organites spécifiques : les amyloplastes.

- Ces organes permettent à la plante de passer l'hiver en subsistant grâce aux parties enfouies dans le sol, en **vie ralentie**, à l'abri des basses températures.
- Au printemps, les molécules de réserve sont hydrolysées, en glucose notamment, et redistribuées par les tissus conducteurs aux parties aériennes qui reprennent leur vie active et leur croissance.

3 La synthèse des constituants de la vie de relation

- La plante synthétise des **anthocyanes**, des pigments naturels présents dans les feuilles, pétales et fruits. Ces molécules complexes jouent un rôle important dans la pollinisation, dans la dispersion des graines, ainsi que dans la protection des plantes contre les agressions du milieu (froid, lumière, ravageurs, etc.).
- Les tanins sont aussi des substances végétales complexes utilisées comme moyen de défense chimique contre les microbes pathogènes et les herbivores.

LA BOITE À DOCS

Doc. 1 La paroi cellulaire

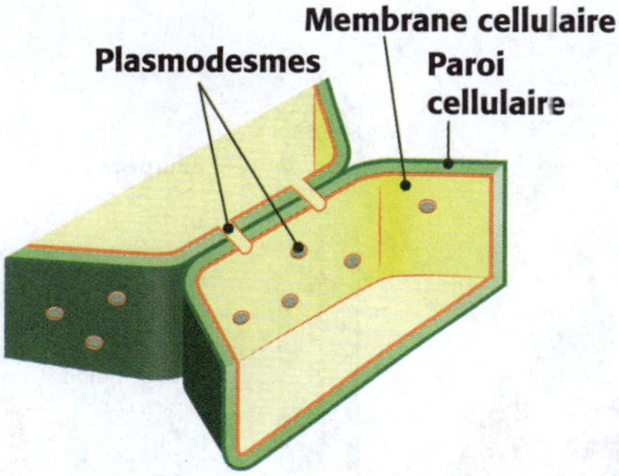

Doc. 2 Synthèse de la molécule de cellulose

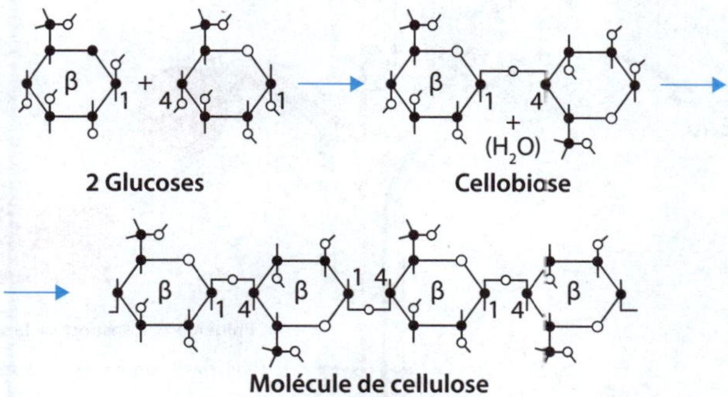

Deux glucoses s'associent entre eux pour former des molécules intermédiaires (« cellobioses ») qui à leur tour s'associent et forment une molécule de cellulose.

Vocabulaire

- **Cellulose :** macromolécule constituée par l'association de nombreuses molécules de glucose.
- **Macromolécule :** molécule de grande taille constituée de l'association de nombreuses molécules simples.
- **Polymérisation :** association de plusieurs molécules entre elles.
- **Organe de réserve :** organe stockant la matière organique et la redistribuant dans un second temps pour satisfaire des besoins de la plante, comme ceux de la croissance.
- **Vie ralentie :** période de la vie d'un organisme pendant laquelle les activités métaboliques (réactions chimiques) sont temporairement arrêtées.
- **Anthocyanes :** pigments des végétaux, constitués de molécules complexes (même si ce ne sont pas des macromolécules).

Révision Express

SCHÉMA BILAN

> Nutrition d'une plante à fleurs

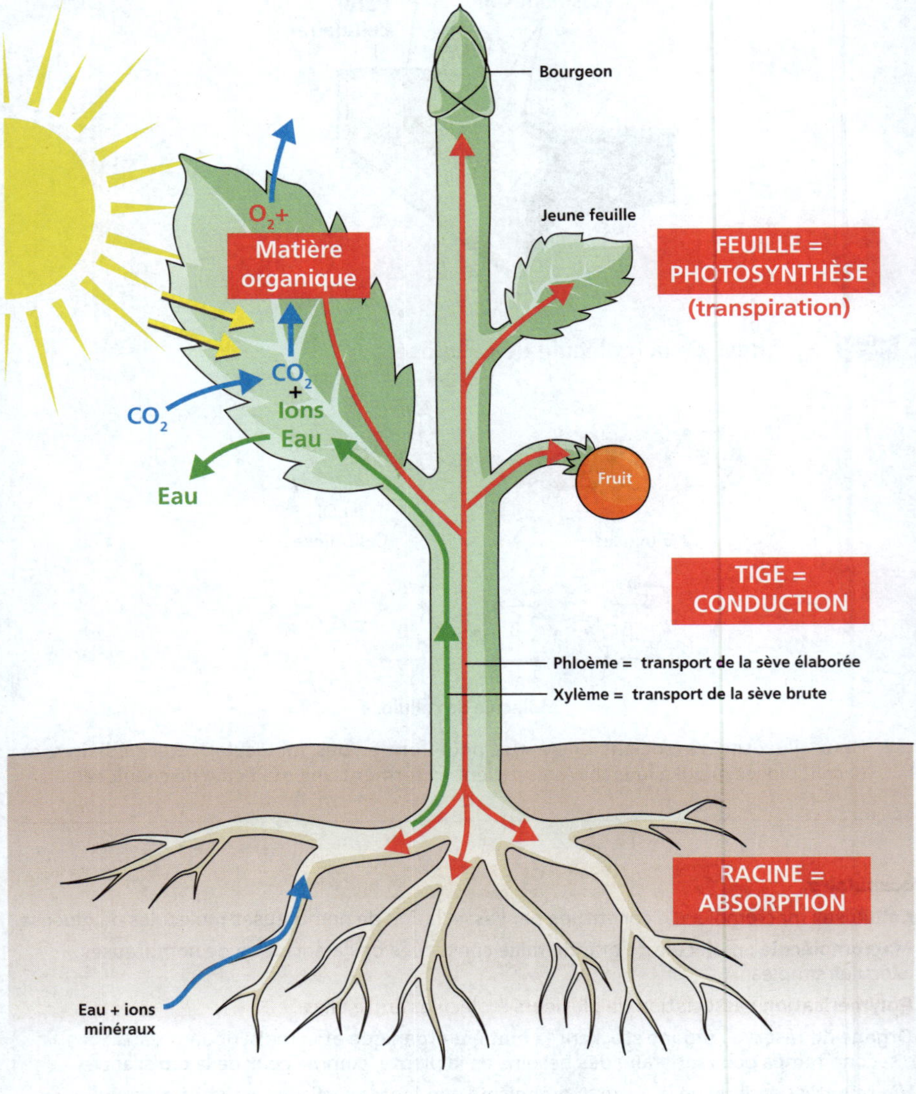

POINTS IMPORTANTS À RETENIR

- La plante, fixée à l'interface sol/atmosphère, réalise des **échanges** avec son milieu grâce à des cellules particulières : **stomates** dans les feuilles et **poils absorbants** dans les racines.
- À l'intérieur de la plante, l'eau et les sels minéraux circulent sous forme de **sève brute** dans des cellules transformées et assemblées en vaisseaux de **xylème**. La **sève élaborée** enrichie en matière organique est transportée par les tubes criblés du **phloème**.
- Le développement de la plante associe **croissance** (par multiplication, puis élongation) et **différenciation** d'organes (tige feuillée, racines, fleurs) à partir de **méristèmes**.
- Ainsi, la plante se construit par une succession de **phytomères**, dont l'organisation est contrôlée par des **hormones végétales** et influencée par les conditions du milieu.
- Grâce à l'énergie lumineuse captée par les feuilles, les cellules **chlorophylliennes** synthétisent de la matière organique à partir de la matière minérale prélevée dans l'air et le sol. C'est la **photosynthèse**.
- Les molécules issues de la photosynthèse sont utilisées directement ou après avoir été transformées pour fabriquer les **constituants cellulaires**.
- Ainsi, les molécules simples comme le **glucose** sont polymérisées en macromolécules (**amidon** ou **cellulose**). Une partie de ces molécules est mise en **réserve** pour être utilisée selon les besoins de la plante.

APPRENDRE AUTREMENT

Comprendre comment la plante produit et utilise sa matière organique

Vidéo

LE COURS EN 10 MOTS-CLÉS

MORPHOGENÈSE
PHLOÈME
xylème
PHOTOLYSE
PHYTOMÈRE
MÉRISTÈME
bourgeon apical
STOMATES
HORMONES VÉGÉTALES
RÉDUCTION DU CO_2

Étudier les interactions entre hormones végétales

ÉNONCÉ

Pour tester expérimentalement l'effet des hormones végétales, des fragments de tige de tabac sont cultivés *in vitro* sur un milieu contenant : d'une part, des concentrations croissante de cytokinines; d'autre part, des concentrations différentes d'auxine.

On mesure alors le nombre de bourgeons nouvellement formés dans chacune de ces conditions. Le document suivant indique les résultats obtenus après 35 jours de culture.

Doc. **Effets de l'auxine et des cytokinines sur la néoformation de bourgeons**

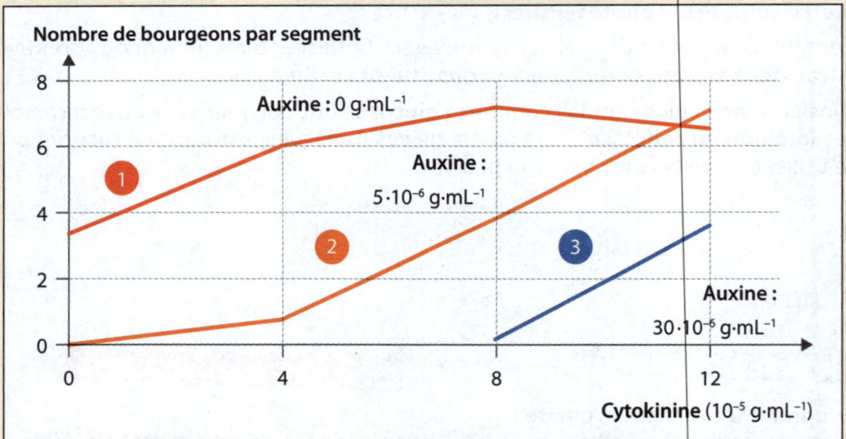

Expérience de Miller et Skoog, 1953.

QUESTION

À partir de l'exploitation des résultats de cette expérience, dégagez les principales caractéristiques de ces deux hormones végétales.

MÉTHODE

- La courbe 1 sert de **témoin**, la culture étant réalisée sans auxine. Les résultats fournis montrent donc le **rôle des cytokinines**.
- Il faut ensuite étudier les courbes 2 et 3 par **comparaison** avec la 1 pour mettre en évidence le **rôle de l'auxine**.
- Il faut enfin déterminer comment ces deux hormones **interagissent**.

CORRIGÉ

L'analyse de la courbe 1 montre qu'en absence d'auxine comme de cytokinines, des bourgeons peuvent se former (un peu plus de trois bourgeons par segment). La présence de ces deux hormones n'est donc pas indispensable à la formation de bourgeons.

L'apport de cytokinines entraîne une augmentation du nombre de bourgeons, de plus en plus nombreux au fur et à mesure que la concentration en cytokinines s'élève jusqu'à un maximum de 8.10^{-5} mg.mL^{-1} avec un développement d'environ 7 bourgeons par segment.

L'astuce du prof
Dans un graphique complexe comme celui-ci, commencez par ce qui est le plus simple (ici, une seule variable).

Ainsi, jusqu'à une certaine concentration, les cytokinines stimulent le développement des bourgeons. Au-delà de cette concentration, le nombre de bourgeons diminue au fur et à mesure que la concentration en cytokinines augmente.

On peut ensuite évaluer les effets d'un apport d'auxine (par comparaison de la courbe 1 et des courbes 2 et 3).

On observe qu'avec un ajout d'auxine et en absence de cytokinines, le nombre de bourgeons passe de 3 à 0. De ce fait, l'auxine inhibe le développement des bourgeons.

Lorsque l'on ajoute des cytokinines, des bourgeons peuvent se former malgré l'apport d'auxine. Mais plus la dose d'auxine est élevée, plus celle de cytokinines doit être importante pour permettre la formation de bourgeons (supérieure à 4 pour une concentration d'auxine de 5.10^{-6} g.mL^{-1}, supérieure à 8 pour une concentration d'auxine de 30.10^{-6} g.mL^{-1}). Ainsi, l'effet stimulateur des cytokinines compense l'action inhibitrice de l'auxine.

Par conséquent, ces deux hormones ont des effets antagonistes. Selon le rapport de leur concentration, l'une ou l'autre exerce son effet.

1 min
◯ À revoir
◯ Acquis

VRAI FAUX

Fiche test 1 Je fais le point

Indiquer pour chaque proposition si elle est vraie ou fausse.

1. La sève brute est constituée d'eau et de matière organique.	◯ Vrai	◯ Faux
2. Un méristème est composé de cellules totipotentes.	◯ Vrai	◯ Faux
3. La photosynthèse comporte une phase d'oxydation du CO_2.	◯ Vrai	◯ Faux
4. L'absorption de l'eau et de sels minéraux s'effectue par l'intermédiaire du xylème.	◯ Vrai	◯ Faux
5. Le port d'un végétal est influencé par son environnement.	◯ Vrai	◯ Faux

SCORE : ___ / 5

3 min
◯ À revoi
◯ Acquis

QCM

Fiche test 2 Le bon choix

Pour chaque question ou affirmation, il y a entre 0 et 3 bonnes réponses.

1 La paroi cellulaire :
◯ **a.** double extérieurement la membrane plasmique.
◯ **b.** est constituée principalement de saccharose.
◯ **c.** est imperméable à l'eau.

FICHE 6 p. 122

2 La cellulose :
◯ **a.** est, avec la lignine, un constituant du bois.
◯ **b.** est un polymère de glucose.
◯ **c.** donne sa plasticité à la paroi.

FICHE 6 p. 122

3 L'auxine :
◯ **a.** est une hormone sécrétée par les cellules végétales.
◯ **b.** inhibe le développement des bourgeons axillaires.
◯ **c.** est détruite à la lumière.

FICHE 4 p. 118

4 Le xylème :
◯ **a.** transporte la sève élaborée.
◯ **b.** est constitué de files de cellules vivantes, allongées, aux parois lignifiées.
◯ **c.** véhicule la sève depuis les racines vers les poils absorbants.

FICHE 2 p. 114

5 Les cellules méristématiques :
◯ **a.** ont un petit noyau par rapport à leur taille.
◯ **b.** se divisent activement.
◯ **c.** sont situées au niveau des entrenœuds.

FICHE 3 p. 116

6 Les produits de la photosynthèse :
◯ **a.** circulent sous forme de sève brute.
◯ **b.** permettent la croissance de jeunes feuilles.
◯ **c.** sont utilisés pour la synthèse des parois cellulaires.

FICHE 2 p. 11

7 La libération de dioxygène lors de la photosynthèse :
◯ **a.** provient de la photolyse de l'eau.
◯ **b.** provient de la réduction du CO_2.
◯ **c.** est utilisée pour mesurer l'intensité de la photosynthèse.

FICHE 5 p. 1

SCORE : ___ / 7

1 Une relation entre le port des végétaux et la paroi cellulaire EXO BAC

Exploitation de documents

Chez une espèce végétale couramment étudiée en biologie, *Arabidopsis thaliana*, on a pu obtenir différents mutants dont certains se distinguent des plantes sauvages par leur port plus ou moins couché.

Des études ont été menées pour mesurer la résistance mécanique de la tige chez les différentes formes d'*Arabidopsis*. On applique sur un fragment de tige une force d'intensité croissante, jusqu'à la rupture. La valeur de la force correspond alors à la résistance mécanique de la tige.

Doc. 1 **Résistance mécanique maximale de la tige à des âges différents.**

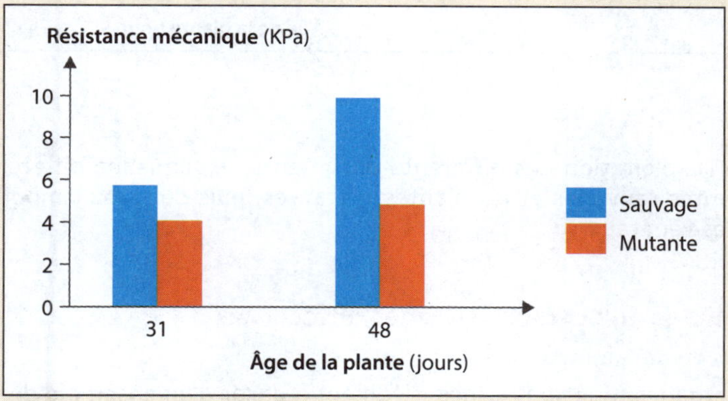

Les dessins suivants, réalisés d'après des microphotographies, montrent l'aspect de la paroi chez les deux types de plantes.

Doc. 2 **La paroi cellulaire**

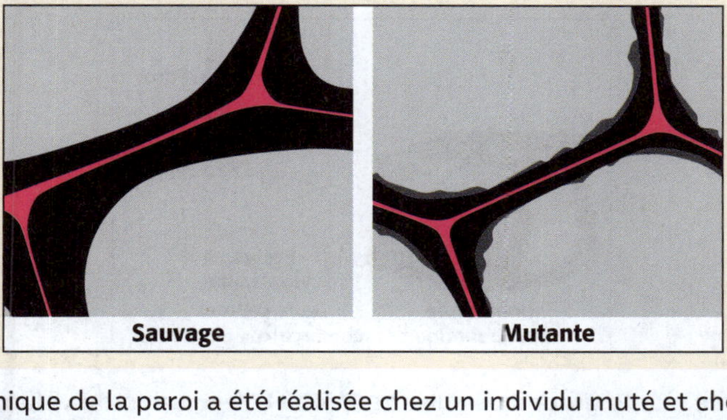

L'analyse chimique de la paroi a été réalisée chez un individu muté et chez un individu non muté (sauvage).

Doc. 3 **Composition de la paroi cellulaire**

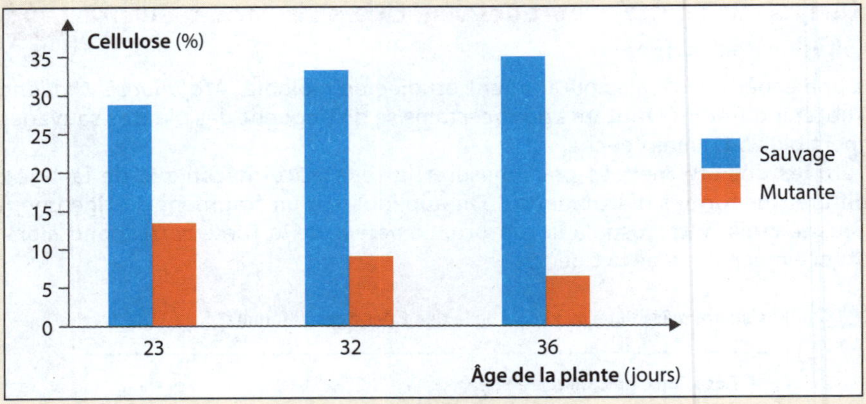

QUESTION

À partir de l'exploitation des différents documents, expliquez la différence de port chez les plantes sauvages et les plantes mutantes, puis dégagez l'importance de la paroi chez les végétaux.

② Des cellules aux caractéristiques différentes

Exploitation de documents

Les jeunes organes, tiges ou racines, s'édifient à partir d'un ensemble de cellules aux caractéristiques particulières : les méristèmes.
Le **Doc. 1** représente une cellule méristématique ainsi qu'une cellule conductrice de sève qui en dérive.

Doc. 1 **Deux types de cellules**

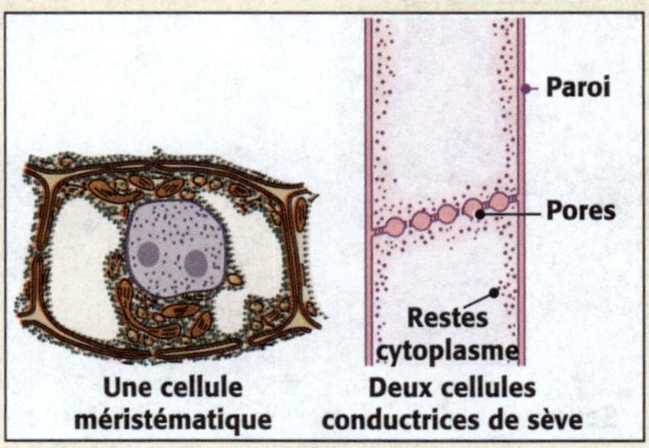

On a représenté, sur le graphique suivant (**Doc. 2**), l'évolution du volume cellulaire et du volume nucléaire des cellules au fur et à mesure qu'elles s'éloignent du méristème.

Doc. 2 **Évolution des volumes cellulaire et nucléaire**

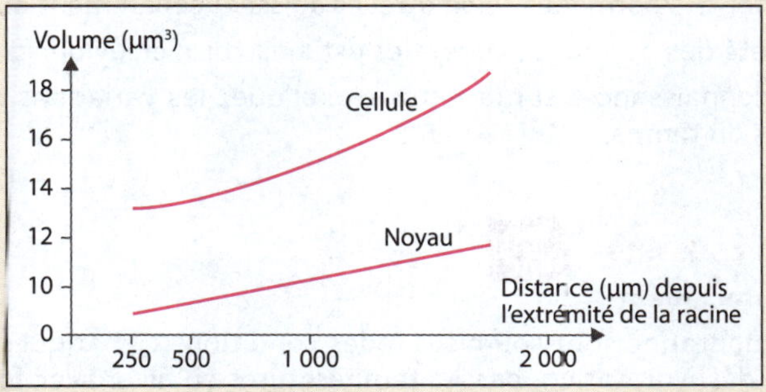

Remarque : les mesures du volume nucléaire sont effectuées pour la cellule différenciée avant la perte du noyau.

QUESTIONS

1. Décrivez et comparez la structure de ces deux cellules.
2. Montrez que les transformations subies par la cellule au cours de la différenciation lui permettent d'accomplir sa fonction de transport de sève.

③ Les effets conjoints des hormones

Exploitation de document

Une lignée de cellules de tabac est mise en culture. Après quelques heures, on ajoute, séparément et conjointement, de l'auxine et des cytokinines. On mesure alors l'index mitotique* au cours du temps.

Doc. **Évolution de l'index mitotique**

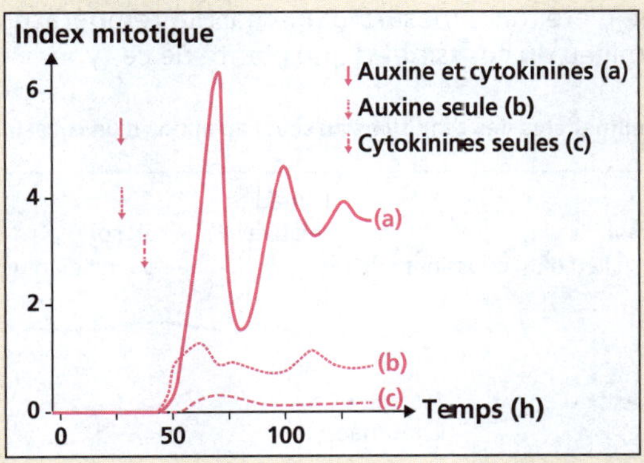

* Index mitotique = (nombre de noyaux en division / nombre total de noyaux comptés) × 100.

QUESTIONS

1. Comparez l'effet des hormones selon qu'elles agissent séparément ou conjointement.
2. Quelle propriété des hormones végétales est ainsi mise en évidence ?
3. À partir des connaissances sur la mitose, expliquez les variations de l'index mitotique au cours du temps.

④ Un port en coussinet EXO BAC

Exploitation de documents

Les plantes de montagne sont soumises à des conditions climatiques difficiles : vent engendrant une déshydratation, basses températures en hiver avec formation de gel, hautes températures en été avec risque de déshydratation.
De nombreuses plantes de montagne ont une forme en coussinet. Les individus sont de petite taille et réunis les uns contre les autres pour former des blocs compacts. C'est le cas de l'androsace helvétique représentée ci-après.

Doc. 1 Un coussinet d'androsace helvétique

Pendant une journée d'été, on a mesuré d'une part la température, d'autre part l'humidité, au sol et au milieu du coussinet d'une plante de ce type.

Doc. 2 Variations journalières des conditions au sol et au milieu d'un coussinet

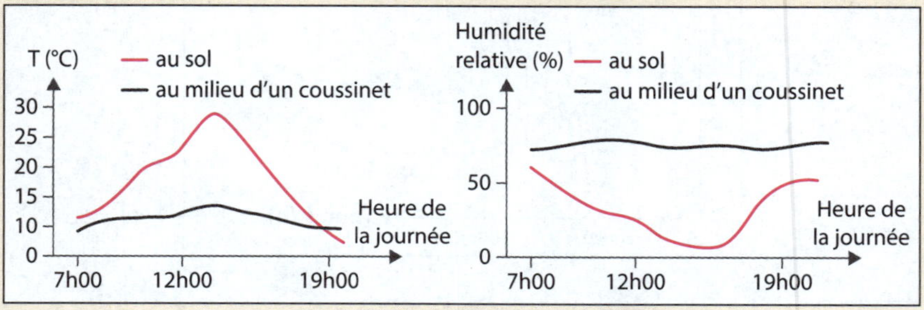

QUESTIONS

1. Comment peut-on expliquer que des espèces différentes vivant en montagne possèdent ce port en coussinet?
2. Décrivez les variations observées (Doc. 2) et expliquez l'intérêt d'une morphologie en coussinet.
3. Proposez une expérience permettant de savoir si la forme en coussinet est déterminée par le génotype ou par l'environnement.

5 Une association plante-champignon

Exploitation de document

Les mycorhizes constituent une association symbiotique entre un champignon et une plante assurant des échanges réciproques d'éléments nutritifs.
Dans le sol, au contact des racines de la plante, le champignon se développe sous forme de longs filaments constituant le mycélium.
On étudie l'effet de la mycorhization sur des plantules de palmier dattier cultivées sous serre dans un sol de palmeraie pendant deux ans. La masse sèche et la teneur en éléments minéraux sont comparées entre des plantules mycorhizées et des plantules non mycorhizées. Le tableau suivant présente les résultats obtenus.

Doc. Effet de la mycorhization sur la croissance et la nutrition minérale du palmier dattier

		Plantes non mycorhizées	Plantes mycorhizées
Masse sèche (en g)	Système aérien	6,669	9,138
	Système racinaire	0,246	0,296
Éléments minéraux dans les parties aériennes (en % de masse sèche)	N	0,0902	0,1012
	P	0,0500	0,1245
	K	0,495	0,527

QUESTION

Montrez que l'association plante-champignon contribue à améliorer la croissance et la nutrition minérale des plantules de palmier dattier.

Fiche test 1 — Je fais le point

1. **Faux.** La sève brute est constituée d'eau et de sels minéraux.
2. **Vrai.**
3. **Faux.** La photosynthèse comporte une phase de réduction du CO_2.
4. **Faux.** Le xylème sert à la conduction de la sève brute. L'absorption de l'eau et de sels minéraux s'effectue par l'intermédiaire des poils absorbants de la racine.
5. **Vrai.**

Fiche test 2 — Le bon choix

1. **a.** est vraie.
   b. et **c.** sont fausses. La paroi cellulaire est constituée principalement de cellulose et est perméable à l'eau.
2. **a.** et **b.** sont vraies.
   c. est fausse. La cellulose donne sa rigidité à la paroi.
3. **a.** et **b.** sont vraies.
   c. est fausse. Le transport de l'auxine est dévié par la lumière mais elle n'est pas détruite.
4. **a.** est fausse. Le xylème transporte la sève brute.
   b. est fausse. Le xylème est constitué de cellules mortes aux parois lignifiées.
   c. est fausse. Le xylème véhicule la sève des racines aux parties aériennes.
5. **a.** est fausse. Les cellules méristématiques ont un rapport volume du noyau/volume cellulaire élevé.
   b. est vraie.
   c. est fausse. Les cellules méristématiques sont situées au niveau des nœuds.
6. **a.** est fausse. Les produits de la photosynthèse circulent sous forme de sève élaborée.
   b. et **c.** sont vraies.
7. **a.** est vraie, donc **b.** est fausse.
   c. est vraie.

EXERCICES D'ENTRAÎNEMENT

1 Une relation entre le port des végétaux et la paroi cellulaire

La plante sauvage et la plante mutée se distinguent par une différence de port : dressé dans le premier cas, plus ou moins couché dans le second.

Pour comprendre cette absence de rigidité, on a testé expérimentalement leur résistance mécanique (**Doc. 1**). Celle-ci est bien plus grande chez la plante sauvage âgée de 31 jours. Alors que la résistance mécanique augmente au cours du développement chez la plante sauvage, elle reste constante et faible chez le mutant.

L'astuce du prof

Il faut relier les documents entre eux en cherchant un fil conducteur pour les utiliser.

Corrigés

Sur le Doc. 2, l'observation de la paroi du mutant montre que celle-ci est plus fine et plus irrégulière que celle de la plante sauvage. La paroi joue le rôle de squelette cellulaire, et son amincissement explique le port couché ainsi que la résistance mécanique plus faible chez le mutant. Il reste à expliquer cette anomalie cellulaire.

La paroi est composée principalement de cellulose, polymère de glucose. Le Doc. 3 permet de comparer la proportion de cette molécule chez la plante sauvage et chez le mutant, au cours du développement. On retrouve à nouveau une différence, le pourcentage de cellulose étant plus faible chez le mutant. De plus, il décroît chez celui-ci pendant les premières semaines de la croissance. C'est ce qui explique les caractéristiques du mutant observées précédemment.

Ainsi, on peut établir une relation entre la composition chimique de la paroi et le port d'un végétal.

2 Des cellules aux caractéristiques différentes

1. La cellule méristématique présente un noyau relativement important par rapport au volume du cytoplasme. Les autres organites comme les vacuoles sont peu développés. C'est une cellule indifférenciée. Elle conserve des caractères embryonnaires. Elle est totipotente, c'est-à-dire capable d'évoluer vers des types cellulaires différents.

   Au fur et à mesure des divisions cellulaires, la cellule méristématique s'éloigne du méristème et commence à se différencier. Elle augmente alors de taille et son volume s'accroît plus vite que celui de son noyau (Doc. 2).

   La cellule conductrice de sève est au contraire allongée, de grande taille. Elle a perdu son noyau mais reste vivante, comme en témoigne l'existence de restes de cytoplasme.

> **Remarque**
> Les nouvelles cellules formées par division repoussent les plus anciennes à l'extérieur du méristème.

2. La cellule conductrice de sève est de grande taille, ce qui favorise le transport de la sève sur une longue distance. Enfin, ce transport est possible grâce à la présence de pores, formés par perforation de la paroi.

   Ainsi, lors de sa différenciation, la cellule acquiert des particularités structurales qui lui permettent de réaliser une fonction. En l'occurrence : le transport vertical de sève.

> **Remarque**
> Il s'agit ici d'une cellule constituant les tubes criblés du phloème.

3 Les effets conjoints des hormones

1. L'addition d'auxine et de cytokinines séparément entraîne une faible augmentation de l'index mitotique, alors que celui-ci était nul auparavant. Ces deux hormones stimulent donc la mitose.

   L'augmentation de l'index plusieurs heures après stimulation s'explique par le temps nécessaire à la réalisation des synthèses précédant la mitose, en particulier celle de l'ADN.

   Lorsque l'addition d'auxine et de cytokinines est simultanée l'index mitotique augmente cinq fois plus. Ainsi, il existe une synergie entre ces hormones, qui sont toutes deux nécessaires à la division cellulaire.

2. Il existe une interaction des hormones végétales.
3. L'index mitotique n'augmente pas de façon continue mais avec des fluctuations régulièrement espacées, ce qui indique que les cellules se divisent en même temps, puis cessent de se diviser, là encore, en même temps. Cela s'explique par l'existence d'un cycle cellulaire caractérisé par deux périodes, la mitose et l'interphase. L'index mitotique dénombre les cellules en mitose. Cette période est suivie dans le cycle cellulaire par l'interphase, correspondant ici à la baisse de l'index mitotique.

4 Un port en coussinet

1. Si plusieurs plantes d'espèces différentes mais vivant dans le même milieu ont un port identique, on peut alors penser que l'environnement influence le port des végétaux.
2. On constate que la température au sol varie en atteignant une valeur maximale au milieu de la journée. Ces variations ne se retrouvent pourtant pas à l'intérieur du coussinet. Celui-ci joue le rôle d'écran. La forme en coussinet protège l'androsace contre les trop hautes températures d'été en montagne.
   On constate des résultats semblables pour les variations d'humidité par une journée d'été. L'humidité au sol est faible pendant le milieu de journée, alors qu'elle reste constante et relativement élevée à l'intérieur du coussinet. Cela évite la déshydratation de la plante, fréquente dans les régions ventées comme c'est le cas en montagne.
3. L'expérience consisterait à transférer à basse altitude des plantes développées en montagne. Mais cette démarche n'est pas totalement satisfaisante car le développement de la plante aurait déjà commencé dans un milieu donné.
   Il serait plus rigoureux de semer en plaine des graines de plantes de montagne. La totalité du développement se produirait alors à l'abri du vent et à des températures supérieures.

Remarque
Le port d'un végétal dépend de l'expression de son génotype sous l'influence de l'environnement.

5 Une association plante-champignon

On observe un développement de l'appareil végétatif aérien plus important (multiplié par 1,4) chez les plantes mycorhizées que chez les plantes non mycorhizées. De même, les racines sont plus développées chez les plantes mycorhizées.

Enfin, les parties aériennes sont plus riches en éléments minéraux, notamment en phosphore (dont la teneur est doublée) chez les plantes mycorhizées.

Ainsi, la présence du mycélium, développé au contact des racines, augmente l'absorption des éléments minéraux dans le sol. En effet, l'ensemble constitue un réseau de grande surface autour de la racine qui favorise l'absorption de l'eau et des sels minéraux. La croissance de la plante est alors facilitée.

Remarque
En échange de son rôle dans la croissance, le champignon bénéficie de la matière organique produite par la plante.

Chapitre 6 La reproduction des plantes

La pollinisation repose sur une collaboration entre plante et animal.

FICHE 1

Reproduction asexuée, totipotence et clonage

De quoi s'agit-il ?

La reproduction asexuée des plantes repose sur la totipotence des cellules végétales et les capacités de croissance indéfinie des plantes à partir de n'importe quel fragment végétal.

1 Les modalités de reproduction asexuée

- Dans les conditions naturelles, un fragment de plante, de tige, de feuille ou de racine est capable de former par lui-même une plante entière avec tous ses organes.
- Les cellules du fragment se sont d'abord **dédifférenciées**, (elles sont redevenues des cellules méristématiques), puis multipliées avant de se différencier à nouveau en autant de types cellulaires qu'en contient une plante.
- Une cellule végétale différenciée conserve donc toutes les **potentialités génétiques** d'origine, ce qui lui permet de donner naissance à autant de types cellulaires spécialisés qu'il en existe dans une plante adulte. Elle est donc **totipotente**.
- La reproduction asexuée produit, par la mitose, des individus **génétiquement identiques**. Cela peut être un avantage pour une population lorsque le milieu lui est favorable. Par ailleurs, elle produit massivement des individus qui, en concurrence avec d'autres espèces, peuvent envahir et exploiter leur milieu.
- Par contre, la multiplication végétative ne permet pas de brassage génétique. Les individus formés constituent un clone et si l'un d'eux, par exemple, se révèle sensible à un parasite, les autres le seront aussi avec le risque d'une élimination totale de la population.

2 L'utilisation de la reproduction asexuée par l'Homme

- Avec la technique de **bouturage**, l'Homme utilise la reproduction asexuée pour produire de nombreuses plantes à partir d'un seul fragment.
- Des organes spécialisés comme les **stolons** du fraisier (**Doc. 1**) sont des tiges rampantes terminées par un bourgeon capable de **s'enraciner** et de produire un nouveau pied qui finira par s'isoler de la plante mère. Les **rhizomes** sont des tiges souterraines horizontales qui produisent régulièrement des parties aériennes (muguet).
- La **culture *in vitro*** (**Doc. 2**), qui repose aussi sur la reproduction asexuée, est pratiquée en laboratoire (pour les premières étapes). Les conditions stériles et la maîtrise des facteurs du milieu permettent d'optimiser la production. Par ailleurs, l'ajout d'hormones végétales favorise la formation des organes.

Remarque

La culture *in vitro* permet de régénérer des plantes saines à partir de fragments de plantes infectées par un virus. C'est ainsi qu'en 1954, la variété de pomme de terre « Belle de Fontenay » fut sauvée.

LA BOITE À DOCS

Doc. 1 Les stolons du fraisier

Doc. 2 La culture *in vitro* des plantes

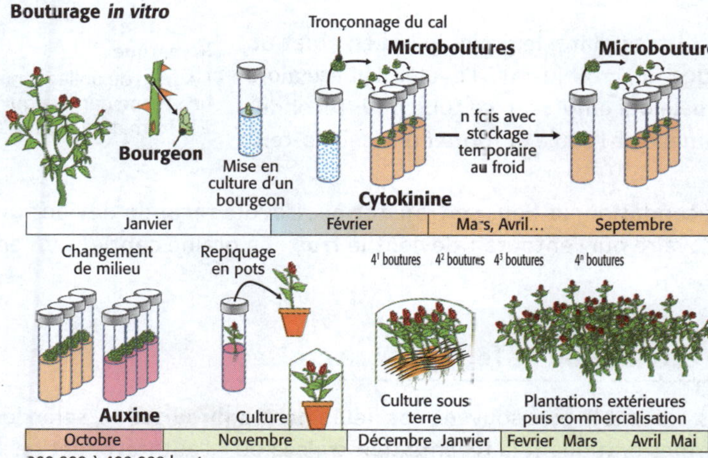

D'après C. Martin-INRA Dijon.

Vocabulaire

- **Dédifférenciée (cellule) :** cellule ayant perdu ses caractères particuliers permettant d'assurer une fonction.
- **Bouturage :** mode de reproduction asexuée consistant à produire un nouvel individu à partir d'un organe ou d'un fragment d'organe isolé.
- **Culture *in vitro* :** technique permettant de produire une plante entière à partir de cellules ou de tissus en milieu nutritif.

FICHE 2 La fleur et la fécondation

De quoi s'agit-il ?

La reproduction sexuée est assurée par la fleur, qui porte les organes reproducteurs de la plante. Elle est le siège de la fécondation.

1 La production et le rapprochement des gamètes

- La fleur constitue l'**appareil reproducteur** des végétaux **angiospermes**. Elle est formée de pièces florales organisées en verticilles (couronnes) emboîtés les uns dans les autres. De l'extérieur vers l'intérieur, on trouve : les sépales, les pétales, les **étamines** et le **pistil**. Sépales et pétales sont des pièces protectrices stériles (**Doc. 1**).
- À l'extrémité des étamines, les grains de **pollen** renferment les **gamètes mâles**. L'organe sexuel femelle ou « pistil » est constitué de l'**ovaire** qui porte les **gamètes femelles**. Il se prolonge par un filament, le style, dont l'extrémité ou « stigmate » capte les grains de pollen. Le plus souvent, une même fleur porte des organes mâles et des organes femelles.
- Une fois sur le stigmate, le grain de pollen émet un **tube pollinique** qui croît jusqu'à l'ovule. Il libère alors un gamète mâle qui emprunte ce tube pour féconder le gamète femelle de l'ovule et former une cellule-œuf (**Doc. 2**).

Remarque
Le grain de pollen renferme un second gamète qui participe à la formation d'un tissu de réserve.

- Après la fécondation, la fleur se transforme. L'ovule fécondé devient une **graine**, tandis que l'ovaire qui l'entourait devient le **fruit**. La graine contient un embryon et des réserves.

2 Autofécondation et fécondation croisée

- Les plantes portent le plus souvent des fleurs **hermaphrodites** et, selon les espèces, les angiospermes pratiquent la **fécondation croisée** ou « l'autofécondation ».
- Les espèces chez qui la fleur ne s'ouvre pas ou peu pratiquent l'**autofécondation**, comme c'est souvent le cas chez celles pour lesquelles les stigmates sont en contact direct avec les étamines.

Remarque
L'autofécondation, appelée aussi autogamie, appauvrit la diversité génétique de l'espèce.

- Mais la fécondation croisée est la plus répandue. Un décalage dans la période de maturité des gamètes mâles et des gamètes femelles ou des caractères anatomiques peuvent rendre incompatibles la rencontre des gamètes. Il peut aussi exister des **incompatibilités génétiques** entre gamètes mâles et gamètes femelles.
- Cette fécondation croisée favorise le **brassage génétique** mais rend nécessaire le transport du grain de pollen d'une fleur à l'autre.

LA BOITE À DOCS

Doc. 1 L'organisation de la fleur

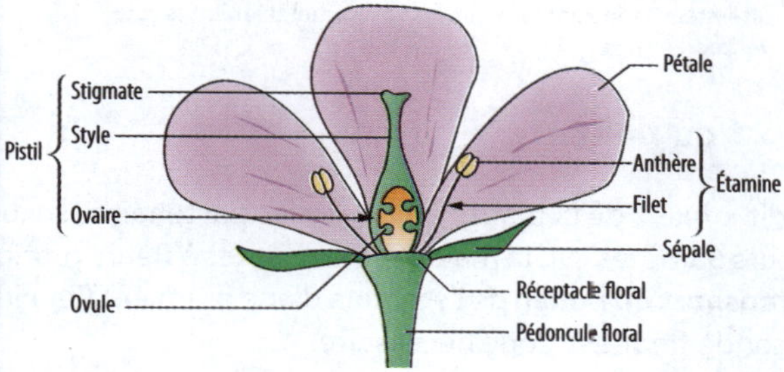

Doc. 2 La croissance du tube pollinique et la fécondation

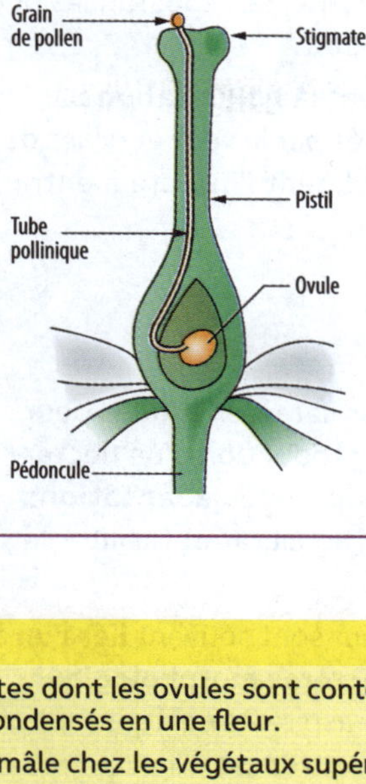

Vocabulaire

- **Angiospermes :** groupe de plantes dont les ovules sont contenus dans des ovaires et dont les organes reproducteurs sont condensés en une fleur.
- **Étamine :** organe reproducteur mâle chez les végétaux supérieurs et qui porte les grains de pollen.
- **Pistil :** organe reproducteur femelle chez les végétaux supérieurs et qui porte l'ovaire.
- **Pollen :** ensemble de grains portés par les étamines renfermant les gamètes mâles.
- **Ovaire :** partie inférieure du pistil qui abrite les ovules.
- **Tube pollinique :** tube émis par un grain de pollen après germination et qui permet aux gamètes mâles d'atteindre l'ovule.
- **Hermaphrodite :** qui présente à la fois des organes reproducteurs mâle et femelle.
- **Fécondation croisée :** fécondation nécessitant l'intervention de deux partenaires.

FICHE 3 La pollinisation

De quoi s'agit-il ?

La dispersion du pollen nécessite le plus souvent une relation étroite et ancienne entre la plante et un animal jouant le rôle de vecteur.

1 Le transport du pollen

- Le mode de vie dit « **fixé** » de la plante empêche les partenaires sexuels de se rapprocher pour réunir leurs gamètes. Or, la majorité des plantes à fleurs pratiquent la **fécondation croisée**. Un **transport du pollen** de l'étamine d'une première fleur jusqu'à l'extrémité du pistil d'une seconde fleur est donc nécessaire.
- Ce transport peut être assuré par le **vent** ou par l'**eau** mais le plus souvent, il fait intervenir des **animaux pollinisateurs**, surtout des insectes. Ces derniers sont attirés par la fleur grâce à ses couleurs, sa forme, ses substances odorantes et par la possibilité de se nourrir du **nectar** qu'elle produit.
- Différents dispositifs favorisent la **pollinisation** par les insectes. Les grains de pollen sont plus gros que ceux dispersés par le vent et ornés de crochets. Les glandes à nectar enfouies au fond de la fleur obligent l'insecte à entrer en contact avec les étamines (**Doc. 1**).

2 Une coévolution

- Les plantes ont développé des caractéristiques pour **attirer les animaux**, comme la production d'un nectar sucré. Les insectes ont développé des **adaptations morphologiques** pour prélever le nectar et faciliter la pollinisation.

À savoir
Ces transformations sont dues à des mutations, apparues au hasard et par la suite sélectionnées.

- L'animal pollinisateur et sa fleur sont souvent **liés l'un à l'autre** de façon spécifique, et tous deux présentent des **caractères morphologiques particuliers**. Par exemple, l'insecte possède une trompe pour aspirer le nectar lui permettant d'être le seul à atteindre le pollen et/ou le nectar. Dans d'autres cas, l'insecte est attiré par les couleurs, les formes ou le parfum émis par la fleur. Des oiseaux comme le colibri peuvent également jouer un rôle dans la pollinisation. Tandis qu'il prélève le nectar dans la corolle étroite de la mélisse avec son long bec, il se couvre de pollen (**Doc. 2**).
- Cette relation s'explique par une **évolution conjointe** de l'insecte et de la plante : chaque espèce exerce une influence sur l'autre en renforçant l'avantage sélectif des adaptations développées. On parle de **coévolution**.

LA BOITE À DOCS

Doc. 1 Insecte se chargeant de pollen

Doc. 2 Le colibri, un oiseau pollinisateur

Vocabulaire

- **Nectar :** liquide sucré produit par la fleur.
- **Pollinisation :** transport des grains de pollen depuis les étamines vers les stigmates.
- **Coévolution :** transformations qui se produisent simultanément chez deux espèces du fait de leur pression de sélection réciproque.

FICHE 4

La dispersion et la germination des graines

De quoi s'agit-il ?

La **dispersion** et la germination des graines permettent aux plantes de peupler de nouveaux milieux.

1 La dispersion des graines

- Les mécanismes de **dispersion des graines** développés par les plantes limitent la compétition entre générations même si leur mode de vie fixé a tendance à l'imposer. Ils favorisent la colonisation de nouveaux milieux.

Remarque
La dispersion des graines (semences) est aussi appelée dissémination.

- Les principaux **vecteurs de dispersion** sont l'eau, le vent et les animaux. Selon son mode de dispersion, la graine présente des caractéristiques de structure qui favorisent son transport.
- Les graines dispersées par l'eau flottent (noix de coco). Celles dispersées par le vent (90 % des espèces végétales) sont légères et dotées de dispositifs augmentant leur portance : poils (aigrettes du pissenlit) ou ailes membraneuses comme les **samares** de l'érable et du frêne (**Doc. 1**).
- Les graines dispersées par les animaux sont munies de dispositifs d'**accrochage** aux poils ou aux plumes, tels que des crochets ou des aiguillons.
- Elles sont aussi **ingérées** lors de la consommation du fruit (**Doc. 2**) mais étant indigestes, elles sont rejetées avec les excréments, parfois à des dizaines de kilomètres. Enfin, après avoir été prélevées par d'autres animaux, les graines sont mises en réserve dans des abris et germeront avant d'avoir été consommées.

2 La graine, à l'origine d'une nouvelle plante

- La graine contient l'**embryon** d'une future plante, protégé grâce à des enveloppes résistantes. L'embryon est en **vie ralentie**, son métabolisme est nul.
- Lorsque les conditions redeviennent favorables, et souvent après une période nécessaire de **dormance**, l'embryon sort de la vie ralentie. C'est la **germination**.

Remarque
La période de dormance évite à la graine de germer au cours de l'hiver, en cas de retour provisoire à des conditions plus favorables.

- Une racine puis une tige se forment et grandissent, en puisant dans les réserves contenues dans la graine. Lorsque la jeune plante atteint une taille suffisante et que la tige produit des feuilles chlorophylliennes, la photosynthèse démarre. La plante est devenue **autonome**.

LA BOITE À DOCS

Doc. 1 Les samares de l'érable

Doc. 2 Dispersion des baies du gui par la grive draine

Rejetée dans les excréments de l'oiseau, la graine est enduite d'une substance collante et prête à germer.

Vocabulaire

- **Dispersion (des graines) :** ensemble de mécanismes qui permet le peuplement de nouveaux milieux.
- **Samare :** fruit sec comportant une seule graine et muni d'une aile membraneuse.
- **Dormance :** inactivité biologique durant laquelle la croissance est stoppée.

Révision Express

SCHÉMA BILAN

> De la fleur au fruit

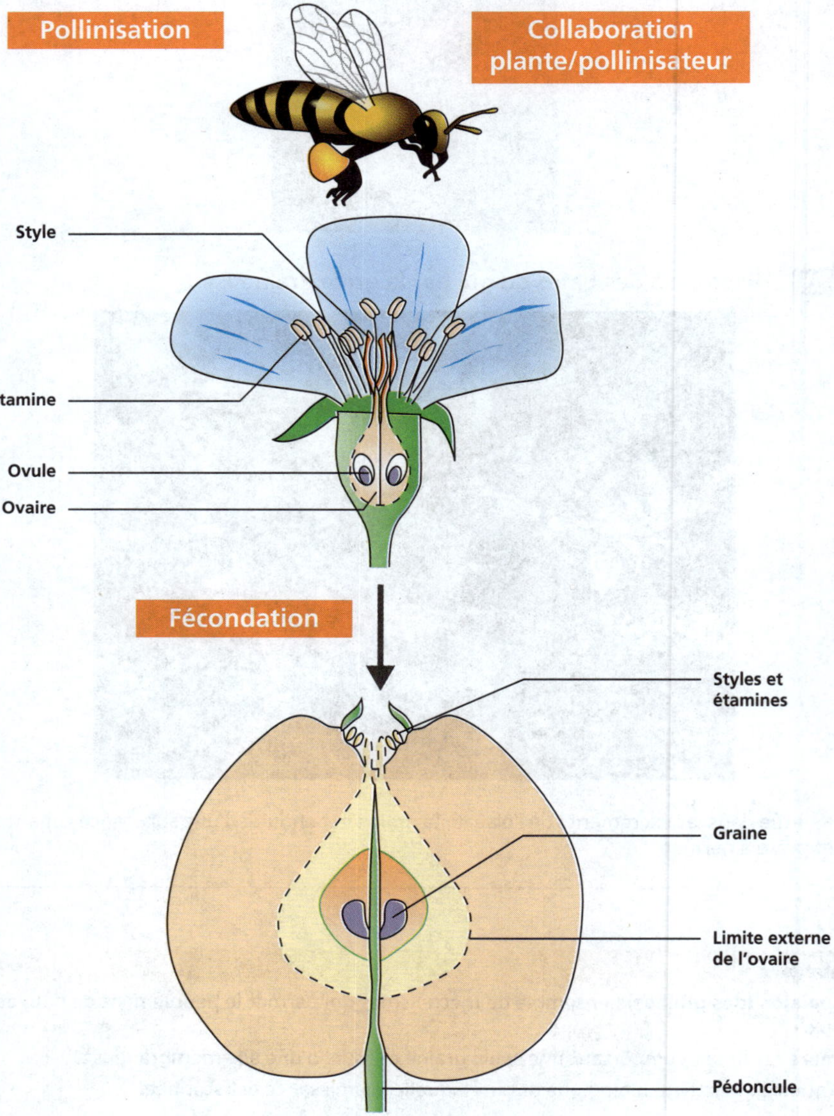

POINTS IMPORTANTS À RETENIR

- Chez les plantes, la **reproduction asexuée** repose sur une capacité de croissance indéfinie à partir d'un fragment végétal dont les cellules sont **totipotentes**.
- La **reproduction sexuée** est assurée chez les **angiospermes** par la **fleur**. Les gamètes femelles se trouvent au sein de **l'ovaire** à l'intérieur du **pistil**, tandis que les gamètes mâles sont contenus dans le **pollen** porté par les **étamines**.
- La **pollinisation**, le plus souvent assurée par des insectes, permet le rapprochement des gamètes.
- Après la **fécondation**, l'ovule se transforme en **graine** et l'ovaire en **fruit**. La graine contient **l'embryon** d'une future plante qu'elle protège, puis nourrit lors de la **germination** grâce à des molécules de réserves accumulées.
- Les graines présentent des caractéristiques différentes selon leur mode de **dispersion** (par l'eau, le vent ou les animaux).
- La pollinisation et la dispersion des graines reposent sur une collaboration plante-animal qui est le fruit d'une **coévolution**.

APPRENDRE AUTREMENT

Comprendre les différents mode de reproduction des plantes

Vidéo

LE COURS EN 10 MOTS-CLÉS

PISTIL ÉTAMINE Culture in vitro Cellules totipotentes FLEUR HERMAPHRODITE REPRODUCTION ASEXUÉE POLLINISATION FÉCONDATION CROISÉE COÉVOLUTION DISPERSION

Analyser une expérience sur la germination

ÉNONCÉ

Les grains de blé contiennent des réserves glucidiques sous forme d'amidon accumulées dans un tissu spécifique : l'albumen. Au cours de la germination, ces réserves sont utilisées pour permettre le développement de la jeune plante à partir de l'embryon qui ne possède encore ni racines ni feuilles fonctionnelles.

Pour **comprendre le mécanisme qui permet l'utilisation de ces réserves lorsque la germination débute**, on réalise l'expérience suivante : sur deux boîtes de Pétri remplies de gélose additionnée d'empois d'amidon, on place des grains de blé ayant ou non commencé à germer. Ceux-ci sont sectionnés en deux moitiés et la surface coupée est placée au contact de la gélose. Après quelques jours, un test à l'eau iodée est réalisé sur la gélose.

Les résultats obtenus avec des grains de blé en germination figurent sur le schéma suivant.

Doc. **Résultats de l'expérience**

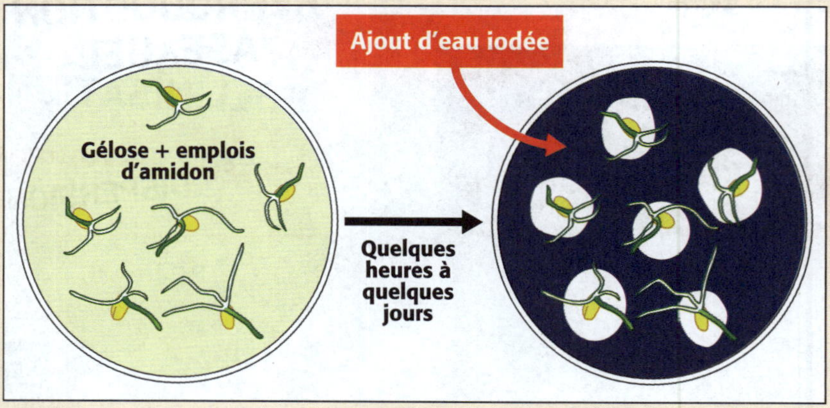

Lorsque les grains de blé n'ont pas commencé à germer, on n'observe pas d'auréole décolorée autour de ceux-ci; la gélose est uniformément colorée en bleu après ajout d'eau iodée.

Méthode

QUESTION

Analysez les résultats de cette expérience pour expliquer comment la graine peut utiliser ses réserves lors de la germination.

MÉTHODE

- Dans un premier temps, il faut relever la **différence** de résultat entre la boîte contenant les **grains germés** et celle contenant les **grains non germés**.
- Il faut également **expliquer** ce que signifie l'**absence de la coloration bleue** autour des grains de blés germés.
- De plus, il faut comprendre la **signification de l'auréole** formée autour des grains de blé.
- Il faut alors établir une **relation** entre le début de la **germination** et le **phénomène observé**.

CORRIGÉ

On observe qu'autour des grains de blé germés, la gélose n'est pas colorée en bleu par l'eau iodée. Au contraire, au contact des grains non germés, la gélose est uniformément colorée en bleu en présence d'eau iodée.

Rappel
Le grain de blé contient des réserves, notamment sous forme d'amidon.

La coloration bleue en présence d'eau iodée témoigne de la présence d'amidon. Ainsi, autour des grains de blés germés, il n'y a plus d'amidon. Il a donc été transformé.

On peut expliquer l'auréole formée autour des grains de blés germés par la diffusion d'une substance soluble tout autour de ceux-ci, capable de transformer l'amidon. On peut supposer qu'il s'agit d'une enzyme produite par les grains de blé lors de la germination.

Par conséquent, c'est seulement lorsque la germination débute que le grain de blé produit une enzyme capable de digérer l'amidon, et ainsi de mobiliser les réserves accumulées dans la graine.

L'amidon est ainsi transformé en sucres simples (glucose) qui sont directement utilisables par les cellules.

Remarque
On peut montrer par d'autres expériences que c'est une hormone produite par l'embryon qui déclenche la production de cette enzyme.

VRAI FAUX

1 min

◯ À revoir
◯ Acquis

Fiche test 1 Je fais le point

Indiquer pour chaque proposition si elle est vraie ou fausse.

1. Le pistil est formé de l'ovaire et du style.	◯ Vrai	◯ Faux
2. Lors de la fécondation, l'ovule se transforme en graine.	◯ Vrai	◯ Faux
3. Les insectes pollinisateurs assurent la dispersion des graines.	◯ Vrai	◯ Faux
4. Le bouturage est une forme de reproduction asexuée.	◯ Vrai	◯ Faux
5. La fécondation croisée implique une mobilité des graines.	◯ Vrai	◯ Faux

SCORE : ___ / 5

QCM

3 min

◯ À revoir
◯ Acquis

Fiche test 2 Le bon choix

Pour chaque question ou affirmation, il y a entre 0 et 3 bonnes réponses.

1 Le pollen :
◯ a. contient le gamète mâle.
◯ b. se transforme en graine après la fécondation.
◯ c. est déposé sur le stigmate.

FICHE 2 p. 140

2 La pollinisation :
◯ a. est toujours assurée par des insectes.
◯ b. permet la rencontre des gamètes.
◯ c. est préalable à la fécondation.

FICHE 3 p. 142

3 La reproduction asexuée des plantes :
◯ a. repose sur la totipotence des cellules végétales.
◯ b. est utilisée pour la reproduction de plantes *in vitro*.
◯ c. permet un brassage génétique.

FICHE 1 p. 138

4 La dispersion des graines :
◯ a. permet la conquête de nouveaux milieux.
◯ b. favorise la compétition entre individus.
◯ c. peut être assurée par le vent.

FICHE 4 p. 144

5 La coévolution entre plante et insecte :
◯ a. est une symbiose.
◯ b. se produit chez les deux espèces, chacune en réponse à l'autre.
◯ c. facilite la pollinisation.

FICHE 3 p. 142

6 Après la fécondation :
◯ a. l'ovaire se transforme en fruit.
◯ b. le pollen émet un tube pollinique.
◯ c. une graine se forme à l'intérieur de l'ovule.

FICHE 2 p. 140

7 La graine :
◯ a. contient des réserves utilisées lors de la dispersion.
◯ b. subit une période de dormance.
◯ c. contient un embryon.

FICHE 4 p. 144

SCORE : ___ / 7

1 Une coévolution entre une fleur et son pollinisateur EXO BAC

Exploitation de documents

La plante de l'espèce *Gorteria diffusa* possède des inflorescences présentant une grande variété d'ornementations selon les individus. Chez cette espèce, la reproduction se fait par pollinisation croisée (le pollen d'une inflorescence doit se déposer sur une autre inflorescence).

On étudie deux variétés : la forme *Okiep* et la forme *Spring*.

Doc. 1 Les inflorescences des deux variétés de *Gorteria diffusa*

Variété *Spring* — Variété *Okiep*

Doc. 2 Types de visite des inflorescences par les mâles ou par les femelles de l'insecte *Megapalpus capensis*

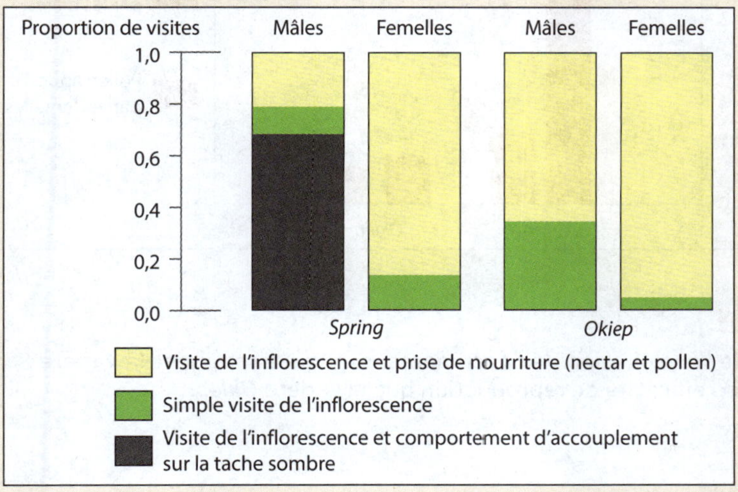

Doc. 3 **Insecte mâle de l'espèce *Megapalpus capensis* visitant une fleur de la variété *Spring***

Doc. 4 **Nombre d'inflorescences recevant du pollen exporté d'une autre inflorescence par les mâles ou par les femelles de *Megapalpus capensis***

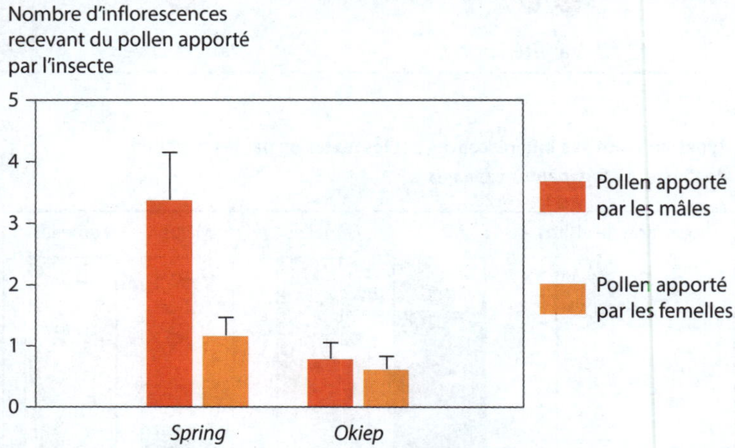

QUESTION

À partir de l'exploitation des documents, expliquez comment la variété *Spring* a une plus grande efficacité de reproduction que la variété *Okiep*.

② La pollinisation du baobab

Exploitation de documents

Doc. 1 Quelques caractéristiques de la fleur de Baobab

Les fleurs, qui sécrètent un nectar sucré, commencent à s'ouvrir le soir et émettent un parfum nauséabond. Le lendemain matin, la plupart d'entre elles sont détruites. Pétales et sépales sont arrachés et lacérés. La couronne d'étamines et le pistil, pratiquement intacts, restent fixés à la branche. Les quelques fleurs intactes ne sont pas pollinisées.

Doc. 2 Tableau de quelques caractéristiques des pollinisateurs

Animaux pollinisateurs	Période d'activité	Déroulement de la pollinisation
Oiseaux	Diurne	Les oiseaux repèrent les fleurs de couleur rouge. Lorsque leur bec plonge au fond du tube afin d'y puiser le nectar, leur tête se frotte aux étamines et le pollen adhère à leurs plumes.
Chauve-souris	Nocturne	L'animal repère les grandes fleurs, blanches et nauséabondes. Il lèche le nectar tout en se recouvrant le museau de pollen.
Insectes Hyménoptères	Diurne	Ils repèrent des fleurs présentant des couleurs bleues, jaunes et ultraviolettes. Ces insectes sont à la recherche d'un nectar sucré. Ils se recouvrent de pollen en se frottant aux étamines.
Insectes Lépidoptères	Diurne	Ces Lépidoptères repèrent des fleurs présentant des couleurs bleues, jaunes et ultraviolettes. Ces insectes sont à la recherche d'un nectar fluide. Ils se recouvrent de pollen en se frottant aux étamines.

Animaux pollinisateurs	Période d'activité	Déroulement de la pollinisation
Insectes Lépidoptères	Nocturne	Ils sont attirés par des fleurs émettant de fortes odeurs agréables. Ces insectes sont à la recherche d'un nectar fluide. Ils se recouvrent de pollen en se frottant aux étamines.
Insectes Diptères	Nocturne et diurne	Les Diptères sont attirés par de petites fleurs colorées, émettant de fortes odeurs nauséabondes. Ces insectes sont à la recherche d'un nectar sucré. Ils se recouvrent de pollen en se frottant aux étamines.

QUESTION

À partir de l'étude des documents, identifiez le pollinisateur du baobab.

③ Deux types de fleurs chez la primevère

Exploitation de document

Chez les végétaux, bien que les fleurs soient hermaphrodites, plusieurs mécanismes existent pour favoriser la fécondation croisée. Ainsi, chez la primevère, on connaît deux types de fleurs, chacune portée par des pieds différents.

Doc. **Deux types de fleurs chez la primevère, coupe longitudinale**

QUESTIONS

1. Indiquez en quoi ces deux types de fleurs se différencient.
2. Expliquez comment cette différence favorise une fécondation croisée lors de la pollinisation par les insectes.

Corrigés

Fiche test 1 — Je fais le point

1. **Vrai.**
2. **Vrai.**
3. **Faux.** Les insectes pollinisateurs assurent le transport du pollen jusqu'au pistil d'une autre fleur.
4. **Vrai.**
5. **Faux.** La fécondation croisée implique une mobilité du pollen.

Fiche test 2 — Le bon choix

1. **a.** et **c.** sont vraies.
   b. est fausse. C'est l'ovule qui se transforme en graine après la fécondation.
2. **a.** est fausse. La pollinisation peut être assurée par le vent ou par d'autres animaux comme les oiseaux.
   b. et **c.** sont vraies.
3. **a.** et **b.** sont vraies.
   c. est fausse. La reproduction asexuée des plantes aboutit à des plantes génétiquement identiques.
4. **a.** et **c.** sont vraies.
   b. est fausse. Elle évite au contraire la compétition en éloignant les individus.
5. **a.** est fausse. C'est une évolution conjointe de deux espèces, liées aux interactions entre elles.
   b. et **c.** sont vraies.
6. **a.** est vraie.
   b. est fausse. Le pollen émet un tube pollinique avant la fécondation.
   c. est fausse. C'est l'ovule qui se transforme en graine.
7. **a.** est fausse. Les réserves de la graine sont utilisées lors de la germination.
   b. et **c.** sont vraies.

EXERCICES D'ENTRAÎNEMENT

1 Une coévolution entre une fleur et son pollinisateur

On cherche à expliquer pourquoi la variété *Spring* a une plus grande efficacité de reproduction que la variété *Okiep*.

Le **Doc. 1** montre que les deux variétés se distinguent par la surface occupée par les taches sombres au centre de l'inflorescence ainsi que par leur forme. Le **Doc. 2** indique que si les femelles visitent les deux variétés de manière assez semblable (avec ou sans prise de nourriture), le comportement des mâles diffère selon les variétés : *Okiep* déclenche chez eux un comportement reproducteur, ce qui n'est pas le cas pour la variété *Spring*.

On observe sur le **Doc. 3** que les mâles de *Megapalpus* se posent sur ou près des taches sombres des pétales *Spring*. En effet, ces taches ressemblent par leurs couleurs et leur forme à l'insecte. En imitant les femelles, elles déclenchent un comportement d'accouplement chez les mâles. On remarque également que lors de ce comportement, le corps des mâles se couvre de pollen.

Enfin, le **Doc. 4** montre que, grâce aux mâles, la variété *Spring* reçoit près de quatre fois plus de pollen que la fleur *Okiep*. Cette pollinisation plus importante explique donc sa meilleure efficacité de reproduction.

Pour conclure, on peut se demander comment la variété *Spring* a acquis cet avantage évolutif. L'ornementation et la forme de l'inflorescence sont déterminées génétiquement. Les variations qui apparaissent par rapport aux autres variétés de l'espèce sont dues à des mutations, apparues au hasard. Un caractère qui se montre avantageux est sélectionné. Il existe ainsi une coévolution entre la plante et son pollinisateur.

② La pollinisation du baobab

Les informations fournies sur le **Doc. 1** indiquent que la fleur de baobab est pollinisée par un animal actif la nuit. On peut donc éliminer tous les pollinisateurs diurnes.

La fleur de baobab émet un parfum nauséabond. On peut donc éliminer les insectes Lépidoptères, attirés par les fleurs émettant des odeurs agréables.

La fleur de baobab est blanche : si les Diptères sont attirés par des fleurs émettant de fortes odeurs nauséabondes, celles-ci sont colorées. Les diptères peuvent donc être éliminés.

Par conséquent, on peut supposer que l'animal responsable de la pollinisation du baobab est la chauve-souris. La destruction des fleurs observée après la pollinisation s'explique par la grande taille de l'animal et confirme cette hypothèse.

③ Deux types de fleurs chez la primevère

1. La fleur de gauche possède un pistil court et des étamines situées en haut de la corolle. Celle de droite possède un pistil long et ses étamines sont situées au milieu de la corolle tubulaire.

2. Lorsqu'un insecte pénètre dans une fleur à étamines courtes (et pistil long), le pollen se trouve au contact de l'avant de son corps. Ainsi, s'il pénètre dans une fleur à pistil court, l'avant de son corps sera au contact du pollen. La fécondation croisée est donc favorisée.

   En revanche, c'est l'arrière du corps de l'insecte qui est au contact du pollen quand il entre dans une fleur à étamines longues (et pistil court). Cette partie de son corps sera au contact du pistil long d'une autre fleur, favorisant ainsi la fécondation croisée.

Remarque

D'autres mécanismes d'incompatibilité entre les différentes fleurs de primevère complètent celui-ci.

Chapitre 7

La domestication des plantes

La culture des plantes nécessite l'intervention de l'Homme.

FICHE 1

De la plante sauvage à la plante cultivée

De quoi s'agit-il ?

Les plantes cultivées sont issues de la sélection de plantes sauvages qui se sont progressivement transformées.

1 Une transformation de la plante sauvage

• Les plantes cultivées proviennent **d'espèces sauvages transformées**. Les céréales cultivées, par exemple, présentent des caractères spécifiques qui les distinguent des plantes sauvages. Ainsi, chez le maïs (**Doc. 1**), la taille de l'**épi** comme celle des grains est supérieure à celle de l'épi et des grains de son ancêtre, la téosinte (**Doc. 2**). Les grains parviennent tous en même temps à **maturité** et ont perdu leur capacité d'**égrenage**. Enfin, la germination des grains est **synchrone**, contrairement à celle des plantes sauvages.

À savoir

Pour les céréales, on parle de « grain » et non pas de « graine » car celui-ci est constitué de l'association de la graine (contenant l'embryon) et du fruit (contenant les réserves d'amidon), les deux étant soudés et difficilement séparables.

• Toutes ces caractéristiques rendent la plante incapable de pousser seule dans la nature. Elle est devenue **dépendante de l'Homme**.

• Les plantes cultivées nécessitent un **entretien régulier** : irrigation, désherbage, lutte contre les ravageurs des cultures. De plus, la germination synchrone accroît la compétition entre jeunes plantules.

2 Une transformation sélectionnée

• La transformation des plantes cultivées s'est d'abord faite de façon **empirique**. À chaque récolte, les grains aux **caractères les plus favorables** (taille, égrenage...) étaient conservés, puis semés à la saison suivante. C'est la sélection massale, la plus ancienne. Elle suppose néanmoins que les caractères favorables s'expriment chez la plante sauvage.

• La mise en culture des plantes a favorisé leur transformation. Dans un champ, la plus forte densité de végétaux **stimule la compétition** et sélectionne les individus les plus vigoureux. Seuls les grains ayant perdu leur capacité d'égrenage (par mutation) sont récoltés puisque les autres sont déjà tombés. Les grains à maturité tardive sont éliminés.

Remarque

Si la transformation des plantes cultivées repose sur une sélection humaine, la sélection naturelle a aussi opéré.

• Comme ces caractères sont déterminés génétiquement, ils sont **renforcés de génération en génération**. Au total, la culture transforme et homogénéise la variété cultivée. Ces différences avec les plantes sauvages sont le résultat de la sélection humaine.

LA BOITE À DOCS

Doc. 1 Comparaison du maïs et de la plante sauvage dont il est issu, la téosinte

	Téosinte	Maïs
Longueur de l'épi	5 cm	30 cm
Masse moyenne d'un grain par épi	0,12 g	0,3 g
Nombre de rangées de grains	1	12 à 16
Nombre moyen de grains par épi	40	300 à 1 000
Masse d'un épi	10 g	190 à 300 g

Doc. 2 Plant et graines de téosinte

Vocabulaire

- **Épi :** inflorescence femelle qui porte les grains après la fécondation.
- **Maturité :** phase pendant laquelle le grain peut être récolté.
- **Égrenage :** capacité du grain à se détacher spontanément de l'épi une fois arrivé à maturité.
- **Synchrone (germination) :** germination qui se produit en même temps pour tous les grains.
- **Empirique :** basé uniquement sur l'expérience et non sur des connaissances théoriques.

FICHE 2

Des techniques modernes de transformation des plantes

De quoi s'agit-il ?

Les plantes cultivées ont été modifiées par des croisements contrôlés, s'appuyant sur les lois de la génétique, et par des techniques de transgénèse.

1 L'hybridation

- Pour obtenir de nouveaux caractères, on pratique artificiellement des fécondations croisées entre individus de **variétés** différentes (Doc. 1). Le croisement donne des individus **hybrides** dont les graines seront ensuite semées.
- En croisant deux variétés différentes de la même espèce, on obtient une nouvelle variété hybride présentant un mélange des caractères parentaux. Ces croisements ont pour but de réunir dans une même variété les caractères avantageux présents séparément chez les parents.

Remarque
Les caractères de l'hybride sont souvent plus intéressants que ceux des parents. On parle alors de « vigueur hybride ».

- Le croisement de deux variétés homozygotes différentes associe chez un individu de nouvelles combinaisons d'allèles. Les **hybrides F1** sont hétérozygotes car les parents sont homozygotes. La génération F1 est toujours homogène en raison de la dominance ou de la récessivité des allèles. Par contre, les graines issues du croisement entre individus F1 correspondent à des génotypes différents, y compris avec des caractères désavantageux. Elles ne sont donc pas réutilisables.

2 L'obtention de plantes transgéniques

- Seuls les individus **appartenant à la même espèce ou à des espèces proches** peuvent être croisés entre eux afin d'échanger des allèles et produire de nouveaux génotypes. Néanmoins, en raison de l'universalité de l'ADN, le gène d'une espèce peut s'exprimer chez une autre espèce, même éloignée.
- La **transgénèse** consiste à prélever, insérer et faire s'exprimer le gène d'intérêt d'une espèce chez une autre espèce. Elle modifie le patrimoine génétique de l'organisme receveur devenu alors un **OGM** (Doc. 2). L'insertion du gène confère un phénotype nouveau, transmissible à la descendance. Contrairement à l'hybridation, il n'y a pas échange mais transfert dans un seul sens. D'autre part, seul un ou quelques gènes sont transférés et non pas la totalité du matériel génétique.

Remarque
Au gène d'intérêt on associe souvent un gène marqueur (un gène de résistance à un antibiotique par exemple) qui permet de repérer les cellules ayant incorporé le nouveau gène).

- La méthode s'applique entre des groupes très éloignés, comme une plante cultivée et un procaryote, une bactérie.

LA BOITE À DOCS

Doc. 1 Le croisement de deux variétés différentes

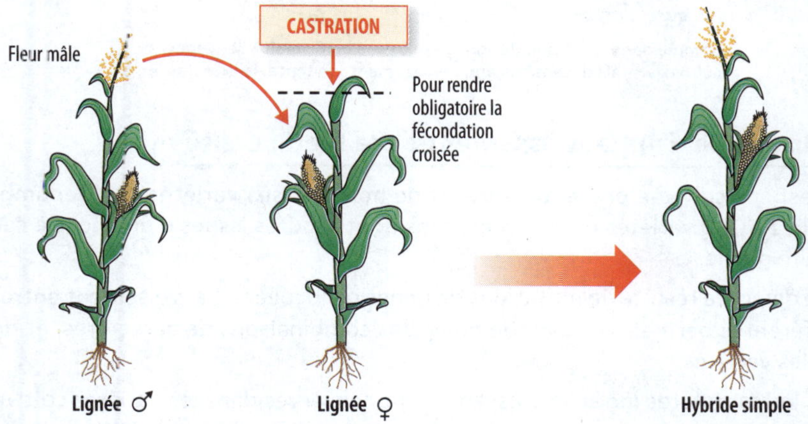

Pour éviter l'autofécondation, on enlève (castration) la fleur mâle située à l'extrémité de l'épi. Les fleurs femelles d'un pied sont alors saupoudrées avec du pollen d'un autre pied. Ainsi, les graines produites seront bien le résultat d'une fécondation croisée, mélangeant les allèles des deux variétés.

Doc. 2 La réalisation d'un OGM

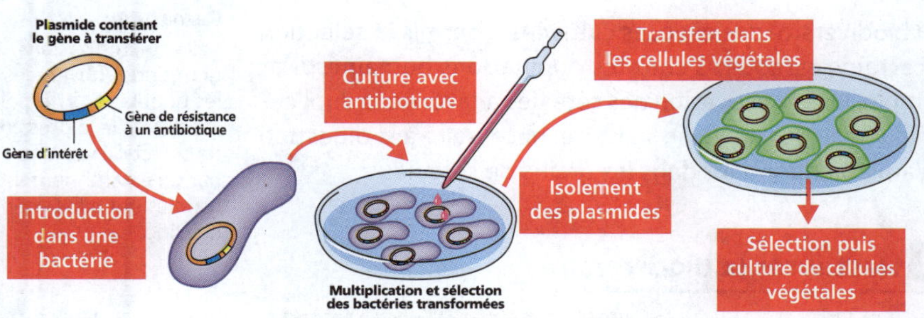

Vocabulaire

- **Variété :** population artificielle utilisée en agriculture, reproductible, homogène et stable dans ses caractéristiques génétiques.
- **Hybride :** individu provenant du croisement de deux variétés différentes.
- **Hybride F1 :** individu de première génération issu de parents homozygotes.
- **Transgénèse :** transfert de gènes entre deux espèces différentes.
- **OGM :** organisme génétiquement modifié.

FICHE 3

La biodiversité des espèces cultivées

De quoi s'agit-il ?

Comme dans toute population, il existe une biodiversité des espèces cultivées. Mais devant son appauvrissement, on tente de la restaurer.

1 Un risque d'appauvrissement de la biodiversité

- Une espèce cultivée présente souvent de nombreuses variétés. On dénombre par exemple 20 000 variétés de pommes, sans doute toutes issues d'un ancêtre commun originaire d'Asie.
- Cette diversité résulte de mutations de gènes particuliers. Le croisement entre variétés différentes permet d'obtenir de nouvelles combinaisons de caractères, et donc de nouvelles variétés.
- Seuls les caractères jugés intéressants sont conservés dans les variétés cultivées, ce qui a pour conséquence un **appauvrissement global de la diversité allélique** de l'espèce (**Doc. 1**).
- La perte de certaines caractéristiques des plantes sauvages (comme des défenses chimiques ou des capacités de dissémination) et l'extension de leur culture favorisent le développement des maladies infectieuses végétales. Des pratiques culturales spécifiques, telle que l'utilisation de **produits phytosanitaires**, ont pour but de compenser ces fragilités.
- La biodiversité des espèces cultivées a permis la sélection de certains caractères chez les populations humaines. Par exemple, la domestication des céréales a favorisé la duplication du gène de l'amylase salivaire, nécessaire à la digestion de l'amidon abondant dans les grains de céréales.

Remarque
Les transformations génétiques observées sur les populations humaines résultent de la pression de sélection exercée par un environnement qu'elles ont elles-mêmes modifié.

2 Restaurer la biodiversité

- Devant le risque induit par l'**homogénéisation génétique** des variétés cultivées (sensibilité aux maladies en cas d'uniformité de la culture), on recherche aujourd'hui des moyens d'accroître leur diversité.
- L'exploitation des ressources génétiques de variétés anciennes ou de variétés sauvages, si elles existent, tend à réintroduire dans les variétés cultivées des allèles d'intérêts, par exemple ceux de la résistance aux ravageurs. À cette fin, des banques de semences (**Doc. 2**) sont constituées et leurs ressources génétiques susceptibles d'être utilisées.

LA BOITE À DOCS

Doc. 1 Ressources en graines en 1903 et en 1983

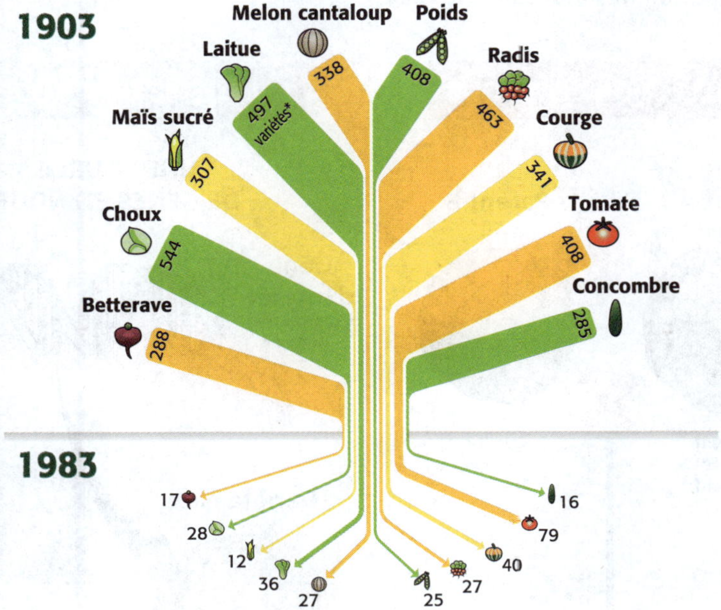

* Nombre d'échantillons disponibles dans la banque génétique du National Center for Genetic Resources Preservation (USDA)

Sources : John Tomaino, NGM, adaptation T. Lombry
Données : Rural Advancement foundation international
Icônes : QuickHoney

Doc. 2 Des semences agricoles conservées en laboratoire

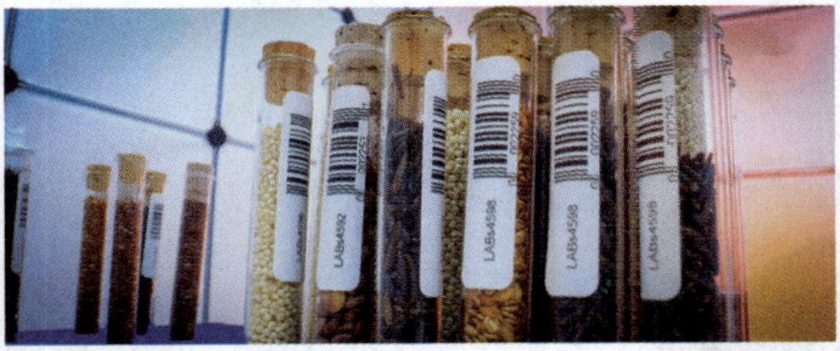

Vocabulaire

- **Produit phytosanitaire :** produit utilisé pour traiter ou prévenir les maladies des organismes végétaux et pour contrôler les plantes, les insectes ou les champignons dans les cultures.
- **Homogénéisation génétique :** phénomène tendant à uniformiser les allèles dans une variété.

Révision Express

SCHÉMA BILAN

> Transformation des plantes cultivées

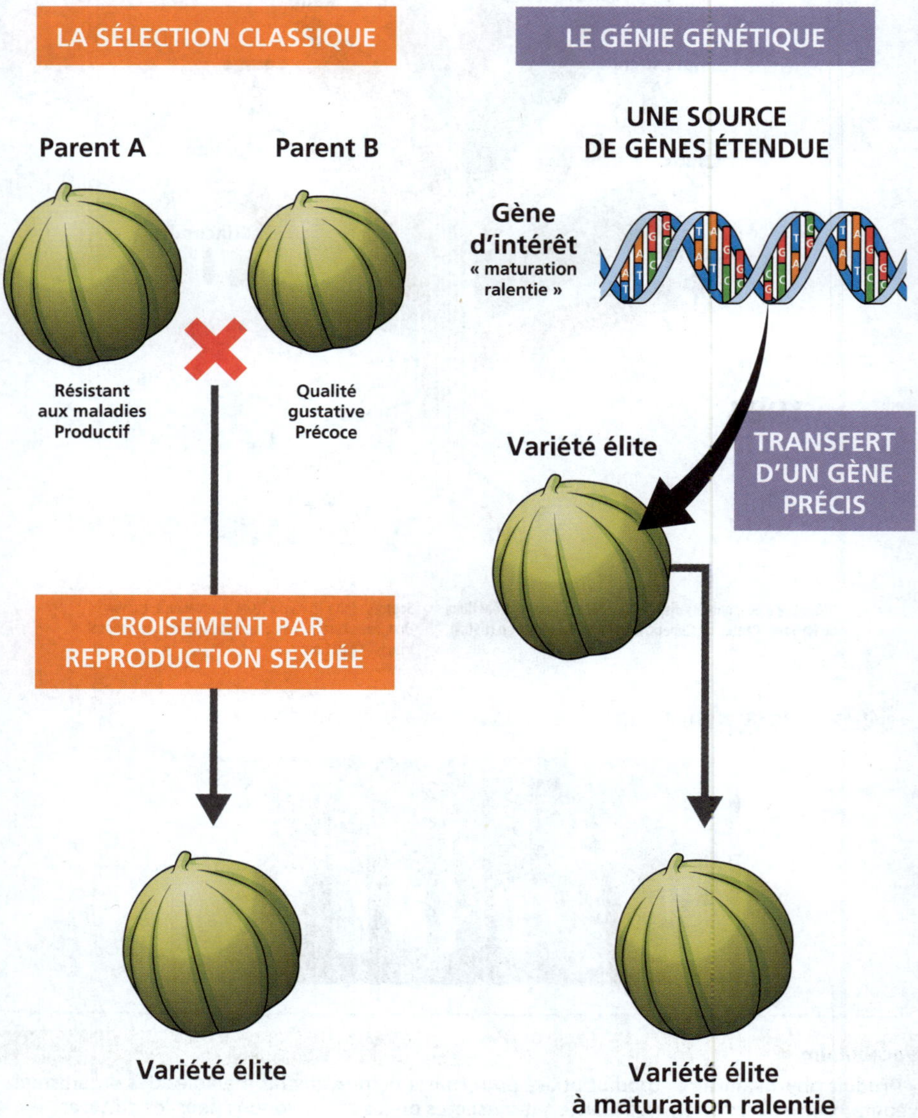

POINTS IMPORTANTS À RETENIR

- Les **plantes cultivées** sont issues de la sélection de **plantes sauvages** qui ont été progressivement transformées. Leur **culture** nécessite l'intervention de l'Homme.
- La pratique d'une sélection au départ **empirique**, puis réalisée sur des bases **scientifiques** (la réalisation de **croisements**) a permis d'obtenir de **nouvelles variétés** aux caractéristiques intéressantes.
- Les **hybridations** contrôlées entre variétés différentes ont permis d'améliorer cette sélection.
- En permettant le transfert de gènes entre espèces différentes sans croisement, la **transgénèse** contribue à l'acquisition de nouveaux caractères chez les plantes cultivées.
- Les différentes variétés d'une même espèce cultivée constituent une forme de **biodiversité**. Mais celle-ci s'est appauvrie au cours du temps, en raison de la production en masse d'individus aux mêmes caractères avantageux.
- La **domestication** des plantes cultivées, menée dans différentes régions du monde, a contribué à la sélection de **caractères humains** spécifiques.
- Aussi essaie-t-on aujourd'hui d'utiliser le patrimoine génétique de **variétés anciennes** pour accroître la biodiversité des variétés cultivées.

APPRENDRE AUTREMENT

Comprendre la domestication des plantes

Vidéo

LE COURS EN 10 MOTS-CLÉS

HYBRIDATION
SÉLECTION EMPIRIQUE
Nouvelles variétés
Biodiversité
OGM
TRANSGÉNÈSE
DOMESTICATION
Homogénéisation génétique
Banque de semences
DIVERSITÉ ALLÉLIQUE

Interpréter les résultats de croisements

ÉNONCÉ

Un horticulteur dispose de deux variétés de rosiers : une variété P1 à fleurs rouges et non remontante* et une variété P2 remontante à fleurs blanches. Il cherche à obtenir de nouvelles variétés et, pour cela, il réalise différentes sortes de pollinisations.

Il réalise une autopollinisation sur des plantes de P1 et n'obtient que des rosiers non remontants à fleurs rouges. De même, avec une autopollinisation sur des plantes de P2, il n'obtient que des rosiers remontants à fleurs blanches.

L'horticulteur réalise alors une pollinisation croisée entre P1 et P2 en déposant du pollen de rosiers P1 sur le pistil de rosiers P2. Il obtient une génération de rosiers F1, tous non remontants à fleurs roses.

L'horticulteur réalise ensuite une pollinisation croisée entre F1 et P2 et obtient les rosiers suivants (génération F2) :
- 248 rosiers non remontants à fleurs blanches,
- 253 rosiers non remontants à fleurs roses,
- 249 rosiers remontants à fleurs blanches,
- 250 rosiers remontants à fleurs roses.

***Remontant :** capable de fleurir plusieurs fois par an.

QUESTION

À partir de l'analyse des résultats de ces croisements, indiquez si l'horticulteur peut créer une variété de rosier « remontant à fleurs roses » qui conserve ce phénotype d'une génération à l'autre lorsqu'elle se reproduit de façon naturelle.

MÉTHODE

- Les résultats des autopollinisations doivent être analysés pour déterminer si les variétés P1 et P2 sont pures (homozygotes).
- On déduit quels sont les allèles dominants et récessifs à partir du croisement entre P1 et P2.
- Les résultats de la F2 peuvent alors être exploités pour répondre à la question.

CORRIGÉ

Après l'autopollinisation, chaque variété, P1 comme P2, produit des descendants tous identiques entre eux et identiques à la plante de départ. Ce sont donc des variétés pures. Si on admet que chaque caractère est contrôlé par un seul gène, pour chaque caractère, les deux exemplaires de chacun de ces gènes sont identiques.

La pollinisation croisée entre P1 et P2 aboutit à une génération F1 constituée à 100 % de rosiers non remontants à fleurs roses. Seul le caractère « non remontant » s'exprime dans le phénotype. Il est donc codé par un allèle dominant.
Les fleurs sont de couleur rose. Les caractères « rouges » et « blancs » s'exprimant simultanément, ils sont codés par des allèles codominants.

L'hybridation entre F1 et P2 fournit quatre types de phénotypes dans les mêmes proportions (25 %). P2 est porteur de l'allèle récessif « remontant ». Les individus F2 exprimant ce caractère sont donc homozygotes pour ce gène. En revanche, les individus à fleurs roses sont obligatoirement porteurs d'un allèle « blanc » et d'un allèle « rouge » et donc hétérozygotes.

Remarque
Deux allèles peuvent s'exprimer en même temps pour donner un caractère intermédiaire.

Parmi les résultats de ce croisement, la variété recherchée (rosier remontant à fleurs roses) est obtenue.

Une telle variété produit deux types de gamètes : (Rem/b/) et (Rem/r/). Avec Rem = allèle « remontant »; b = allèle « blanc »; r = allèle « rouge ».
Les résultats d'une autopollinisation sont donnés par le tableau suivant :

	Rem /b/	Rem /r/
Rem /b/	[Rem blanc]	[Rem rose]
Rem /r/	[Rem rose]	[Rem rouge]

Ainsi, par autopollinisation, la variété ne fournira que des rosiers remontants. Cependant, étant hétérozygote pour la couleur des fleurs, elle donnera ¼ de rosiers à fleurs blanches, ¼ de rosiers à fleurs rouges et ½ de rosiers à fleurs roses.

Il est donc impossible d'obtenir une variété stable de rosier remontant à fleurs roses, cette variété étant hétérozygote (hybride).

Fiche test 1 — Je fais le point

VRAI / FAUX — 1 min

◯ À revoir
◯ Acquis

Indiquer pour chaque proposition si elle est vraie ou fausse.

1. Un hybride est une plante dont la descendance est hétérogène.	◯ Vrai	◯ Faux
2. La diversité des plantes cultivées résulte de la sélection naturelle.	◯ Vrai	◯ Faux
3. La domestication des plantes a contribué à la sélection de caractères génétiques humains.	◯ Vrai	◯ Faux
4. La variété des plantes cultivées est une forme de biodiversité.	◯ Vrai	◯ Faux
5. Les caractères acquis par transgénèse ne sont pas transmissibles.	◯ Vrai	◯ Faux

SCORE : ____ / 5

Fiche test 2 — Le bon choix

QCM — 3 min

◯ À revoir
◯ Acquis

Pour chaque question ou affirmation, il y a entre 0 et 3 bonnes réponses.

1 Les plantes cultivées :
- ◯ **a.** sont issues de plantes sauvages.
- ◯ **b.** résultent de la sélection naturelle.
- ◯ **c.** sont dépendantes de l'Homme.

FICHE 1 p. 158

2 Les variétés hybrides :
- ◯ **a.** sont le résultat d'autocroisements répétés.
- ◯ **b.** résultent d'une sélection empirique.
- ◯ **c.** combinent les caractères intéressants de parents différents.

FICHE 2 p. 160

3 La sélection des plantes cultivées :
- ◯ **a.** s'est effectuée au hasard.
- ◯ **b.** a entraîné un appauvrissement de leur diversité allélique.
- ◯ **c.** a entraîné une évolution biologique des populations humaines.

FICHE 3 p. 162

4 Les plantes cultivées se distinguent des plantes sauvages :
- ◯ **a.** par une plus grande capacité de dissémination.
- ◯ **b.** par la perte de leur capacité d'égrenage.
- ◯ **c.** par un meilleur rendement.

FICHE 1 p. 158

5 Les caractères avantageux des variétés cultivées :
- ◯ **a.** résultent de mutations.
- ◯ **b.** ont été sélectionnés par l'Homme.
- ◯ **c.** résultent de manipulations génétiques.

FICHE 1 p. 158

6 Un organisme génétiquement modifié :
- ◯ **a.** est formé par croisement entre espèces différentes.
- ◯ **b.** reçoit un gène d'un organisme de la même espèce.
- ◯ **c.** acquiert un nouveau caractère.

FICHE 2 p. 160

7 La fragilité des plantes cultivées :
- ◯ **a.** résulte de l'enrichissement de leur diversité allélique.
- ◯ **b.** peut être compensée par des pratiques culturales spécifiques.
- ◯ **c.** est due à la perte de caractères présent chez les plantes sauvages.

FICHE 3 p. 162

SCORE : ____ / 7

EXERCICES D'ENTRAÎNEMENT

1 Des tomates transgéniques EXO BAC

Exploitation de documents

Les pertes de fruits et de légumes après la récolte représentent une part non négligeable, aussi essaie-t-on de les limiter. Une des pistes est de contrôler la production d'éthylène par les fruits ou les légumes car on sait que ce gaz favorise la maturation, c'est-à-dire le mûrissement des fruits.

Doc. 1 Voie de biosynthèse de l'éthylène

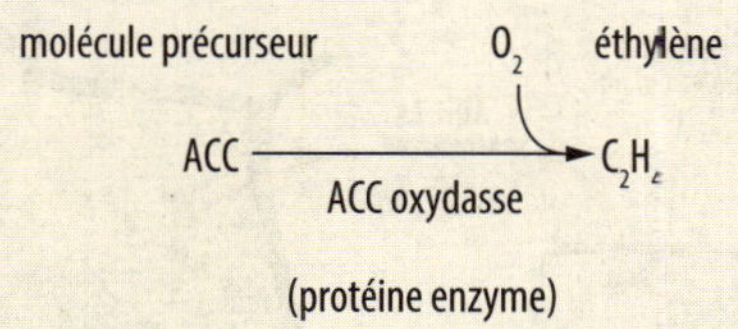

On réalise une expérience de transgénèse qui consiste à insérer à l'intérieur de cellules de tomates pas encore développées un gène capable de produire un ARNm complémentaire de celui de l'enzyme ACC oxydase.

Doc. 2 Production d'éthylène pendant la maturation des tomates, chez les tomates témoins et chez les fruits transgéniques

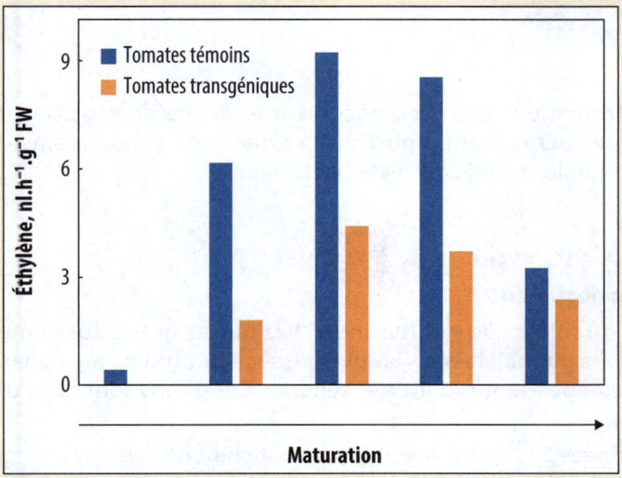

QUESTION

Expliquez pourquoi le traitement effectué permet une meilleure conservation des tomates.

② La réalisation d'un organisme génétiquement modifié

Exploitation de document

Agrobacterium tumefaciens est une bactérie qui se développe dans le sol. Elle infecte naturellement les végétaux supérieurs présentant des blessures à la base de leur tige. En réaction à cette infection, les cellules du végétal se multiplient et forment une tumeur qui libère dans le milieu des opines (deux acides aminés couplés) alors utilisables par les bactéries présentes dans le sol.

Doc. **Infection des végétaux supérieurs par *Agrobacterium tumefaciens***

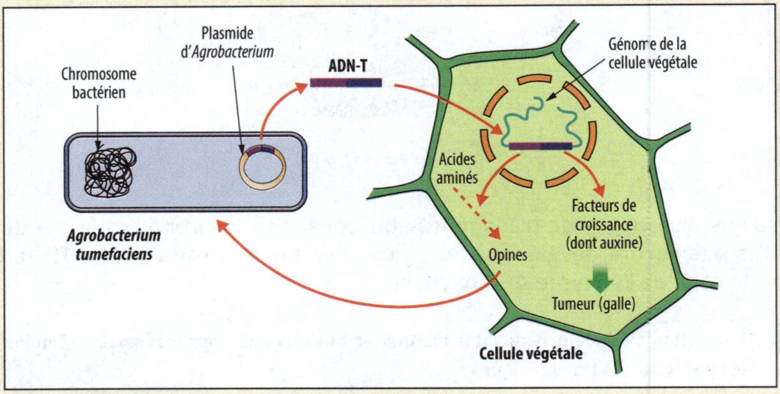

QUESTION

À partir des informations issues du document et de vos connaissances, présentez les principales étapes permettant d'obtenir un organisme génétiquement modifié, intéressant en agronomie, à l'aide de cette bactérie.

③ La domestication du maïs EXO BAC

Exploitation de documents

À la différence de son ancêtre la téosinte, chez qui les grains sont enfermés dans une enveloppe dure (la glume), le maïs cultivé possède des grains qui apparaissent comme nus car les enveloppes sont réduites et tendres. Ces grains sont donc d'un accès beaucoup plus facile.

Au cours des années 1990, des scientifiques ont cherché à démontrer que ce caractère « glumes réduites » des maïs cultivés dépendait d'une mutation sélectionnée au cours de la domestication et commune à tous les maïs actuels.

Ils ont ainsi repéré un gène appelé « TGA1 » situé sur le chromosome 4 qu'ils ont supposé impliqué dans ce caractère.

Doc. 1 **Comparaison de séquences de gènes TGA1 de téosinte et de maïs chez les fruits transgéniques chez différents individus**

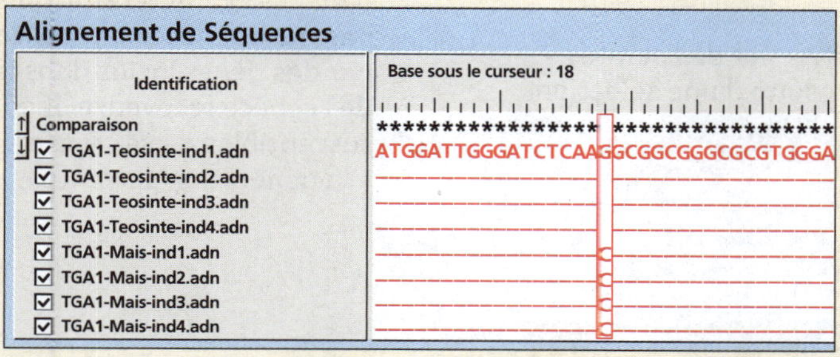

Les chercheurs ont ensuite effectué des croisements entre téosinte et maïs pendant trois générations pour obtenir des pieds de téosinte chez qui le gène TGA1 de maïs a remplacé le gène TGA1 de téosinte.

Doc. 2 **Résultats du croisement entre maïs et téosinte**

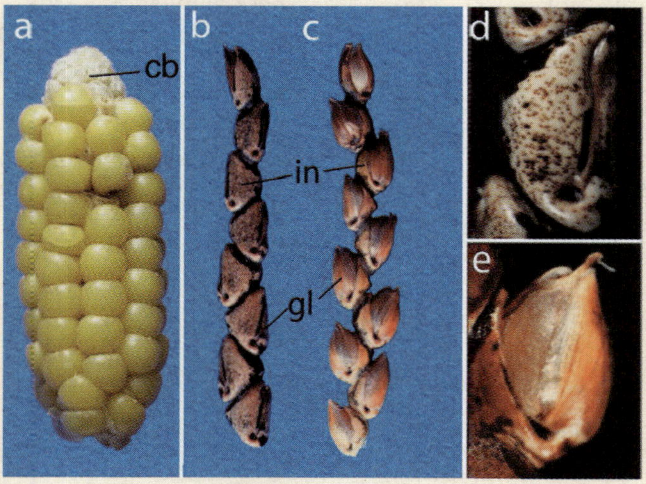

a. Épi de maïs.
b. Épi de téosinte.
c. Épi de téosinte ayant un gène TGA1 de maïs.
d. Semence de téosinte.
e. Semence de téosinte ayant un gène TGA1 de maïs.

QUESTION

À partir de l'exploitation des documents et de vos connaissances, expliquez l'apparition du caractère « glume réduite » chez le maïs cultivé.

Fiche test 1 — Je fais le point

1. **Vrai.**
2. **Faux.** La diversité des plantes cultivées résulte d'une sélection opérée par l'Homme.
3. **Vrai.**
4. **Vrai.**
5. **Faux.** Les caractères acquis par transgénèse sont contrôlés par des gènes inclus dans le génome de l'espèce receveuse et sont susceptibles de se transmettre à la génération suivante.

Fiche test 2 — Le bon choix

1. **a.** et **c.** sont vraies.
   b. est fausse. Les plantes cultivées résultent d'une sélection opérée par l'Homme.
2. **a.** et **b.** sont fausses. Les variétés hybrides résultent de croisements entre variétés différentes.
   c. est vraie.
3. **a.** est fausse. Les plantes cultivées résultent d'une sélection opérée par l'Homme.
   b. et **c.** sont vraies.
4. **a.** est fausse car **b.** est vraie.
   c. est vraie.
5. **a.** et **b.** sont vraies.
   c. est fausse. Les caractères avantageux des variétés cultivées sont apparus au hasard, à la suite de mutations, et ont été sélectionnés par l'Homme.
6. **a.** et **b.** sont fausses. Un OGM résulte d'un transfert de gènes entre espèces différentes.
   c. est vraie.
7. **a.** est fausse. La fragilité des plantes cultivées résulte de l'appauvrissement de leur diversité allélique.
   b. et **c.** sont vraies.

EXERCICES D'ENTRAÎNEMENT

1 Des tomates transgéniques

Le **Doc. 1** indique que l'ACC oxydase est une enzyme responsable de la synthèse d'éthylène à partir d'un précurseur et sous l'action conjointe du dioxygène. C'est donc une enzyme clé pour tenter de contrôler la production d'éthylène par le fruit.

> **Remarque**
> Une enzyme est une protéine dont la synthèse est réalisée à partir de la traduction d'un ARNm.

L'ARN messager synthétisé à partir du gène introduit dans les cellules de tomates est complémentaire de l'ARNm de l'enzyme ACC oxydase. Puisque d'une part, l'ARN est une molécule simple brin et que, d'autre part, les deux ARN présents sont complémentaires, ils vont s'hybrider, c'est-à-dire s'associer. Dans ce cas, l'ARN messager de l'enzyme ne peut plus être traduit en protéine et la synthèse d'éthylène va s'arrêter (ou du moins être moins importante car l'hybridation ne se fait pas forcément pour toutes les molécules).

Le **Doc. 2** montre que les tomates transgéniques ont produit environ 50 % en moins d'éthylène que la lignée témoin. L'introduction du gène semble avoir fonctionné puisque la synthèse d'éthylène est fortement réduite.

La plus faible production d'éthylène par rapport au témoin ralentit alors la maturation de la tomate, ce qui est favorable à sa conservation.

2 La réalisation d'un organisme génétiquement modifié

Des bactéries comme *Agrobacterium tumefaciens* infectent naturellement les végétaux supérieurs. De ce fait elles peuvent être utilisées pour la réalisation de transgénèse végétale, nous verrons comment.

D'après le document, la bactérie est capable de transférer une partie de son ADN sous la forme d'un plasmide à une cellule végétale. Après son entrée, une partie de l'ADN du plasmide (l'ADN-T) s'intègre au génome de la cellule végétale et par conséquent le modifie. Une fois intégré, l'ADN du plasmide est exprimé : des opines (deux acides aminés couplés) sont synthétisés.

Aide
La formation des opines montre que l'ADN bactérien est utilisable par la cellule végétale.

C'est l'universalité de la molécule d'ADN qui permet l'insertion et l'expression du gène d'une espèce chez une autre espèce différente.

La transgénèse est utilisée pour améliorer les propriétés des plantes, par exemple les rendre plus résistantes ou transformer leur composition. Pour cela, les scientifiques modifient d'abord la bactérie : ils remplacent l'ADN-T du plasmide par un gène d'intérêt qui permet l'amélioration de la composition de la plante, ou confère la résistance à un ravageur. Ils ajoutent également un gène de résistance à un antibiotique.

Dans un second temps, on place la bactérie génétiquement modifiée au contact de fragments du végétal dont on veut améliorer les qualités. La bactérie va naturellement transférer son plasmide aux cellules végétales.

L'utilisation d'un antibiotique permet de sélectionner les cellules modifiées. Il élimine les cellules non modifiées génétiquement.

Conseil
Expliquez comment on peut sélectionner les bactéries modifiées.

Après plusieurs jours de contact, les fragments sont récupérés et mis en culture dans un milieu riche en hormones végétales et en présence de nutriments indispensables à la croissance des plantes. Les plants sont ensuite repiqués en pot.

Ainsi, en combinant des techniques de manipulation du génome et l'utilisation des propriétés naturelles de certaines bactéries, il est possible d'agir sur le génome des plantes cultivées. Ces modifications, une fois acquises, se transmettent de génération en génération.

③ La domestication du maïs

Le maïs se distingue notamment de la téosinte par la présence d'une glume réduite.

Le **Doc. 1** montre que chez le maïs, le gène TGA1 diffère par une mutation en position 18 partagée par tous les individus et inexistante chez toutes les téosintes.

Remarque

La sélection d'un caractère intéressant est responsable de la sélection de l'allèle correspondant.

Le **Doc. 2** montre que, chez des semences produites par des pieds de téosinte provenant de croisements avec le maïs et ayant acquis le gène TGA1 de maïs, la glume est réduite par rapport à celle de téosinte sauvage (une partie de la semence est visible de l'extérieur). On peut donc en déduire que la version mutée du gène TGA1 de maïs est bien responsable de la réduction de la glume.

Ainsi, le caractère « glumes réduites » du maïs cultivé par l'Homme dépend bien d'une mutation apparue au hasard, puis sélectionnée au cours de la domestication et commune à tous les maïs actuels.

Chapitre 8

Les climats de la Terre

La Terre connaît actuellement un réchauffement climatique.

FICHE 1

Des périodes glaciaires et interglaciaires

De quoi s'agit-il ?

Le **Quaternaire** est marqué par une alternance de périodes glaciaires et de périodes interglaciaires.

1 La glaciation du Würm

• Plusieurs indices témoignent de l'existence d'une période glaciaire (**glaciation** du Würm) entre – 120 000 et – 11 000 ans.

• Un glacier qui prend naissance au pôle Nord recouvre alors toute l'Europe du Nord jusqu'en Angleterre et en Allemagne. Sa progression peut être reconstituée par les traces laissées sur son passage. En effet, le déplacement des **glaciers** laisse des stries sur les roches. Ils arrachent des blocs de toutes tailles qui se déposent sur le front et les flancs du glacier et forment des **moraines** (**Doc. 1**). Enfin, ils modèlent le relief en donnant aux vallées une forme en U caractéristique.

Remarque
Pendant une période glaciaire, seules les latitudes élevées sont recouvertes par les glaciers.

• Les peintures **rupestres** (**Doc. 2**) des Hommes préhistoriques témoignent par ailleurs de la présence d'une faune adaptée au froid (mammouths, rhinocéros laineux...) durant cette période.

• Les pollens, fossilisés dans les sols FICHE 2 p. 178, indiquent qu'alors les zones non glacées étaient peuplées d'une végétation de type **steppe** et **toundra**.

2 Des variations climatiques périodiques

• À l'échelle du Quaternaire, plusieurs données FICHE 2 p. 178 font apparaître une alternance de glaciations et de réchauffements (périodes interglaciaires) avec une périodicité proche de 100 000 ans.

• Ainsi, il y a plus de 120 000 ans, le territoire français est couvert d'arbres à feuilles **caduques** et les reliefs élevés (Alpes...) sont peuplés de **conifères**. La faune est celle des régions chaudes (éléphants, hippopotames...), les glaciers sont cantonnés aux hautes altitudes et le niveau des mers est semblable à celui d'aujourd'hui.

À savoir
La fin de la glaciation du Würm permet la sédentarisation de l'Homme et la naissance de l'agriculture.

• Après la glaciation du Würm, l'Holocène (qui débute il y a 11 000 ans et se poursuit actuellement) correspond aussi à une période de réchauffement.

LA BOITE À DOCS

Doc. 1 Un affleurement de moraines

Doc. 2 Peintures rupestres de rhinocéros laineux dans la grotte de Chauvet (-36 000 ans)

Vocabulaire

- **Quaternaire :** période débutée il y a 2,6 Ma et se poursuivant jusqu'à aujourd'hui.
- **Glaciation :** période de refroidissement marquée par une extension des glaciers.
- **Glacier :** surface de glace permanente qui s'écoule lentement.
- **Moraine :** amas de blocs rocheux de toutes tailles, transportés et déposés par les glaciers.
- **Rupestre (peinture) :** réalisée sur les parois des grottes.
- **Steppe :** formation végétale composée d'étendues herbeuses et dépourvues d'arbres.
- **Toundra :** végétation basse, caractéristique des milieux autour des pôles.
- **Caduques (feuilles) :** qui tombent chaque année à la même période, selon les espèces.
- **Conifère :** arbre à aiguilles.

FICHE 2

Les marqueurs des paléotempératures

De quoi s'agit-il ?

Les variations climatiques du passé peuvent être reconstituées en utilisant des marqueurs comme les isotopes de l'oxygène ou les pollens fossilisés.

1 Les isotopes de l'oxygène

• L'oxygène existe sous deux **formes isotopiques stables** : l'^{18}O (0,2% sur Terre) et l'^{16}O (99,8%). Il existe une corrélation entre le rapport $^{18}O/^{16}O$ et la température moyenne annuelle. Ce rapport, après avoir été corrigé en fonction d'une valeur standard, est appelé «delta ^{18}O» et constitue un **thermomètre isotopique** (**Doc. 1**).

• En mesurant le **δ ^{18}O** dans la glace des calottes polaires ou encore dans les sédiments océaniques, et en datant ceux-ci, on peut reconstituer les températures du passé.

• L'analyse des variations du δ ^{18}O montre qu'il y a eu, au cours des 700 000 dernières années, des alternances de **périodes froides** (périodes glaciaires) et de **réchauffement** (périodes interglaciaires). Entre ces deux périodes, les écarts entre les températures moyennes annuelles peuvent dépasser 10 °C aux pôles (**Doc. 2**).

Remarque
Le delta ^{18}O de la glace augmente avec la température mais le delta ^{18}O de l'eau de mer (celui des sédiments marins) diminue quand la température augmente.

• Ainsi on peut observer des cycles tous les 100 000 ans avec un refroidissement lent pendant environ 90 000 ans puis un réchauffement pendant 10 000 ans. Les variations de température, synchrones entre l'hémisphère nord et sud, témoignent de changements climatiques globaux.

2 L'analyse des pollens

• Les végétaux ne fossilisent pas mais leurs grains de pollen, produits en grand nombre et entourés d'une enveloppe résistante, se conservent dans les sols anciens. De plus, leur ornementation spécifique permet de déterminer l'espèce à laquelle ils appartiennent. Ainsi, il est possible d'établir des **diagrammes polliniques**. Voir p. 190

• Les végétaux ont des exigences climatiques spécifiques (le chêne a besoin de plus de chaleur que le sapin, par exemple). Aussi, selon le principe de l'**actualisme**, la succession des pollens fossiles au cours du temps permet de reconstituer les paléoclimats.

• La prédominance des arbres par rapport aux **plantes herbacées** sous les latitudes moyennes de l'Europe témoigne ainsi de l'existence d'une période interglaciaire.

• À l'inverse, quand les arbres plus sensibles au froid laissent la place aux plantes herbacées, cela indique le début d'une période glaciaire.

Remarque
Les diagrammes polliniques sont établis à partir de carottages de sol, au niveau desquels, de bas en haut, les pollens se succèdent au cours du temps.

LA BOITE À DOCS

Doc. 1 Le thermomètre isotopique de la glace

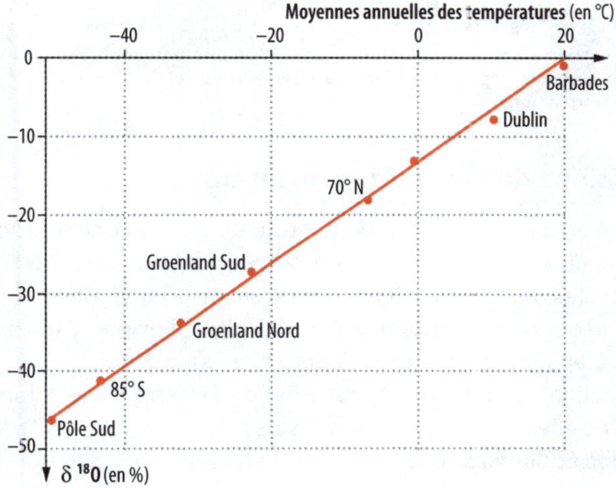

Doc. 2 Les variations du Delta ^{18}O dans une carotte de glace en Antarctique

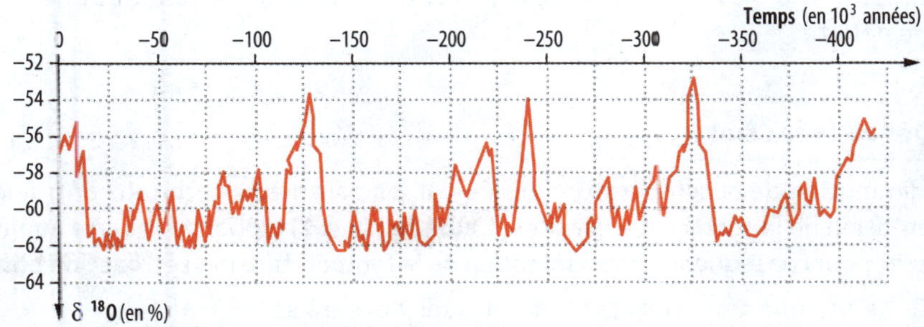

Vocabulaire

- **Thermomètre isotopique :** outil de reconstitution des températures du passé à partir des rapports isotopiques de l'oxygène.
- **Diagramme pollinique :** abondance relative des espèces végétales au cours du temps.
- **Actualisme :** principe selon lequel les événements du passé ont les mêmes causes que les événements actuels qui leur ressemblent. Par extension, on suppose que les êtres vivants du passé avaient le même mode vie que les êtres vivants actuels qui leur ressemblent.
- **Plante herbacée :** plante basse dépourvue de bois.

FICHE 3

Les causes des variations climatiques du passé

De quoi s'agit-il ?

Les variations climatiques initiées par des facteurs astronomiques peuvent être amplifiées ou diminuées par des boucles de rétroactions.

1 Des variations de paramètres orbitaux

- La Terre effectue en un an une révolution autour du Soleil et une rotation sur elle-même en 24 heures selon un axe incliné. Trois paramètres orbitaux (**Doc. 1**) varient périodiquement selon des cycles décrits par Milankovitch entre 1920 et 1941.

– L'**excentricité** : le degré d'aplatissement de l'orbite elliptique varie selon une période d'environ 100 000 ans, modifiant ainsi la distance Terre-Soleil.

– L'**obliquité** : l'inclinaison de l'axe de rotation de la Terre varie selon une période de 40 000 ans et avec elle les contrastes entre saisons.

– La **précession des équinoxes** : chaque année, l'équinoxe se produit plus tôt que celui de l'année précédente, ce qui s'explique par le changement de direction de l'axe de rotation de la Terre (avec une périodicité de 26 000 ans). La durée des saisons est alors modifiée.

- Ces variations entraînent une modification de l'**insolation** selon les saisons. Lors de faibles écarts entre l'hiver et l'été, la glace accumulée en hiver n'a pas le temps de fondre. Les glaciers avancent progressivement, le climat se refroidit et une période glaciaire débute.

2 Des rétroactions

- Une diminution de la température initiée par les paramètres orbitaux entraîne une augmentation de la surface des glaciers. L'**albédo** (**Doc. 2**) global de la Terre augmente alors, avec pour conséquence une diminution de la température par **rétroaction positive**.

- Le CO_2 se dissout alors plus facilement dans l'océan, sa teneur atmosphérique diminue et avec elle l'effet de serre, ce qui amplifie encore la baisse de température par rétroaction positive.

- En revanche, une élévation de température, en accentuant l'évaporation, élève la teneur atmosphérique en vapeur d'eau, avec formation de nuages.

- Ceux-ci, bien que participant à l'effet de serre, font globalement perdre de l'énergie à la Terre en réfléchissant le rayonnent solaire. Une augmentation de l'effet de serre pourrait être corrigée (en partie) par l'action des nuages : c'est dans ce cas une **rétroaction négative**.

À savoir
L'albédo de la glace est élevé (0,8) comparé à l'albédo moyen de la Terre (0,3).

LA BOITE À DOCS

Doc. 1 Variation de l'excentricité de l'orbite terrestre et de l'obliquité de la planète

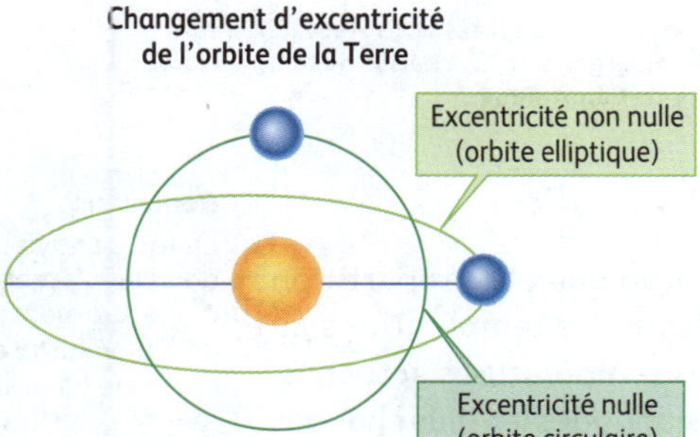

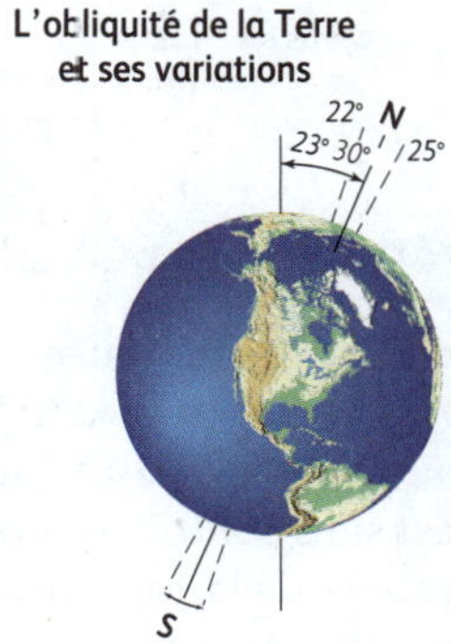

Doc. 2 Albédo de l'hémisphère nord de la Terre mesuré par satellite au cours de deux mois de l'année

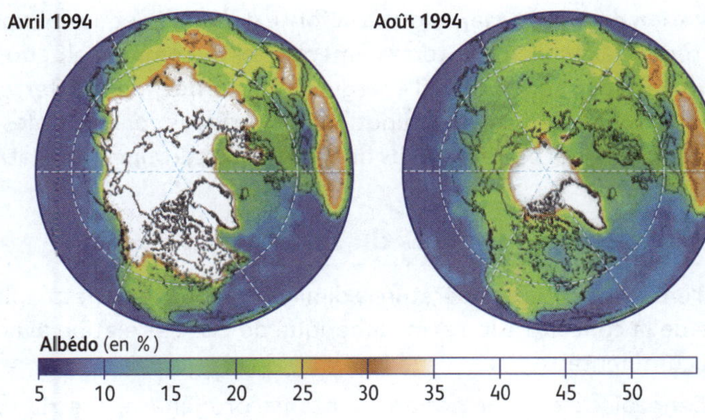

Vocabulaire

- **Excentricité :** degré d'aplatissement de l'orbite terrestre.
- **Obliquité :** inclinaison de l'axe de rotation de la Terre par rapport au plan de l'orbite.
- **Précession des équinoxes :** changement de direction de l'axe de rotation de la Terre.
- **Insolation :** quantité d'énergie reçue par unité de surface.
- **Albédo :** rapport de l'énergie lumineuse réfléchie sur l'énergie lumineuse incidente.
- **Rétroaction positive :** action en retour d'un effet sur sa propre cause, en l'amplifiant.
- **Rétroaction négative :** action en retour d'un effet sur sa propre cause, en l'atténuant.

FICHE 4

Une baisse de température depuis la fin de l'ère secondaire

De quoi s'agit-il ?

Après les températures élevées enregistrées au Crétacé, différents indices montrent une tendance générale à la baisse de température moyenne du globe à partir du **Cénozoïque**.

1 Le Crétacé, une période chaude

- L'utilisation du thermomètre isotopique et la répartition des fossiles indiquent pour le Crétacé des températures au pôle Nord supérieures de 30 °C aux températures actuelles. Le Crétacé est sans doute l'une des périodes les plus chaudes de toute l'histoire de la Terre (**Doc. 1**).

Remarque
La forte activité des dorsales s'accompagne d'une augmentation de leur volume entraînant ainsi une hausse du niveau marin. L'eau envahit les continents.

- L'expansion océanique, particulièrement importante à cette époque (**Doc. 2**), est due à un intense volcanisme au niveau des dorsales, avec une forte émission de CO_2.
- L'accentuation de l'effet de serre a entraîné une hausse de la température, amplifiée par des rétroactions positives comme la baisse de la solubilité du CO_2 dans l'océan.
- De plus l'**élévation du niveau marin** (due à la fonte des glaces et au volume important des dorsales) réduit la surface des terres émergées. Or, comme l'albédo de l'eau est inférieur à celui des continents, plus d'énergie est absorbée, plus la Terre a tendance à se réchauffer. En même temps, la diminution des surfaces continentales offre moins de roches altérables, ce qui prélève moins de dioxyde de carbone dans l'atmosphère.

2 Un refroidissement au cours du Tertiaire

- Au début de l'ère tertiaire, la température a diminué. Ce phénomène s'explique d'abord par une baisse de la concentration atmosphérique de CO_2 en relation avec l'altération des matériaux continentaux.
- En effet, le Cénozoïque est une période d'intense orogénèse, avec la formation de chaînes de montagnes comme les Alpes et l'Himalaya, puis de leur érosion.
- L'altération de minéraux comme les **silicates** ($CaSiO_3$) consomme du CO_2 selon la réaction : $CaSiO_3 + 2CO_2 + H_2O \rightarrow SiO_2 + Ca^{2+} + 2\ HCO_3^-$.
- D'autre part, des événements tectoniques ont modifié à cette époque la **circulation océanique**. Notamment, l'ouverture d'un passage entre l'Antarctique et l'Afrique du Sud (puis son élargissement) impose au courant d'eaux froides et profondes sortant de l'Atlantique de se diriger vers l'océan Indien et le Pacifique. L'établissement progressif d'un courant circumpolaire isole l'Antarctique et ses eaux périphériques froides du reste de l'océan mondial et participe à l'extension des glaciers. Des rétroactions positives ont ensuite accentué le refroidissement.

LA BOITE À DOCS

Doc. 1 Variation de la température selon la latitude au Crétacé et aujourd'hui

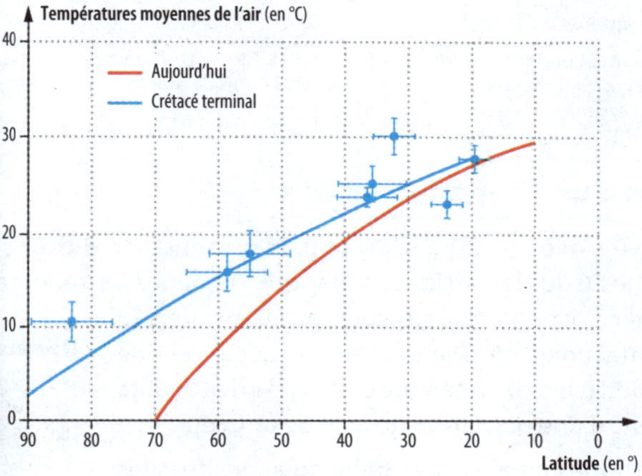

Doc. 2 Variation de l'activité des dorsales océaniques depuis 150 Ma

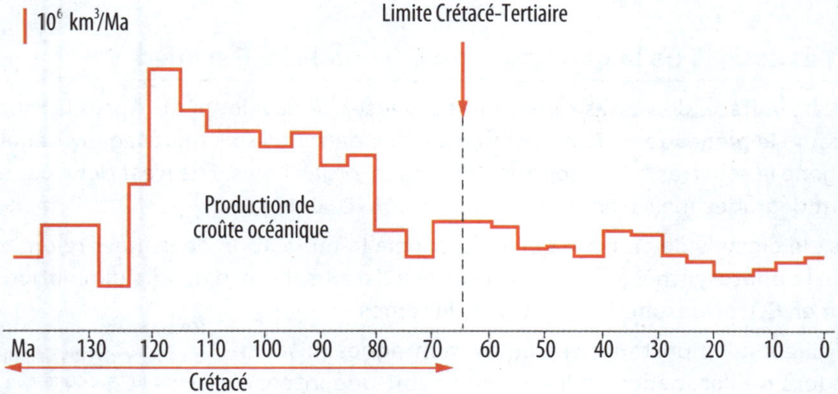

Vocabulaire

- **Cénozoïque :** période appelée aussi «ère tertiaire» qui débute il y a 65 Ma et se poursuit actuellement.
- **Silicate :** minéral formé à partir d'un motif élémentaire constitué de SiO_4. Parmi les silicates, on peut citer les quartz, les feldspaths, les pyroxènes et les olivines.
- **Circulation océanique :** déplacement des masses d'eau à l'origine des courants. Ceux-ci dépendent des différences de température (et donc de densité) et de salinité entre les eaux polaires et équatoriales.

FICHE 5

Des variations climatiques à l'ère primaire

De quoi s'agit-il ?

Durant la période Carbonifère-Permien, la Terre est soumise à un refroidissement de longue durée et de grande ampleur aux causes variées.

1 Les signes d'une période glaciaire

- Au Carbonifère-Permien (-320 à -280 Ma), la présence de **tillites** sur des continents aujourd'hui éloignés (sud de l'Afrique, Amérique du Sud, Australie) témoigne de l'existence d'une vaste calotte glaciaire recouvrant la partie sud d'un bloc continental unique (la Pangée), situé à cette période plus près du pôle Sud (**Doc. 1**). L'étendue et la durée des dépôts glaciaires attestent d'une glaciation de grande ampleur.

- Différentes méthodes (analyse des **paléosols**, des fossiles ou des isotopes) indiquent un faible taux de CO_2 atmosphérique à cette époque. Il s'ensuit alors une diminution de l'effet de serre et, par conséquent, une baisse de température.

Remarque
Il y a 300 Ma, avec une teneur en CO_2 atmosphérique semblable à l'actuelle, la température est plus basse car à cette époque le rayonnement solaire était moins intense.

2 Les causes de la glaciation du Carbonifère-Permien

- Au Carbonifère, de vastes forêts marécageuses se développent. Après la mort des végétaux, le **piégeage** de la matière organique dans des sols marécageux dépourvus d'oxygène la soustrait à la respiration des micro-organismes. Elle n'est donc pas entièrement dégradée mais transformée en charbon (**Doc. 1** et **2**).

- Ainsi, le dioxyde de carbone qui a participé à la fabrication de la matière organique lors de la photosynthèse n'est pas restitué à l'atmosphère, d'où une diminution de la teneur en CO_2 atmosphérique au cours du temps.

- Par ailleurs, l'importante chaîne de montagnes mise en place lors de l'orogénèse hercynienne subit une intense érosion. Celle-ci résulte de l'altération des minéraux au cours de réactions chimiques consommatrices de CO_2.

Remarque
L'apparition des premiers végétaux vasculaires munis de véritables racines participe à l'érosion.

- Enfin, l'extension des glaces polaires augmente l'albédo global de la Terre avec, pour conséquence, une diminution de la température par rétroaction positive. Plus elle diminue, et plus le dioxyde de carbone atmosphérique se dissout dans l'océan. La baisse du taux de CO_2 atmosphérique qui s'ensuit amplifie encore davantage la baisse de température par une nouvelle rétroaction positive.

- L'ensemble de ces paramètres concourent à faire du Carbonifère-Permien une des périodes glaciaires les plus longues de l'histoire de la Terre.

LA BOITE À DOCS

Doc. 1 Localisation de tillites (dépôts glaciaires) et de charbons formés au cours du Carbonifère

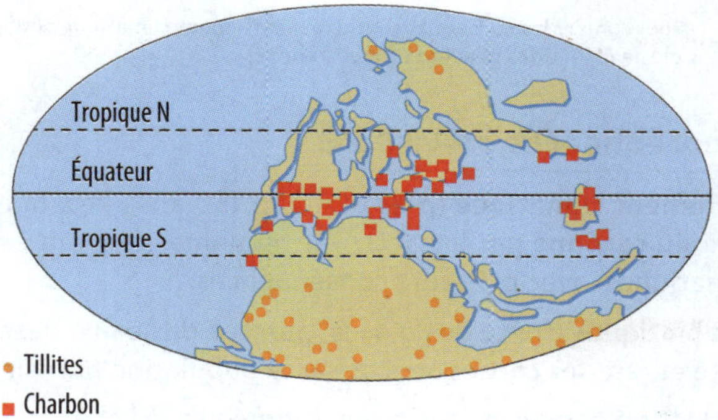

Doc. 2 Évolution estimée du piégeage du carbone organique au cours des temps géologiques

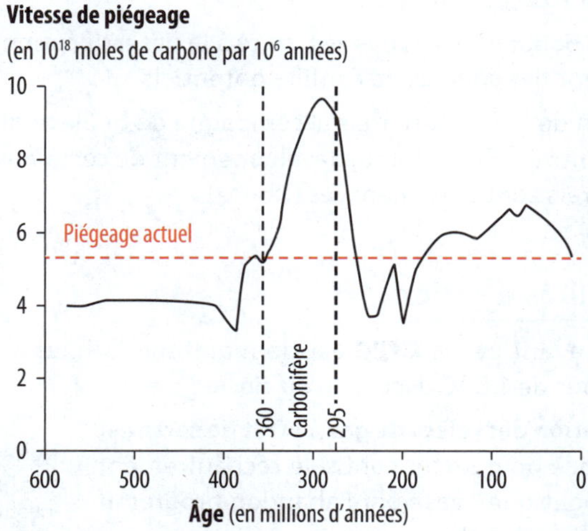

Vocabulaire
- **Tillite :** moraine consolidée.
- **Paléosol :** sol ancien.
- **Piégeage :** enfouissement à l'abri de l'air.

FICHE 6

Les enjeux du réchauffement climatique actuel

De quoi s'agit-il ?

Pour contrer les conséquences du réchauffement climatique actuel plusieurs actions peuvent être entreprises.

1 Des conséquences prévisibles

- Le **réchauffement climatique** (près d'1 °C en 150 ans), lié à la **perturbation du cycle géochimique du carbone** par les activités humaines, devrait se poursuivre selon les modèles climatiques, avec plusieurs conséquences.
- Ses effets **abiotiques** (fonte des glaces, montée des eaux, désertification) modifient la biodiversité et ont des conséquences sur la population humaine et sa santé (**Doc. 1**).
- Ainsi, la réduction des terres agricoles disponibles, à l'origine de difficultés pour la nutrition des populations, est une source de conflits.
- L'approvisionnement en eau devenu difficile dans certaines régions du globe pose des problèmes de santé et d'hygiène, favorisant la diffusion de pathogènes.

Remarque
Les épisodes climatiques extrêmes participent à l'érosion des terres agricoles.

- Les migrations de populations humaines, suite à la désertification ou à la montée des eaux, sont également des sources de conflits potentiels.
- Enfin, la réduction de la biodiversité s'accompagne de bouleversements à l'intérieur des écosystèmes, entraînant parfois le développement de certaines espèces invasives. Les équilibres naturels sont ainsi menacés (**Doc. 2**).

2 Des possibilités d'action

- L'objectif mis en avant par le **GIEC** est de maintenir la hausse des températures mondiales en dessous de 1,5 °C d'ici la fin du siècle.
- Pour cela, la **limitation des rejets de gaz à effet de serre** est la priorité développée pour lutter contre le réchauffement climatique. Cette politique passe par l'abandon progressif de l'utilisation des hydrocarbures fossiles, remplacés par d'autres sources énergétiques et par la mise en place d'économies énergétiques (développement de l'isolation, par exemple, pour limiter les pertes thermiques).

Remarque
Les bénéfices et inconvénients de méthodes de stockage du carbone sont à l'étude.

- La lutte contre la déforestation, qui s'accompagne de la combustion du bois et de rejets massifs de dioxyde de carbone dans l'atmosphère, est aussi une priorité.

Cours

LA BOITE À DOCS

Doc. 1 Variation de la superficie mondiale de la glace de mer en millions de km²

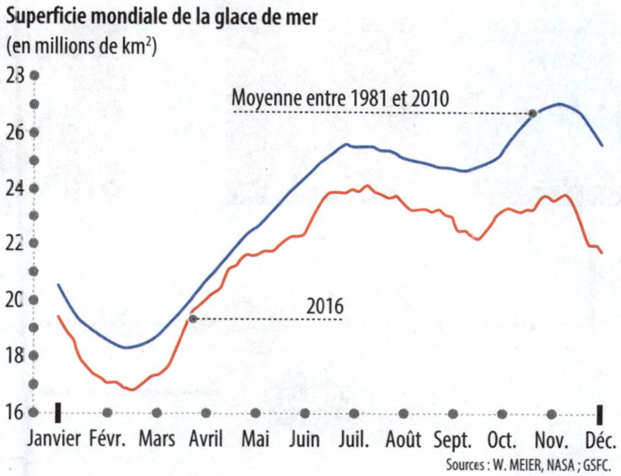

Sources : W. MEIER, NASA ; GSFC.

Doc. 2 Proportion des espèces selon leur niveau de vulnérabilité

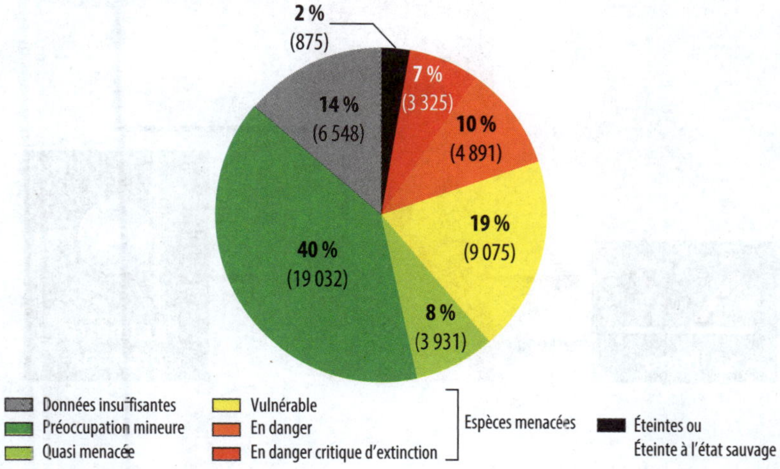

Vocabulaire

- **Abiotique :** de nature physique ou chimique.
- **GIEC :** groupe d'experts intergouvernemental sur l'évolution du climat.

Révision Express

SCHÉMA BILAN

> Cause des variations climatiques

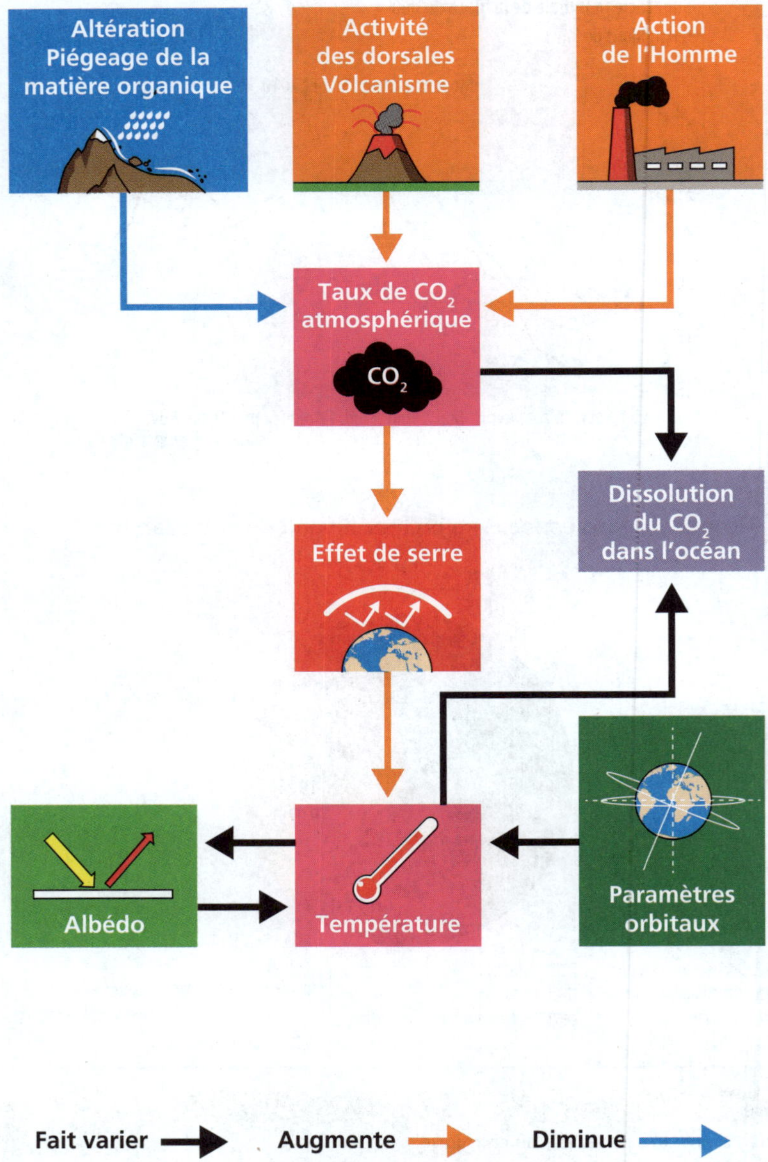

POINTS IMPORTANTS À RETENIR

- La reconstitution des **paléoclimats** s'appuie sur des indices géologiques, paléo-écologiques ou encore la mesure de **rapports isotopiques de l'oxygène**.
- Ceux-ci témoignent de l'alternance de **périodes glaciaires** et **interglaciaires** durant le Quaternaire, avec une périodicité d'environ 100 000 ans.
- Ces variations périodiques coïncident avec celles de **paramètres orbitaux**, responsables de variations de la puissance solaire reçue.
- Les variations climatiques initiées par celles des paramètres orbitaux sont accentuées ou limitées par différents facteurs (albédo, solubilité du CO_2) responsables de **rétroactions** positives ou négatives.
- Au Carbonifère, une baisse de la teneur en CO_2 atmosphérique due à l'importante **fossilisation de la matière organique** et à **l'altération** de la chaîne hercynienne entraîne un refroidissement durable.
- Le réchauffement du Crétacé s'explique notamment par la forte **activité des dorsales** qui élève la teneur en CO_2.
- Ainsi, les variations climatiques s'observent à **différentes échelles de temps**.
- La connaissance des causes et des conséquences des variations du climat permet de construire des **modèles prévisionnels** et d'envisager des possibilités pour en atténuer les effets négatifs sur les populations humaines.

APPRENDRE AUTREMENT

Reconstituer les variations climatiques du passé

Vidéo

LE COURS EN 10 MOTS-CLÉS

EFFET DE SERRE
RÉTROACTIONS
Paléoclimat
DELTA ^{18}O
ALTÉRATION
ALBÉDO
Diagramme pollinique
Périodes glaciaires et interglaciaires
PARAMÈTRES ORBITAUX
MODÈLES PRÉVISIONNELS

Exploiter un diagramme pollinique

ÉNONCÉ

À partir d'une carotte de tourbe prélevée en Haute-Saône (France), des pollens fossiles ont été extraits, puis identifiés. L'ensemble des résultats obtenus a permis d'établir le diagramme pollinique suivant qui correspond à une période allant de -140 000 ans à aujourd'hui.

Les grains de pollen se différencient par leur forme et leur ornementation caractéristiques. (voir image ci-contre)

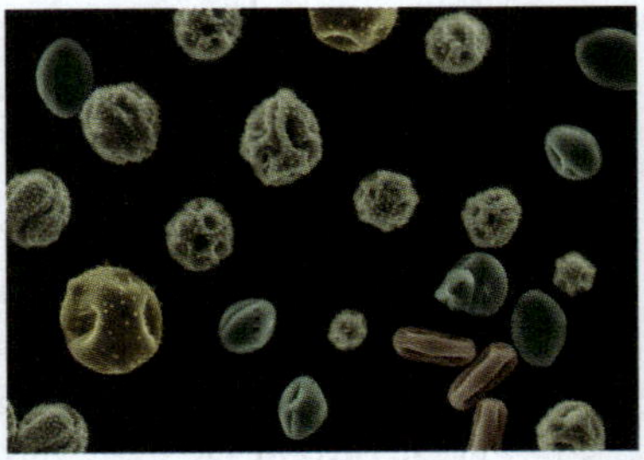

Doc. **Diagramme pollinique de la tourbière de la Grande Pile en Haute-Saône**

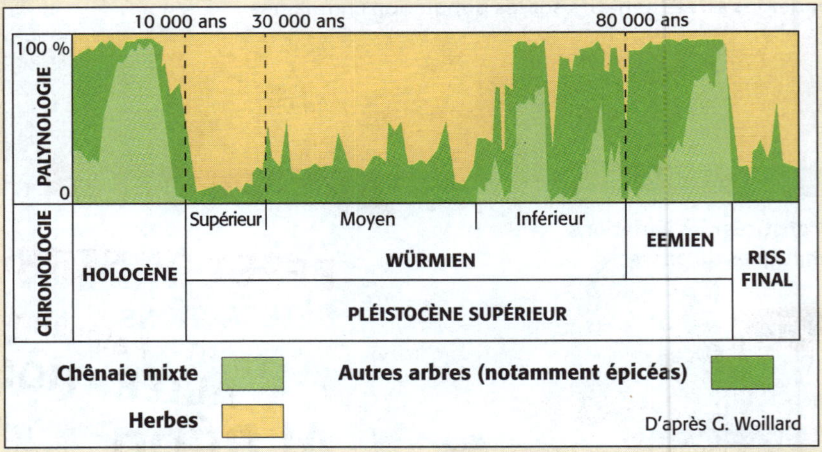

On connaît par ailleurs les préférences climatiques de certains végétaux :
- préférence climatique du chêne pédonculé → 10 °C à 15 °C ;
- préférence climatique de l'épicéa → 5 °C à 8 °C ;
- préférence climatique des herbes → < –3 °C.

QUESTION

Exploitez ce document pour reconstituer les variations climatiques au cours des derniers 140 000 ans.

MÉTHODE

- Un diagramme pollinique représente l'**abondance des végétaux au cours du temps** en un lieu donné.
- Comme on connaît les **préférences** climatiques des espèces, les **variations du climat** au cours du temps peuvent être **reconstituées**.
- Pour chaque période, il faut **déterminer les proportions** des différents types de végétaux et, selon leur variation au cours du temps, en **déduire** comment fluctue la **température**.

CORRIGÉ

On distingue plusieurs périodes.

– Durant le Riss final, les plantes herbacées sont majoritaires (environ 75 %) et parmi les arbres, seuls les épicéas sont présents. Il s'agit donc majoritairement d'une végétation type « steppe » qui se développe en climat froid (la température moyenne varie entre –3 °C et 8 °C). Cette période correspond donc à une période glaciaire.

L'astuce du prof
Il faut analyser le document en partant du passé et en remontant jusqu'à l'actuel.

– Jusqu'à la limite du Würmien inférieur et moyen, les arbres dominent par rapport aux plantes herbacées, ce qui indique un climat tempéré (la température varie de 5 à 15 °C en moyenne). Un réchauffement a donc eu lieu. D'une période à l'autre, la chênaie mixte ou les épicéas sont plus ou moins abondants, ce qui témoigne de variations de température de plus petite échelle.

– De la limite du Würmien inférieur et moyen à la fin du Würmien supérieur (– 10 000 ans), les plantes herbacées dominent. Cela indique un nouveau refroidissement.

– De –10000 à l'époque actuelle (Holocène), les arbres sont majoritaires et parmi eux, le chêne. C'est une période de réchauffement : la forêt est l'association végétale principale, le climat est tempéré.

Ainsi, on peut reconstituer une alternance de périodes glaciaires et interglaciaires au cours du temps, la dernière glaciation s'étant achevée il y a près de 10 000 ans.

Fiche test 1 — Je fais le point

VRAI / FAUX — 1 min — À revoir / Acquis

Indiquer pour chaque proposition si elle est vraie ou fausse.

1. L'altération des silicates libère du CO_2 dans l'atmosphère.	Vrai	Faux
2. Le piégeage de la matière organique peut influer sur le climat.	Vrai	Faux
3. Les variations des paramètres orbitaux modifient la puissance solaire reçue.	Vrai	Faux
4. Une diminution de l'albédo terrestre amplifie une baisse de température.	Vrai	Faux
5. Une augmentation de l'effet de serre est amplifiée par une diminution de la solubilité du CO_2 dans l'océan.	Vrai	Faux

SCORE : ___ / 5

Fiche test 2 — Le bon choix

QCM — 3 min — À revoir / Acquis

Pour chaque question ou affirmation, il y a entre 0 et 3 bonnes réponses.

1 Le delta ^{18}O de la glace :
- a. augmente avec la température.
- b. permet de déterminer la composition de l'atmosphère du passé.
- c. constitue un thermomètre isotopique.

FICHE 2 p. 178

2 Au Carbonifère-Permien :
- a. le piégeage de la matière organique élève le taux de CO_2.
- b. l'érosion de la chaîne hercynienne diminue le taux de CO_2.
- c. les continents se regroupent à proximité du pôle Nord.

FICHE 5 p. 184

3 Lorsque la température augmente :
- a. la glace fond et l'albédo augmente.
- b. le CO_2 atmosphérique se dissout moins bien dans l'océan.
- c. l'effet de serre augmente par rétroaction négative.

FICHE 3 p. 180

4 Les paramètres orbitaux de la Terre :
- a. ont une influence sur la puissance solaire reçue.
- b. varient avec une périodicité de 100 000 ans.
- c. influent sur la durée des saisons.

FICHE 3 p. 180

5 Le réchauffement du Crétacé s'explique par
- a. une augmentation de l'effet de serre.
- b. une intense érosion.
- c. une vitesse d'expansion océanique élevée

FICHE 4 p. 182

6 L'augmentation de la concentration atmosphérique en CO_2 :
- a. favorise la production de biomasse.
- b. peut être réduite par le stockage de carbone
- c. est une conséquence de l'effet de serre.

FICHE 6 p. 186

7 L'effet de serre :
- a. est dû aux activités humaines.
- b. élève la température moyenne de la Terr
- c. s'intensifie avec le piégeage de la matière organique.

FICHE 5 p. 184

SCORE : ___ / 7

EXERCICES D'ENTRAÎNEMENT

Exercices

1 Les cycles de Milankovitch

EXO BAC

Exploitation de documents

Les paramètres orbitaux de la Terre varient périodiquement. Ces périodes sont communément appelées «cycles de Milankovitch». En effet, ce mathématicien serbe fut le premier à prédire par le calcul les variations d'insolation correspondant à cette périodicité.
Le document suivant indique la périodicité de ces paramètres orbitaux.

Doc. 1 **Variations de l'excentricité (E), de l'inclinaison (T) et de la précession (P) sur les 800 000 dernières années, d'après les travaux de Berger en 1978**

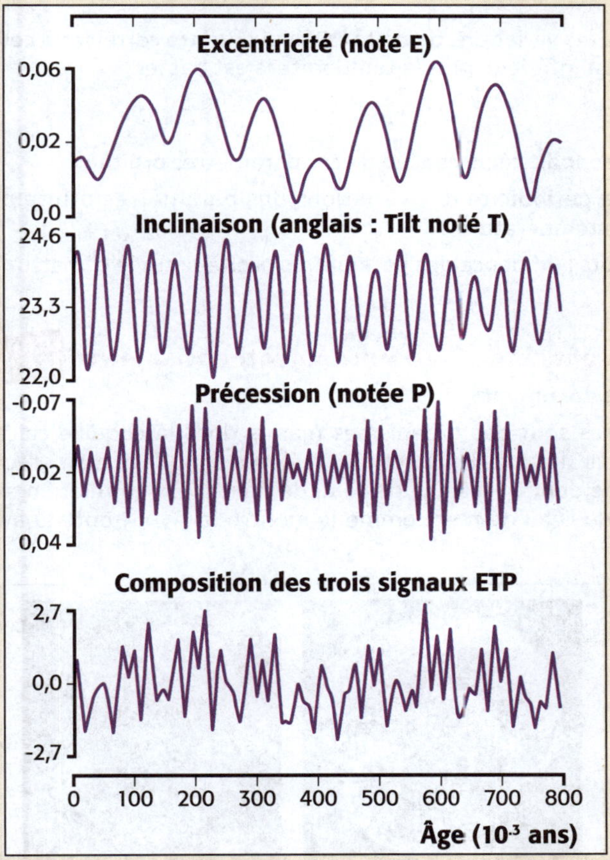

Par ailleurs, une estimation de la variation des températures au cours des derniers 400 000 ans a pu être établie à partir des variations du delta ^{18}O de la glace prélevée dans une carotte à Vostock.

Doc. 2 **Les variations du $\delta^{18}O$ de la glace dans une carotte de glace en Antarctique (Vostok)**

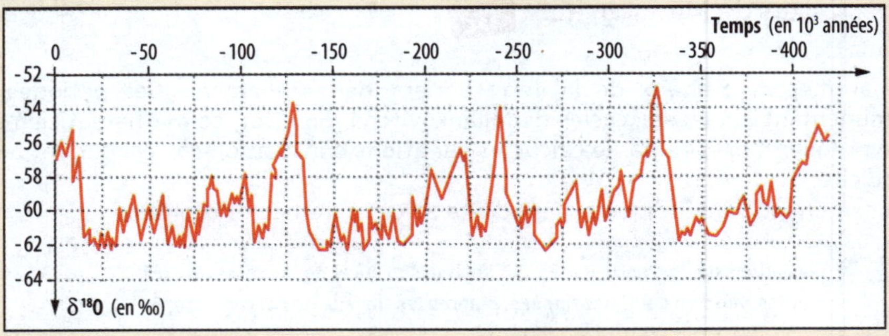

On rappelle que les variations du delta ^{18}O peuvent être corrélées à celles de la température : plus il est inférieur, plus la température est basse.

QUESTIONS

1. Indiquez la périodicité de chacun de ces paramètres orbitaux.
2. Comparez la périodicité des variations des paramètres orbitaux avec celle des variations de température.
3. Expliquez alors l'influence des paramètres orbitaux sur le climat.

2 Des sédiments utilisés comme paléothermomètre EXO BAC

Exploitation de documents

Les foraminifères sont des organismes marins dont la coquille calcaire ($CaCO_3$) est fabriquée à partir des ions HCO_3^- et Ca^{2+} prélevés dans l'eau de mer. Le $\delta^{18}O$ des tests carbonatés varie donc avec celui de l'eau de mer; il est en relation avec la température moyenne de l'eau de mer comme le montre le **Doc. 1** obtenu avec des mesures actuelles.

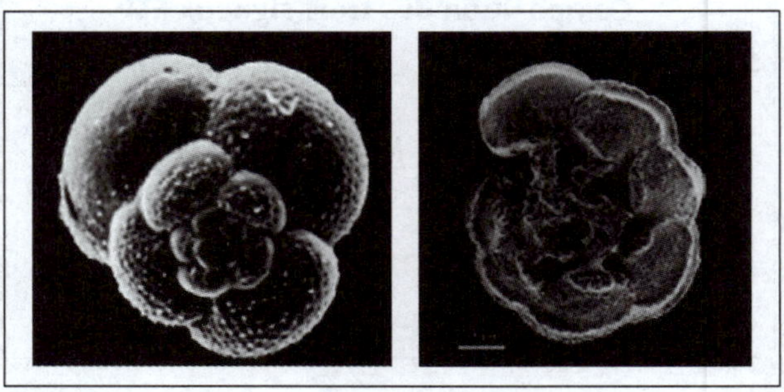

Doc. 1 **Variation du $\delta^{18}O$ de l'eau de mer en fonction de la température**

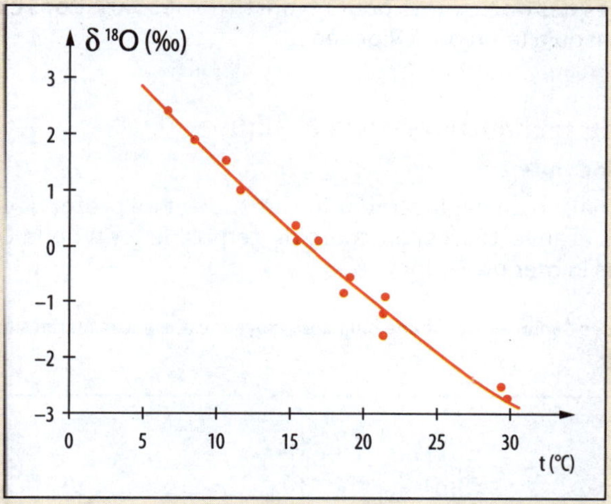

On a mesuré le $\delta^{18}O$ dans les tests de foraminifères présents dans des séries sédimentaires dont les plus anciennes sont âgées de -70 millions d'années. Les résultats sont représentés dans le **Doc. 2**. Les symboles caractérisent les différentes carottes de sédiments à partir desquelles ont été effectuées les mesures.

Doc. 2 **Courbe isotopique de l'oxygène sur les derniers 70 millions d'années**

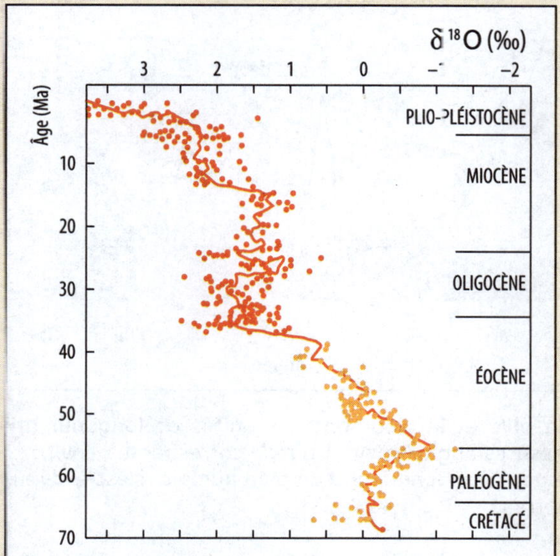

QUESTION

Utilisez les données des documents pour reconstituer les variations climatiques depuis la fin du Crétacé jusqu'à la fin de l'Oligocène.

③ Des effets du réchauffement climatique

Exploitation de document

On a mesuré la variation du déplacement (en latitude et en profondeur) de 105 espèces marines (poissons et invertébrés) au cours du temps, le long de la côte nord-est des États-Unis et dans la mer de Béring.

Doc. **Mesure des déplacements d'une biomasse moyenne d'espèces marines au cours du temps**

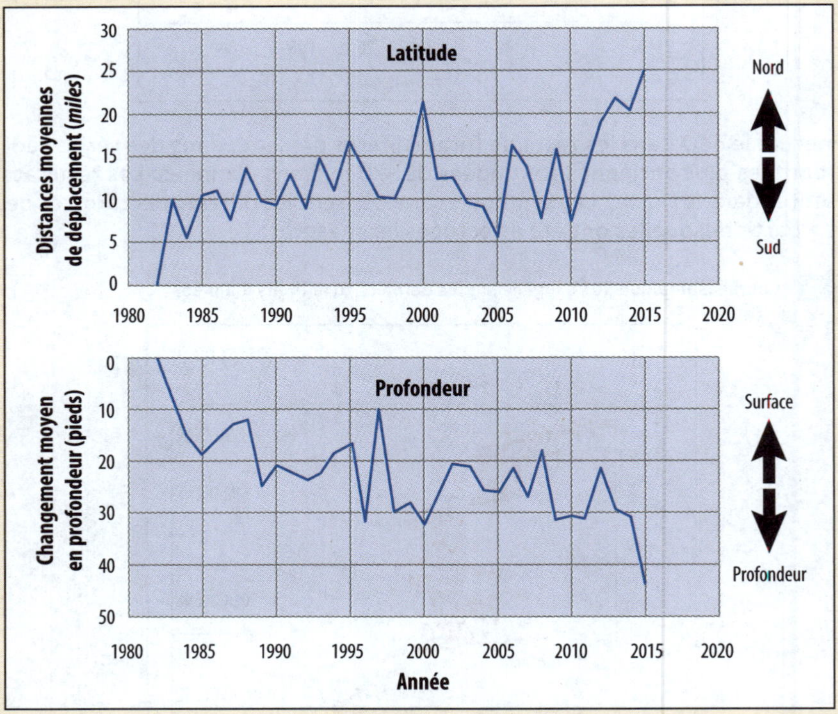

Remarque : le *mile* et le pied sont des unités de longueur utilisées dans le système de mesures anglo-saxon. Un *mile* correspond à environ 1 609 mètres. Un pied correspond à la longueur d'un pied humain, c'est-à-dire un peu plus de trente centimètres.

QUESTIONS

1. Déterminez les variations de déplacement en latitude et en profondeur de ces espèces entre 1980 et 2015.
2. Quel point commun peut-on trouver à ces déplacements? Après avoir donné votre réponse, indiquez leur cause probable.
3. Indiquez quels problèmes peuvent être posés à ces espèces dans leur nouveau milieu.
4. En quoi les espèces marines sont-elles un meilleur indicateur du réchauffement climatique que les espèces continentales?

4 Un refroidissement au Carbonifère EXO BAC

Exploitation de documents

Divers indices témoignent de l'existence d'un fort refroidissement du climat durant le Carbonifère. Parmi ceux-ci, une estimation de l'évolution de la concentration en CO_2 atmosphérique a pu être établie par différentes méthodes.

Doc. 1 **Évolution de la concentration en CO_2 atmosphérique au cours des temps géologiques**

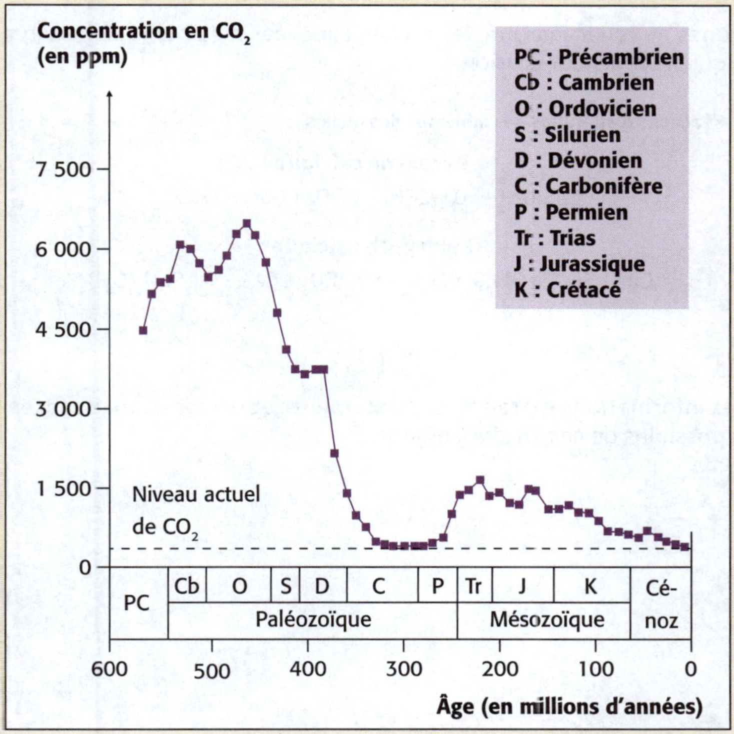

Doc. 2 **Paléogéographie au Carbonifère inférieur (- 340 Ma)**

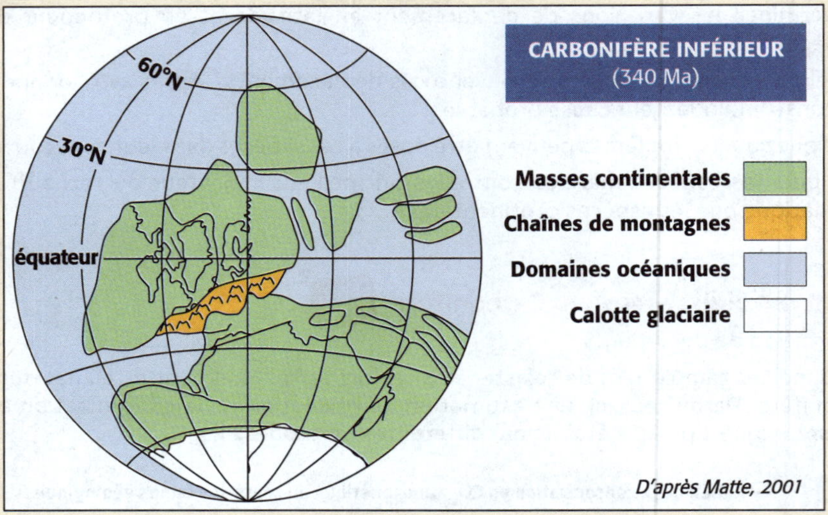

Dans les zones au relief marqué, les roches exposées à l'air libre sont soumises à une altération qui précède leur érosion.

Doc. 3 **Réactions d'altération des minéraux des roches**

Pyroxène calcique :

$$CaSiO_3 + H_2O + 2CO_2 \rightarrow SiO_2 + Ca^{2+} + 2HCO_3^-$$

Feldspath calcique :

$$CaAl_2Si_2O_8 + 3H_2O + 2CO_2 \rightarrow 2HCO_3^- + Ca^{2+} + Al_2Si_2O_5(OH)_4$$

QUESTION

À partir des informations extraites des documents et de vos connaissances, expliquez les causes possibles de ce refroidissement.

Corrigés

Fiche test 1 Je fais le point

1. **Faux.** L'altération des silicates prélève du CO_2 dans l'atmosphère.
2. **Vrai.**
3. **Vrai.**
4. **Faux.** Quand l'albédo diminue, la température augmente.
5. **Vrai.**

Fiche test 2 Le bon choix

1. **a.** et **c.** sont vraies.
b. est fausse. Le delta ^{18}O de la glace constitue un paléo-thermomètre seulement.
2. **a.** est fausse. Le piégeage de la matière organique diminue le taux de CO_2 atmosphérique.
b. est vraie.
c. est fausse. Les continents se regroupent à proximité du pôle Sud.
3. **a.** est fausse. Lorsque la température augmente, la glace fond mais l'albédo diminue.
b. est vraie.
c. est fausse. L'effet de serre augmente par rétroaction positive.
4. **a.** et **c.** sont vraies.
b. est fausse. Tous les paramètres orbitaux ne varient pas avec la même périodicité ; seule l'excentricité varie avec une périodicité de 100 000 ans.
5. **a.** et **c.** sont vraies.
b. est fausse car l'érosion diminue le taux de CO_2 et, par conséquent, l'effet de serre et la température.
6. **a.** et **b.** sont vraies.
c. est fausse. L'augmentation de la concentration atmosphérique en CO_2 est une cause de l'effet de serre.
7. **a.** est fausse. L'effet de serre est antérieur à l'apparition de l'Homme. Néanmoins, les activités humaines sont responsables d'une intensification de l'effet de serre.
b. et **c.** sont vraies.

EXERCICES D'ENTRAÎNEMENT

① Les cycles de Milankovitch

1. Sur le Doc. 1, on peut distinguer trois périodicités différentes des paramètres orbitaux.
– Une période d'environ 100 000 ans pour l'excentricité ;
– Une période de 40 000 ans pour l'inclinaison ;
– Une période d'environ 20 000 pour la précession.

2. Sur le **Doc. 2**, on observe des variations du $\delta^{18}O$ (et donc de la température) d'une durée d'environ 100 000 ans, similaire à la période des variations de l'excentricité de l'orbite terrestre.

À celles-ci se superposent des variations d'une période d'environ 40 000 ans, proche de celle des variations d'inclinaison de la Terre.

Enfin, un autre type de variation correspond à une période de 20 000 ans environ correspondant à la périodicité de la précession des équinoxes.

On peut observer par ailleurs que lorsque l'excentricité est nulle et l'inclinaison faible (par exemple, vers 300 000 ans) la température est basse.

> **L'astuce du prof**
> Prenez des points de repère en choisissant des périodes où la température est la plus basse, par exemple.

3. Il existe une corrélation entre les variations de température et celles des paramètres orbitaux. Ceux-ci ont donc une influence sur le climat.

En effet, une excentricité nulle ou une faible inclinaison diminuent les contrastes entre les saisons. La neige tombée en hiver ne fond pas en été et une période glaciaire s'installe.

On peut néanmoins remarquer que les variations de température ne suivent pas exactement celles des paramètres orbitaux, ce qui indique que d'autres facteurs influent également sur le climat.

> **Gagner des points**
> Utilisez vos connaissances pour fournir des explications à la corrélation mise en évidence.

② Des sédiments utilisés comme paléo-thermomètre

D'après le **Doc. 1**, on observe que plus la température est élevée, plus le $\delta^{18}O$ dans les tests de foraminifères est faible, on dispose ainsi d'un paléo-thermomètre isotopique.

Le **Doc. 2** montre que lors du passage du Crétacé au Paléocène, le $\delta^{18}O$ augmente : il passe de −0,5 à 0, ce qui témoigne d'un refroidissement (la température moyenne passe d'environ 18 °C à 15 °C).

Au cours du Paléocène, le $\delta^{18}O$ diminue (de 0 à −1) : la température augmente et dépasse légèrement 20 °C.

> **Remarque**
> Le $\delta^{18}O$ de l'eau de mer varie inversement avec la température, contrairement au $\delta^{18}O$ de la glace.

De l'Éocène à l'Oligocène, le $\delta^{18}O$ augmente rapidement pour atteindre + 1,8. Ainsi, durant l'Éocène, la température moyenne passe d'environ 20 °C à 8 °C. L'amplitude du refroidissement est importante, de l'ordre de 10 °C.

Enfin, durant l'Oligocène, le $\delta^{18}O$ diminue à nouveau pour atteindre + 1,5, ce qui correspond à un nouveau réchauffement, la température moyenne dépasse alors les 10 °C.

Ainsi, le Cénozoïque correspond à une succession de variations climatiques.

> **Le piège à éviter**
> Il ne faut pas se tromper dans l'utilisation du thermomètre isotopique : ici quand le $\delta^{18}O$ augmente, la température diminue !

3 Des effets du réchauffement climatique

1. La biomasse moyenne de ces 105 espèces de poissons et d'invertébrés marins s'est déplacée vers le nord d'environ 25 *miles* (40 km) entre 1980 et 2015. Ces espèces se sont également déplacées d'une moyenne de 40 pieds (1,20 m) en profondeur durant cette période.

2. Ces deux types de déplacements permettent aux espèces de se retrouver dans un milieu de plus basse température que celui d'origine. On peut donc supposer qu'il s'agit d'une réponse à une élévation de la température de leur milieu de vie sur cette période.

Remarque

Les facteurs qui conditionnent l'installation d'une espèce dans un milieu donné sont multiples, et non limités à la seule température.

3. La migration vers le nord ou en profondeur résout le problème de l'élévation de température mais confronte les espèces à d'autres contraintes. En effet, beaucoup d'espèces sont spécialisées dans une source de nourriture. Or, celle-ci ne migre pas forcément comme elles. Par ailleurs, dans leur nouveau milieu de vie, elles peuvent entrer en concurrence avec des espèces déjà présentes et mieux adaptées. Ainsi, elles pourront avoir du mal à survivre dans leur nouveau milieu, malgré la température plus favorable.

4. Les espèces marines sont un indicateur particulièrement intéressant du réchauffement des océans, car les poissons sont très mobiles et peuvent se déplacer plus facilement que les espèces continentales, puisqu'ils ne rencontrent pas de barrières physiques sur leur trajet. De plus, contrairement aux espèces continentales, de nombreuses espèces marines, en particulier les poissons, n'ont pas de lieu de nidification fixe ni d'habitats qui pourraient les contraindre à rester sur place.

Réflexe à avoir

Cherchez en quoi diffère le mode de vie des espèces marines de celui des espèces continentales.

4 Un refroidissement au Carbonifère

On cherche à expliquer l'origine du refroidissement survenu lors du Carbonifère.

Sur le **Doc. 1** qui montre la variation du taux de CO_2 atmosphérique au cours de temps géologiques, on observe une importante baisse de la teneur en CO_2 au Carbonifère.

Or, le CO_2 est un gaz à effet de serre qui retient le rayonnement infrarouge renvoyé par le sol. Ce rayonnement est piégé et l'énergie thermique qu'il contient permet l'élévation de la température atmosphérique.

Lorsque la teneur en dioxyde de carbone diminue, l'effet de serre est moins important et la température baisse.

Il s'agit à présent d'expliquer les causes de cette diminution de la teneur en CO_2.

Le **Doc. 2** montre une importante chaîne de montagnes formée au Carbonifère lors de la réunion des continents : la chaîne hercynienne.

Remarque

Malgré un taux de CO_2 plus élevé au début de l'ère primaire qu'au Crétacé, la température n'était pas supérieure car le rayonnement solaire était plus faible.

Gagnez des points

Pensez à établir des liens entre les différents documents pour une démarche construite.

Or, la mise en place d'une chaîne de montagnes est suivie d'une période d'intense érosion avec altération des roches.

Le **Doc. 3** indique que l'altération des silicates (feldspaths et pyroxènes) consomme des molécules de dioxyde de carbone. Une augmentation de l'érosion est donc responsable d'une diminution de la quantité de dioxyde de carbone atmosphérique.

Le **Doc. 2** montre par ailleurs l'existence d'une importante calotte glaciaire au pôle Sud. Or, plus la surface de la glace est étendue, plus l'albédo moyen de la Terre augmente. L'albédo correspond au rapport de l'énergie du rayonnement réfléchi sur l'énergie du rayonnement incident. Ainsi, plus il est élevé, plus le rayonnement réfléchi est important, et plus la température terrestre diminue.

Par conséquent, du fait d'une baisse de la teneur en CO_2 atmosphérique liée à une importante altération, un refroidissement s'installe durant le Carbonifère, puis le Permien. Il contribue à l'établissement d'une vaste calotte glaciaire dont le développement, facilité par la réunion des continents à proximité du pôle Sud, accentue encore le refroidissement du fait d'un albédo élevé par rétroaction positive.

Remarque

On peut mentionner le piégeage de la matière organique qui, à cette période, fait diminuer la teneur en CO_2 atmosphérique.

Partie 3

Corps humain et santé

Chapitre 9

Comportements, mouvement et système nerveux

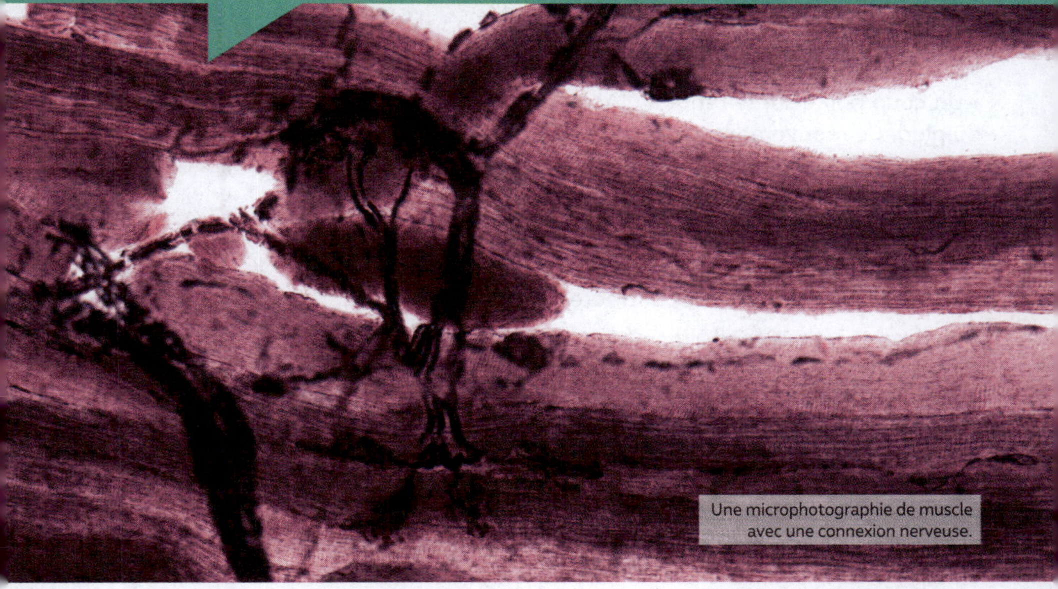

Une microphotographie de muscle avec une connexion nerveuse.

FICHE 1

Le réflexe myotatique

De quoi s'agit-il ?

Lors du réflexe myotatique, le muscle se contracte en réponse à son propre étirement. Différents éléments constituant l'arc réflexe sont mis en jeu.

1 Une réponse à l'étirement du muscle

- Un coup porté sur le tendon d'Achille provoque l'extension du pied. Ce mouvement s'effectue, de façon **involontaire et stéréotypée** (toujours la même), en réponse à une stimulation. Il s'agit d'un **réflexe** : le réflexe achilléen.
- La percussion étire le tendon d'Achille reliant le muscle extenseur du pied à l'os du pied. Le muscle alors étiré s'allonge légèrement puis, en réaction, se contracte : le pied se tend (**Doc. 1**).
- Comme ce réflexe tend à maintenir constante la longueur du muscle, on le qualifie de « **réflexe myotatique** ».

À savoir
L'extension de la jambe déclenchée par un coup sur le genou, le réflexe rotulien, est aussi un réflexe myotatique. Le médecin l'utilise pour tester l'intégrité du système neuromusculaire.

2 Une réponse musculaire sous contrôle nerveux

- Différentes expériences (section, lésion) et des observations cliniques ont permis de déterminer les organes impliqués dans le réflexe myotatique. Ainsi, le réflexe disparaît en cas de lésion de la moelle épinière ou lorsque les nerfs qui la relient au muscle sont endommagés. Par exemple, une section du nerf sciatique, qui innerve les muscles du mollet, abolit le réflexe achilléen. Moelle épinière et nerfs, des éléments du système nerveux, sont donc impliqués dans le réflexe myotatique.
- À l'intérieur du muscle, les **fuseaux neuromusculaires** détectent ses variations de longueur. Ce sont des **récepteurs sensoriels** sensibles à un stimulus : l'étirement du muscle. Ils sont reliés à la moelle épinière par l'intermédiaire d'un **nerf sensitif**.
- La **moelle épinière** est elle-même reliée au muscle impliqué par un **nerf moteur**. Le message nerveux véhiculé par ce nerf moteur provoque la contraction du muscle. Le muscle est donc l'**organe effecteur**, celui qui effectue une réponse en réaction au stimulus.
- La moelle épinière assure donc la communication entre les récepteurs sensoriels et les effecteurs : c'est un **centre nerveux**.
- La mise en relation des différents organes (récepteurs sensoriels, voies nerveuses, centres nerveux, effecteurs) constitue un **arc réflexe** (**Doc. 2**).

Rappel
La moelle épinière forme un axe nerveux, situé à l'intérieur de la colonne vertébrale, qui rejoint l'encéphale par sa partie antérieure.

LA BOITE À DOCS

Doc. 1 Le réflexe achilléen

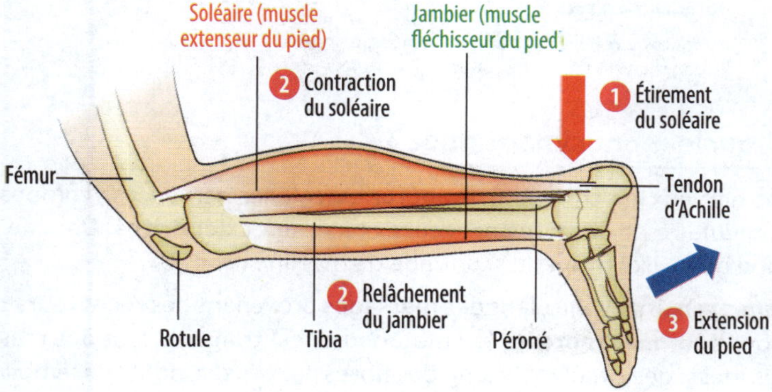

Doc. 2 L'arc réflexe

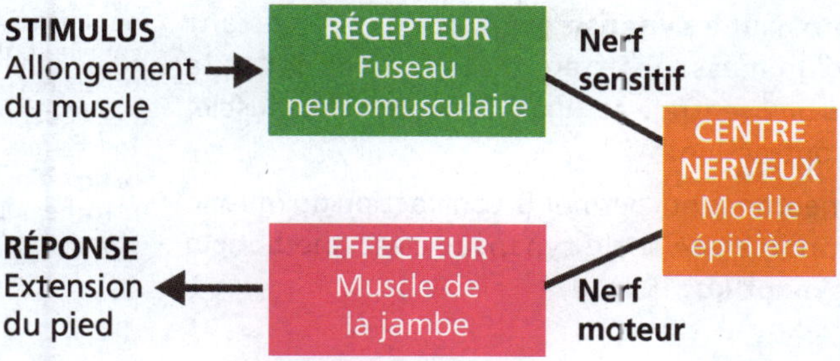

Vocabulaire

- **Réflexe :** réaction involontaire, stéréotypée et prévisible.
- **Réflexe myotatique :** contraction du muscle en réponse à son propre étirement.
- **Fuseau neuromusculaire :** récepteur sensoriel sensible à l'étirement. Il est constitué d'une fibre musculaire modifiée reliée à une fibre nerveuse.
- **Récepteur sensoriel :** structure capable de produire un message nerveux en réponse à un stimulus.
- **Nerf sensitif :** nerf véhiculant des messages provenant de récepteurs sensoriels.
- **Nerf moteur :** nerf conduisant le message du centre nerveux vers le muscle.
- **Centre nerveux :** partie du système nerveux capable de traiter des informations et d'élaborer des réponses adaptées.

FICHE 2

Les neurones impliqués dans le réflexe myotatique

De quoi s'agit-il ?

Au cours du réflexe myotatique, le message nerveux se propage le long d'un circuit de neurones.

1 Une boucle monosynaptique

- Le système nerveux est constitué de **neurones** (cellules nerveuses), composés chacun d'un corps cellulaire et de fibres nerveuses : **axone** et **dendrites**. L'axone peut être entouré d'une gaine isolante et discontinue de myéline (**Doc. 1**).
- Des **neurones sensitifs** véhiculent des messages provenant des **récepteurs sensoriels**, tandis que des **neurones moteurs** (ou motoneurones) transmettent des messages aux **muscles**. Les messages circulent le long des **fibres nerveuses**, dont l'ensemble constitue un **nerf**.
- Les fibres sensitives, véhiculant un **message afférent**, entrent dans la moelle par une racine dorsale. Elles se connectent dans la substance grise au corps cellulaire d'un motoneurone par une **synapse excitatrice**, permettant la formation d'un message efférent. Ce dernier quitte la moelle par la racine ventrale et, une fois parvenu au muscle, déclenche sa contraction.
- Le circuit de neurones qui permet la contraction du muscle extenseur comporte une seule synapse : c'est une **boucle réflexe monosynaptique** (**Doc. 2**).

Remarque
La partie centrale de la moelle épinière est nommée substance grise car elle contient les corps cellulaires des neurones. Elle apparaît ainsi plus foncée que la partie périphérique, la substance blanche qui renferme uniquement les axones.

2 Un fonctionnement coordonné des muscles antagonistes

- L'extension du pied n'est possible que si le muscle fléchisseur (antagoniste de l'extenseur) se relâche. Or, ce dernier reçoit en permanence, via ses motoneurones, des messages nerveux qui le maintiennent contracté.
- Dans la moelle épinière, une ramification du neurone sensitif provenant du muscle extenseur est connectée à un interneurone, lui-même connecté au motoneurone du fléchisseur par une **synapse inhibitrice** (**Doc. 2**). De cette façon, lorsqu'un message arrive depuis le neurone sensitif de l'extenseur, l'interneurone inhibe le motoneurone du muscle fléchisseur et ce dernier se relâche.
- La moelle épinière prend en compte les différentes informations reçues et élabore une réponse cohérente. C'est l'**intégration nerveuse**, réalisée grâce au fonctionnement des synapses, établies dans la substance grise.

Remarque
Les synapses établies par un même neurone sont toutes de même nature.

LA BOITE À DOCS

Doc. 1 Un neurone

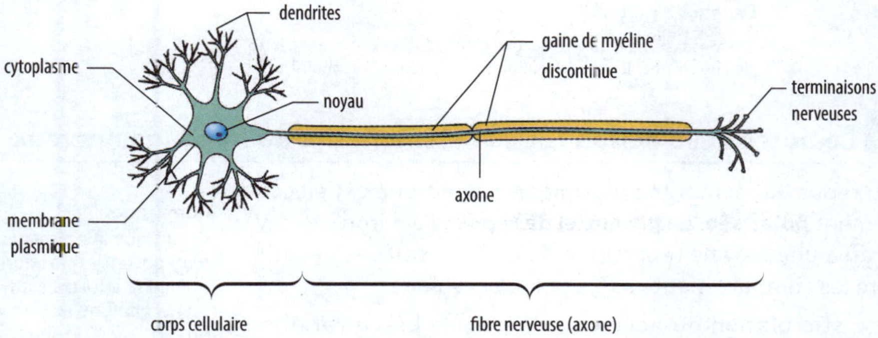

Doc. 2 Les circuits neuroniques impliqués dans le réflexe myotatique

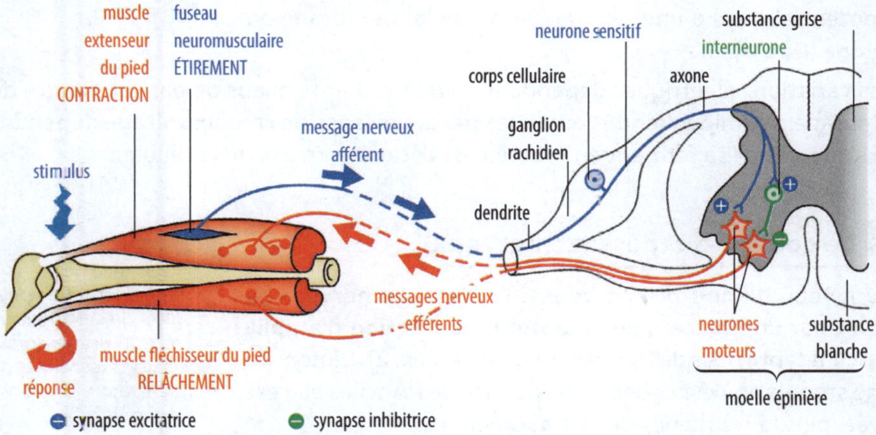

Vocabulaire

- **Neurone sensitif :** neurone conduisant le message nerveux du récepteur sensoriel vers le centre nerveux.
- **Neurone moteur :** neurone qui commande la contraction du muscle.
- **Synapse excitatrice :** synapse permettant la transmission du message nerveux.
- **Synapse inhibitrice :** synapse modulant la transmission du message nerveux.
- **Intégration nerveuse :** élaboration d'un message nerveux à partir du traitement de différentes informations.

FICHE 3

Le message nerveux, propriétés et codage

De quoi s'agit-il ?

Un message nerveux de nature électrique se propage le long des neurones. Il est codé selon l'intensité de la stimulation.

1 Le potentiel d'action : signal élémentaire du message nerveux

- Au repos, la membrane plasmique du neurone est électriquement **polarisée**. Le **potentiel de repos** (d'environ −70 mV) est dû à une inégale répartition des ions positifs et négatifs entre les compartiments extra et intracellulaires.
- Une stimulation du neurone génère une brève variation du potentiel membranaire, le **potentiel d'action** (PA), qui se propage en gardant son amplitude, sans atténuation.
- Le PA correspond à une dépolarisation suivie d'une inversion du potentiel, puis d'une repolarisation de la membrane du neurone (**Doc. 1**).

> **Remarque**
> On dit que la naissance d'un potentiel d'action obéit à la « loi du tout ou rien ». Il ne se forme qu'au-delà d'un seuil de simulation et garde une amplitude constante même si l'intensité de la stimulation augmente.

- Ces variations électriques dépendent de mouvements d'ions de part et d'autre de la membrane plasmique rendus possibles par la présence de **canaux voltage dépendants** (qui s'ouvrent et se ferment en fonction de l'état électrique de la cellule).

2 Le codage du message nerveux

- Au niveau d'une fibre nerveuse, le message nerveux se traduit par une succession de **potentiels d'action d'amplitude constante** mais de fréquence variable (**Doc. 2**). L'intensité d'une stimulation est codée en fréquence de PA : plus elle est élevée, plus la fréquence des PA augmente.

> **Remarque**
> La naissance de potentiels d'action peut résulter de la stimulation de récepteurs sensoriels, spécialisés (sensibles à la lumière, aux vibrations, à l'étirement...).

- Au niveau du nerf, le message enregistré est un **potentiel global d'amplitude variable** (**Doc. 2**). Le nerf étant constitué de plusieurs fibres, le potentiel global ne correspond pas, contrairement au PA, à une différence de potentiel membranaire.
- La variation de la réponse du nerf est due au recrutement progressif des fibres qui n'ont pas toutes le même **seuil d'excitabilité**. Plus l'intensité de la stimulation augmente et plus un grand nombre de fibres répondent. Ainsi, le potentiel global correspond à la **somme des réponses de chaque fibre**. Son amplitude augmente jusqu'à une valeur maximale qui reste constante quand toutes les fibres sont recrutées, autrement dit quand elles émettent une réponse. Au niveau du nerf, le message nerveux est codé en amplitude.

LA BOITE À DOCS

Doc. 1 Le potentiel d'action

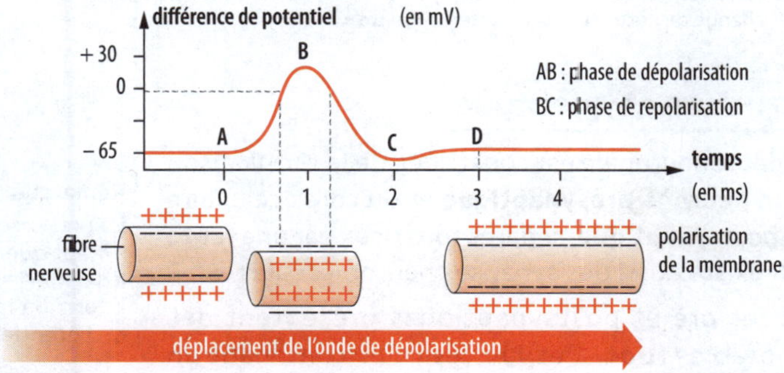

Doc. 2 Le codage du message nerveux soumis à des stimulations d'intensité croissante (i1, i2, i3 et i4) dans une fibre (A) et dans un nerf (B)

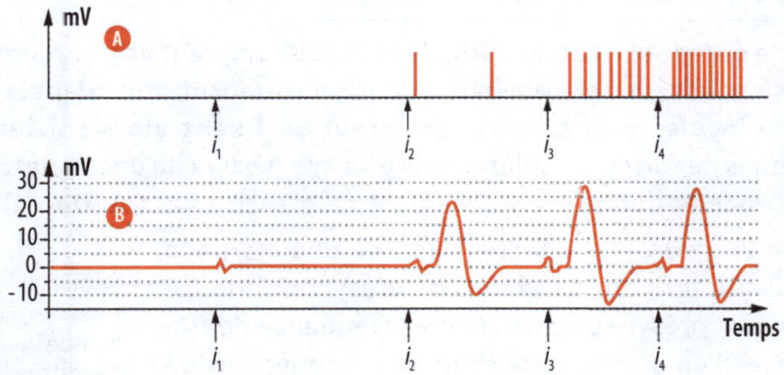

Vocabulaire

- **Polarisée (électriquement) :** caractérisée par un potentiel électrique, c'est-à-dire une différence dans la répartition des charges électriques entre deux compartiments.
- **Potentiel de repos (ou de membrane) :** différence de potentiel électrique (tension) de part et d'autre de la membrane.
- **Potentiel d'action :** brève variation de tension constituant le signal élémentaire du message nerveux.
- **Seuil d'excitabilité :** valeur de la stimulation à partir de laquelle un potentiel d'action est généré.

FICHE 4

La transmission synaptique

De quoi s'agit-il ?

En raison de la discontinuité entre deux neurones, le message nerveux change de nature pour traverser la synapse.

1 Une structure asymétrique

- La synapse neuroneuronale est constituée de la terminaison de l'axone d'un **neurone présynaptique** et du corps cellulaire d'un **neurone postsynaptique**, séparés tous deux par une **fente synaptique**. Il existe aussi des synapses neuromusculaires.

Remarque
La présence d'une fente synaptique séparant les deux neurones interdit la transmission de potentiels d'action.

- Les structures pré et postsynaptiques présentent des différences notables (**Doc. 1** et **2**) : vésicules contenant un **neurotransmetteur** dans la terminaison pré-synaptique, récepteurs spécifiques du neurotransmetteur sur la membrane du neurone postsynaptique ou celle de la fibre musculaire.

2 Un fonctionnement unidirectionnel

- À l'arrivée de potentiels d'action (PA), les vésicules migrent vers la membrane présynaptique, fusionnent avec elle et libèrent leur neurotransmetteur dans la fente synaptique. Les molécules de neurotransmetteur **se fixent** alors sur les récepteurs postsynaptiques de forme complémentaire, ce qui déclenche une **variation du potentiel de membrane** et donne éventuellement naissance à des PA (**Doc. 1**).
- La quantité de neurotransmetteur libérée dépend de la fréquence des PA arrivant à l'extrémité présynaptique. Le message nerveux présynaptique, codé en fréquence de PA, est alors converti en un **message chimique**, lui-même codé en concentration de neurotransmetteur.

Remarque
Il existe une grande variété de neurotransmetteurs dans le système nerveux. Parmi ceux-ci, on peut citer la noradrénaline, l'acétylcholine ou encore la dopamine.

- La synapse neuromusculaire (appelée aussi « plaque motrice ») fonctionne sur le même principe. Le neurotransmetteur contenu dans une vésicule présynaptique est toujours de l'**acétylcholine**.
- La formation, puis la propagation d'un PA dans la cellule musculaire déclenchent l'ouverture de canaux calciques. L'entrée d'ions calcium qui s'ensuit modifie l'état électrique de la cellule et provoque la libération des réserves de calcium du **réticulum sarcoplasmique** dans le cytoplasme.
- Cela induit une suite de réactions qui aboutit à la **contraction musculaire**, c'est-à-dire à la réponse motrice au stimulus. Voir p. 234

LA BOITE À DOCS

Doc. 1 Fonctionnement d'une synapse

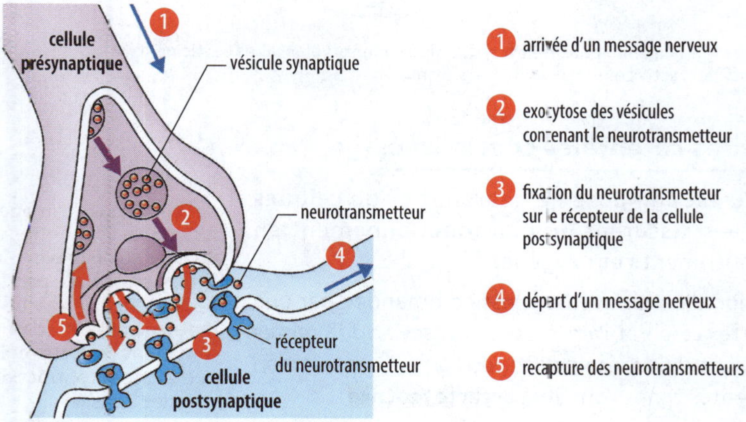

Doc. 2 Organisation de la synapse neuromusculaire ou « plaque motrice »

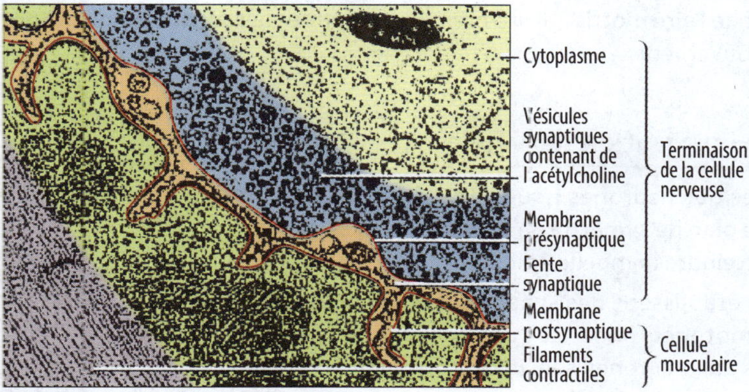

Vocabulaire

- **Neurone présynaptique :** neurone situé en amont de la synapse.
- **Neurone postsynaptique :** neurone situé en aval de la synapse.
- **Neurotransmetteur :** molécule qui assure la transmission du message nerveux au niveau d'une synapse.
- **Réticulum sarcoplasmique :** compartiment cytoplasmique de la cellule musculaire constituant une réserve d'ions Ca^{2+}.

FICHE 5

Cerveau et mouvements volontaires

De quoi s'agit-il ?

Parallèlement aux réflexes, des mouvements volontaires participent aux activités motrices de l'organisme.

1 Des aires cérébrales spécialisées

Remarque
Les techniques d'imagerie fonctionnelle montrent qu'une région précise du cortex est activée pendant l'exécution d'une tâche motrice et que la stimulation d'un point de cette région déclenche la contraction de muscles localisés.

- Le cerveau est composé de neurones et de **cellules gliales** qui leur assurent un bon fonctionnement en apportant nutriments et oxygène.
- La réalisation d'un mouvement est commandée par une région du **cortex** cérébral, l'aire motrice, divisée en différentes zones contrôlant chacune une partie du corps. La répartition de ces différentes zones constitue la **carte motrice**.
- La surface de chaque zone du **cortex moteur** n'est pas proportionnelle à celle de la partie du corps correspondante mais dépend de la **précision** et de la **variété** des mouvements réalisés par les muscles commandés (**Doc. 1**).
- À l'avant de l'aire motrice, l'aire prémotrice permet la **coordination** et la **programmation** du mouvement.

2 Une intégration nerveuse

Remarque
Entre le motoneurone et le neurone encéphalique il existe une synapse excitatrice. Le message qui en provient assure le maintien d'un tonus musculaire mais il est modulé en cas d'activité de l'interneurone inhibiteur.

- Les fibres des neurones issues de l'aire motrice franchissent le plan de symétrie de l'organisme et se croisent avant d'atteindre la moelle épinière.
- Là, elles établissent des synapses avec le corps cellulaire des motoneurones. Ces derniers sont également connectés aux neurones sensitifs provenant des récepteurs sensoriels, ainsi qu'à des interneurones (**Doc. 2**).
- Ces connexions se font par des **synapses excitatrices ou inhibitrices**. Ainsi, un motoneurone reçoit plusieurs informations qu'il traite afin d'élaborer un message unique en direction du muscle.
- Il réalise la **somme des informations** provenant de différentes synapses (sommation spatiale) ou de celles qui se succèdent plus ou moins rapidement dans le temps au niveau d'une même synapse (sommation temporelle).
- L'intégration nerveuse consiste à prendre en compte les différents messages nerveux reçus afin d'élaborer en réponse un message adapté. Elle se produit dans les centres nerveux, là où se trouvent les synapses neuroneuronales.

LA BOITE À DOCS

Doc. 1 La carte motrice de l'aire motrice primaire

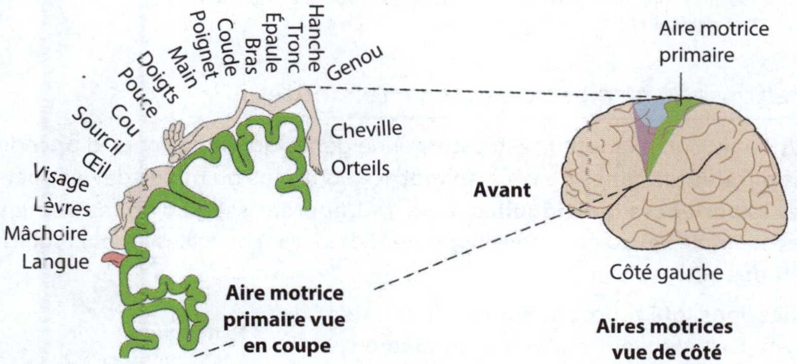

Doc. 2 Quelques synapses d'un motoneurone

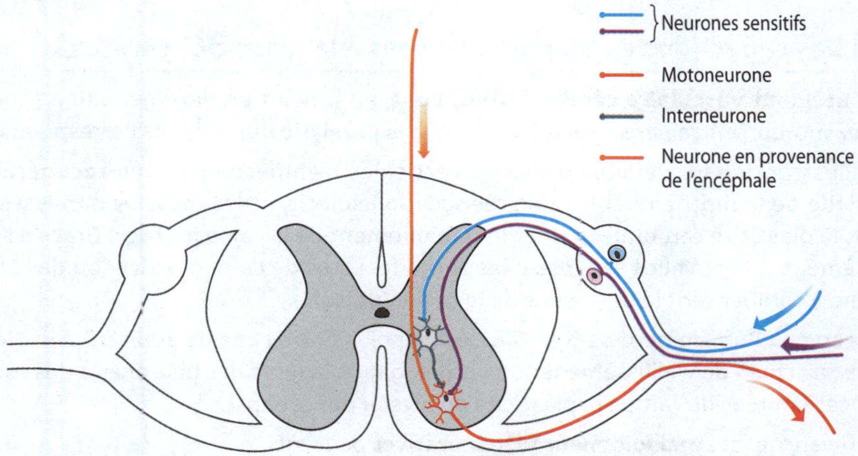

Un motoneurone est connecté par des synapses excitatrices d'une part à un neurone en provenance de l'encéphale, d'autre part au neurone sensitif du muscle qu'il contrôle. Il est par ailleurs connecté par une synapse inhibitrice à un interneurone, lui-même connecté au neurone sensitif du muscle antagoniste.

Vocabulaire

- **Cortex :** partie superficielle du cerveau constituée de plusieurs couches de neurones.
- **Carte motrice :** disposition des zones corticales contrôlant les différentes parties du corps.
- **Cortex moteur :** région cérébrale spécialisée dans la commande des muscles.

FICHE 6 Motricité et plasticité cérébrale

De quoi s'agit-il ?

Les aires corticales motrices ont la capacité d'évoluer en fonction de l'environnement.

1 Apprentissage et plasticité du cortex moteur

- L'organisation du cortex moteur est déterminée génétiquement mais, d'un individu à l'autre, les différentes zones de la carte motrice sont plus ou moins développées en fonction des **expériences individuelles** (**Doc. 1**). L'apprentissage d'un instrument de musique, par exemple, entraîne le développement des aires corticales les plus sollicitées au détriment des autres.
- Ces modifications, qui reposent sur l'établissement de nouvelles synapses, peuvent s'acquérir rapidement mais ne sont pas forcément durables. Elles demandent à être entretenues. On parle alors de **plasticité cérébrale**.

Remarque
Les synapses se font ou se défont selon qu'elles sont actives ou non.

2 Des capacités de récupération liées à la plasticité cérébrale

- Un **accident vasculaire cérébral** (AVC) peut, en privant de dioxygène une zone du cortex moteur, entraîner sa **nécrose** ainsi que la paralysie des muscles correspondants.
- La destruction irréversible de zones corticales n'empêche pas une **récupération partielle** de la motricité après une rééducation sollicitant les muscles paralysés. En effet, la plasticité cérébrale permet le **remaniement** de la carte motrice. Grâce à l'établissement de nouvelles synapses, les zones intactes de l'aire motrice (ou des zones proches) compensent la déficience de la région détruite.
- Le cerveau humain perd de 5 à 10% de son poids entre l'âge de 20 et 90 ans. Néanmoins, au cours du vieillissement non pathologique, la mort des neurones a des conséquences limitées du fait de la plasticité au niveau des synapses.
- En revanche, des **maladies neurodégénératives** peuvent accroître la mortalité des neurones ou altérer leur fonctionnement, ce qui entraîne des troubles comportementaux, sensoriels et moteurs.
- La plasticité cérébrale est amoindrie au cours de maladies dégénératives comme la maladie d'Alzheimer. Le cortex perd sa capacité à modifier les connexions entre neurones pour rendre certains circuits nerveux plus efficaces. Les dégénérescences ne sont donc pas compensées.

Remarque
Les maladies neurodégénératives se caractérisent par l'accumulation d'agrégats protéiques toxiques qui perturbent la fonction neurale et finissent par entraîner la mort des cellules du cerveau.

LA BOITE À DOCS

Doc. Apprentissage et carte motrice

Deux groupes de singes ont été entraînés à saisir des croquettes sur un plateau : le premier groupe sur un petit plateau avec un ou deux doigts seulement, le deuxième groupe avec la main entière sur un grand plateau.

Après 12 000 récupérations de croquettes pour chacun des groupes, les chercheurs ont établi les cartes motrices correspondant aux doigts, au poignet et à l'avant-bras.

Les cartes motrices des deux groupes de singes figurent ci-dessous.

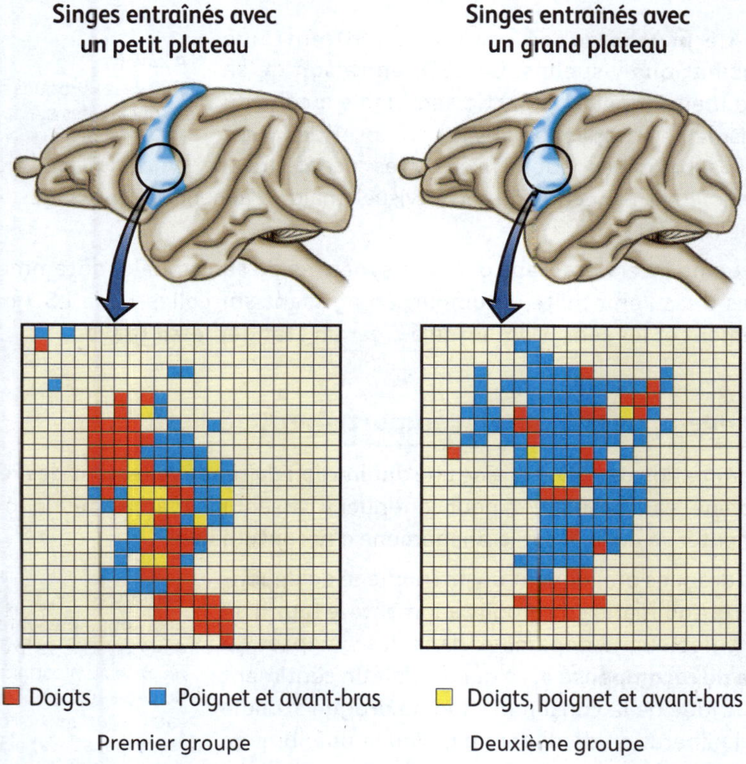

Vocabulaire

- **Plasticité cérébrale :** capacité du cortex à se modifier en fonction de l'environnement.
- **Accident vasculaire cérébral :** dommage cérébral lié à l'obstruction ou la rupture d'un vaisseau sanguin dans le cerveau.
- **Nécrose :** destruction d'un tissu du fait de la mort des cellules qui le constituent.
- **Maladie neurodégénérative :** maladie provoquée par la dégradation progressive des neurones.

FICHE 7

L'action des drogues sur le système nerveux

De quoi s'agit-il ?
La prise de substances exogènes (alcool, drogues) peut entraîner la perturbation des messages nerveux et provoquer des comportements addictifs.

1 Un exemple : le LSD

- L'usage de **psychotropes** comme le LSD entraîne des **hallucinations** visuelles. Le LSD, en raison de sa forme tridimensionnelle en partie semblable à celle du neurotransmetteur impliqué dans les synapses des voies visuelles, la sérotonine, peut se fixer sur les récepteurs postsynaptiques et générer un message nerveux en direction du cortex visuel, malgré l'absence de messages provenant de la rétine (**Doc. 1**).

À savoir
Toutes les drogues agissent au niveau des synapses.

- La sérotonine intervient dans d'autres synapses de l'encéphale, notamment celles impliquées dans l'émotivité, l'humeur. En agissant sur celles-ci, le LSD modifie le comportement et les sensations jusqu'à créer un état dépressif grave.

2 Le développement d'un comportement addictif

- La consommation de LSD entraîne une **diminution du renouvellement des récepteurs** à la sérotonine. Par conséquent, pour continuer à ressentir le même effet, le toxicomane doit augmenter sa dose. C'est le phénomène d'**accoutumance**.
- D'autres drogues provoquent un phénomène de **dépendance**. La consommation de drogue augmente le taux d'un neurotransmetteur, la dopamine, dans des synapses du « **système de récompense** », ce qui produit un sentiment de plaisir. L'idée de la consommation de drogue stimule elle aussi la libération de dopamine, d'où le phénomène d'accoutumance.

Remarque
La nicotine présente dans le tabac se fixe aux récepteurs nicotiniques du cerveau, ce qui entraîne l'activation du « circuit de la récompense » et la libération de dopamine. Ainsi s'installe une dépendance.

- La morphine et ses dérivés de synthèse comme l'héroïne peuvent se fixer sur les récepteurs à enképhalines (un neurotransmetteur intervenant dans différents mécanismes de modulation dans le cerveau, ainsi que dans la moelle) et mimer leur action. Cela a pour effet d'**accroître la quantité de dopamine sécrétée** (**Doc. 2**) et, par conséquent, de générer une sensation de plaisir.
- La cocaïne freine la recapture de dopamine par la terminaison présynaptique; d'autres drogues, comme les amphétamines ou l'ecstasy, stimulent directement sa libération par le neurone.

LA BOITE À DOCS

Doc. 1 Comparaison de molécules

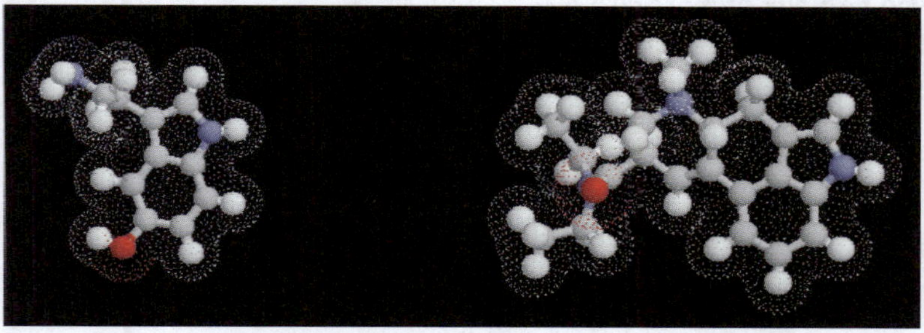

À gauche la sérotonine, à droite le LSD.

Doc. 2 Opiacés et système de récompense

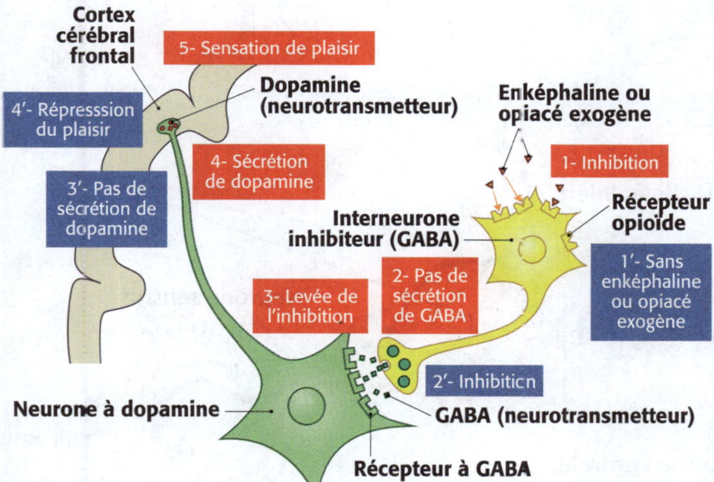

Vocabulaire

- **Psychotrope :** substance modifiant le fonctionnement du système nerveux central.
- **Hallucination :** altération de la perception.
- **Accoutumance :** phénomène par lequel la sensation ressentie devient moins forte.
- **Dépendance :** besoin irrépressible de consommer un produit stupéfiant, caractérisée par la sensation de manque.
- **Système de récompense :** circuit de neurones dont l'activation génère une sensation de plaisir.

Révision Express

SCHÉMA BILAN

> Système nerveux et motricité

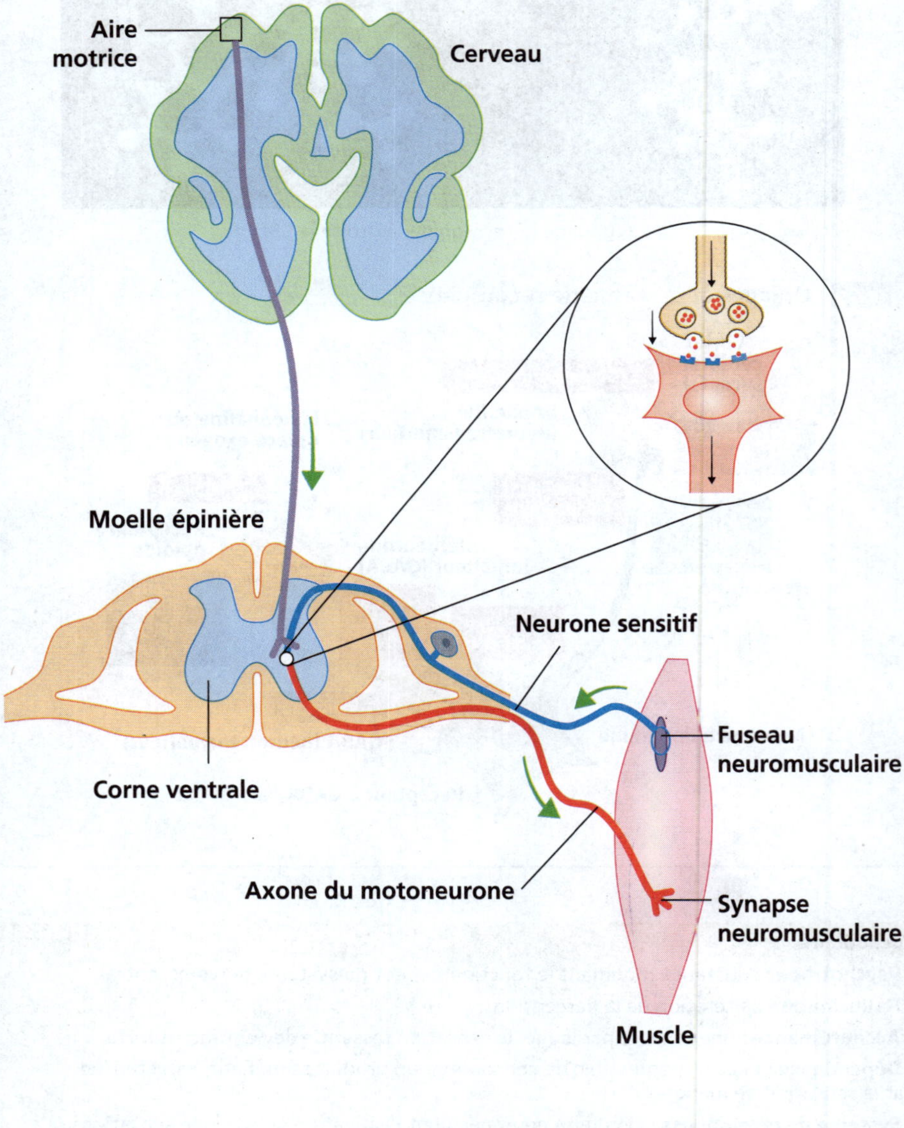

POINTS IMPORTANTS À RETENIR

- Lors d'un **réflexe**, la stimulation d'un **récepteur sensoriel** fait naître un message afférent transmis par un **neurone sensitif** jusqu'à un **centre nerveux**, la moelle épinière. Un **motoneurone** émet alors un message efférent, qui déclenche la contraction musculaire.
- Dans la moelle épinière, neurones sensitifs et motoneurones sont connectés par des **synapses**.
- Le message nerveux est constitué d'une succession de signaux électriques, les **potentiels d'action**. Ce sont de brèves variations de **tension** produites par l'ouverture de **canaux ioniques membranaires.**
- Au niveau d'une synapse, le message nerveux codé en **fréquence** de PA est converti en message chimique codé en concentration de **neurotransmetteur**, le message chimique étant alors lui-même à l'origine de la formation de nouveaux PA.
- Les mouvements des différentes parties du corps sont commandés par l'**aire motrice**, organisée selon une **carte motrice**. Dans la moelle épinière, les fibres provenant du cortex se connectent aux motoneurones qui réalisent alors **l'intégration** de différentes informations.
- La carte motrice évolue au cours de la vie selon les expériences individuelles : il existe une **plasticité** cérébrale liée à l'établissement de nouvelles synapses.
- L'absorption de drogues modifie le fonctionnement du système nerveux, en agissant en particulier au niveau des synapses.

APPRENDRE AUTREMENT

Comprendre le réflexe myotatique

Vidéo

LE COURS EN 10 MOTS-CLÉS

Réflexe myotatique
RÉCEPTEUR SENSORIEL
NEURONE SENSITIF
SYNAPSES EXCITATRICE ET INHIBITRICE
MOTONEURONE
INTÉGRATION NERVEUSE
CARTE MOTRICE
NEUROTRANSMETTEUR
DÉPENDANCE
PLASTICITÉ CÉRÉBRALE

Déterminer le trajet du message nerveux dans la moelle épinière

ÉNONCÉ

Au cours d'un réflexe, une stimulation captée par un organe sensoriel déclenche la réaction d'un organe effecteur. Le réflexe met par ailleurs en jeu des nerfs, ainsi qu'un centre nerveux : la moelle épinière.

Pour comprendre comment circule le message nerveux entre ces différents organes, on réalise des expériences de sections et de stimulations, accompagnées d'enregistrements électrophysiologiques.

Après section de la racine ventrale, on stimule successivement le nerf situé à proximité du muscle (A), puis la racine ventrale (B). En même temps, on enregistre la présence éventuelle d'un message dans l'une ou l'autre racine.

Les résultats obtenus figurent sur les schémas ci-dessous.

Doc. **Résultats des expériences**

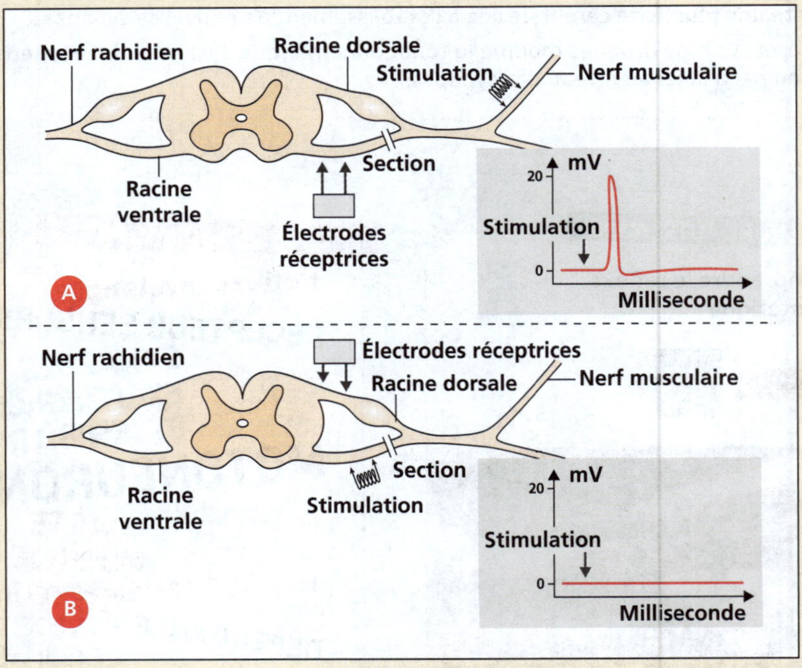

QUESTION

Exploitez méthodiquement les résultats de ces expériences pour déterminer quels sont le trajet et le sens de circulation du message nerveux dans la moelle.

MÉTHODE

- Il s'agit de **retrouver le trajet** du message nerveux emprunté au cours de l'arc réflexe, non pas en restituant des connaissances mais en **analysant des expériences**. Toutefois, la maîtrise des connaissances permet d'éviter les erreurs d'interprétation.
- Les stimulations font naître un **message nerveux** qui peut être enregistré sous forme d'une **variation de tension** (mesurée en mV) par des électrodes réceptrices.
- Il faut raisonner avec logique : une **section empêche le passage** du message nerveux. Si on l'enregistre après la section, il a donc emprunté une autre voie.
- Enfin, il faut bien comprendre que le nerf musculaire, connecté au muscle, renferme **à la fois des fibres sensitives** en provenance des récepteurs sensoriels et des fibres **motrices**, celles des motoneurones.

CORRIGÉ

L'expérience A montre que la stimulation du nerf musculaire donne naissance à un message qui peut être enregistré dans la racine ventrale. En raison de la section, il a forcément transité par la racine dorsale pour parvenir à la racine ventrale.

L'expérience B montre qu'après stimulation de la racine ventrale, aucun message n'est enregistré dans la racine dorsale.

Remarque
Le message enregistré ici est un potentiel global qui correspond à la réponse d'un ensemble de fibres.

Le message, né dans la racine ventrale, est donc incapable de traverser la moelle épinière pour ensuite atteindre la racine dorsale.

Par conséquent, on peut conclure que le message ne se déplace que dans un seul sens : de la racine dorsale vers la racine ventrale. Un message véhiculé par un neurone sensitif arrive à la moelle par la racine dorsale : c'est un message afférent (circulant vers la moelle).

Un message moteur repart par la racine ventrale : c'est un message efférent (qui quitte la moelle) qui déclenchera la contraction du muscle.

Fiche test 1 — Je fais le point

VRAI FAUX — 1 min

◯ À revoir
◯ Acquis

Indiquer pour chaque proposition si elle est vraie ou fausse.

1. La synapse ne fonctionne que dans un sens.	◯ Vrai	◯ Faux
2. Un mouvement volontaire est déclenché au niveau de la moelle épinière.	◯ Vrai	◯ Faux
3. Le neurotransmetteur de la plaque motrice est l'acétylcholine.	◯ Vrai	◯ Faux
4. Le réflexe myotatique fait intervenir le cortex moteur.	◯ Vrai	◯ Faux
5. La contraction musculaire est commandée par un message afférent.	◯ Vrai	◯ Faux

SCORE : ___ / 5

Fiche test 2 — Le bon choix

QCM — 3 min

◯ À revoir
◯ Acquis

Pour chaque question ou affirmation, il y a entre 0 et 3 bonnes réponses.

1 Le motoneurone :
- ◯ **a.** possède un axone qui rejoint le muscle par la racine dorsale de la moelle épinière.
- ◯ **b.** a son corps cellulaire situé dans la substance grise de la moelle épinière.
- ◯ **c.** est un neurone de l'aire motrice.

FICHE 2 p. 208

2 La plaque motrice :
- ◯ **a.** est la zone de contact entre l'axone du motoneurone et le muscle.
- ◯ **b.** est une synapse.
- ◯ **c.** est une région du cortex qui commande le mouvement.

FICHE 4 p. 212

3 Un réflexe myotatique :
- ◯ **a.** nécessite l'intervention de l'encéphale.
- ◯ **b.** nécessite l'intervention d'un centre nerveux.
- ◯ **c.** est une réponse involontaire à l'étirement du muscle.

FICHE 1 p. 206

4 Le potentiel d'action :
- ◯ **a.** est un message codé en amplitude.
- ◯ **b.** est une variation de tension.
- ◯ **c.** se forme grâce à l'ouverture de canaux ioniques.

FICHE 3 p. 210

5 L'intégration nerveuse :
- ◯ **a.** se produit dans les centres nerveux.
- ◯ **b.** est réalisée par un récepteur sensoriel.
- ◯ **c.** met en jeu des synapses.

FICHE 5 p. 214

6 Le message nerveux :
- ◯ **a.** est codé en concentration de neuromédiateur.
- ◯ **b.** est codé en fréquence de potentiels d'action.
- ◯ **c.** est dit afférent quand il quitte la moelle épinière.

FICHE 3 p. 210

7 La plasticité cérébrale :
- ◯ **a.** empêche l'établissement de nouvelles synapses.
- ◯ **b.** modifie les réseaux de neurones.
- ◯ **c.** permet une récupération en cas d'AVC.

FICHE 6 p. 216

SCORE : ___ / 7

① Mémoire et plasticité cérébrale EXO BAC

Exploitation de documents

Les processus de mémorisation reposent notamment sur la plasticité cérébrale. Pour le démontrer, des chercheurs se sont intéressés à une région particulière de l'encéphale : l'hippocampe. Ils ont alors réalisé chez des rats différentes expériences.

Des femelles gestantes (portant des fœtus) sont soumises à un stress (exposition trois fois par jour pendant 45 minutes à un éclairage intense). Après leur naissance, les rats ayant subi ce stress prénatal reçoivent, à des âges variés, un précurseur radioactif de l'ADN. Le lendemain, ils sont sacrifiés et on mesure la radioactivité dans les neurones de leur hippocampe.

Doc. 1 **Radioactivité des neurones de l'hippocampe chez deux groupes de rats d'âges variés**

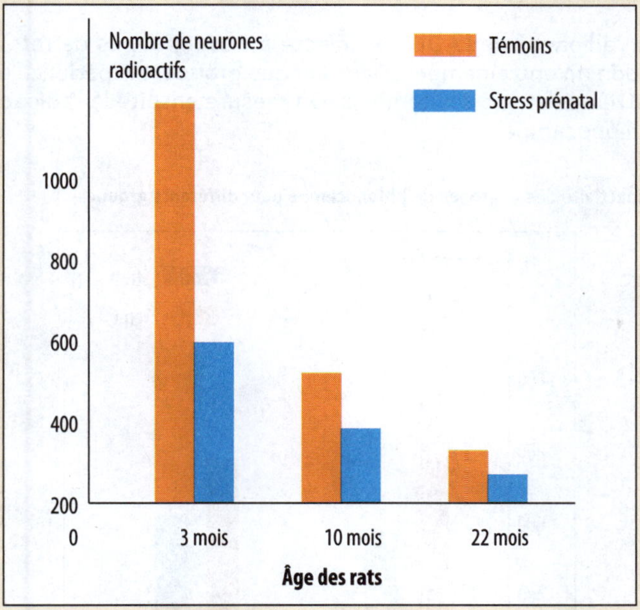

Pour tester la mémoire de ces rats, on les soumet au « test du labyrinthe aquatique » : un rat, placé dans une piscine de 1,80 m de diamètre et 60 cm de profondeur, dans laquelle l'eau est opaque, peut se reposer seulement s'il réussit à trouver une plateforme immergée et non visible, placée toujours au même endroit.

Chacun subit d'abord un entraînement de durée variable d'un rat à l'autre pour mémoriser la position de la plateforme grâce à différents repères, puis on mesure le temps nécessaire pour qu'il la retrouve sans repères. L'expérience est réalisée sur des animaux stressés et des animaux témoins.

Doc. 2 **Effet de l'entraînement sur l'apprentissage**

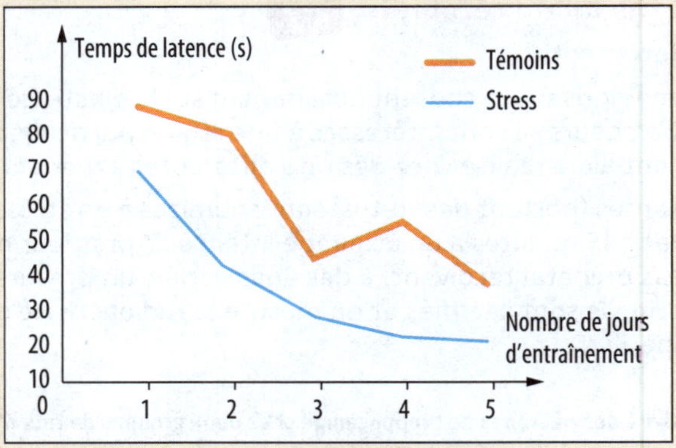

Un précurseur radioactif de l'ADN est injecté à deux groupes de rats de même âge ayant subi ou non un entraînement. Dans chaque groupe, l'expérience est réalisée sur des animaux stressés et sur des témoins. On mesure ensuite la radioactivité dans les neurones de l'hippocampe.

Doc. 3 **Radioactivité des neurones de l'hippocampe pour différents groupes**

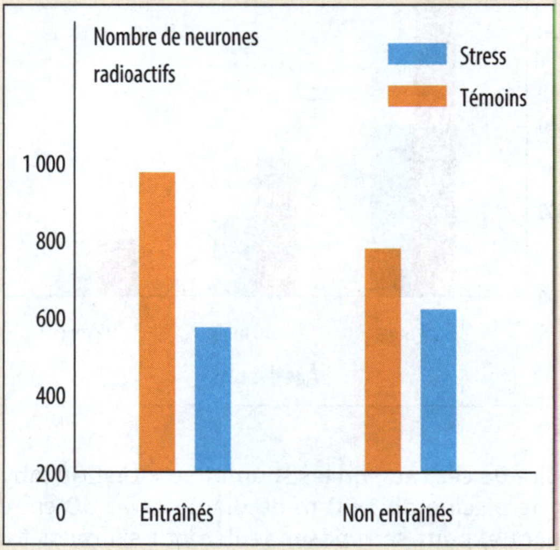

QUESTION

Exploitez les résultats de ces expériences pour mettre en évidence la plasticité de l'hippocampe et son intervention dans la mémorisation.

② Symptômes musculaires et traitement de l'anxiété EXO BAC

Exploitation de documents

L'anxiété chronique peut s'accompagner de contractions musculaires involontaires. Celles-ci peuvent être soignées par des médicaments antidépresseurs comme les benzodiazépines.

Pour comprendre l'origine de ces contractions, différentes expériences (stimulations et injections) ont été menées.

Les documents suivants indiquent la localisation de ces expériences, puis leurs résultats.

Doc. 1 Localisation des expériences menées sur un motoneurone de moelle épinière de mammifère

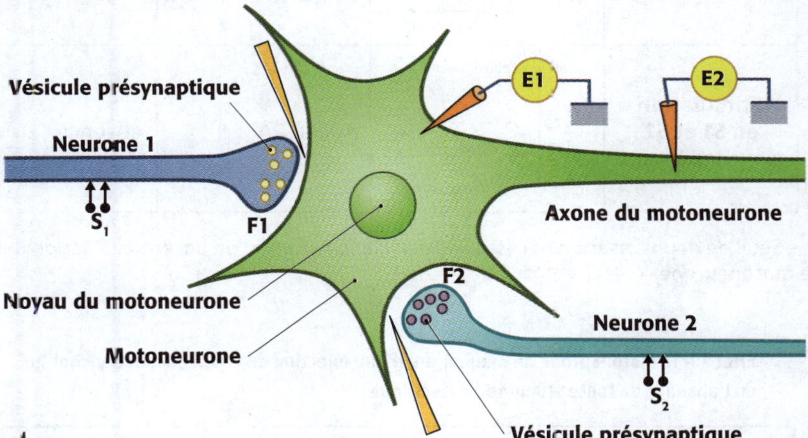

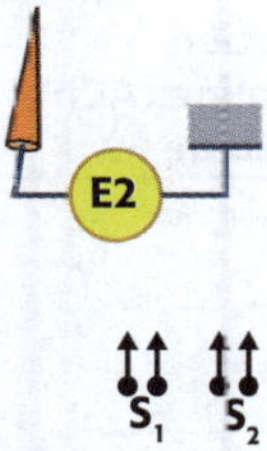

Oscilloscope relié à une microélectrode interne réceptrice :
- **E1** : enregistrement de la polarisation au niveau du corps cellulaire du motoneurone
- **E2** : enregistrement de la polarisation au niveau de l'axone du motoneurone

Électrodes de stimulation S_1 et S_2 des neurones 1 et 2 respectivement

Micropipette pour l'injection de substances

F1 F2 Fentes synaptiques :
- **F1** entre neurone 1 et motoneurone
- **F2** entre neurone 2 et motoneurone

Doc. 2 **Résultats expérimentaux de stimulations**

Opérations effectuées	Enregistrements en E1	Enregistrements en E2	Contraction de la fibre musculaire
Stimulation en S1	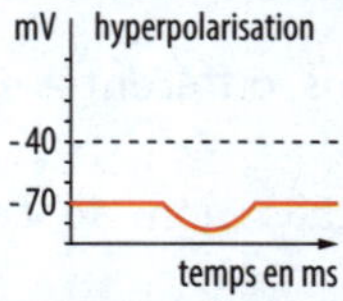	Aucun potentiel d'action (PA)	Absence
Stimulation en S2	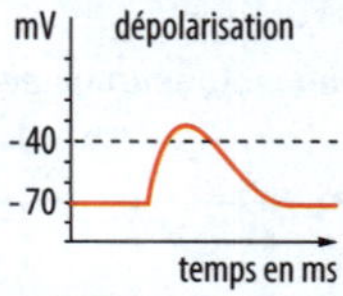	Train de PA qui se propage le long de l'axone	Présence
Stimulation en S1 et S2 simultanément	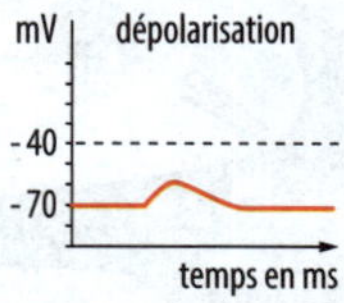	Aucun PA	Absence

--- Seuil de dépolarisation nécessaire au déclenchement d'un potentiel d'action dans le motoneurone.

Doc. 3 **Effet sur le motoneurone de mammifère d'une injection de GABA ou d'acétylcholine en l'absence de toute stimulation électrique**

Opérations effectuées	Injection de GABA au niveau de F1	Injection d'acétylcholine (ACh) au niveau de F2
Enregistrements en E1	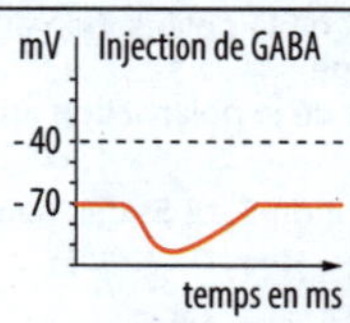	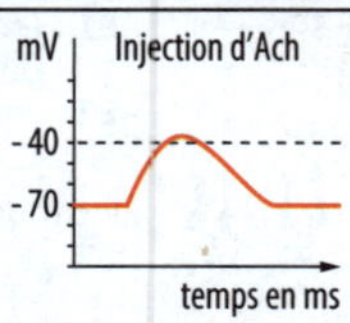

On peut reproduire expérimentalement la situation des synapses liée à l'anxiété. Pour cela, on injecte de la picrotoxine dans la fente synaptique F1. La picrotoxine est capable de se fixer sur les récepteurs membranaires au neurotransmetteur GABA situés sur le motoneurone.

Doc. 4 **Reproduction expérimentale des signes de l'anxiété chez les mammifères**

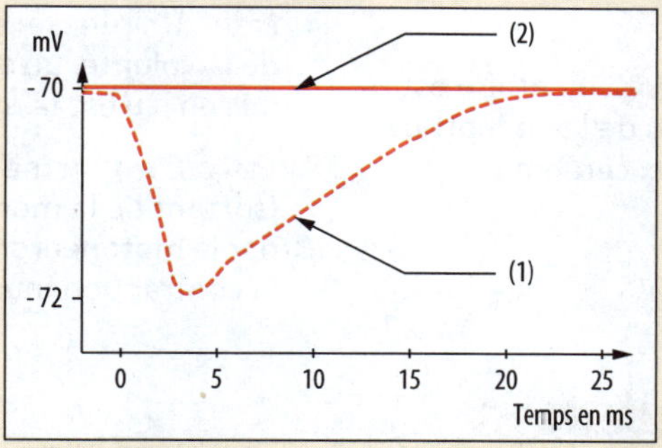

(1) Enregistrement en E1 de la polarisation à la suite d'une stimulation en S1, sans injection de picrotoxine au niveau de F1.

(2) Enregistrement en E1 de la polarisation à la suite d'une stimulation en S1, avec injection de picrotoxine au niveau de F1.

Doc. 5 **Action des benzodiazépines chez les mammifères**

Enregistrement en E1 de la polarisation après injection de GABA au niveau de F1 et absence de benzodiazépines	Enregistrement en E1 de la polarisation après injection de GABA au niveau de F1 et présence de benzodiazépines
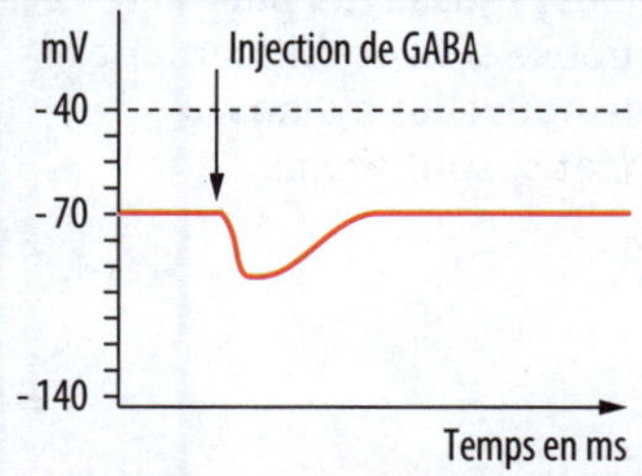	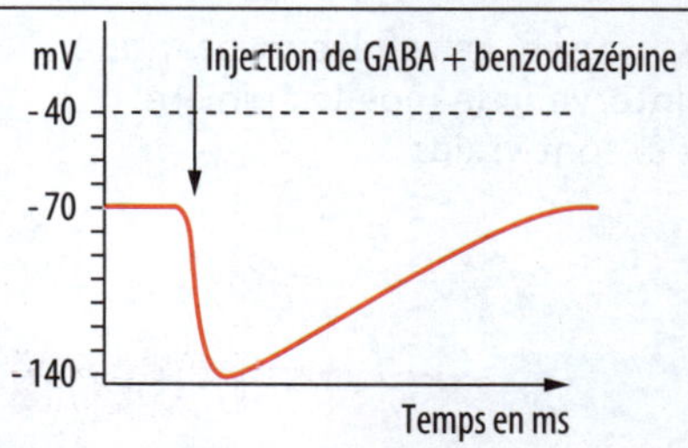

--- Seuil de dépolarisation nécessaire au déclenchement d'un potentiel d'action dans le motoneurone.

QUESTION

À partir de l'exploitation des documents et de l'utilisation de vos connaissances, expliquez l'apparition des symptômes musculaires dus à l'anxiété et comment les benzodiazépines permettent leur traitement.

Fiche test 1 — *Je fais le point*

1. **Vrai.**
2. **Faux.** Un mouvement volontaire est déclenché au niveau de l'aire motrice située dans le cortex cérébral.
3. **Vrai.**
4. **Faux.** Un réflexe est indépendant de la volonté. Le centre nerveux mis en jeu est la moelle épinière.
5. **Faux.** C'est un message efférent (sortant de la moelle) véhiculé par le motoneurone qui déclenche la contraction musculaire.

Fiche test 2 — *Le bon choix*

1. **a.** est fausse. L'axone du motoneurone emprunte la racine ventrale de la moelle épinière.
   b. est vraie.
   c. est fausse. Le corps cellulaire du motoneurone est situé dans la moelle épinière.
2. **a.** et **b.** sont vraies.
   c. est fausse. C'est l'aire motrice corticale qui commande le mouvement.
3. **a.** est fausse. Le réflexe myotatique fait intervenir la moelle épinière.
   b. et **c.** sont vraies.
4. **a.** est fausse. L'amplitude du potentiel d'action est constante.
   b. et **c.** sont vraies.
5. **a.** et **c.** sont vraies.
   b. est fausse. Les récepteurs sensoriels captent les stimulus et émettent des messages nerveux.
6. **a.** et **b.** sont vraies.
   c. est fausse. Un message afférent entre dans la moelle épinière.
7. **a.** est fausse. La plasticité cérébrale repose sur l'établissement de nouvelles synapses.
   b. et **c.** sont vraies.

EXERCICES D'ENTRAÎNEMENT

1 Mémoire et plasticité cérébrale

On cherche à mettre en évidence une plasticité au niveau de l'hippocampe et à déterminer son rôle dans les processus de mémorisation.

Le **Doc. 1** montre la présence de neurones radioactifs chez les animaux stressés comme chez les témoins, jusqu'à 22 mois. On peut donc en déduire que les neurones de l'hippocampe se divisent après la naissance chez les deux groupes.

Par ailleurs, le nombre de neurones radioactifs étant plus faible chez les animaux stressés que chez les témoins, on peut penser

Remarque
Le précurseur est utilisé lors de la réplication de l'ADN précédant obligatoirement la division cellulaire. Ainsi, une cellule radioactive correspond à une cellule qui s'est divisée.

que le stress subi pendant la période prénatale est responsable de la diminution de l'activité mitotique de leurs neurones. L'environnement intervient donc dans la mise en place des réseaux nerveux de l'hippocampe. Aussi peut-on parler de « plasticité cérébrale ».

Dans le **Doc. 2**, on teste les capacités de mémorisation des rats. Elles sont plus importantes chez le groupe témoin qui retrouve plus rapidement la plateforme immergée. Mais chez les deux groupes, le temps de latence est d'autant plus court que la durée d'entraînement a été longue.

Le **Doc. 3** permet de comprendre l'origine de cette différence. On constate, en effet, que chez les témoins entraînés, le nombre de neurones radioactifs est plus important que chez ceux non entraînés. Ainsi, l'entraînement stimule la division des neurones, d'où l'amélioration des performances observée sur le **Doc. 2**. En revanche, chez les animaux stressés, malgré l'entraînement, le nombre de neurones radioactifs n'augmente pas. Ceci explique leurs performances inférieures à celles des témoins. Pourtant, chez les rats stressés, l'entraînement est responsable d'une amélioration des performances. Celle-ci s'explique donc vraisemblablement par une augmentation du nombre de synapses.

Ainsi, la mémorisation repose sur la division des neurones et l'augmentation du nombre de synapses dans l'hippocampe, une région du cerveau douée de plasticité.

2 Symptômes musculaires et traitement de l'anxiété

L'anxiété peut provoquer des contractions musculaires involontaires. On cherche à expliquer l'origine de ces contractions et à comprendre comment elles peuvent être traitées par les benzodiazépines.

D'après les **Doc. 1** et **Doc. 2**, une stimulation en S1 provoque une hyperpolarisation (–80mV) au niveau du motoneurone. De plus, on n'observe aucun potentiel d'action sur l'axone du motoneurone et aucune contraction musculaire. On en déduit donc que la synapse entre le neurone 1 et le motoneurone est une synapse inhibitrice.

En revanche, une stimulation en S2 provoque une dépolarisation (–30 mV) au niveau du motoneurone et la propagation de PA sur son axone. L'arrivée de ces PA au muscle déclenche sa contraction. La synapse entre le neurone 2 et le motoneurone est donc une synapse excitatrice.

Par ailleurs, des stimulations simultanées en S1 et S2 provoquent au niveau du motoneurone une dépolarisation insuffisante (–60 mV) pour permettre la naissance de PA et la contraction musculaire. Ainsi, le motoneurone effectue la somme des informations provenant des neurones 1 et 2 (sommation spatiale) avant d'émettre une réponse : c'est l'intégration.

Gagnez des points

Chaque observation doit être suivie d'une interprétation qui peut faire appel aux connaissances.

Remarque

Un PA n'est émis qu'au-delà d'une certaine valeur de dépolarisation (seuil de dépolarisation).

Le **Doc. 3** montre qu'une injection de GABA au niveau de la synapse F1 produit une hyperpolarisation (comme lors de la stimulation en S1). Le GABA est donc vraisemblablement le neurotransmetteur de cette synapse. Par ailleurs, l'injection d'acétylcholine en F2 produit une dépolarisation (comme lors de la stimulation en S2). L'acétylcholine est donc sans doute le neurotransmetteur de la synapse F2.

D'après le **Doc. 4**, une injection de picrotoxine en F1 annule les effets d'une stimulation en S1. Or, la picrotoxine se fixe sur les récepteurs au GABA du motoneurone. On peut donc supposer qu'elle empêche ainsi la fixation du GABA sur ses récepteurs. De ce fait, la synapse inhibitrice ne peut plus fonctionner et seuls les messages provenant du neurone 2 sont pris en compte.

Conseil

N'oubliez pas de relier l'interprétation des résultats expérimentaux au problème posé !

L'anxiété se traduirait ainsi par un dysfonctionnement au niveau des synapses à GABA. Soumis à la seule l'influence des synapses excitatrices, le motoneurone émettrait une série de PA, responsables de contractions brusques et inopinées.

Le **Doc. 5** permet de comprendre comment les benzodiazépines peuvent intervenir pour traiter ces troubles. En effet, on observe qu'en présence de benzodiazépines, les hyperpolarisations provoquées par le GABA sont plus fortes (–140 mV au lieu de –90 mV).

Par conséquent, la somme de cette hyperpolarisation et de la dépolarisation due à la synapse à acétylcholine est inférieure au seuil de dépolarisation permettant la formation de potentiel d'action. Il ne se forme alors aucun PA. Il n'y a donc pas de contraction des fibres musculaires.

Remarque

Les benzodiazépines se fixent aux récepteurs membranaires du GABA et amplifient son action.

Ainsi, l'anxiété se traduit par un dysfonctionnement des récepteurs au GABA des synapses inhibitrices, lesquelles réduisent normalement la transmission de messages excitateurs en direction des muscles. En agissant au niveau de ces synapses, les benzodiazépines restaurent leur rôle inhibiteur et réduisent les contractions.

Chapitre 10 Contraction musculaire et apport d'énergie

Lorsque le muscle se contracte, il tire sur le tendon qui transmet les forces musculaires à l'os sur lequel il est fixé.

FICHE 1 Le muscle, organe du mouvement

De quoi s'agit-il ?

Les mouvements sont réalisés grâce aux muscles squelettiques qui, en se contractant, tirent sur les os et font jouer les articulations.

1 La contraction du muscle

- Les mouvements volontaires sont réalisés par la contraction des **muscles squelettiques**, sous le contrôle du système nerveux central.
- Le muscle est constitué de cellules allongées, les **fibres musculaires**. Plusieurs fibres sont regroupées à l'intérieur d'une membrane élastique et forment un **faisceau musculaire** (**Doc. 1**). Les fibres d'un faisceau se contractent de façon synchrone.

À savoir
Le muscle squelettique se distingue du muscle lisse par la striation de ses fibres, d'où son nom de « muscle strié ».

- Le muscle est **innervé** et **irrigué**. Il est **excitable**, **contractile** et **élastique**. Ces propriétés lui permettent de répondre à une stimulation, de se raccourcir et de retrouver ses dimensions d'origine à la fin de la contraction. Le muscle est aussi **extensible** : s'il est relâché, il peut être étiré au-delà de sa longueur au repos.
- Dans la situation la plus courante, la contraction du muscle s'accompagne de son **raccourcissement** et de son **épaississement**.

2 L'action sur les os

- Le muscle est fixé à l'os au niveau d'une **articulation** par l'intermédiaire d'un **tendon** solide et élastique (**Doc. 2**). Composé de fibres de collagène, le tendon résiste aux fortes tractions.
- Lorsque le muscle se contracte, il tire sur le tendon qui transmet les forces musculaires à l'os sur lequel il est fixé. Ce dernier peut alors se déplacer par rapport à l'autre os auquel il est articulé. La forme souvent complémentaire de l'extrémité des os au niveau des articulations permet leur **emboîtement** et leur **mouvement**.
- Le membre est capable de mouvements de flexion et d'extension, produits par deux types de muscles antagonistes (fléchisseurs et extenseurs) qui s'insèrent au niveau de l'os à des endroit différents.
- Le muscle **fléchisseur**, le biceps par exemple, s'insère sur l'os au-dessus de l'avant-bras. En se contractant, il ramène celui-ci vers le bras. C'est un mouvement de **flexion**. Le muscle **extenseur**, le triceps, s'insère sur l'os en dessous de l'avant-bras. En se contractant, il écarte celui-ci du bras. C'est un mouvement d'**extension**.
- Lorsqu'un muscle extenseur est contracté, le muscle fléchisseur opposé est relâché, et inversement. Ces deux muscles travaillent **en opposition de phase** : ce sont des muscles **antagonistes**.

Cours

LA BOITE À DOCS

Doc. 1 Anatomie du muscle

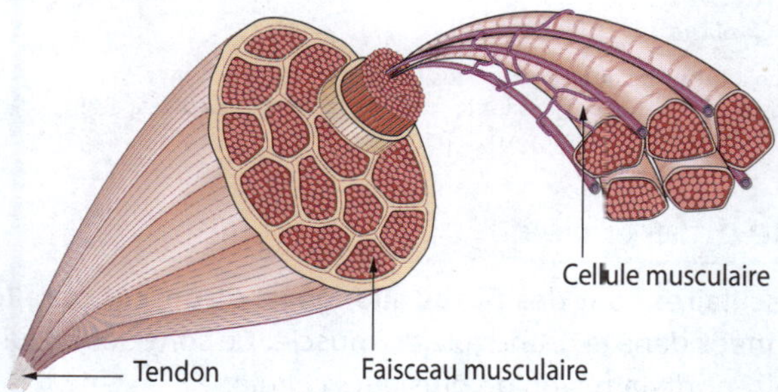

Doc. 2 Contraction du muscle et mouvement articulaire

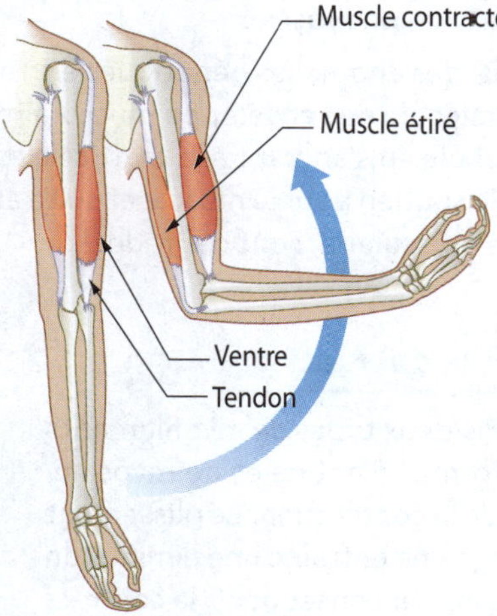

Vocabulaire

- **Muscle squelettique :** muscle attaché au squelette.
- **Fibre musculaire :** cellule musculaire capable de con-traction.
- **Faisceau musculaire :** ensemble de fibres musculaires.
- **Articulation :** zone de jonction entre deux os, plus ou moins mobile.
- **Tendon :** cordon de tissu fibreux reliant un muscle à un os.

FICHE 2

La cellule musculaire et sa contraction

De quoi s'agit-il ?

La cellule musculaire contient des filaments d'actine et de myosine qui, en glissant les uns par rapport aux autres, assurent sa contraction.

1 Une cellule différenciée

• Les cellules musculaires sont des **fibres allongées**, disposées parallèlement les unes aux autres, et alignées dans le grand axe du muscle. Ce sont des cellules géantes plurinucléées qui résultent de la fusion de plusieurs cellules.

• Elles renferment un assemblage de **myofibrilles**, formée chacune d'une suite de **sarcomères**. Les stries du muscle strié délimitent les sarcomères.

• Chaque sarcomère est capable de se raccourcir. L'**addition de ces raccourcissements** est responsable de la contraction du muscle.

• Pour certaines **myopathies**, des anomalies génétiques entraînent un défaut de structure du collagène VI, une molécule de l'enveloppe musculaire qui fait le lien entre l'intérieur et l'extérieur de la cellule en s'ancrant à la matrice extra-cellulaire. L'enveloppe ne peut plus jouer son rôle de soutien pour le muscle et suite aux contractions répétées, la membrane, puis la cellule musculaire, sont dégradées.

2 Le mécanisme de la contraction

• Chaque sarcomère renferme deux types de myofilaments disposés en alternance et formés d'actine et de myosine, des protéines responsables de la contraction. Le glissement de l'actine par rapport à la myosine entraîne une diminution de la longueur du sarcomère et, par conséquent, la contraction musculaire (**Doc. 1**).

• La **tête de la myosine** possède un site de fixation pour l'ATP, une molécule capable de libérer de l'énergie. L'hydrolyse de l'ATP en ADP provoque un changement de position de la tête de la myosine qui, en présence de calcium, se fixe à l'actine (**Doc. 2**, phases 1 et 4).

• En libérant l'ADP, la tête de la myosine retrouve sa position initiale, ce qui entraîne le glissement de l'actine et le raccourcissement du sarcomère (**Doc. 2**, phase 2). La fixation d'une nouvelle molécule d'ATP permet la séparation de l'actine et de la myosine (**Doc. 2**, phase 3). Ainsi, l'énergie contenue dans la molécule d'ATP est convertie en énergie mécanique.

Remarque
Les myofilaments épais sont formés d'un assemblage de molécules de myosine. Cette protéine possède une tête globulaire et une queue formée de deux chaînes entrelacées. Les myofilaments fins sont constitués d'actine.

LA BOITE À DOCS

Doc. 1 La contraction musculaire à l'échelle du sarcomère

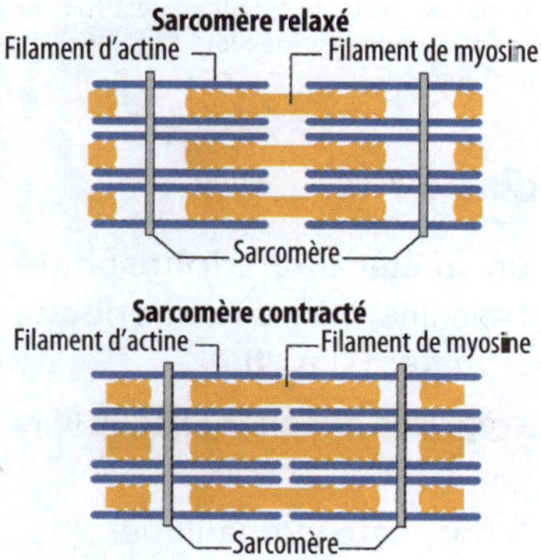

Doc. 2 Le mécanisme moléculaire de la contraction musculaire

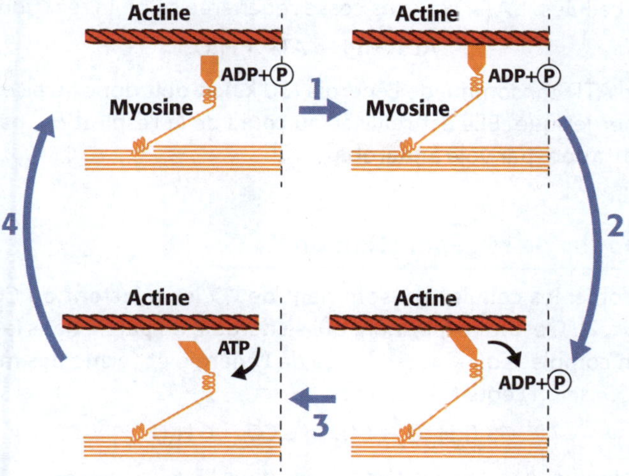

Vocabulaire

- **Myofibrille :** succession de sarcomères.
- **Sarcomère :** unité contractile du muscle.
- **Myopathie :** maladie dégénérative du muscle.
- **Tête de la myosine :** extrémité globuleuse de la molécule de myosine.

FICHE 3 L'ATP, utilisation et production

De quoi s'agit-il ?

L'énergie utilisée dans les réactions cellulaires est fournie à partir d'ATP, une molécule elle-même formée lors de la dégradation des molécules organiques.

1 L'ATP, un intermédiaire énergétique

- La molécule d'**ATP** est un nucléotide triphosphate composé d'une base azotée (l'adénine), d'un sucre (le ribose) et de trois groupements phosphates (**Doc. 1**).
- L'hydrolyse de l'ATP est une **réaction exoénergétique** (elle libère 30 kJ) :

$$ATP + H_2O \rightarrow ADP + Pi \text{ (phosphate inorganique).}$$

> **Remarque**
> C'est l'oxydation des nutriments qui fournit l'énergie nécessaire aux êtres vivants. L'énergie libérée lors de cette oxydation est captée par un intermédiaire, l'ATP.

- Elle peut être couplée aux réactions consommatrices d'énergie (synthèses, contraction...). Ainsi, l'ATP joue un rôle majeur dans le fonctionnement des cellules. Bien que l'ATP soit en permanence utilisée, sa quantité reste constante malgré l'absence de stock d'ATP dans les cellules. L'ATP est sans cesse régénérée selon la réaction :

$$ADP + Pi \rightarrow ATP + H_2O.$$

- La synthèse d'ATP consomme de l'énergie (30 kJ) et doit donc être couplée avec une réaction exoénergétique. Elle est réalisée au cours de la respiration, par voie **aérobie**, ou de la fermentation, par voie **anaérobie**.

2 Deux modes de régénération de l'ATP

- En milieu aérobie, les cellules consomment de l'O_2 et rejettent du CO_2 en présence de glucose (**Doc. 2**). C'est la respiration, qui se déroule en partie dans la **mitochondrie**. La dégradation complète du glucose libère de l'énergie et forme des molécules minérales, CO_2 et H_2O, selon l'équation bilan :

$$C_6H_{12}O_6 + 6O_2 \rightarrow 6\ CO_2 + 6\ H_2O.$$

- En milieu anaérobie, des cellules s'engagent dans la voie de la fermentation, à l'intérieur du cytoplasme. Au cours de la fermentation alcoolique (**Doc. 2**), le glucose consommé et partiellement dégradé est transformé en éthanol et en CO_2.
- L'éthanol, une molécule organique, renferme encore de l'énergie. La fermentation libère donc moins d'énergie que la respiration. Le bilan de la fermentation alcoolique est : $C_6H_{12}O_6 \rightarrow 2C_2H_5OH + 2CO_2$.

> **Remarque**
> L'apport en O_2 du muscle est conditionné par l'activité du système cardio-respiratoire.

- Les cellules musculaires pratiquent un autre type de fermentation : la fermentation lactique. FICHE 5 p. 242

LA BOITE À DOCS

Doc. 1 La molécule d'ATP

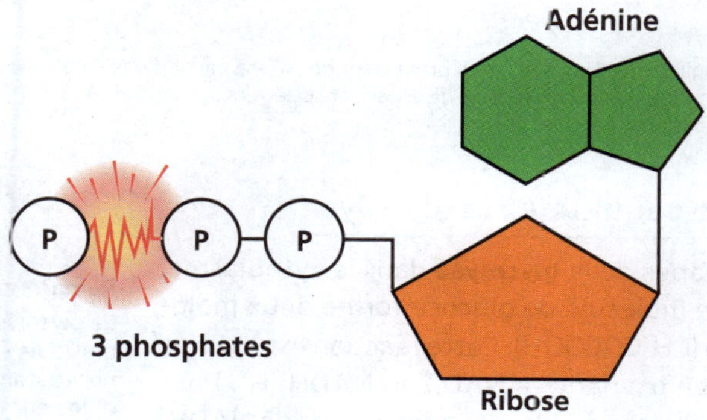

Doc. 2 Deux modes de dégradation du glucose

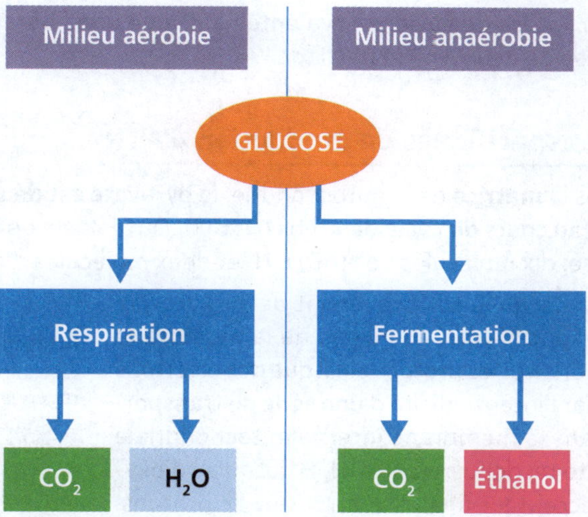

Vocabulaire

- **Réaction exoénergétique :** réaction qui libère de l'énergie.
- **Aérobie :** en présence d'O_2.
- **Anaérobie :** en absence d'O_2.
- **Mitochondrie :** organite de la respiration cellulaire.

FICHE 4

Des réactions couplées à la synthèse d'ATP

De quoi s'agit-il ?

Respiration et fermentation produisent de l'ATP à partir d'une voie commune, la glycolyse, puis divergent ensuite vers deux voies spécifiques.

1 Une étape commune : la glycolyse

- Au cours des étapes de la **glycolyse** dans le cytoplasme, l'**oxydation** d'une molécule de glucose forme deux molécules de pyruvate ($CH_3COCOOH$). Cette réaction est couplée à la réduction d'un oxydant, le NAD^+, en NADH, H^+. Pour une molécule de glucose oxydé, deux molécules de NADH, H+ sont formées.

Remarque
La glycolyse se déroule en plusieurs étapes, chacune nécessitant l'intervention d'une enzyme particulière.

- La glycolyse est une oxydo-réduction dont le bilan est :

$$C_6H_{12}O_6 + 2NAD^+ \rightarrow 2CH_3COCOOH + 2NADH, H^+.$$

- Par ailleurs, la rupture de liaisons covalentes entraîne une libération d'énergie qui permet la synthèse de deux ATP (à partir de l'ADP).

2 Deux voies spécifiques de production d'ATP

- En aérobie, dans la **matrice** de la mitochondrie, le pyruvate est **décarboxylé** et oxydé par des enzymes au cours du cycle de Krebs (**Doc. 1**). Du dioxyde de carbone est libéré et pour un glucose, dix molécules de NADH, H^+ et deux molécules d'ATP sont formées.
- Ces NADH, H^+ ainsi que ceux provenant de la glycolyse (douze au total) sont oxydés au niveau de la membrane interne mitochondriale. Des protons ainsi que des électrons sont transférés par l'intermédiaire d'une série de transporteurs intégrés dans la membrane interne mitochondriale (la chaîne respiratoire) depuis les NADH, H^+ jusqu'au dioxygène, qualifié d'accepteur final d'électrons et de protons. Ainsi, la réduction du dioxygène aboutit à la formation de molécules d'eau. L'ensemble de ces réactions conduit à la synthèse de 32 molécules d'ATP, elle-même catalysée par une enzyme : l'ATP synthase (**Doc. 2**).

À savoir
La chaîne respiratoire régénère les transporteurs d'H^+ et d'e^- à l'état oxydé, ce qui permet l'entretien du cycle de Krebs et de la glycolyse.

- Le bilan de la respiration est : $C_6H_{12}O_6 + 6O_2 \rightarrow 6\ CO_2 + 6\ H_2O + 36$ ATP.
- En anaérobie, au cours de la fermentation alcoolique (et lactique), le pyruvate est réduit en éthanol (ou en acide lactique) et les deux NADH, H^+ formés par la glycolyse sont oxydés en NAD^+. Aussi, la production d'ATP est limitée à la glycolyse (deux ATP pour un glucose) ce qui explique le faible rendement de la fermentation par rapport à la respiration.

LA BOITE À DOCS

Doc. 1 Le cycle de Krebs dans la matrice de la mitochondrie

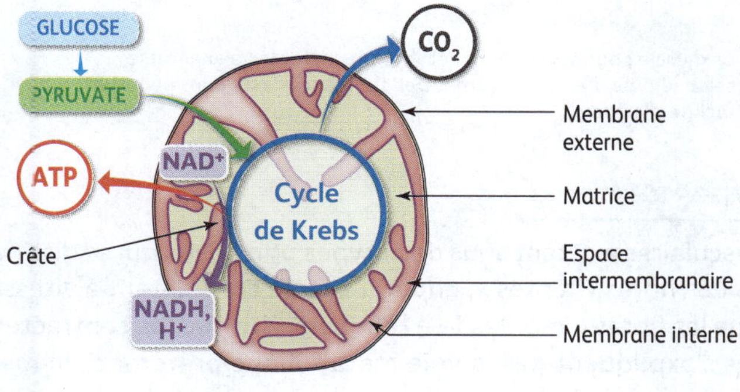

Doc. 2 Le fonctionnement de la chaîne respiratoire

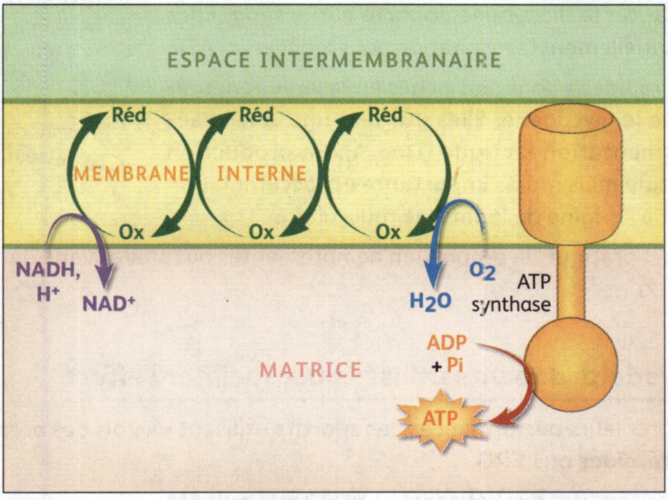

Vocabulaire

- **Glycolyse :** ensemble de réactions au cours desquelles la dégradation partielle du glucose aboutit à la formation de pyruvate.
- **Oxydation :** réaction chimique caractérisée par une perte d'électrons.
- **Matrice :** compartiment de la mitochondrie délimité par sa membrane interne.
- **Décarboxylé :** qui perd un groupement carboxyle (COOH).

FICHE 5

Effort physique et besoins des muscles

De quoi s'agit-il ?

Le muscle peut adopter un métabolisme aérobie ou anaérobie selon le type d'effort à fournir. Des substances exogènes peuvent faciliter l'effort.

1 Deux types de fibres

- Les fibres musculaires existent sous deux types principaux qui se distinguent par leurs performances. Les fibres « lentes », endurantes, se contractent à vitesse relativement lente, tandis que les fibres « rapides » se fatiguent vite mais se contractent rapidement. Ces différences s'expliquent par la voie métabolique préférentiellement utilisée par chacune.
- Les fibres « lentes », riches en mitochondries et bien vascularisées, sont riches en myoglobine, un pigment rouge capable de capter le dioxygène apporté par le sang. Elles utilisent essentiellement la respiration pour régénérer l'ATP.
- Les fibres « rapides » sont plus riches en réserves énergétiques comme le glycogène. Elles utilisent une voie anaérobie : la fermentation lactique (**Doc. 1**). La production d'ATP est rapide mais moins importante et l'accumulation d'acide serait à l'origine de la fatigue musculaire.

Remarque
Il existe une troisième voie de régénération de l'ATP dans le muscle : celle de la phosphocréatine. Elle forme de l'ATP selon la réaction :

Phosphocréatine + ADP ↔ créatine + ATP

- Selon le sport pratiqué, la proportion de fibres lentes ou rapides varie dans les muscles utilisés (**Doc. 2**).

2 Des produits dopants utilisés pour faciliter l'effort

- Pour améliorer leurs performances, les sportifs utilisent parfois des produits dopants comme les **stéroïdes** ou l'**EPO**.
- Les stéroïdes sont des **anabolisants** et **psychostimulants** car ils diminuent la sensation de fatigue. Leur utilisation peut avoir des effets néfastes sur le système cardiovasculaire, sur le système nerveux, sur les tissus musculaires et osseux (dégénérescence de la fibre musculaire). Elle perturbe aussi le fonctionnement de l'appareil reproducteur et peut être à l'origine de cancers.

Remarque
L'EPO est une hormone fabriquée par le rein mais qui peut aussi être synthétisée par voie chimique.

- L'EPO est une hormone qui stimule la production de globules rouges et donc la capacité à transporter le dioxygène jusqu'aux muscles. Elle peut augmenter la viscosité du sang, avec formation de caillots sanguins à l'origine d'accidents vasculaires ou cardiaques.

LA BOITE À DOCS

Doc. 1 La fermentation lactique

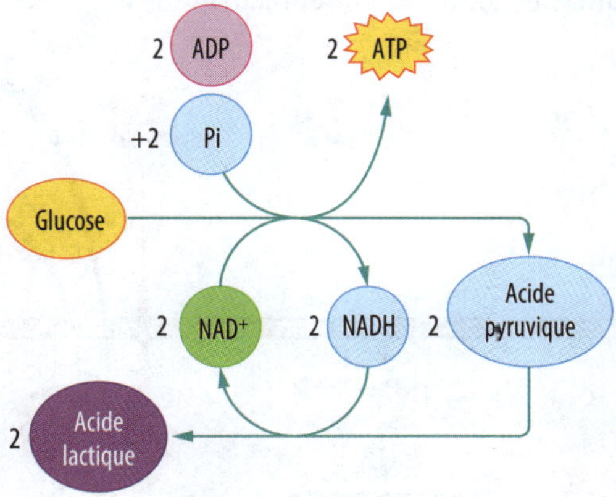

Doc. 2 Proportion de fibres lentes et rapides en fonction de l'activité

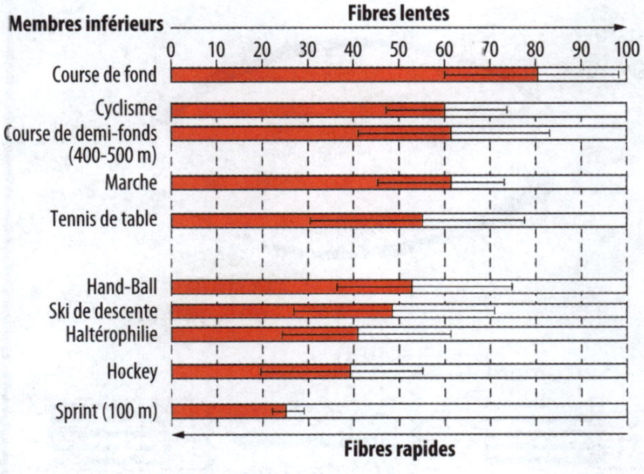

Vocabulaire

- **Stéroïdes :** produits dérivés du cholestérol parmi lesquels on peut citer la testostérone.
- **EPO (érythropoïétine) :** hormone fabriquée par le rein qui agit sur la moelle osseuse pour stimuler la production de globules rouges.
- **Anabolisant :** produit qui augmente la masse musculaire.
- **Psychostimulant :** produit qui agit sur le système nerveux.

Révision Express

SCHÉMA BILAN

> Métabolisme et contraction de la cellule musculaire

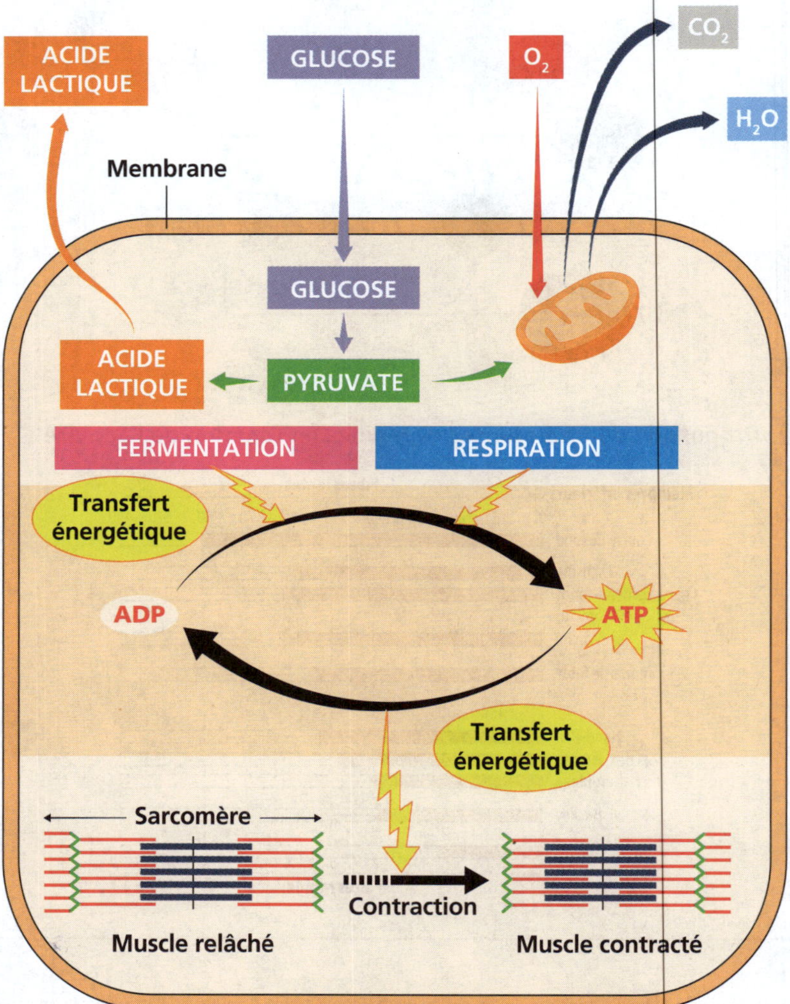

POINTS IMPORTANTS À RETENIR

- Les cellules musculaires (ou « fibres ») sont formées d'un assemblage de **myofibrilles**, elles-mêmes constituées d'une succession de **sarcomères** renfermant des **myofilaments** d'actine et de **myosine.**
- Le glissement de ces myofilaments les uns par rapport aux autres réduit la longueur de chaque sarcomère, et le muscle se contracte. Ces mouvements nécessitent de l'**ATP**, un intermédiaire énergétique dont l'hydrolyse libère de l'énergie.
- Le renouvellement de l'ATP est assuré par la **respiration** (voie aérobie) ou la **fermentation** (voie anaérobie). Ces deux voies débutent par la **glycolyse**, au cours de laquelle le glucose est oxydé en **pyruvate** et du NAD^+ réduit en NADH, H^+ tandis que de l'ATP est formé.
- Lors de la respiration, le pyruvate est transformé dans la **mitochondrie** en CO_2 et H_2O avec production d'ATP et de NADH, H^+. La chaîne respiratoire de la membrane interne permet la réoxydation des NADH, H^+ par la réduction du dioxygène en eau : il y a formation d'H_2O, d'ATP et de NAD^+.
- Dans la voie anaérobie (fermentation), le pyruvate est transformé en éthanol (ou en acide lactique) et le NADH, H^+ est réoxydé, sans formation de nouvelle molécule d'ATP. Aussi, le rendement énergétique de la fermentation est inférieur à celui de la respiration.
- Le muscle peut adopter un métabolisme aérobie ou anaérobie selon le type d'effort à fournir. Des produits **dopants** peuvent faciliter l'effort mais ils entraînent des risques pour la santé.

APPRENDRE AUTREMENT

Comprendre comment la respiration cellulaire exploite l'énergie des nutriments

Vidéo

LE COURS EN 10 MOTS-CLÉS

Fibre musculaire
MYOFIBRILLE
SARCOMÈRE
ATP
ACTINE
MYOSINE
GLYCOLYSE
Cycle de Krebs
CHAÎNE RESPIRATOIRE
FIBRES LENTES ET RAPIDES

Comparer deux types de fibres musculaires

ÉNONCÉ

La contraction des cellules musculaires consomme de l'ATP, une molécule qui doit être régénérée en permanence. Les muscles sont constitués de deux grands types de cellules : des fibres de type I et des fibres de type II.

Doc. 1 Quelques caractéristiques des fibres musculaires

Caractéristiques	Fibres de type I	Fibres de type II
Nombre de capillaires sanguins par fibre	4-5	3
Molécules de myoglobine fixatrices d'O_2	+ + +	+
Quantité de mitochondries	+ + +	+
Réserves en substrat (glycogène-lipides)	+ + +	+ + +

Remarque : Le nombre de signes + est proportionnel à la quantité de produit ou d'organites cellulaires.

Doc. 2 Puissance énergétique fournie par le muscle et voie métabolique sollicitée en fonction de la durée de l'exercice

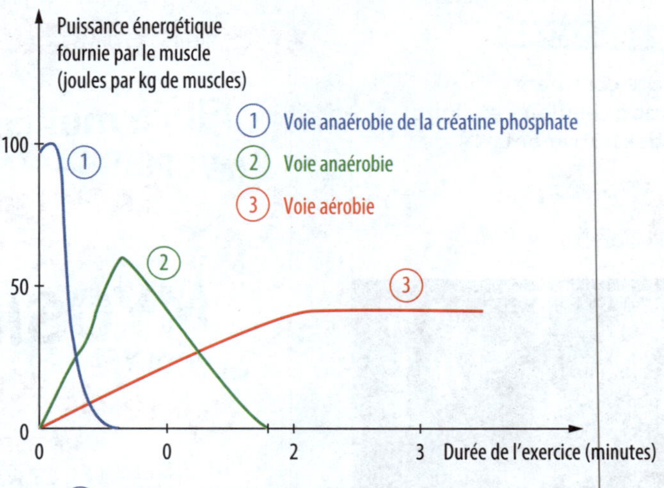

La voie 1 appelée voie de la créatine phosphate) produit très rapidement de l'ATP.

Méthode

QUESTION

En exploitant les Doc. 1 et Doc. 2, comparez les deux types de fibres et montrez que, selon le type de pratique sportive, l'une ou l'autre est plus ou moins adaptée.

MÉTHODE

- L'analyse du Doc. 1 permet d'**identifier le type de métabolisme** utilisé préférentiellement par chaque type de fibre. Les caractéristiques qui les différencient sont d'abord relevées, puis interprétées.
- En exploitant le Doc. 2, on comprend que selon la puissance et la durée de l'effort, l'un ou l'autre de ces métabolismes est **plus ou moins adapté**.

CORRIGÉ

D'après le Doc. 1, les fibres de type I sont plus riches en capillaires (1,5 fois plus), en myoglobine et en mitochondries que celles de type II. Or, le sang apporte de l'O_2 qui peut être mis en réserve par la myoglobine. Par ailleurs, la mitochondrie est l'organe de la respiration (qui consomme de l'O_2).

Les fibres de type I pratiquent donc essentiellement un métabolisme aérobie : la respiration. À l'inverse, les fibres de type II pratiquent un métabolisme anaérobie : la fermentation lactique. Les fibres de type I produisent donc plus d'ATP que celles de type II.

Remarque
Les fibres II sont les fibres « rapides »; les fibres I sont les fibres « lentes ».

Pour un effort très bref mais très puissant (Doc. 2), le système de la créatine phosphate permet l'essentiel de la régénération de l'ATP mais il est épuisé en 20 secondes. La fermentation lactique atteint son maximum d'efficacité vers 30 à 40 secondes. Au-delà, elle ne permet que des efforts moins intenses et ne peut se prolonger plus de deux minutes. Les fibres de type II, avec leur métabolisme anaérobie, sont donc adaptées à un effort intense mais de courte durée.

L'efficacité maximale du métabolisme aérobie est atteinte après un délai de deux minutes environ mais ensuite, il peut assurer la régénération de l'ATP pendant un temps prolongé à forte intensité de l'effort. En revanche, la puissance maximale permise par le mécanisme aérobie de la respiration est inférieure à la puissance maximale permise par les mécanismes anaérobies de régénération de l'ATP.

Les fibres de type I sont donc plus adaptées à un effort moins intense mais de longue durée, autrement dit elles sont adaptées aux sports d'endurance.

Fiche test 1 — Je fais le point

VRAI / FAUX — 1 min — ◯ À revoir ◯ Acquis

Indiquer pour chaque proposition si elle est vraie ou fausse.

1. La fibre musculaire est une cellule plurinucléée.	◯ Vrai	◯ Faux
2. Un myofilament est formé d'une succession de sarcomères.	◯ Vrai	◯ Faux
3. La fermentation lactique s'accompagne de la production d'ATP.	◯ Vrai	◯ Faux
4. En aérobie, l'ATP est fournie au muscle par la respiration.	◯ Vrai	◯ Faux
5. Le muscle renferme des réserves importantes d'ATP.	◯ Vrai	◯ Faux

SCORE : ____ / 5

Fiche test 2 — Le bon choix

QCM — 3 min — ◯ À revoir ◯ Acquis

Pour chaque question ou affirmation, il y a entre 0 et 3 bonnes réponses.

1 Dans la fibre musculaire, l'ATP peut provenir :

◯ **a.** de la fermentation alcoolique.
◯ **b.** de l'utilisation du glycogène.
◯ **c.** de la respiration.

FICHE 3 p. 238

2 En absence de dioxygène, la fibre musculaire rejette :

◯ **a.** du CO_2.
◯ **b.** de l'acide lactique.
◯ **c.** de l'éthanol.

FICHE 5 p. 242

3 Les fibres musculaires rapides :

◯ **a.** ont un métabolisme essentiellement respiratoire.
◯ **b.** sont les plus endurantes.
◯ **c.** produisent de l'acide lactique.

FICHE 5 p. 242

4 Dans la mitochondrie :

◯ **a.** le glucose est oxydé pour donner du pyruvate.
◯ **b.** le cycle de Krebs se déroule dans la matrice.
◯ **c.** le dioxygène est réduit.

FICHE 4 p. 240

5 La contraction musculaire est permise par :

◯ **a.** la fixation d'ATP sur l'actine.
◯ **b.** le glissement de l'actine grâce à la myosine.
◯ **c.** la présence de calcium.

FICHE 2 p. 236

6 L'actine et la myosine :

◯ **a.** sont des protéines.
◯ **b.** forment des myofilaments.
◯ **c.** participent à la synthèse d'ATP dans le muscle.

FICHE 2 p. 236

7 La glycolyse :

◯ **a.** est une étape commune à la respiration et à la fermentation.
◯ **b.** aboutit à la réduction du NAD^+.
◯ **c.** consomme deux molécules d'ATP pour un glucose oxydé.

FICHE 4 p. 240

SCORE : ____ / 7

① Antibiotiques et fatigue musculaire

Exploitation de documents

La prise de certains antibiotiques (oligomycine) peut entraîner une fatigue générale du patient. Cet effet secondaire est en partie lié à l'action des antibiotiques sur les mitochondries des cellules du patient.

Doc. 1 Expériences sur les vésicules mitochondriales

La fragmentation des mitochondries par les ultrasons (1) conduit à la formation spontanée de vésicules à partir de fragments retournés de membranes internes (2).

Ces vésicules présentent à leur surface des sphères pédonculées (3).

Les sphères pédonculées ne sont plus en contact avec la matrice mais avec un milieu expérimental (4). Ce milieu expérimental contient de l'O_2, des composés réduits (NADH, H^+), de l'ADP et du Pi (phosphate inorganique).

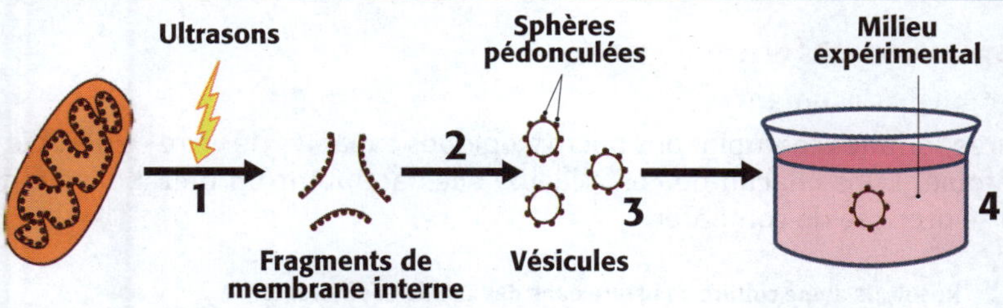

Conditions	Observations
Vésicules	Synthèse d'ATP et réoxydation de NADH, H+ en NAD+.
Vésicules dépourvues de sphères pédonculées	Pas de synthèse d'ATP mais réoxydation de NADH, H+ en NAD+.

Doc. 2 Variations de la composition d'un muscle frais d'amphibien, avant et après l'effort dans différentes conditions expérimentales

		Avant la contraction ($mg.g^{-1}$ de muscle frais)	Après la contraction ($mg.g^{-1}$ de muscle frais)
Conditions témoins	Glycogène	1,08	0,8
	ATP	1,35	1,35
	Le muscle est resté contracté pendant toute la durée de la stimulation.		

		Avant la contraction (mg.g^{-1} de muscle frais)	Après la contraction (mg.g^{-1} de muscle frais)
Après injection d'une forte dose d'oligomycine	Glycogène	1,08	1,08
	ATP	1,35	0
	Arrêt presque immédiat de la contraction du muscle, malgré le maintien de la stimulation.		

QUESTION

À partir de l'exploitation des **Doc. 1** et **Doc. 2**, et en utilisant vos connaissances, expliquez le rôle des sphères pédonculées mitochondriales. Proposez ensuite une hypothèse sur l'origine de la fatigue liée à la prise d'antibiotiques.

2 Respiration et fermentation

Exploitation de documents

Les levures sont des champignons microscopiques capables de vivre en aérobie comme en anaérobie. Dans chacun de ces milieux, elles adoptent un métabolisme différent que l'on se propose de comparer.

Doc. 1 **Résultats d'une culture de levure dans deux milieux différents**

	Anaérobie	Aérobie
Masse du glucose consommé	45 g	15 g
Masse de levure formée	0,45 g	3,75 g
Présence de dioxyde de carbone	Oui	Oui
Présence d'éthanol	Oui	Non
Aspect des levures	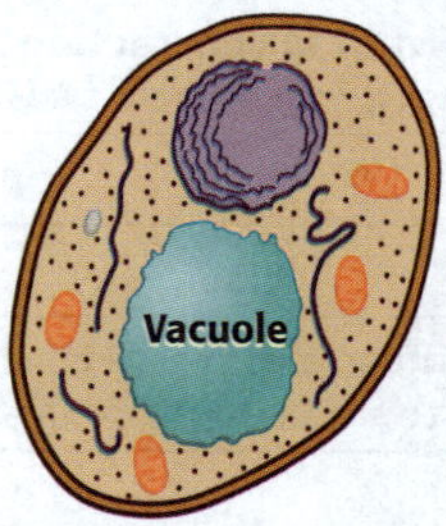	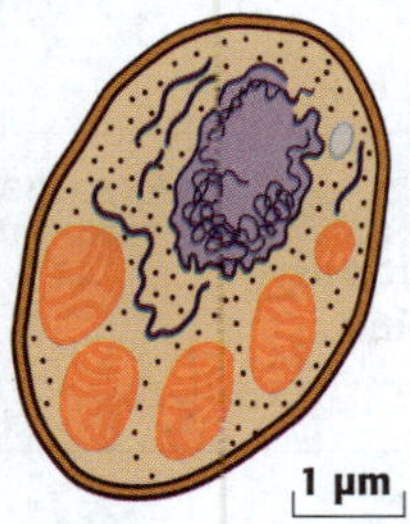

Pour comprendre un des phénomènes étudiés dans le **Doc. 1**, on a placé des mitochondries dans une enceinte avec différentes substances. On mesure d'une part, l'évolution de la quantité de dioxygène et d'autre part, la concentration en ATP.

Doc. 2 **Concentration en O_2 dans une suspension de mitochondries**

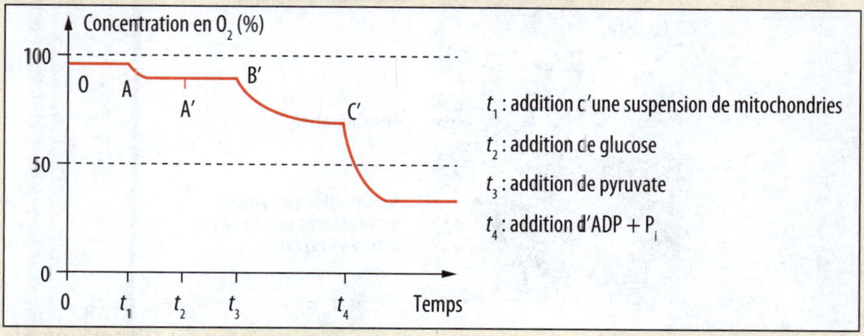

Doc. 3 **Concentration en ATP dans une suspension de mitochondries**

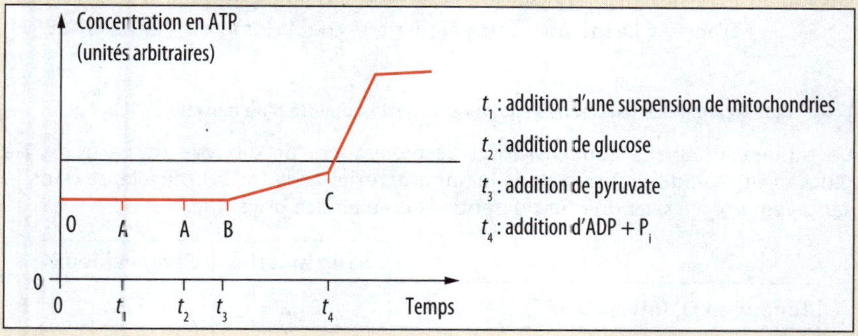

QUESTION

À partir de l'exploitation des documents, dégagez les caractéristiques du métabolisme énergétique chez les levures en absence et en présence de dioxygène.

③ La contraction des cellules musculaires

Exploitation de documents

La contraction des cellules musculaires est une activité qui consomme de l'ATP. L'ATP n'étant pas stocké dans les cellules, il doit être régénéré en permanence. Les informations fournies par les documents suivants permettent de comprendre quelles sont les voies métaboliques utilisées. Elles montrent par ailleurs les effets de l'entraînement.

Doc. 1 **Les mitochondries des cellules musculaires**

Électronographie d'une coupe transversale partielle d'une fibre musculaire (× 16 000).

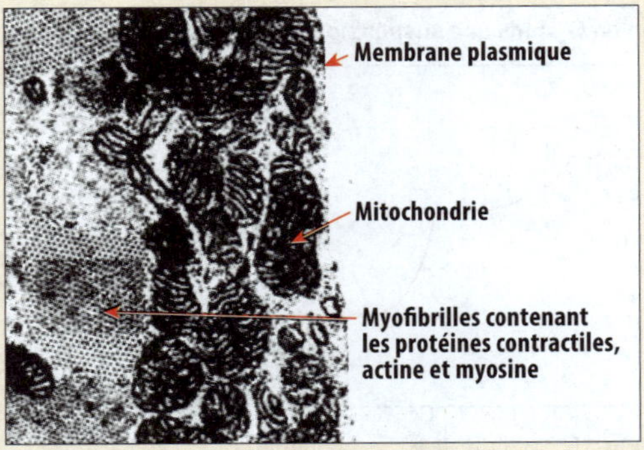

Le volume total de mitochondries est égal à 5 % du volume du cytoplasme de la cellule musculaire chez un individu non entraîné, contre 11 % chez un individu entraîné. De plus, l'activité des enzymes mitochondriales est plus importante chez un individu entraîné que chez un individu non entraîné.

D'après « Le métabolisme énergétique chez l'Homme », Nathan INSERM.

Doc. 2 **Modification des paramètres sanguins de part et d'autre d'un muscle**

Ce tableau donne la concentration de dioxygène, de dioxyde de carbone, de glucose et d'acide lactique dans le sang artériel arrivant au muscle et dans le sang veineux partant du muscle pendant un exercice physique.

	Sang artériel	Sang veineux
Teneur en O_2 (mL.100 ml^{-1})	21,2	5,34
Teneur en CO_2 (mL.100 ml^{-1})	45	60
Teneur en glucose (mmol.L^{-1})	4	2
Teneur en acide lactique * (mmol.L^{-1})	< 1	2,8

* L'acide lactique est un produit de la fermentation lactique dont l'équation bilan est la suivante :

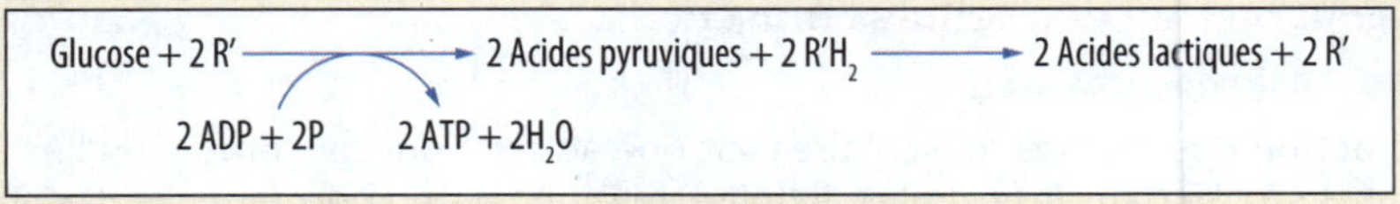

R' : composé oxydé. RH2 : composé réduit.

Doc. 3 **Production d'acide lactique et consommation de dioxygène chez un individu non entraîné et chez un individu entraîné (pour un exercice donné)**

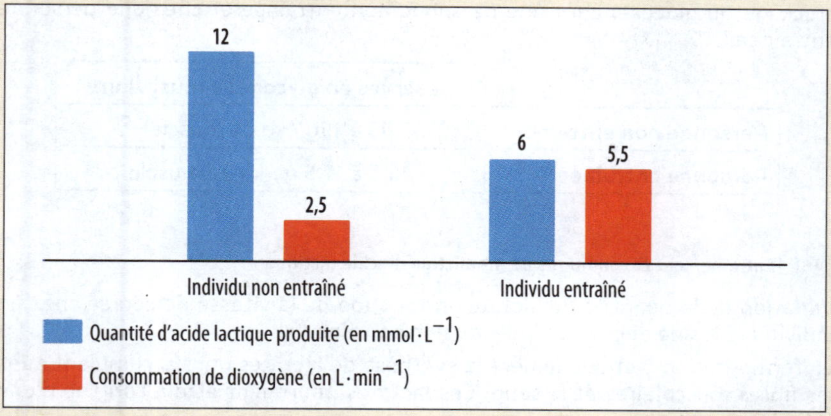

Remarque : On considère que les changements constatés à l'échelle de l'organisme sont dus principalement à l'activité des muscles pendant l'exercice.

QUESTION

Exploitez les informations apportées par l'étude des documents pour montrer quelles sont les voies métaboliques utilisées, et quel est l'effet de l'entraînement dans la production d'ATP par la cellule musculaire.

4 Métabolisme musculaire et entraînement des sportifs

Exploitation de documents

Pour améliorer leurs performances, les sportifs subissent un entraînement régulier. Les documents suivants en présentent les effets à différents niveaux.

Doc. 1 **Des modifications au niveau des mitochondries dans les cellules musculaires**

Après un entraînement de 21 semaines on peut observer une augmentation du nombre de mitochondries de 120 % dans les cellules musculaires, ainsi qu'une augmentation de leur taille de 14 à 40 %.

Des mesures de l'activité des enzymes du cycle de Krebs sont réalisées à partir d'extraits de muscles prélevés chez différents sportifs avant et après entraînement.

De plus on remarque que l'entraînement s'accompagne d'une augmentation de l'activité des enzymes du cycle de Krebs.

Doc. 2 **Entraînement et réserves de métabolites**

Le tableau ci-dessous présente les réserves en glycogène musculaire (forme de stockage du glucose) chez une personne non entraînée et chez une personne entraînée.

	Réserves en glycogène musculaire
Personne non entraînée	13 à 15g / kg de muscle
Personne entraînée	15,5 à 17,5 g / kg de muscle

Doc. 3 **Entraînement et conditions de production d'acide lactique**

Variation de la quantité de lactate en fonction de la vitesse de course chez un individu entraîné et chez un individu non entraîné.

La fermentation lactique génère la synthèse de lactates qui s'accumulent dans les fibres musculaires et le sang. Ces lactates pourraient être à l'origine d'une fatigue musculaire.

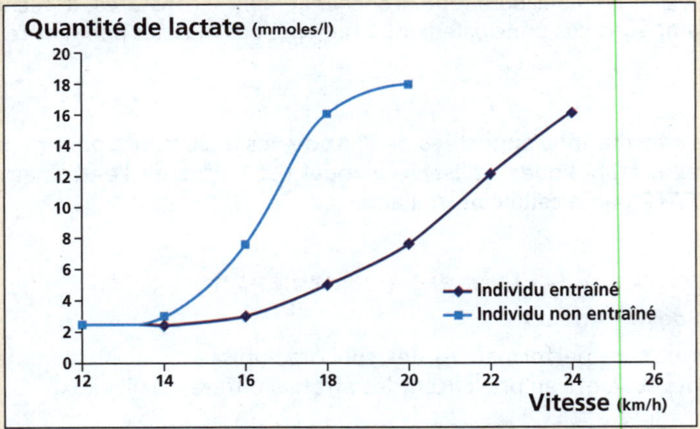

QUESTION

À partir de l'exploitation des documents et de vos connaissances, montrez que l'entraînement modifie le métabolisme musculaire puis, expliquez en quoi ces modifications permettent des contractions musculaires plus intenses et de plus longue durée.

Fiche test 1 *Je fais le point*

1. **Vrai.**
2. **Faux.** C'est la myofibrille qui est constituée d'une succession de sarcomères (contenant des myofilaments).
3. **Vrai.** L'ATP est produit au cours de la glycolyse.
4. **Vrai.**
5. **Faux.** Il n'y a pas de réserve d'ATP; il est sans cesse renouvelé au cours de la respiration ou de la fermentation.

Fiche test 2 *Le bon choix*

1. **a.** est fausse. Dans la fibre musculaire, l'ATP peut provenir de la fermentation lactique.
 b. et **c.** sont vraies.
2. **a.** et **c.** sont fausses. En absence de dioxygène, le muscle pratique la fermentation lactique qui produit de l'acide lactique.
 b. est vraie.
3. **a.** et **b.** sont fausses.
 c. est vraie. Les fibres musculaires rapides pratiquent essentiellement la fermentation lactique et se fatiguent vite.
4. **a.** est fausse. Le glucose est oxydé pour donner du pyruvate au cours de la glycolyse qui se déroule dans le cytoplasme.
 b. et **c.** sont vraies.
5. **a.** est fausse. L'ATP se fixe sur la tête de la myosine.
 b. et **c.** sont vraies.
6. **a.** et **b.** sont vraies.
 c. est fausse. Le glissement des myofilaments d'actine et de myosine consomme de l'ATP et permet la contraction musculaire.
7. **a.** et **b.** sont vraies.
 c. est fausse. La glycolyse produit deux molécules d'ATP pour une molécule de glucose oxydé.

EXERCICES D'ENTRAÎNEMENT

1 Antibiotiques et fatigue musculaire

On cherche à comprendre comment un antibiotique qui agit au niveau des mitochondries peut être responsable d'une fatigue musculaire.

Le **Doc. 1** montre que, lorsque des fragments de membrane interne de mitochondries sont mis au contact de NADH, H^+ et d'ADP + Pi dans un milieu contenant du dioxygène, il y a synthèse d'ATP et réoxydation des NADH, H^+. Toutefois, en absence de sphères pédonculées sur la membrane, la synthèse d'ATP n'a pas lieu.

Gagnez des points
Faites suivre vos observations d'une interprétation.

On peut donc en déduire qu'en présence d'O_2, la membrane interne de la mitochondrie est capable de réoxyder des composés réduits. Par l'intermédiaire des transporteurs de la chaîne respiratoire qu'elle contient, l'O_2 est réduit pour former de l'eau, tandis que le NADH, H^+ est oxydé pour former du NAD^+. En revanche, ce sont les sphères pédonculées qui sont responsables de la synthèse d'ATP. Il s'agit probablement des ATP synthases.

Le **Doc. 2** indique que dans les conditions témoins, la contraction consomme du glycogène. De plus, bien que le muscle soit resté contracté, la quantité d'ATP n'a pas varié. La contraction musculaire nécessitant de l'ATP, on en déduit que l'ATP est renouvelé au fur et à mesure que le glycogène est utilisé. Le glucose libéré à partir du glycogène est dégradé avec production de composés réduits (NADH, H^+).

L'injection d'une forte dose d'antibiotique stoppe rapidement la contraction du muscle. Le glycogène n'est pas consommé, l'ATP n'est pas renouvelé.

Or, on sait que l'antibiotique agit sur les mitochondries. Comme il empêche la synthèse d'ATP, on peut supposer qu'il agit au niveau des ATP synthases. En absence d'ATP, le muscle devient alors incapable de se contracter.

2 Respiration et fermentation

On cherche à comparer les deux voies métaboliques qui peuvent être utilisées par les levures (organismes unicellulaires) selon que les conditions soient aérobies ou anaérobies.

Le **Doc. 1** montre que la masse de levures formées est plus importante en aérobie alors qu'elles ont consommé moins de glucose.

La croissance et la multiplication des levures impliquent la synthèse de matière organique, réactions chimiques nécessitant un apport d'énergie. On peut donc penser que les différences de croissance s'expliquent par une quantité d'énergie libérée plus élevée pour les cellules en milieu aérobie.

Gagnez des points
Identifiez chaque type de métabolisme.

Dans les deux cultures, la concentration en dioxyde de carbone a augmenté en fin de réaction. Il a donc été libéré. Il y a production d'éthanol dans le milieu, uniquement en condition anaérobie. Cela témoigne d'une fermentation. Les levures ont dégradé le glucose à partir duquel est produit du dioxyde de carbone et de l'éthanol (une molécule organique).

En milieu aérobie, la consommation de glucose et la production de dioxyde de carbone s'expliquent par le phénomène de respiration dont l'équation peut s'écrire :

$C_6H_{12}O_6 + 6O_2 \rightarrow 6CO_2 + 6H_2O$.

Les levures présentent dans leur cytoplasme de nombreux organites délimités par une double membrane, la membrane interne dessinant des crêtes. Ce sont des mitochondries, peu nombreuses et peu développées dans la cellule en condition anaérobie. Elles sont le lieu de la respiration cellulaire.

Respiration et fermentation s'accompagnent d'une libération d'énergie. Comme la dégradation du glucose est totale dans le premier cas, le rendement énergétique est supérieur. Ainsi, en milieu aérobie, malgré une plus faible consommation de glucose, la multiplication des levures est plus importante.

Dans le **Doc. 2**, la diminution de la concentration de dioxygène dans l'enceinte en présence de mitochondries montre une consommation du dioxygène et témoigne du déroulement de la respiration.

La première condition pour qu'il y ait consommation de dioxygène est la présence de mitochondries (t1). Ce sont donc bien elles qui consomment du dioxygène, par la respiration. En t2, l'addition de glucose ne provoque pas de reprise de la respiration. Or, le **Doc. 1** montre que cette respiration est liée à une consommation de glucose. En t3, l'apport du pyruvate déclenche une reprise de la respiration.

Ainsi, la mitochondrie est incapable de dégrader le glucose mais elle utilise le pyruvate. Celui-ci provient de la dégradation du glucose au cours de la glycolyse, une étape qui se déroule dans le cytoplasme.

Remarque
La consommation de dioxygène constaté en t1 a été permise par l'utilisation des réserves de pyruvate présent dans la mitochondrie.

À l'approche du temps t4, la respiration ralentit. Or, si l'on rajoute de l'ADP et du phosphate inorganique, on constate une reprise de la respiration.

Le **Doc. 3** nous permet de comprendre quel est le rôle de l'ADP. En effet, à chaque fois que du dioxygène est consommé, il y a synthèse d'ATP selon la réaction : ADP + Pi $\rightarrow$ ATP.

En absence d'ADP, le dioxygène n'est plus consommé. On peut donc en déduire que les deux réactions, consommation de dioxygène et synthèse d'ATP, sont couplées : l'une ne pouvant pas avoir lieu sans l'autre.

Ainsi, la dégradation de la matière organique, d'abord dans le cytoplasme, puis dans la mitochondrie en présence de dioxygène, libère l'énergie qui permet la synthèse d'ATP. C'est la respiration. La fermentation, en condition anaérobie, libère elle aussi de l'ATP mais avec un moins bon rendement.

3 La contraction des cellules musculaires

La contraction musculaire nécessite de l'ATP. On cherche à comprendre par quelles voies métaboliques il est produit, et quel est l'effet de l'entraînement.

Le **Doc. 1** représente une coupe partielle de la cellule musculaire.

Celle-ci contient des protéines contractiles qui, en glissant les unes par rapport aux autres, assurent la contraction. Ce glissement nécessite de l'énergie fournie par l'ATP. Le muscle convertit l'énergie chimique de l'ATP en énergie mécanique.

La cellule musculaire contient aussi de nombreuses mitochondries, un organite spécialisé dans la respiration.

Par ailleurs, on observe que les mitochondries sont plus nombreuses et plus actives chez un individu entraîné. L'entraînement augmente donc les capacités respiratoires des cellules musculaires.

Le **Doc. 2** permet de comparer la composition des sangs artériel (entrant) et veineux (sortant) d'un muscle au cours d'un exercice physique. On observe que le sang veineux est appauvri en dioxygène et en glucose, et enrichi en dioxyde de carbone et en acide lactique.

L'astuce du prof
Il faut déduire de la comparaison des sangs veineux et artériel quels sont les produits consommés et rejetés par le muscle.

La cellule musculaire consomme donc du dioxygène et du glucose et rejette du CO_2 : elle respire.

Elle dégage également de l'acide lactique : elle réalise aussi une fermentation lactique.

Le **Doc. 3** montre qu'un individu entraîné produit moins d'acide lactique et consomme plus de dioxygène qu'un individu non entraîné. Il privilégie donc la respiration par rapport à la fermentation, ceci grâce à la multiplication des mitochondries qui résulte de l'entraînement.

Ainsi, l'entraînement oriente le métabolisme des cellules musculaires vers la respiration au détriment de la fermentation. Par cette voie métabolique, la dégradation du glucose est totale et le nombre de molécules d'ATP produites est beaucoup plus important.

4 Métabolisme musculaire et entraînement des sportifs

Il s'agit de montrer comment l'entraînement améliore les performances du sportif.

D'après le **Doc. 1** l'entraînement augmente le nombre et la taille des mitochondries dans les cellules musculaires. Or celles-ci sont les organites de la respiration et permettent la synthèse d'ATP nécessaire à la contraction musculaire.

De plus, suite à l'entraînement, l'activité des enzymes du cycle de Krebs augmente. Durant le cycle de Krebs, qui se déroule dans les mitochondries, la dégradation du pyruvate permet la synthèse d'ATP ainsi que de transporteurs réduits. La réoxydation de ces transporteurs dans la membrane interne des mitochondries permet la synthèse de nombreuses molécules d'ATP.

L'entraînement facilite donc la respiration.

D'après le **Doc. 2** les réserves de glycogène sont plus importantes chez une personne entraînée que chez une autre non entraînée. Les personnes entraînées consomment donc moins de glycogène que les non entraînées.

Le glycogène constitue une réserve de glucose dans le muscle. Lors de la glycolyse, le glucose est oxydé pour former du pyruvate, utilisé lors de la respiration dans les mitochondries pour la synthèse d'ATP.

D'après le **Doc. 3**, à vitesse de course égale les individus entraînés produisent moins de lactate que les autres et sont donc moins facilement victimes de fatigue musculaire. Or le lactate provient de la dégradation du glucose au cours de la fermentation. Celle-ci intervient en absence d'O_2 (lorsque la vitesse de la course augmente).

L'entraînement facilite l'approvisionnement en O_2 (capacités cardiorespiratoires améliorées) et le recours à la fermentation intervient pour une vitesse supérieure.

Grâce à l'entraînement, la respiration est favorisée par rapport à la fermentation. La fatigue musculaire est évitée, la performance est améliorée. La respiration produit davantage d'ATP par molécule de glucose que la fermentation. Ainsi le muscle consomme moins de glucose et produit plus d'ATP, ce qui permet des contractions musculaires plus intenses et de plus longue durée.

Chapitre 11

Le contrôle des flux de glucose

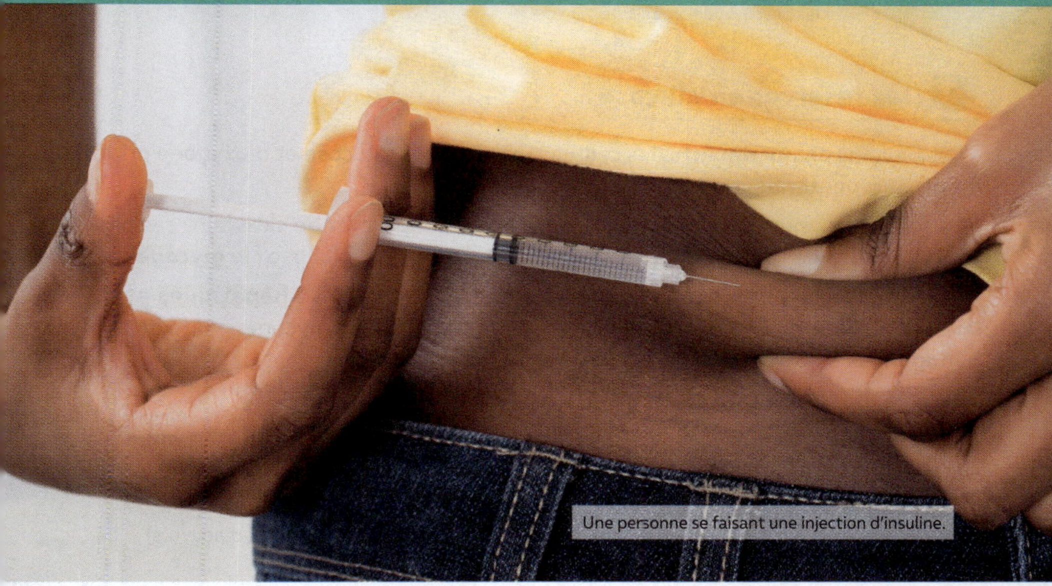

Une personne se faisant une injection d'insuline.

FICHE 1

Une consommation et des échanges de glucose

De quoi s'agit-il ?

Le glucose est échangé entre cellules via le sang afin de satisfaire les besoins de l'organisme.

1 Des réserves en glucose

- Les **besoins en nutriments** des cellules musculaires (glucose et dioxygène principalement) augmentent avec l'activité physique.
- Le foie et les muscles stockent du glucose, ce qui permet de satisfaire ces besoins à tout moment. La forme de stockage est un **polymère** du glucose : le **glycogène**.
- Lorsque la **glycémie** dépasse une valeur seuil, les cellules **hépatiques** et musculaires prélèvent du glucose dans le sang pour fabriquer du glycogène lors de la **glycogénogenèse** selon la réaction :

$$C_6H_{12}O_6 + \ldots + C_6H_{12}O_6 \rightarrow (C_6H_{10}O_5)n + nH_2O.$$

- La glycémie tend ainsi à rester constante. La position centrale du foie et la vascularisation hépatique favorisent le stockage du glucose (**Doc. 1**). En effet, tout le glucose provenant de l'intestin après la digestion passe par le foie avant de rejoindre la circulation sanguine générale.

Remarque

Le glucose en excès peut également être stocké après avoir été transformé en graisse dans les cellules du tissu adipeux (les adipocytes).

2 Une libération du glucose

- Pour assurer ses besoins, le muscle puise dans ses réserves en glycogène. L'hydrolyse du glycogène (**glycogénolyse**) libère du glucose selon la réaction :

$$(C_6H_{10}O_5)n + nH_2O \rightarrow C_6H_{12}O_6 + \ldots + C_6H_{12}O_6.$$

- Le glucose produit est alors consommé par la respiration pour **libérer de l'énergie**. Les réserves de glycogène musculaire sont rapidement épuisées au cours d'un effort. Aussi, une autre source est nécessaire.
- Dans les cellules hépatiques, du glucose produit par **glycogénolyse** est libéré dans le sang, puis capté et utilisé par les cellules musculaires au cours d'un effort.
- Ainsi, un flux de glucose (**Doc. 2**), variable selon l'activité, permet des **échanges** entre les organes sources (intestin et foie) et les organes consommateurs (dont les muscles). Le glucose issu de la glycogénolyse musculaire est par contre toujours utilisé sur place par le muscle.

À savoir

En cas de besoin, le foie est capable de transformer des molécules non glucidiques (acides aminés...) en glucose. Cette réaction, la néoglucogenèse, se déroule grâce à des enzymes hépatiques spécifiques.

LA BOITE À DOCS

Doc. 1 La position du foie dans la circulation sanguine

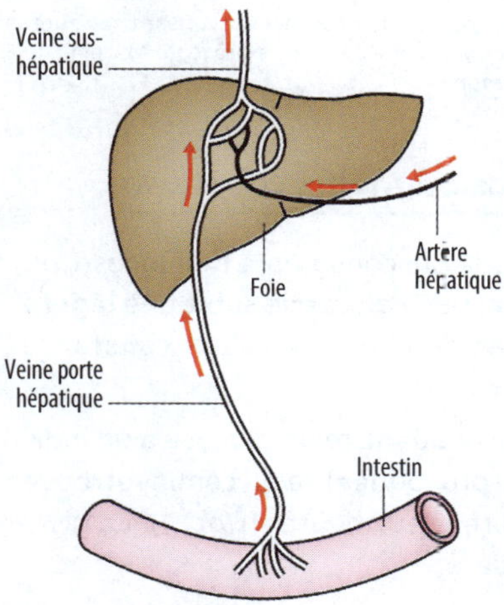

Doc. 2 Flux de glucose dans l'organisme

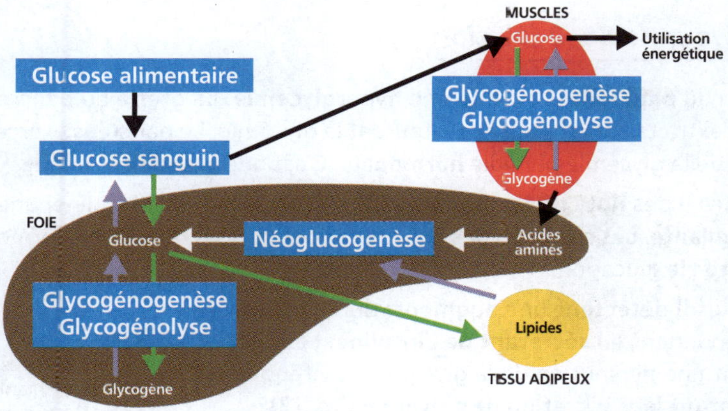

Vocabulaire

- **Polymère :** macromolécule constituée de l'enchaînement de molécules élémentaires.
- **Glycogène :** polymère de glucose.
- **Glycémie :** taux de glucose sanguin.
- **Hépatique :** constituant le foie (ou se rapportant au foie).
- **Glycogénogenèse :** synthèse du glycogène à partir du glucose.
- **Glycogénolyse :** hydrolyse du glycogène formant du glucose.

FICHE 2 La glycémie, une variable réglée

De quoi s'agit-il ?

Malgré les nombreuses circonstances favorisant ses fluctuations, la glycémie est maintenue constante grâce un système de régulation hormonale.

1 Une glycémie plus ou moins constante

- Après un exercice physique qui consomme du glucose, ou après un repas qui en apporte, la glycémie subit une **légère variation,** puis retrouve rapidement une **valeur constante** (environ 1 $g \cdot L^{-1}$).

Remarque
La valeur de la glycémie est comprise entre 0,8 et 1 $g \cdot L^{-1}$ chez un individu en bonne santé.

- Si l'on fait ingérer une forte quantité de glucose à un individu (test d'hyperglycémie provoquée), la glycémie retrouve aussi sa valeur normale après deux heures (**Doc. 1**). La glycémie reste constante également en cas de jeûne modéré.
- L'organisme est donc capable de **réguler la glycémie**. Le sang arrivant aux cellules délivre toujours la même quantité de glucose.

2 Un système de régulation

- L'ablation du **pancréas** provoque une **hyperglycémie**. La greffe du pancréas ou une injection d'extraits pancréatiques restaurent la glycémie. Le pancréas exerce donc une régulation de la glycémie par **voie hormonale**. C'est une **glande endocrine**.
- Les cellules β des **îlots de Langerhans** (**Doc 2**) sécrètent de l'insuline, une hormone **hypoglycémiante**. Les cellules α des îlots de Langerhans sécrètent une hormone **hyperglycémiante** : le glucagon.
- Les cellules β détectent une augmentation de la glycémie et y répondent **en sécrétant de l'insuline**. Les cellules α détectent une diminution de la glycémie et y répondent **en augmentant leur sécrétion de glucagon** (**Doc. 3**).
- Les cellules des îlots de Langerhans sont des **capteurs du glucose**, c'est-à-dire des cellules capables de détecter la variation de glycémie.

À savoir
Il existe d'autres hormones hyperglycémiantes que le glucagon mais l'insuline est la seule hormone hypoglycémiante.

- L'activité des cellules bêta et des cellules alpha est **coordonnée**, une augmentation de la sécrétion d'insuline étant associée à une diminution de la sécrétion de glucagon, et inversement.
- La réponse à une variation de la glycémie est **cohérente et efficace**.

LA BOITE À DOCS

Doc. 1 Variation de la glycémie après un test d'hyperglycémie provoquée

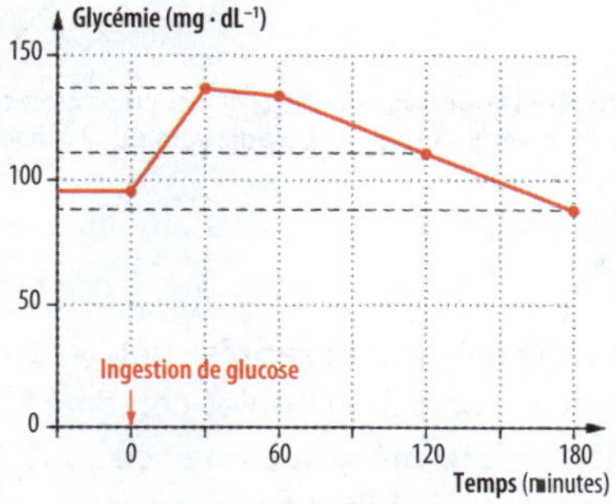

Doc. 2 Îlots de Langerhans dans le pancréas

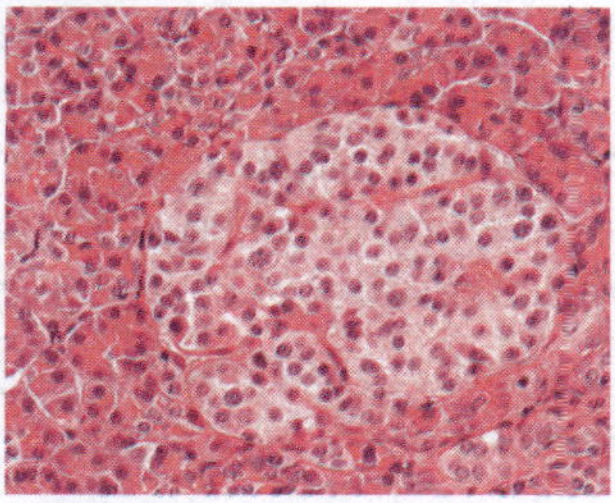

Doc. 3 Concentration plasmatique de l'insuline et du glucagon en fonction de la glycémie

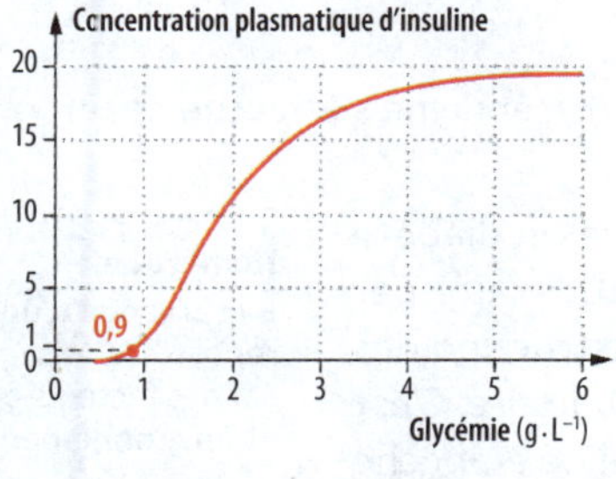

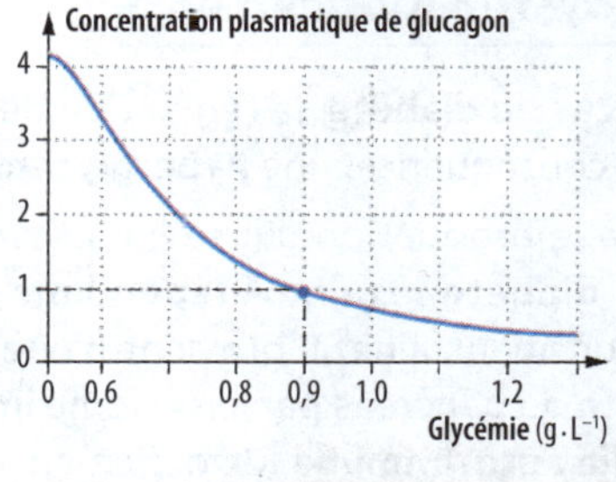

Vocabulaire

- **Pancréas :** organe situé sous l'estomac qui produit des enzymes digestives ainsi que des hormones.
- **Glande endocrine :** organe sécrétant des hormones.
- **Îlots de Langerhans :** amas de cellules pancréatiques richement vascularisés.
- **Hypoglycémiante :** qui fait baisser la glycémie.
- **Hyperglycémiante :** qui élève la glycémie.

FICHE 3

Le mode d'action des hormones pancréatiques

De quoi s'agit-il ?

Les hormones pancréatiques agissent sur des cellules cibles, notamment par l'intermédiaire de transporteurs du glucose.

1 Des cellules cibles

• Insuline et glucagon sont véhiculés **par le sang** et peuvent atteindre toutes les cellules de l'organisme. Seules certaines cellules répondent en **modifiant leur métabolisme** : ce sont des **cellules cibles**. Elles possèdent des **récepteurs** membranaires spécifiques à ces hormones (**Doc. 1**).

Remarque
La spécificité des récepteurs repose sur une complémentarité de forme avec l'hormone.

• La liaison **récepteur-insuline** entraîne l'activation des enzymes nécessaires à la **synthèse du glycogène** dans le foie et dans le muscle. Elle stimule aussi la mise en place des **transporteurs GLUT4**, spécifiques du glucose. Présents à l'intérieur de vésicules dans le cytoplasme, ils intègrent la membrane plasmique lorsque l'insuline se fixe sur son récepteur (**Doc. 2**). L'absorption du glucose est alors **augmentée**.

• Le glucagon provoque l'activation des enzymes de la glycogénolyse et la sortie de glucose dans les cellules hépatiques.

• La réaction de la cellule cible à ces deux hormones varie selon leur concentration. Le message hormonal est codé en **variation de concentration**.

2 Des dysfonctionnements

• Dans les cas de **diabète**, la régulation de la glycémie ne s'effectue pas normalement avec, pour conséquence, une **hyperglycémie**.

• L'arrêt de la production d'insuline provoque un diabète de type I, **diabète insulino-dépendant** (DID) traité par des injections d'insuline. Il provient d'une destruction des cellules bêta du pancréas par le système immunitaire. C'est une **maladie auto-immune**. Ce déficit en insuline empêche la mise en place des récepteurs GLUT4.

Remarque
La survenue d'un diabète repose à la fois sur des facteurs génétiques et environnementaux.

• Dans le cas du diabète de type II, les cellules cibles deviennent insensibles à l'insuline malgré un taux d'insuline normal ou élevé. C'est un **diabète non insulino-dépendant** (DNID). Toutefois, avec l'évolution de la maladie, le taux d'insuline finit par diminuer.

• Le DNID s'explique par une anomalie de liaison de l'insuline à son récepteur et à un défaut de l'activité du transport transmembranaire du glucose en réponse à la liaison insuline/récepteur.

LA BOITE À DOCS

Doc. 1 Les récepteurs des cellules cibles

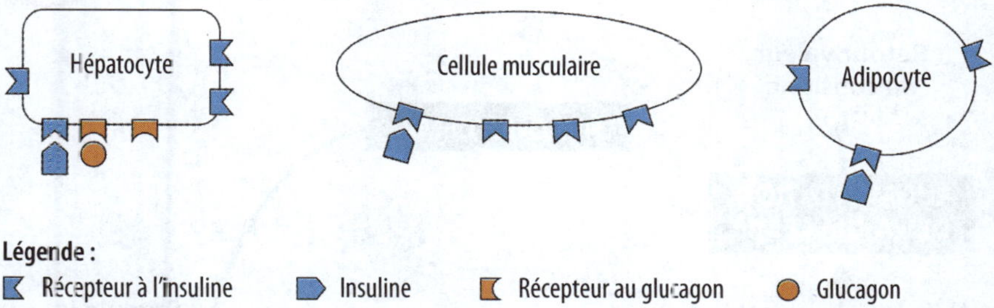

Doc. 2 Mise en place des transporteurs GLUT4

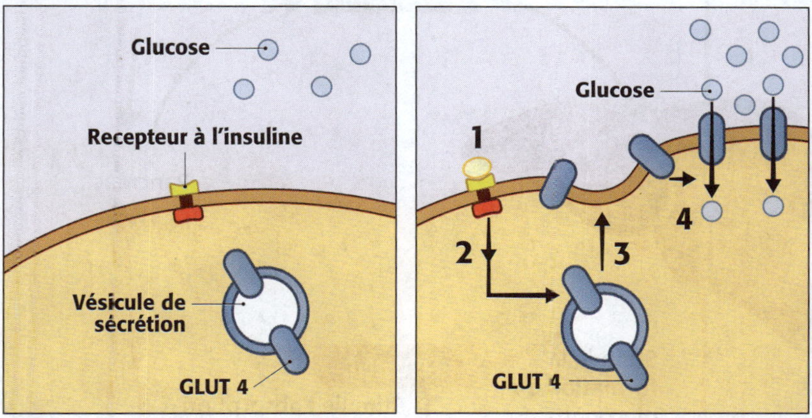

Lorsque l'insuline se fixe au récepteur (1), un signal est transmis (2) et les transporteurs GLUT4 sont amenés sur la membrane plasmique (3). Le glucose peut alors entrer dans la cellule (4).

Vocabulaire

- **Cellule cible :** cellule sensible à l'action d'une hormone.
- **Récepteur :** molécule capable de fixer une molécule circulante.
- **Diabète :** maladie caractérisée par une hyperglycémie prolongée.
- **Maladie auto-immune :** destruction des cellules de l'organisme par le système immunitaire.

Révision Express

SCHÉMA BILAN

> Régulation de la glycémie

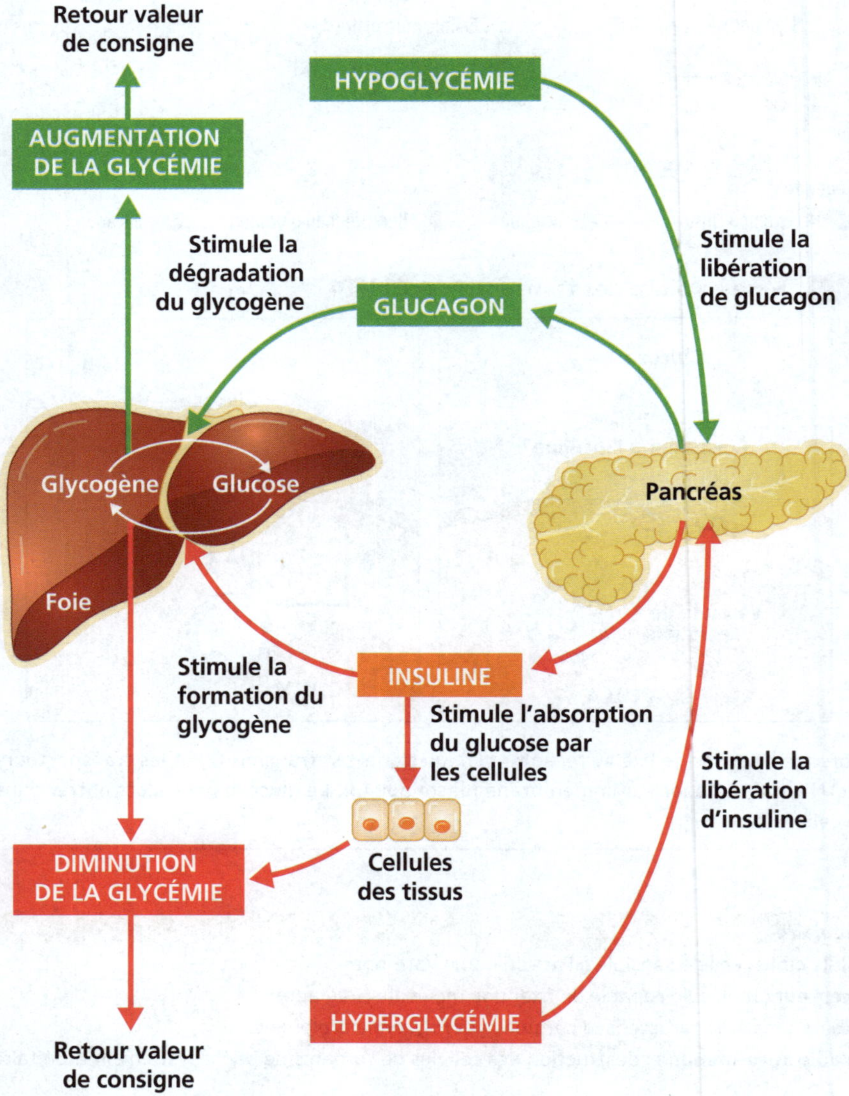

POINTS IMPORTANTS À RETENIR

- Les cellules musculaires et hépatiques contiennent des **réserves** de glucose sous forme de **glycogène**, mobilisables selon les besoins.
- Les cellules hépatiques peuvent libérer du glucose dans le sang. Celui-ci est capté et utilisé par les cellules musculaires au cours d'un effort.
- Ainsi existe-t-il dans l'organisme un **flux de glucose**, variable selon l'activité, entre les **organes sources** (intestin et foie) et les **organes consommateurs** (dont les muscles).
- Une **régulation hormonale** assure le maintien d'une **glycémie stable** quelles que soient les circonstances, après un repas ou un jeûne.
- Les cellules bêta du **pancréas** sécrètent de **l'insuline**, une hormone **hypoglycémiante**, tandis que les cellules alpha sécrètent du **glucagon**, une hormone **hyperglycémiante**. Ces cellules pancréatiques sont des **capteurs** du glucose qui détectent les variations de glycémie et adaptent leur activité en conséquence.
- L'insuline et le glucagon agissent sur des **cellules cibles** qui possèdent des **récepteurs membranaires** spécifiques. Ces hormones entraînent l'entrée ou la sortie de glucose grâce à des **protéines membranaires** de transport.
- Le **diabète** est une **hyperglycémie** prolongée. Le diabète de type I (DID) provient d'un manque d'insuline ; le diabète de type II (DNID) résulte d'une **insensibilité** des cellules cibles à cette hormone.

APPRENDRE AUTREMENT

Comprendre en quoi la glycémie est une variable régulée

Vidéo

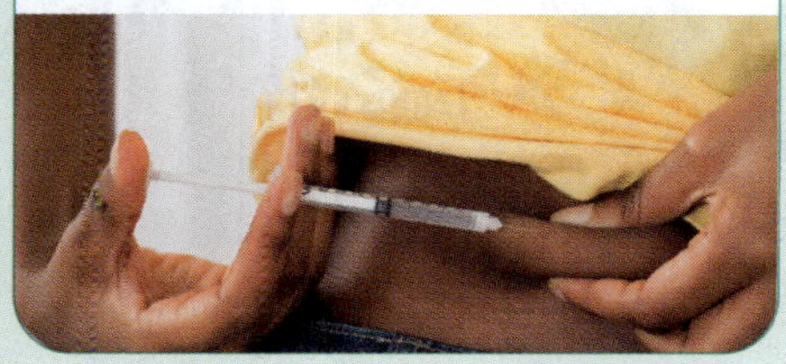

LE COURS EN 10 MOTS-CLÉS

PANCRÉAS
GLYCÉMIE RÉGULÉE
CAPTEUR DU GLUCOSE
Glucagon
GLYCOGÉNOGENÈSE
GLYCOGÉNOLYSE
INSULINE
Cellule cible
DIABÈTE
RÉCEPTEURS

Analyser une série d'expériences

ÉNONCÉ

L'ablation du pancréas chez un chien entraîne des troubles graves parmi lesquels les symptômes du diabète de type I : hyperglycémie, présence de glucose dans l'urine, faim insatiable, amaigrissement considérable. La survie après l'opération dure environ un mois.

Le tableau ci-dessous indique les valeurs de la teneur du sang en glucose (glycémie) chez un chien, quelques heures avant et après l'ablation du pancréas. Les mesures ont été réalisées toutes les heures.

Doc. 1 Évolution de la glycémie chez un chien après l'ablation du pancréas

Glycémie (g/l)	1	1	1	1,2	1,5	1,8	2,4	2,8	3,0	3,2	3,2	3,3	3,4

Chez un chien «dépancréaté», on intercale sur la circulation carotido-jugulaire un pancréas prélevé chez un autre chien. Ce pancréas est par la suite supprimé.

Doc. 2 Variation de la glycémie au cours de l'expérience du «pancréas au cou»

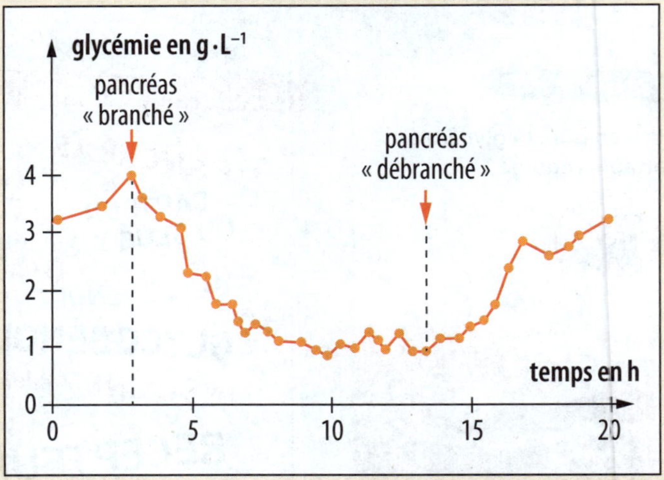

Doc. 3 Injection d'extraits pancréatiques

Si l'on injecte à un chien «dépancréaté» des extraits pancréatiques, on constate que les troubles du diabète disparaissent à condition que les injections soient faites régulièrement. Par contre, si ces mêmes extraits sont injectés à un chien normal, on constate après quelques heures que sa glycémie est de 0,5 g/l.

QUESTION

Exploitez ces expériences pour dégager le rôle et le mode d'action du pancréas dans la régulation de la glycémie.

MÉTHODE

- Il s'agit d'expériences classiques consistant à mettre en évidence le **rôle** d'un organe en procédant à son ablation. Il faut **comparer les effets de l'ablation à la situation précédant cette ablation**.
- On se pose ensuite la question du **mode d'action** de cet organe. Un organe peut exercer un contrôle à distance sur d'autres organes effecteurs soit par voie **hormonale**, soit par voie **nerveuse**.
- L'injection d'extraits d'un organe contient une substance produite par ce dernier et permet de confirmer l'hypothèse d'une action par voie hormonale.

CORRIGÉ

Un chien soumis à une ablation du pancréas présente les symptômes du diabète, et notamment une élévation de sa glycémie (**Doc. 1**). Or, avant l'ablation du pancréas, sa glycémie restait à une valeur stable de 1 $g.L^{-1}$. On peut donc en déduire que le pancréas, quand il est présent, intervient dans la régulation de la glycémie en jouant un rôle hypoglycémiant.

Chez un chien «dépancréaté», la glycémie diminue lorsqu'une connexion sanguine est établie avec le pancréas d'un autre animal (**Doc. 2**). En revanche, dès que la connexion est interrompue, la glycémie augmente à nouveau. Ainsi, le pancréas fait baisser la glycémie par l'intermédiaire d'une substance circulant dans le sang, c'est-à-dire par l'intermédiaire d'une hormone.

L'injection d'extraits pancréatiques (**Doc. 3**) confirme cette conclusion. En effet, l'injection de ces extraits fait disparaître l'hyperglycémie chez le chien diabétique et entraîne une hypoglycémie chez un chien non diabétique.

On peut donc en conclure que le pancréas sécrète une hormone hypoglycémiante (l'insuline) qui, en agissant sur des organes cibles effecteurs, fait baisser la glycémie.

Remarque
L'insuline est la seule hormone hypoglycémiante. Aussi, l'ablation du pancréas a un effet hyperglycémiant malgré l'absence de sécrétion du glucagon.

Fiche test 1 — Je fais le point

VRAI / FAUX — 1 min — ◯ À revoir ◯ Acquis

Indiquer pour chaque proposition si elle est vraie ou fausse.

1. Le glucagon est une hormone hypoglycémiante.	◯ Vrai	◯ Faux
2. La glycogénogenèse assure le stockage du glucose.	◯ Vrai	◯ Faux
3. En cas d'hypoglycémie, le muscle libère du glucose dans le sang.	◯ Vrai	◯ Faux
4. Les cellules musculaires réalisent la glycogénolyse.	◯ Vrai	◯ Faux
5. L'insuline stimule la pénétration du glucose dans les cellules cibles.	◯ Vrai	◯ Faux

SCORE : ___ / 5

Fiche test 2 — Le bon choix

QCM — 3 min — ◯ À revoir ◯ Acquis

Pour chaque question ou affirmation, il y a entre 0 et 3 bonnes réponses.

1 L'insuline comme le glucagon :
- ◯ **a.** est une hormone hyperglycémiante.
- ◯ **b.** est une hormone pancréatique.
- ◯ **c.** agit sur des cellules cibles.

FICHE 2 p. 262

2 L'insuline agit sur ses cellules cibles :
- ◯ **a.** en se fixant sur des récepteurs membranaires.
- ◯ **b.** en stimulant la sortie de glucose.
- ◯ **c.** en stimulant la glycogénogenèse.

FICHE 3 p. 264

3 Les cellules hépatiques :
- ◯ **a.** sont des capteurs du glucose.
- ◯ **b.** libèrent ou stockent du glucose.
- ◯ **c.** sécrètent de l'insuline.

FICHE 1 p. 260

4 Le diabète de type I :
- ◯ **a.** se caractérise par une hyperglycémie.
- ◯ **b.** est une maladie auto-immune.
- ◯ **c.** est dû à une résistance des cellules cibles de l'insuline.

FICHE 3 p. 264

5 La glycogénolyse :
- ◯ **a.** permet la synthèse de glucose.
- ◯ **b.** assure la mise en réserve du glucose.
- ◯ **c.** est réalisée dans les cellules hépatiques et musculaires.

FICHE 1 p. 260

6 L'entrée de glucose dans les cellules :
- ◯ **a.** est stimulée par le glucagon.
- ◯ **b.** est assurée par des protéines de transport.
- ◯ **c.** déclenche la glycogénolyse.

FICHE 2 p. 262

7 La valeur de la glycémie :
- ◯ **a.** est réglée autour de 1 mg.L^{-1}.
- ◯ **b.** augmente après une activité physique.
- ◯ **c.** augmente en cas de diabète.

FICHE 1 p. 260

SCORE : ___ / 7

EXERCICES D'ENTRAÎNEMENT

① Régulation de la glycémie

Exploitation de documents

Différents mécanismes permettent le maintien d'une glycémie stable malgré des apports en glucose irréguliers. Les documents suivants fournissent des informations sur le fonctionnement du système de régulation de la glycémie.

Doc. 1 Évolution de la glycémie dans deux types de vaisseaux sanguins

On injecte dans le sang d'un animal une solution de glucose et on suit la concentration de celui-ci dans l'artère hépatique (arrivant au foie) ainsi que dans la veine sus-hépatique (quittant le foie).

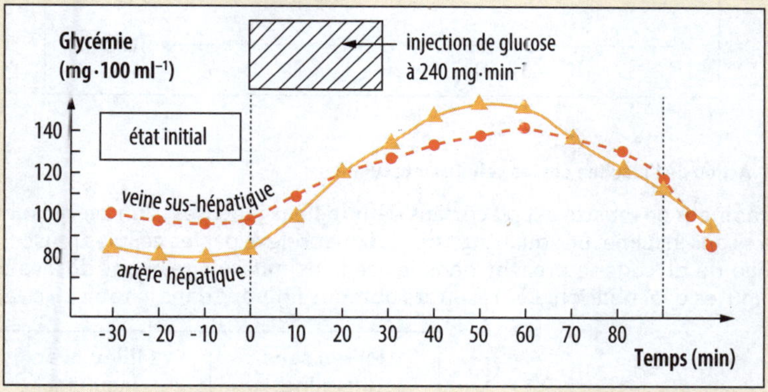

Doc. 2 Évolution de la glycémie après une ablation du pancréas suivie d'une greffe, puis de la suppression du greffon

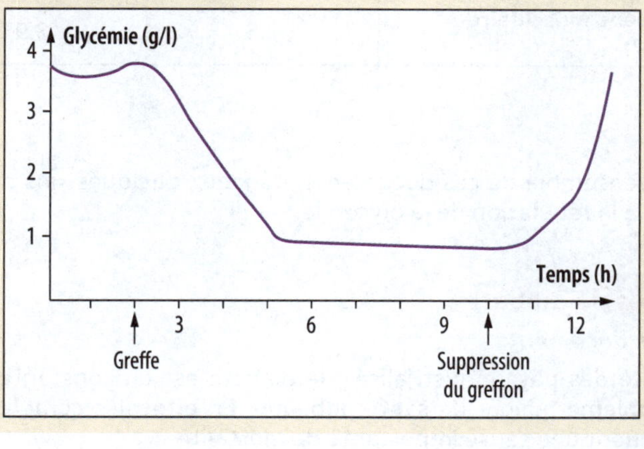

Doc. 3 **Dosage du glycogène hépatique**

Des dosages du glycogène hépatique ont été réalisés chez le chien. L'animal est d'abord pancréatectomisé (il subit l'ablation du pancréas), puis soumis à des injections répétées d'insuline.

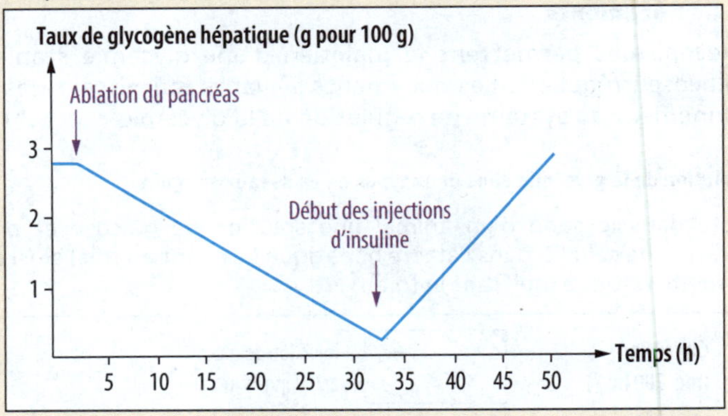

Doc. 4 **Action de l'insuline sur les cellules musculaires**

Un fragment de muscle est placé dans deux milieux glucosés : l'un avec insuline et l'autre sans insuline. Les quantités de glucose prélevé par les cellules musculaires et celle de glycogène présent dans les cellules musculaires sont dosées après 10 minutes d'incubation. Les résultats obtenus figurent dans le tableau ci-après.

	Milieu sans insuline	Milieu avec insuline
Glucose prélevé par les cellules musculaires ($\mu mol \cdot g^{-1} \cdot min^{-1}$)	0,8	1,1
Glycogène musculaire ($mg \cdot g^{-1}$)	2,5	3,9

QUESTION

En exploitant l'ensemble de ces documents, dégagez quelques-uns des mécanismes qui participent à la régulation de la glycémie.

② Deux types de diabètes

Exploitation de documents

Dans la majorité des pays industrialisés, le diabète est en constante augmentation et pose un problème majeur de santé publique. En effet, les complications liées au diabète constituent une cause importante de mortalité.

Les documents suivants montrent qu'il existe en réalité différents types de diabètes.

Doc. 1 Les résultats d'un test d'hyperglycémie

On fait ingérer à deux individus A et B une solution concentrée de glucose. On mesure alors l'évolution de leur glycémie au cours du temps ainsi que leur insulinémie.

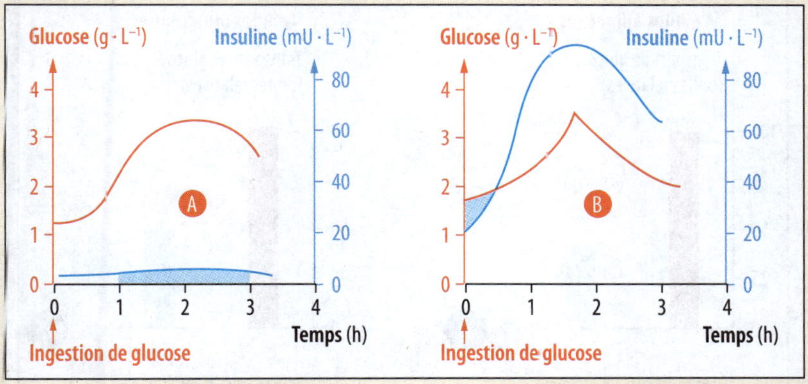

Doc. 2 Une mesure de l'activité hépatique

Chez l'individu B, on mesure la libération de glucose par le foie en fonction de la quantité d'insuline (T est un individu témoin, non diabétique).

Si l'on pratique cette même expérience chez l'individu A, il se comporte comme le témoin à condition de lui avoir préalablement injecté de l'insuline.

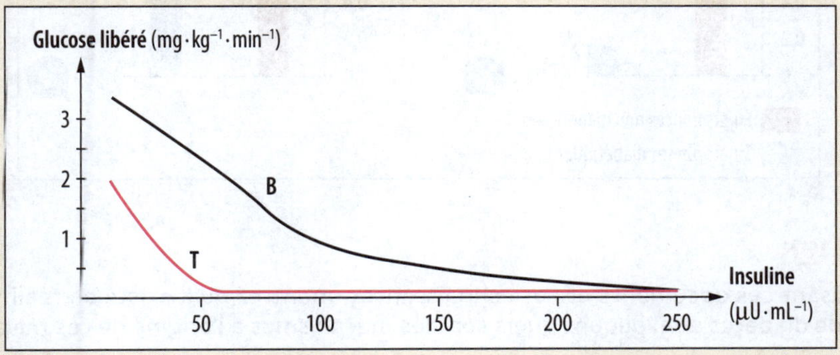

On mesure, dans les cellules musculaires et adipeuses, le transport de glucose (a1, a2) et le nombre de protéines transporteuses de glucose (b1, b2). Ces dernières se situent au niveau de la membrane plasmique mais aussi au niveau de la membrane de vésicules intracellulaires qui peuvent fusionner avec la membrane plasmique.

Les résultats suivants sont obtenus après stimulation maximale des cellules par l'insuline, chez des sujets non diabétiques minces et chez des sujets obèses souffrant de diabète de type II.

Doc. 3 **Transport du glucose, du compartiment sanguin vers le milieu intracellulaire, mesuré dans différentes cellules**

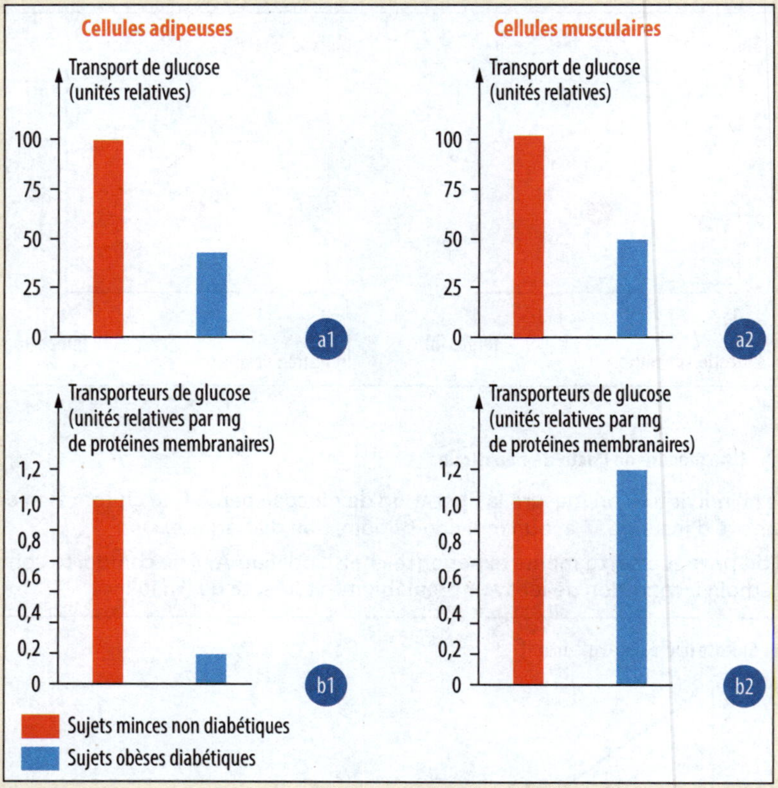

QUESTION

En utilisant ces documents et vos connaissances, montrez qu'il existe en réalité deux types de diabètes et expliquez quels sont les mécanismes à l'origine de ces maladies.

③ Alimentation du muscle en glucose durant l'effort

Exploitation de documents

On cherche à comprendre comment le muscle se fournit en glucose lors d'un effort. On utilise pour cela deux souches de souris : une sauvage et une mutante pour GLUT4, le transporteur membranaire de glucose. Les **Doc. 1** et **Doc. 2** fournissent les résultats d'études menées sur ces souris.

Doc. 1 **Prélèvement du glucose chez des souris sauvages et mutantes, au repos et à l'effort**

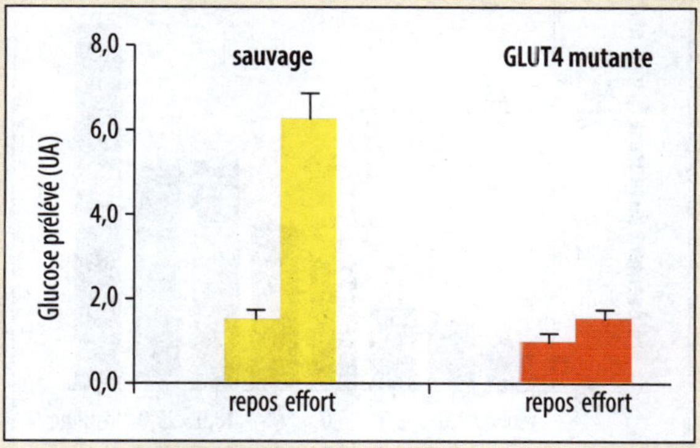

Doc. 2 **Variation du glycogène musculaire pour deux souches de souris**

0 – 5 – 24 h = temps écoulé après l'effort

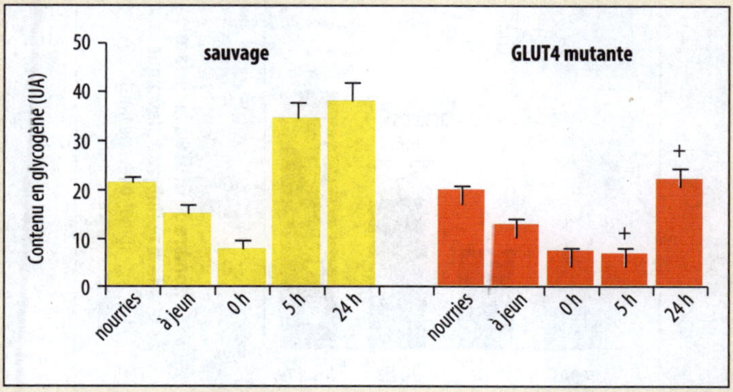

Par ailleurs, on soumet un muscle à contraction lente à des contractions d'intensité croissante ou à la présence d'insuline. L'intensité de l'effort est contrôlée par la fréquence de stimulation du muscle (1,0 Hz = intensité de contraction faible ; 25,0 Hz = intensité de contraction élevée).

On suit quantitativement le fonctionnement de ce muscle par le prélèvement de glucose radioactif et la présence de transporteur GLUT4 à la surface de la membrane plasmique (**Doc. 3**).

Doc. 3 **Analyse du prélèvement de glucose (gauche) et de la présence membranaire de GLUT4 (droite)**

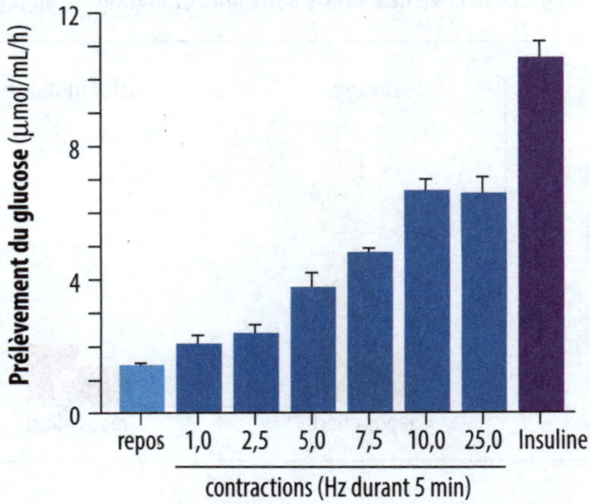

A : Analyse du prélèvement de glucose

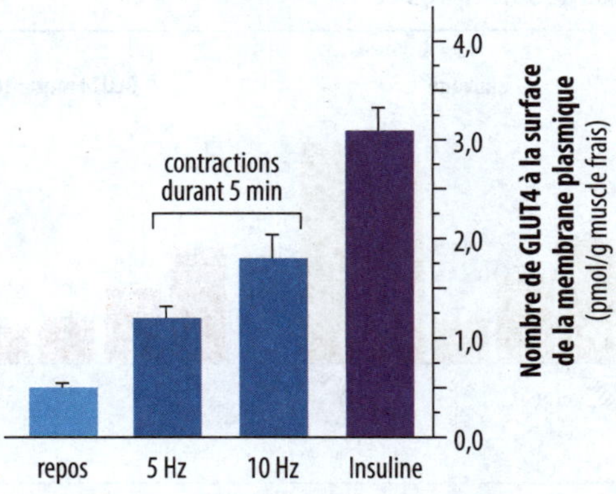

B : Analyse de la présence membanaire de GLUT4

QUESTION

À partir de l'exploitation de ces documents, montrez comment le muscle peut satisfaire l'augmentation de ses besoins au cours de l'effort.

Fiche test 1 Je fais le point

1. **Faux.** Le glucagon est une hormone hyperglycémiante.
2. **Vrai.**
3. **Faux.** Le glucose musculaire libéré à la suite de la glycogénolyse est utilisé par la cellule musculaire et n'en sort pas.
4. **Vrai.**
5. **Vrai.**

Fiche test 2 Le bon choix

1. **a.** est fausse. L'insuline est une hormone hypoglycémiante, à la différence du glucagon.
   b. et **c.** sont vraies.
2. **a.** et **c.** sont vraies.
   b. est fausse. L'insuline stimule l'entrée de glucose dans ses cellules cibles.
3. **a.** et **c.** sont fausses. Ce sont les cellules pancréatiques qui détectent les variations de la glycémie et qui sécrètent de l'insuline (cellules bêta).
   b. est vraie.
4. **a.** et **b.** sont vraies.
   c. est fausse. Le diabète de type I est dû à la destruction des cellules productrices d'insuline (cellules bêta).
5. **a.** et **b.** sont fausses.
   La glycogénolyse permet la libération de glucose (et non la synthèse) à partir de la dégradation des réserves de glycogène.
   c. est vraie.
6. **a.** et **c.** sont fausses. L'entrée de glucose dans les cellules est stimulée par l'insuline et permet la mise en réserve du glucose sous forme de glycogène (glycogénogenèse).
   b. est vraie.
7. **a.** et **b.** sont fausses. La valeur de la glycémie est réglée autour de $1 \text{ g}\cdot\text{L}^{-1}$. Elle diminue après une activité physique (puis retrouve sa stabilité du fait d'une régulation hormonale).
   c. est vraie.

EXERCICES D'ENTRAÎNEMENT

1 Régulation de la glycémie

Malgré des apports irréguliers en glucose, la glycémie (taux de glucose sanguin) reste stable (autour de 1 g/L), ce qui permet de satisfaire à tout moment les besoins des organes. Le maintien d'une glycémie stable fait intervenir un système de régulation auquel participent différents éléments. Nous utiliserons les documents proposés pour identifier ces éléments et montrer comment ils participent au fonctionnement de ce système de régulation.

Remarque

Il faut comparer le taux de glucose dans les sang entrant et sortant du foie pour en déduire l'effet exercé par le foie sur la glycémie.

L'étude du **Doc. 1** montre qu'avant l'ingestion de glucose, le sang qui arrive au foie par l'artère hépatique contient moins de glucose que celui qui en sort par la veine sus-hépatique. On peut donc en déduire que le foie est capable de délivrer du glucose.

Par ailleurs, après l'ingestion de glucose, le sang qui entre dans le foie est plus riche en glucose que celui qui en sort. Ainsi, lorsque le glucose est en excès dans le sang, le foie est capable de le stocker. On peut donc en conclure que le foie, qui peut stocker ou libérer du glucose, est un organe effecteur de la régulation de la glycémie.

Le **Doc. 2** permet d'observer que, chez un animal privé de pancréas, la glycémie est élevée (4 $g \cdot L^{-1}$). Après une greffe du pancréas, elle diminue rapidement pour retrouver sa valeur normale de 1 $g \cdot L^{-1}$. Toutefois, la suppression du greffon provoque une nouvelle augmentation de la glycémie.

Gagnez des points

Pensez à relier les documents entre eux pour construire une démarche explicative.

On peut donc en déduire que le pancréas joue un rôle hypoglycémiant. Comme son action s'exerce à la suite d'une greffe, laquelle permet le rétablissement des connections sanguines, on peut ainsi supposer que le pancréas exerce son effet hypoglycémiant par l'intermédiaire d'une hormone.

Le **Doc. 3** permet d'identifier cette hormone et de déterminer en partie comment elle exerce son rôle hypoglycémiant. En effet, on observe qu'une ablation du pancréas est suivie d'une diminution de la quantité de glycogène hépatique. Or, le glycogène est une macromolécule constituée d'un enchaînement de molécules de glucose. La baisse de la quantité de glycogène dans le foie s'explique par une hydrolyse du glycogène ou glycogénolyse, réaction qui libère du glucose.

Remarque

Une diminution de glycogène hépatique se traduit par une libération de glucose et donc, une augmentation de la glycémie.

Une injection d'insuline dans le sang permet de reconstituer à nouveau le stock de glycogène hépatique. L'insuline stimule la synthèse de glycogène à partir de glucose prélevé dans le sang, avec pour conséquence une baisse de la glycémie. Véhiculée par le sang, elle agit sur un organe cible : le foie. C'est donc l'hormone par l'intermédiaire de laquelle le pancréas exerce un rôle hypoglycémiant.

Le **Doc. 4** nous apprend qu'en présence d'insuline, le muscle prélève davantage de glucose. Par ailleurs, la quantité de glycogène musculaire augmente. De ce fait, on peut conclure que l'insuline agit également sur les cellules musculaires. Elle stimule l'entrée ainsi que la mise en réserve du glucose sous forme de glycogène, comme elle le fait dans le foie.

Conseil

N'oubliez pas de conclure pour répondre au problème posé!

Foie et muscle sont donc des organes cibles de l'insuline et de ce fait, ils possèdent des récepteurs spécifiques au niveau desquels elle est capable de se fixer.

L'ensemble de ces documents nous a permis de montrer que la régulation de la glycémie fait intervenir des effecteurs qui agissent en fonction des informations reçues pour corriger les variations du paramètre réglé. Ainsi, selon les informations qu'il reçoit, le foie stocke ou délivre du glucose. Ces informations lui parviennent sous forme de messages hormonaux délivrés par le pancréas.

② Deux types de diabètes

Le diabète est une maladie caractérisée par une hyperglycémie prolongée. Il existe en réalité deux types de diabètes que nous allons chercher à différencier.

Chez le sujet A, la glycémie reste élevée après le test (supérieure à 1 $g \cdot L^{-1}$) et la sécrétion d'insuline est nulle (Doc. 1). Son hyperglycémie est due à l'absence d'insuline, une hormone hypoglycémiante qui fait baisser la glycémie. Il est atteint de diabète de type I (ou DID pour diabète insulinodépendant). Le sujet B présente une hyperglycémie malgré un taux d'insuline élevé. Chez lui, l'insuline n'a pas d'effet. Il est atteint d'un diabète de type II (ou DNID pour diabète non insulinodépendant).

L'astuce du prof

Construisez une démarche explicative : les questions posées par un document sont résolues par les données du document suivant.

Chez le sujet B (atteint de DNID), le foie libère davantage de glucose que chez le sujet témoin, même en absence d'insuline (Doc. 2). Chez le témoin comme chez les diabétiques de type I, un apport d'insuline empêche la libération de glucose par le foie et exerce son rôle hypoglycémiant. Chez le sujet diabétique de type II, en présence d'insuline, le foie libère du glucose. Les cellules hépatiques sont devenues insensibles à l'insuline.

Dans les cellules musculaires et adipeuses, l'entrée de glucose est plus faible chez les diabétiques de type II que chez les sujets témoins (Doc. 3). Chez les diabétiques, malgré la présence d'insuline, le glucose s'accumule alors dans le sang et la glycémie augmente.

Dans les cellules adipeuses, le nombre de transporteurs de glucose est plus faible chez les diabétiques que chez les témoins, ce qui empêche le glucose d'y entrer. Dans les cellules musculaires, au contraire, il y a davantage de transporteurs chez les diabétiques que chez les témoins, la diminution de l'entrée du glucose s'explique par un autre mécanisme.

À savoir

Le glucose entré dans les cellules adipeuses est stocké sous forme de graisse.

Ainsi, le diabète se caractérise par une hyperglycémie prolongée. Il s'explique par une absence d'insuline (type I) ou par une résistance à l'insuline (type II). Dans ce cas, la glycémie n'est plus régulée, le foie libère du glucose et celui-ci entre moins bien dans les cellules.

③ Alimentation du muscle en glucose durant l'effort

Durant l'effort, pour libérer de l'énergie, le muscle augmente sa consommation en glucose. On cherche à montrer comment il peut satisfaire l'augmentation de ses besoins en glucose pendant l'effort.

Au cours d'un effort (Doc. 1), les cellules musculaires d'une souris non mutée prélèvent quatre fois plus de glucose qu'au repos. Ce n'est pas le cas des cellules d'une souris mutante dépourvues de transporteur GLUT4. On peut donc supposer que GLUT4 est le principal transporteur de glucose, et permet son entrée dans la cellule musculaire.

Gagnez des points

Utilisez vos connaissances pour préciser vos explications.

Néanmoins, malgré l'absence de GLUT4, la souris mutante prélève du glucose au repos et en prélève une quantité légèrement supérieure pendant l'effort. Cela donne à penser qu'il existe d'autres transporteurs de glucose, même si ceux-ci ont un rôle secondaire au cours de l'effort.

Le **Doc. 2** montre les variations du contenu en glycogène de la cellule musculaire chez la souris sauvage et chez la souris mutée pour GLUT4. Chez la souris sauvage, la quantité de glycogène est légèrement supérieure à celle la souris mutée au repos, et beaucoup plus importante après l'effort.

Le glucose prélevé par la cellule musculaire est stocké sous forme de glycogène, un polymère de glucose, grâce à la glycogénogenèse.

Puisqu'une plus faible quantité de glucose a été prélevée chez la souris mutante (**Doc. 1**), la quantité de glycogène synthétisé est plus faible.

L'augmentation de l'intensité de la contraction musculaire, c'est-à-dire de l'effort physique, entraîne une augmentation du prélèvement de glucose par la cellule (**Doc. 3**). Le glucose étant plus rapidement consommé pendant l'effort, cela alimente sa pénétration dans la cellule musculaire. Néanmoins, à partir de 10 Hz, même si l'intensité de l'effort augmente, le prélèvement de glucose reste constant.

Au repos, le prélèvement de glucose est maximal en présence d'insuline. L'insuline est une hormone hypoglycémiante qui favorise le prélèvement de glucose à partir du sang.

On observe par ailleurs que la contraction du muscle favorise l'augmentation du nombre de transporteurs GLUT4 sur la membrane plasmique de la cellule musculaire. Néanmoins, en présence d'insuline, le nombre de ces transporteurs augmente de façon plus importante. Les transporteurs GLUT4 sont fixés à des membranes internes dans le cytoplasme de la cellule. L'effort physique et l'insuline déclenchent un mouvement de ces membrane internes vers la membrane plasmique avec laquelle ils fusionnent : le nombre de transporteurs GLUT4 augmente alors, ce qui provoque une élévation de la quantité de glucose entrant dans la cellule musculaire.

Conseil

Il faut étudier en parallèle les deux parties du document pour préciser comment sont mis en jeu les transporteurs GLUT4.

Chapitre 12 Comportement et stress

Le stress aigu prépare le corps à fuir ou à résister à une agression.

FICHE 1

Une réponse adaptative immédiate

De quoi s'agit-il ?

L'organisme réagit de façon automatique et rapide aux agressions stressantes auxquelles il est soumis.

1 Des modifications physiologiques

- Face à une agression physique ou émotionnelle, l'organisme déclenche des **réactions physiologiques** telles qu'une augmentation de la **ventilation pulmonaire** et du **débit cardiaque**, ainsi qu'une modification de la **circulation sanguine** : les vaisseaux irriguant les muscles se dilatent tandis que ceux irriguant d'autres organes (peau, intestin) se contractent. Une élévation de la glycémie se produit également.

À savoir
Le comportement de stress est une réponse présente chez tous les mammifères.

- Ces modifications, qui mobilisent les **ressources en dioxygène et en glucose**, permettent d'intensifier la libération d'énergie et ainsi la contraction musculaire. Elles préparent l'organisme à fuir ou à résister à l'agression. Elles constituent le **stress aigu**.

2 Une libération d'adrénaline

- Ces réactions sont déclenchées par une hormone, l'**adrénaline**, libérée par les **glandes médullosurrénales**. Elle se fixe sur les récepteurs des cellules cibles (cellules du cœur, des bronches, de la paroi des artères…) et modifie leur fonctionnement (**Doc.**).

Remarque
Comme le glucagon, l'adrénaline est une hormone hyperglycémiante.

- La sécrétion d'adrénaline est contrôlée par **voie nerveuse**. En cas d'agression, des signaux provenant de l'environnement sont interprétés par l'encéphale comme dangereux et le **système limbique** est stimulé, en particulier les zones impliquées dans les émotions telles que l'**amygdale**.
- Des fibres nerveuses du **système sympathique** issues de l'encéphale stimulent à leur tour les glandes médullosurrénales auxquelles elles sont connectées, ce qui déclenche la sécrétion d'adrénaline.
- Le système nerveux sympathique agit parallèlement à l'adrénaline sur les mêmes organes (coeur, poumons…) pour accompagner son effet. De cette façon les conditions favorables à une augmentation de la dépense énergétique sont réunies pour favoriser l'activité musculaire.
- La voie nerveuse est le moyen de communication le plus rapide dans l'organisme, cette réaction fondée sur l'adrénaline est la première à se mettre en place en cas de stress. Elle constitue une **réaction adaptative immédiate**.

LA BOITE À DOCS

Doc. Réponses physiologiques à un stress

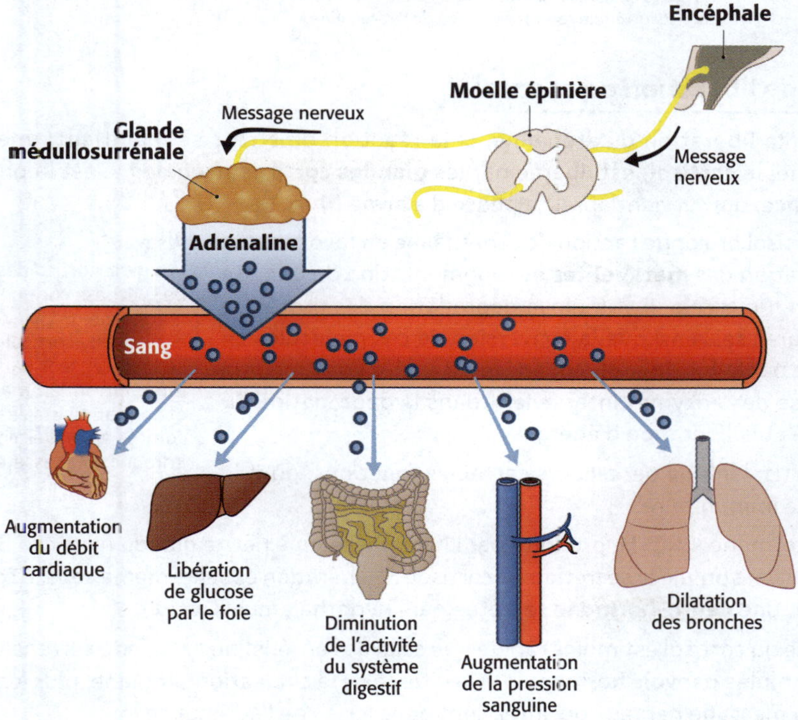

Vocabulaire

- **Réaction physiologique :** modification du fonctionnement des organes.
- **Ventilation pulmonaire :** mécanisme permettant le renouvellement de l'air dans les poumons.
- **Débit cardiaque :** volume de sang expulsé par le cœur par unité de temps.
- **Glande médullosurrénale :** partie interne de la glande surrénale.
- **Système limbique :** ensemble des structures profondes de l'encéphale intervenant dans les émotions.
- **Amygdale :** noyau situé dans la région du lobe temporal de l'encéphale.
- **Système sympathique :** système nerveux autonome, fonctionnant indépendamment de la volonté.

FICHE 2

Une réponse adaptative plus lente

De quoi s'agit-il ?

Au cours de la réaction de stress, du cortisol sécrété par la glande corticosurrénale renforce l'action de l'adrénaline.

1 Une libération de cortisol

- Après la libération d'adrénaline, si la réaction de stress se maintient, une autre hormone, le **cortisol**, est libérée par les **glandes corticosurrénales**. C'est la phase de **résistance**, qui survient après la phase d'alarme (**Doc. 1**).
- Le cortisol prolonge l'action de l'adrénaline en favorisant la mobilisation des **métabolites** et l'augmentation du glucose sanguin. Pour cela, il stimule la dégradation des protéines et des graisses ainsi que la conversion de ces molécules en glucose par le foie (**néoglucogenèse**). Il active également la synthèse des enzymes intervenant dans la dégradation du glucose et la libération d'énergie.
- Le cortisol **inhibe** par ailleurs certaines fonctions, dont le système immunitaire.

À savoir

Les glucocorticoïdes de synthèse sont des médicaments qui dérivent du cortisol. Ils se caractérisent par leur effet anti-inflammatoire et sont aussi utilisés comme anti-allergiques et immunosuppresseurs.

- Une hormone, l'**ACTH**, produite par l'hypophyse (une petite glande fixée à la base de l'encéphale) stimule la sécrétion de cortisol. Sa libération est elle-même sous le contrôle du **CRH**, une **neuro-hormone** sécrétée par l'hypothalamus (**Doc. 2**).
- La voie du cortisol est moins rapide que celle de l'adrénaline, la glande surrénale étant alors stimulée par **voie hormonale**, à la vitesse de la circulation sanguine, plus lente que celle du message nerveux qui intervient dans le cas de l'adrénaline.

2 Un rétrocontrôle négatif

- Le taux sanguin de cortisol est contrôlé par un **système de rétroaction**. En effet, le cortisol inhibe la sécrétion de CRH par l'hypothalamus et celle de l'ACTH par l'hypophyse. Il s'ensuit une baisse de la sécrétion du cortisol par la corticosurrénale.

Remarque

Les cellules de l'hypothalamus, comme celles de l'hypophyse, possèdent des récepteurs au cortisol.

- Ce rétrocontrôle négatif (**Doc. 2**) évite une élévation trop importante et durable du taux de cortisol dans le sang, avec les effets négatifs connus de celui-ci. FICHE 3 p. 286 Il favorise le rétablissement des conditions de fonctionnement durable de l'organisme et permet la **résilience**.
- Les réactions d'un organisme soumis à un stress sont **coordonnées**, notamment en ce qui concerne les voies nerveuses et endocrines. Cette coordination est commandée par le **système nerveux central**. On parle d'« intégration neuro-hormonale ».

LA BOITE À DOCS

Doc. 1 Stress et sécrétion d'adrénaline et du cortisol

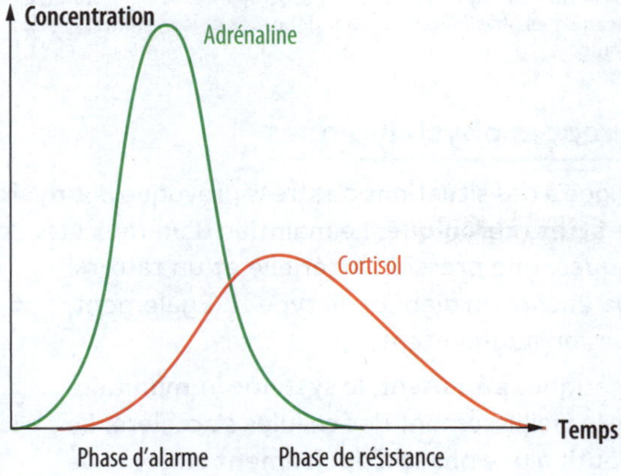

Doc. 2 Régulation de la sécrétion de cortisol

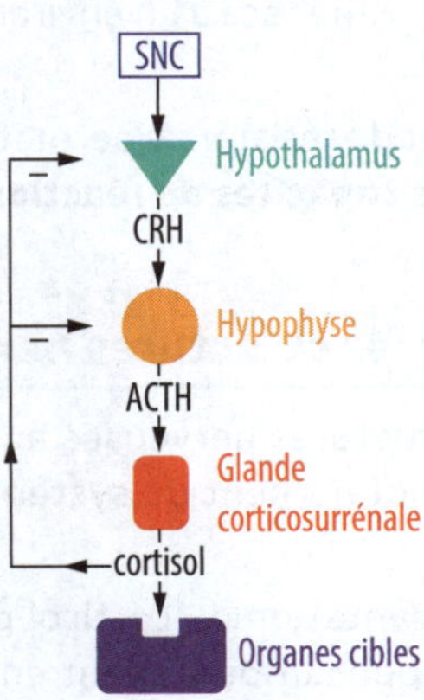

Vocabulaire

- **Glande corticosurrénale :** partie périphérique de la glande surrénale.
- **Métabolite :** molécule participant au métabolisme.
- **Néoglucogenèse :** formation de glucose à partir de substances non glucidiques.
- **Neuro-hormone :** hormone sécrétée par une cellule nerveuse.
- **Résilience :** capacité à surmonter un choc traumatique.

FICHE 3

Le stress chronique

De quoi s'agit-il ?

Quand l'action des agents stresseurs est trop intense ou prolongée, les mécanismes physiologiques sont débordés et le système se dérègle.

1 Des conséquences physiologiques

- L'exposition prolongée à des situations de stress provoque des **dysfonctionnements** de l'organisme. C'est le **stress chronique**. Le maintien d'un taux élevé de cortisol entraîne des troubles cardiaques, une pression artérielle et un taux de cholestérol élevés ou encore du diabète de type II. Également, les risques de dépression augmentent.

- Les réserves énergétiques s'épuisent, le système immunitaire est en partie inhibé, le vieillissement des cellules s'accélère. Le stress chronique aboutit à une phase d'**épuisement** au cours de laquelle le cortisol finit par ne plus être sécrété.

> **Remarque**
> La mort des cellules s'accélère en raison des dommages causés par les radicaux libres produits au cours du stress chronique.

- Des études récentes montrent que le stress chronique modifierait durablement le type de réponses apportées par l'organisme face à un environnement défavorable, en perturbant l'expression des gènes.

- Alors que les phases d'alarme et de résistance permettaient de répondre à l'agression, la phase d'épuisement **inhibe les capacités de réaction** de l'organisme.

2 Des conséquences sur les structures nerveuses

- L'exposition prolongée des structures nerveuses au cortisol conduit à des **changements structurels** du cerveau, notamment du système limbique (**hippocampe**) et du **cortex préfrontal**.

- Le stress chronique par l'augmentation du cortisol plasmatique réduit la formation de nouveaux neurones dans l'hippocampe. Il peut entraîner la **mort neuronale**. Une diminution du volume de l'hippocampe est alors constatée.

- On remarque par ailleurs une réduction des arborisations dendritiques des neurones de l'hippocampe, responsable également d'une diminution du volume de cet organe (**Doc.**). Ces régressions sont associées, en cas de stress prolongé, à des **troubles cognitifs** et de la **mémoire spatiale**.

- On parle, pour ces remaniements cérébraux, de « **plasticité cérébrale mal-adaptative** ». Elle se traduit par des perturbations de l'attention, de la mémoire et des performances cognitives.

- Quelques mois après la disparition des conditions stressantes, les neurones peuvent retrouver leur conformation d'origine. Cela confirme l'existence d'une plasticité cérébrale.

LA BOITE À DOCS

Doc. Les effets du stress sur l'hippocampe

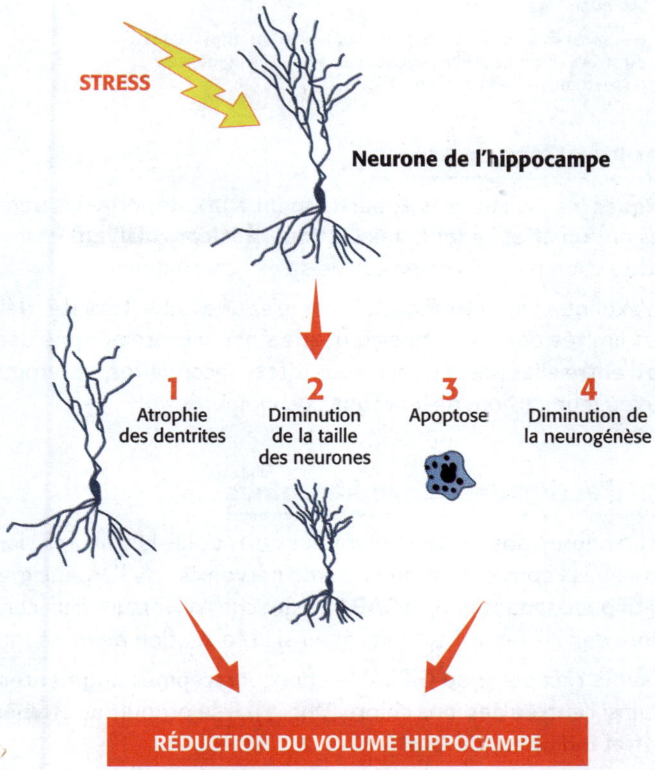

Vocabulaire

- **Stress chronique :** stress résultant de l'exposition prolongée et répétée à des situations agressives.
- **Hippocampe :** partie du système limbique intervenant dans le stress et la mémoire spatiale.
- **Cortex préfrontal :** partie antérieure du cortex cérébral siège de différentes fonctions cognitives supérieures (des fonctions exécutives telles que le langage, la mémoire, le raisonnement...).
- **Plasticité cérébrale mal-adaptative :** modifications du cerveau suite à une situation d'agression.

FICHE 4

Les traitements contre le stress et leurs effets

De quoi s'agit-il ?

Des substances ont été conçues pour limiter les effets néfastes du stress chronique. Elles agissent au niveau des synapses du système nerveux central.

1 Moduler les effets du stress

- Les **anxiolytiques** les plus utilisés appartiennent à la catégorie des benzodiazépines. Ces substances ont un effet sédatif, anxiolytique, **anticonvulsivant** et myorelaxant, ce qui rend leur utilisation pertinente en cas de stress chronique.
- Leur succès s'explique par une efficacité rapide et une faible toxicité. Néanmoins, leur prescription est limitée dans le temps au risque sinon d'entraîner une dépendance. De plus, certaines d'entre elles peuvent avoir des effets secondaires, notamment l'**amnésie antérograde**, d'où leur surnom de « drogues du violeur ».

2 Le mode d'action des benzodiazépines

- Le **GABA** est un neurotransmetteur inhibiteur qui module la transmission du message nerveux. Il évite ainsi l'épuisement du système nerveux et de l'organisme. En se fixant sur son récepteur post-synaptique, le GABA déclenche l'ouverture d'un canal qui permet l'entrée de chlore dans le neurone, limitant ainsi la formation de messages nerveux.
- En se fixant sur le récepteur au GABA, les benzodiazépines augmentent l'ouverture de ce canal et ainsi l'entrée des ions chlore (**Doc. 1**). Il se produit une **hyperpolarisation** qui renforce l'effet inhibiteur du GABA (**Doc. 2**).
- De fait, les benzodiazépines **diminuent l'excitabilité** du système nerveux central et, par conséquent, les effets du stress.

3 D'autres effets anti-stress

- Une **activité physique régulière** diminue l'état d'anxiété. Elle entraîne en particulier la libération par le foie de tryptophane, un acide aminé nécessaire à la synthèse d'un neurotransmetteur, la **sérotonine**, impliqué dans la régulation de nombreux comportements, dont l'humeur et le sommeil.
- Néanmoins, chaque individu est différent et les réponses individuelles face aux agents stresseurs sont influencées par de nombreux facteurs.

Remarque
Des alternatives non médicamenteuses, comme des pratiques favorisant le sommeil, le contrôle de la respiration et la détente musculaire, permettent une meilleure gestion du stress.

LA BOITE À DOCS

Doc. 1 Le mécanisme d'action des benzodiazépines

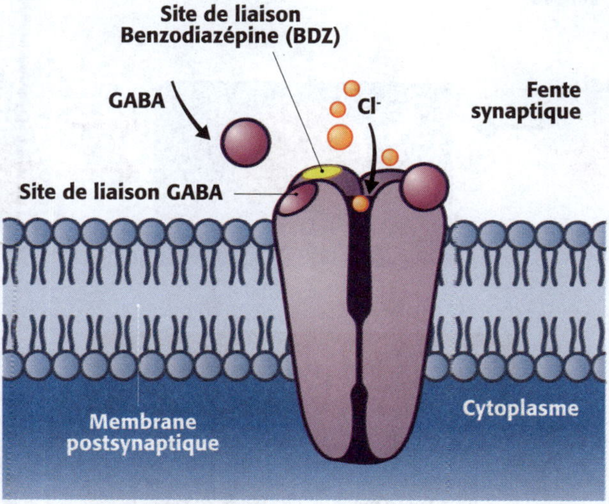

Doc. 2 Effet du GABA et des benzodiazépines sur le neurone postsynaptique

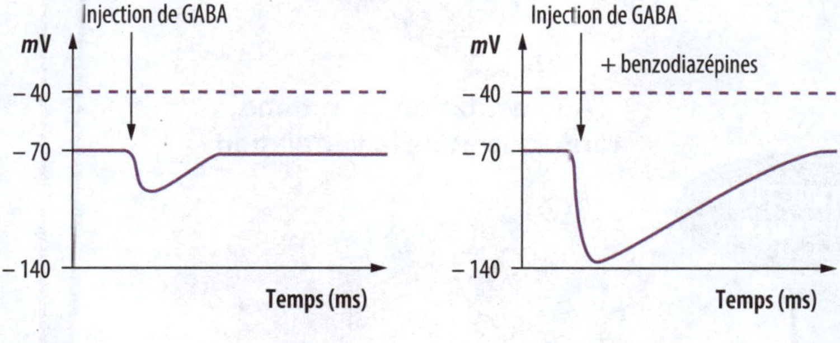

Vocabulaire

- **Anxiolytique :** substance visant à réduire l'anxiété.
- **Anticonvulsivant :** substance qui empêche les contractions musculaires involontaires (convulsions).
- **Amnésie antérograde :** incapacité à se souvenir d'événements qui suivent le début de l'amnésie.
- **Hyperpolarisation :** état électrique défavorable à la naissance d'un message nerveux.

SCHÉMA BILAN

> Les effets du stress

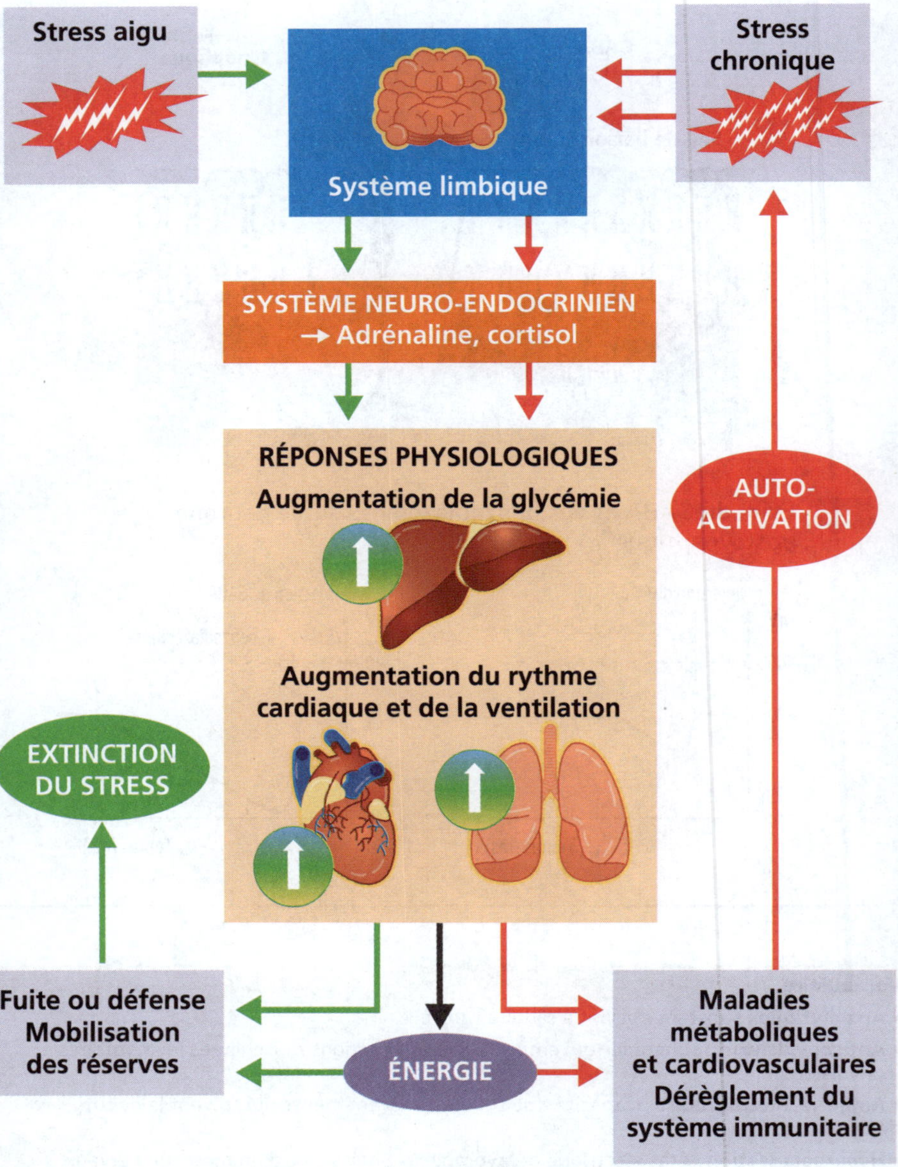

POINTS IMPORTANTS À RETENIR

- L'organisme réagit rapidement à une agression par une modification des fonctions physiologiques (circulation, respiration…). Cette réponse adaptative, ou **stress aigu**, lui permet d'adopter un comportement approprié (fuir ou se défendre).
- Ces réactions sont déclenchées par l'**adrénaline**, une hormone libérée après stimulation du **système limbique**, puis du système **sympathique**.
- Par ailleurs, la sécrétion de **CRH** par l'hypothalamus entraîne la libération d'ACTH par l'hypophyse. L'ACTH stimule elle-même la libération de **cortisol** par la glande corticosurrénale. C'est une hormone qui favorise la mobilisation du glucose. Par **rétrocontrôle négatif**, le cortisol limite la sécrétion du CRH et rétablit des conditions de fonctionnement durable de l'organisme permettant la **résilience**.
- Un **stress chronique** entraîne des dysfonctionnements (troubles cardio-vasculaires, diabète…) et des modifications de structure du système nerveux responsables d'une altération des capacités cognitives. On parle de « **plasticité cérébrale mal-adaptative** ».
- Les **benzodiazépines**, en se fixant sur les **récepteurs à GABA** des neurones, ont des effets inhibiteurs sur le système nerveux. Elles favorisent ainsi la relaxation et peuvent aider à lutter contre le stress.

APPRENDRE AUTREMENT

Comprendre la mise en œuvre du stress et son intérêt pour l'organisme

Vidéo

LE COURS EN 10 MOTS-CLÉS

CORTISOL
ACTH
SYSTÈME SYMPATHIQUE
RÉSILIENCE
ADRÉNALINE
Plasticité mal-adaptative
Stress aigu et chronique
CRH
GLANDE SURRÉNALE
Système limbique

Analyser une série d'expériences

ÉNONCÉ

Des chats mis en présence de chiens qui aboient présentent des réactions de stress, caractérisées notamment par une élévation du taux de cortisol sanguin. Ce taux diminue après la disparition des chiens.

Pour comprendre les mécanismes à l'origine de cette réaction, différentes expériences ont été menées. Leurs résultats figurent dans le tableau ci-après.

Expériences	Résultats
Destruction de l'hypophyse antérieure.	Réduction du volume des glandes corticosurrénales et baisse du taux de cortisol sanguin.
Destruction, puis greffe de l'ante-hypophyse.	Retour à l'état initial seulement si la greffe est pratiquée au voisinage de l'hypothalamus.
Injection d'un extrait hypophysaire marqué par un isotope radioactif (après destruction de l'ante-hypophyse).	Rétablissement du volume des surrénales et localisation de la radioactivité au niveau des protéines membranaires des cellules du cortex surrénalien.
Réalisation d'une ligature entre l'hypothalamus et l'hypophyse.	Arrêt de la sécrétion d'une hormone hypophysaire, l'ACTH.
Ablation des corticosurrénales.	Hypersécrétion de CRH par l'hypothalamus et d'ACTH par l'hypophyse.
Ablation des corticosurrénales, puis injection de cortisol.	Rétablissement d'une sécrétion normale d'ACTH et de CRH.

QUESTION

Interprétez ces différentes expériences pour expliquer les mécanismes à l'origine de la réaction observée.

MÉTHODE

- Il faut **analyser successivement** ces différentes expériences. Chacune fournit une explication, celle-ci pouvant être précisée par l'interprétation de la suivante. La **démarche explicative** doit être **construite**.
- L'ablation d'un organe permet de mettre en évidence le **rôle** qu'il exerce lorsqu'il est présent. Il faut se poser ensuite la question de son **mode d'action**, par voie nerveuse ou sanguine.
- Une greffe rétablit des connexions sanguines, tandis qu'une ligature entre deux organes interdit la communication sanguine entre eux.

CORRIGÉ

La destruction de l'hypophyse antérieure entraîne une réduction du volume des glandes corticosurrénales et une baisse du taux de cortisol sanguin. Ainsi, l'hypophyse antérieure agit à distance sur les corticosurrénales pour stimuler la libération de cortisol dans le sang.

L'activité des surrénales est rétablie après une greffe d'hypophyse : celle-ci agit donc sur les surrénales par l'intermédiaire d'une hormone circulant dans le sang. Néanmoins, la greffe n'a d'effet que si elle est pratiquée au voisinage de l'hypothalamus. Par conséquent, celui-ci contrôle donc l'activité de l'hypophyse. L'injection d'un extrait hypophysaire marqué confirme l'action de l'hypophyse sur les corticosurrénales via une hormone. La radioactivité localisée au niveau des protéines membranaires des cellules du cortex surrénalien témoigne qu'il s'agit de cellules cibles munies de récepteurs à cette hormone.

Remarque
La neuro-hormone libérée par les neurones de l'hypothalamus atteint directement l'hypophyse par un système particulier de capillaires sanguins.

L'interruption d'une connexion sanguine entre l'hypothalamus et l'hypophyse met fin à la sécrétion d'ACTH. On en déduit que l'hypothalamus stimule la libération hypophysaire d'ACTH par le biais d'une neuro-hormone, identifiée dans l'expérience qui suit : la CRH.

Les résultats d'une ablation des surrénales, puis d'une injection de cortisol, montrent que ce dernier limite les secrétions de CRH, puis d'ACTH. Le cortisol exerce un rétrocontrôle négatif sur l'hypothalamus et sur l'hypophyse, permettant un retour à la normale une fois la cause du stress supprimée.

Fiche test 1 — Je fais le point

VRAI FAUX — 1 min

◯ À revoir
◯ Acquis

Indiquer pour chaque proposition si elle est vraie ou fausse.

1. Le cortisol est une neuro-hormone hypothalamique.	◯ Vrai	◯ Faux
2. Le stress aigu est une réponse adaptative.	◯ Vrai	◯ Faux
3. Le GABA est un neurotransmetteur excitateur.	◯ Vrai	◯ Faux
4. Le cortisol exerce un rétrocontrôle négatif sur l'hypophyse.	◯ Vrai	◯ Faux
5. En cas de stress, la glycémie augmente.	◯ Vrai	◯ Faux

SCORE : ____ / 5

Fiche test 2 — Le bon choix

QCM — 3 min

◯ À revoir
◯ Acquis

Pour chaque question ou affirmation, il y a entre 0 et 3 bonnes réponses.

1 Le CRH :
◯ **a.** est une neuro-hormone.
◯ **b.** augmente le rythme cardiaque et la ventilation.
◯ **c.** agit sur les glandes corticosurrénales.

FICHE 2 p. 284

2 Le stress aigu :
◯ **a.** est déclenché par l'intermédiaire du système limbique.
◯ **b.** a pour conséquence une augmentation de la glycémie.
◯ **c.** provoque des lésions cérébrales.

FICHE 1 p. 282

3 Le cortisol :
◯ **a.** est secrété sous l'influence d'une hormone hypophysaire.
◯ **b.** diminue la libération de CRH.
◯ **c.** stimule le système immunitaire.

FICHE 2 p. 284

4 Les benzodiazépines :
◯ **a.** agissent au niveau des synapses.
◯ **b.** réduisent la transmission de messages nerveux.
◯ **c.** limitent l'entrée d'ions Cl^- en se fixant sur les récepteurs au GABA.

FICHE 4 p. 288

5 Le stress chronique :
◯ **a.** se traduit par des troubles cognitifs.
◯ **b.** modifie l'organisation de structures cérébrales de façon irréversible.
◯ **c.** peut être limité par la pratique d'une activité sportive.

FICHE 3 p. 286

6 L'adrénaline :
◯ **a.** est une hormone libérée par les corticosurrénales.
◯ **b.** augmente la glycémie.
◯ **c.** accélère le rythme cardiaque.

FICHE 1 p. 282

7 Après un stress aigu, la résilience :
◯ **a.** correspond au rétablissement du fonctionnement de l'organisme.
◯ **b.** est due à la mise en jeu d'une boucle de régulation neuro-hormonale.
◯ **c.** est une pathologie liée au dérèglement du système.

FICHE 2 p. 28

SCORE : ____ / 7

EXERCICES D'ENTRAÎNEMENT

Exercices

1 Microbiote intestinal et stress

Exploitation de documents

Si le rôle du microbiote intestinal dans la digestion est bien connu, il semblerait qu'il joue également un rôle important dans le fonctionnement du cerveau. Ainsi, des études récentes suggèrent qu'il aurait un impact sur le comportement.

Doc. 1 Le dispositif *open-field*

L'*open field* est un dispositif qui permet d'évaluer le comportement anxieux des rats ou des souris : l'animal est placé dans un coin d'une enceinte rectangulaire, ouverte, fortement éclairée au centre. On observe l'animal pendant son exploration de l'enceinte. Plus l'animal passe par le centre, moins il est considéré comme anxieux. La durée du test est de 6 minutes

Doc. 2 Comportement anxieux de rats axéniques

Une étude a été réalisée sur une lignée de rats de souche S connue pour sa forte sensibilité aux agents stresseurs. On dispose de deux lots de rats de souche S : un lot axénique (leur tube digestif est stérile, il ne contient aucun microorganisme) et un lot de rats conventionnels. Les rats de ces deux lots sont placés indépendamment dans un dispositif *open-field* durant 6 minutes.

Résultats observés dans le dispositif *open-field* pour les deux lots de rats :

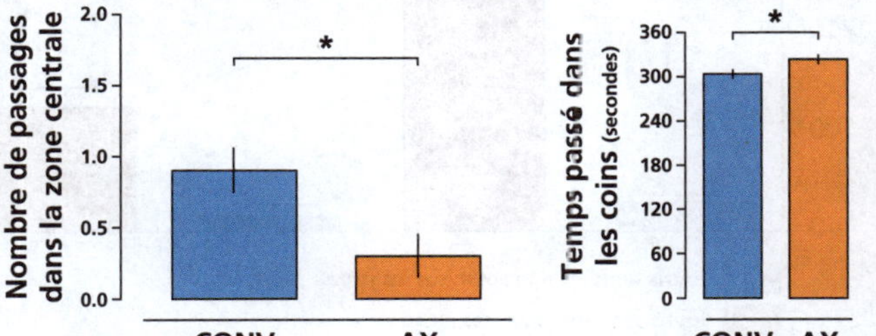

AX : axénique
CONV : conventionnel
* : différence statistiquement significative

D'après Crumeyrolle-Arias M., Jaglin M., Bruneau A. et al.

Doc. 3 Influence du microbiote sur l'activité de l'axe hypothalamo-hypophyso-corticosurrénalien

On dispose de deux lots de rats de souche S : des rats axéniques et des rats conventionnels. Chaque lot est divisé en deux groupes :
- l'un soumis à un stress aigu sous la forme d'un séjour de 6 minutes dans un dispositif *d'open-field* ;
- l'autre n'est pas soumis à ce stress aigu.

On a mesuré chez ces rats plusieurs paramètres : la concentration sanguine en corticostérone (gauche) et l'expression du gène codant la corticolibérine ou CRH dans l'hypothalamus (droite). Résultats des mesures réalisées chez les rats axéniques et conventionnels soumis ou non à un séjour dans un dispositif d'*open-field* :

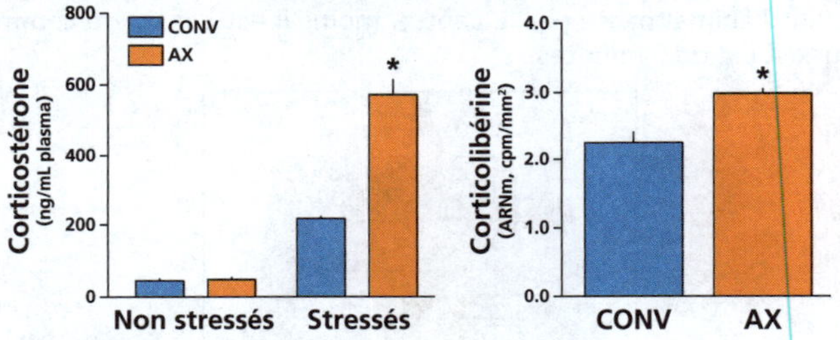

AX : axénique
CONV : conventionnel
* : différence statistiquement significative

D'après Rabot, 2015.

Doc. 4 Influence de la consommation de *Lactobacillus rhamnosus* sur la réponse au stress de Souris

On travaille sur une souche de souris S axéniques à qui on administre des bactéries *Lactobacillus rhamnosus* par voie orale. Ces bactéries font naturellement partie du microbiote. On mesure la concentration de corticostérone dans le sang de ces souris en absence de stress et suite à un stress.

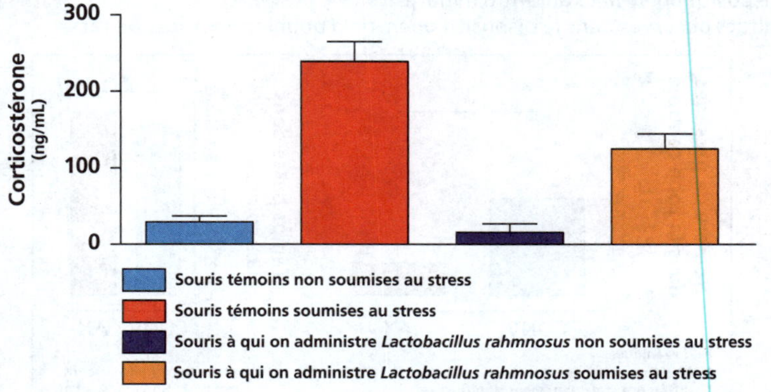

D'après Crumeyrolle-Arias M., Jaglin M., Bruneau A. et al.

QUESTION

À partir des données issues des documents et de vos connaissances, expliquez l'influence du microbiote intestinal sur le comportement des Rats et des Souris.

② Stress et sécrétion d'hormones

Exploitation de documents

Pour évaluer les effets du stress, trois groupes de souris sont placés dans des conditions d'élevage différentes.

Les concentrations plasmatiques de cortisol sont mesurées chez ces trois groupes de souris.

Doc. 1 **Concentration plasmatique en cortisol chez des groupes de souris soumis à différentes conditions d'élevage**

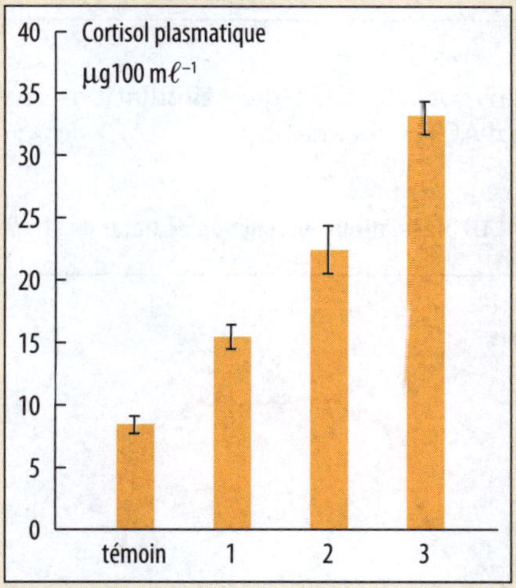

- Groupe 1 : cage individuelle avec une litière fraîche.
- Groupe 2 : même cage, mais sans litière.
- Groupe 3 : bocal en verre.

On mesure les effets d'injections d'ACTH sur la sécrétion de cortisol chez un animal hypophysectomisé.

L'ablation de l'hypophyse sans injection d'ACTH entraîne une diminution du taux de cortisol.

Doc. 2 **Sécrétion de cortisol après injection d'ACTH chez un animal hypophysectomisé**

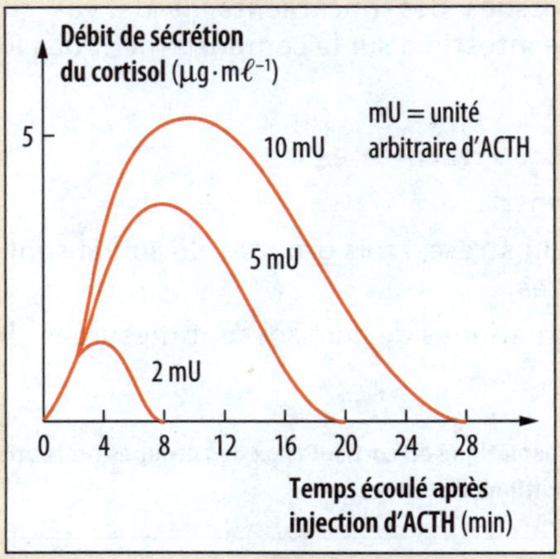

Par la suite, on soumet l'hypothalamus à des stimulations ou des lésions, tandis qu'on mesure la concentration d'ACTH plasmatique.

Doc. 3 **Concentration d'ACTH plasmatique en fonction de l'état de l'hypothalamus**

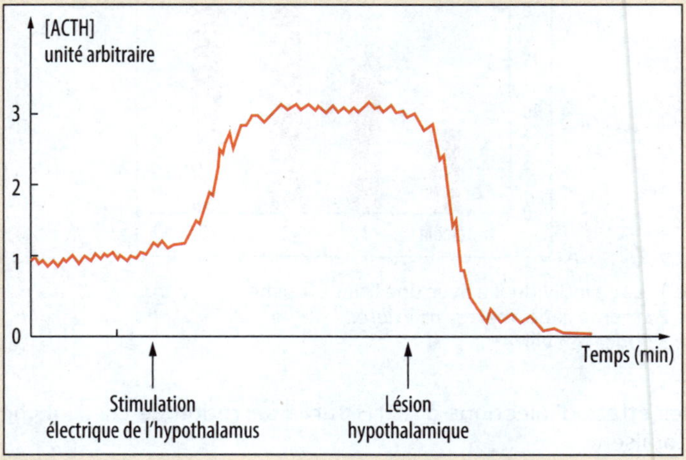

QUESTION

Montrez comment des conditions stressantes à long terme provoquent des modifications de la sécrétion d'hormones.

③ Stress et plasticité cérébrale

Exploitation de documents

Pour comprendre les effets du stress chronique sur les structures nerveuses, une série d'expériences a été menée sur des rats maintenus en conditions de stress prolongé. Des observations ont été réalisées sur les neurones pyramidaux du cortex préfrontal médian et sur ceux du cortex frontal orbital.

Doc. 1 Aspect des neurones pyramidaux dans le cortex préfrontal médian et le cortex frontal orbital chez des rats témoins et des rats stressés pendant 21 jours

Les dendrites apicales sont représentées en bleu chez les rats témoins et en rouge chez les rats stressés.

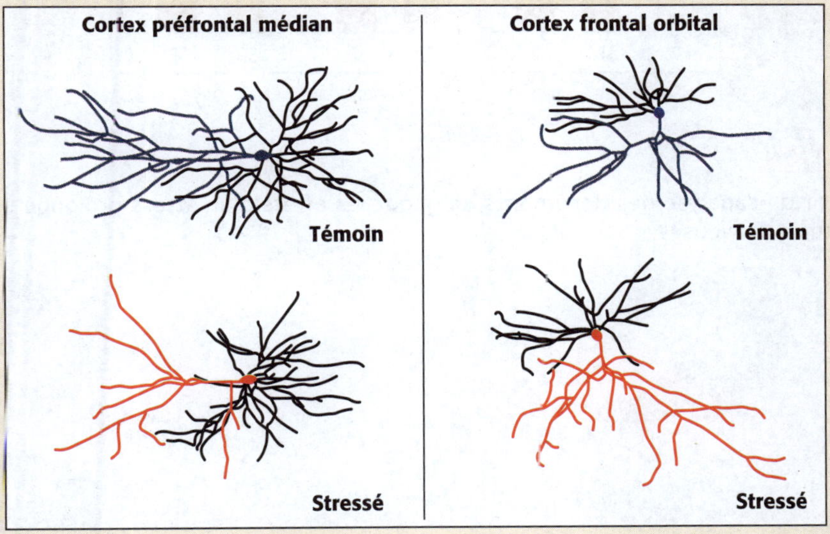

Chez les mammifères adultes, les cellules nerveuses continuent de se multiplier à partir de cellules souches dans certaines structures nerveuses comme l'hippocampe. On a cultivé ces cellules souches en présence d'une substance radioactive, le BrdU, un précurseur de l'ADN.

Les rats stressés (SF) sont soumis à un sommeil fragmenté, contrairement aux rats témoins (SFC). L'étude est menée sur trois groupes, privés de sommeil respectivement pendant 1, 4 et 7 jours.

Doc. 2 **Effet du stress sur les cellules de l'hippocampe**

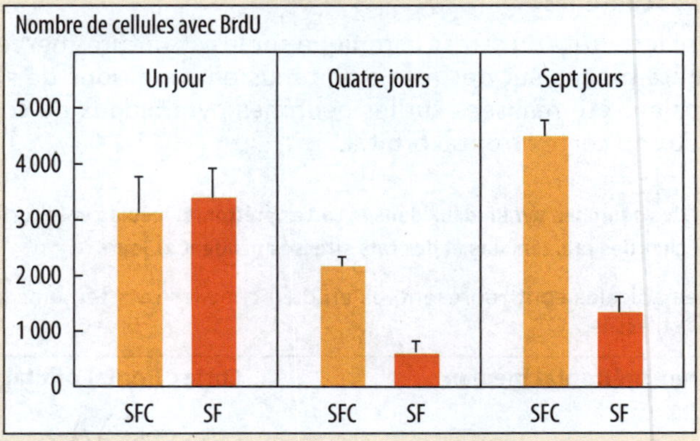

QUESTION

À partir de l'analyse des documents, dégagez les effets d'un stress prolongé sur les structures nerveuses.

Fiche test 1 Je fais le point

1. **Faux.** Le cortisol est produit par les glandes corticosurrénales.
2. **Vrai.**
3. **Faux.** Le GABA est un neuromédiateur inhibiteur.
4. **Vrai.**
5. **Vrai.**

Fiche test 2 Le bon choix

1. **a.** est vraie.
   b. est fausse : l'augmentation du rythme cardiaque et de la ventilation est déclenchée par l'adrénaline.
   c. est fausse. Le CRH agit sur l'hypophyse.
2. **a.** et **b.** sont vraies.
   c. est fausse car c'est le stress chronique qui provoque des lésions cérébrales.
3. **a.** et **b.** sont vraies.
   c. est fausse. Le cortisol inhibe le système immunitaire.
4. **a.** et **b.** sont vraies.
   c. est fausse. Les benzodiazépines augmentent l'entrée d'ions Cl^- en se fixant sur les récepteurs au GABA.
5. **a.** et **c.** sont vraies.
   b. est fausse : la plasticité cérébrale permet un retour à la normale si le stress chronique disparaît.
6. **a.** est fausse. L'adrénaline est libérée par les glandes médullosurrénales.
   b. et **c.** sont vraies.
7. **a.** et **b.** sont vraies.
   c. est fausse.

EXERCICES D'ENTRAÎNEMENT

1 Microbiote intestinal et stress

On cherche à montrer que le microbiote influence le comportement de stress.

D'après le **Doc. 2**, on observe que des rats axéniques (dépourvus de microbiote) restent davantage dans les coins du dispositif *open field* (**Doc. 1**) et passent moins souvent dans la partie centrale que les rats témoins. Ils adoptent donc davantage un comportement de stress que ces derniers. On peut donc supposer que le microbiote, présent chez les rats témoins, influence le comportement.

Le **Doc. 3** montre qu'en cas de stress, la concentration plasmatique en corticostérone augmente chez les rats témoins comme chez les axéniques mais de façon plus importante chez ces derniers. La corticostérone, une hormone sécrétée par la corticosurrénale, intervient en cas de stress après la phase d'alarme et favorise la mobilisation des métabolites et l'augmentation du glucose sanguin. Sa libération est stimulée par une hormone hypophysaire, l'ACTH, elle-même libérée sous le contrôle d'une neuro-hormone hypothalamique la corticolibérine (CRH). Or d'après le **Doc. 3**, l'expression du gène de la CRH dans les cellules hypothalamiques est significativement plus importante chez les rats axéniques que chez les rats témoins. Le stress observé chez les animaux axéniques serait ainsi dû à une hyperactivation de l'axe hypothalamo-hypophyso-surrénalien.

Le **Doc. 4** nous indique que chez des souris axéniques, l'administration par voie orale de bactéries *Lactobacillus rhamnosus* (faisant partie du microbiote) réduit la concentration de corticostérone lors d'une situation de stress.

Ainsi, on peut penser que les bactéries du microbiote agissent à distance sur l'hypothalamus de façon à réduire l'expression du gène de la CRH et par conséquent limiter la libération d'ACTH, et ainsi celle de corticostérone.

Ces données mettent ainsi en évidence l'existence d'un axe intestin-cerveau, des bactéries présentes dans l'intestin pouvant exercer un effet sur l'hypothalamus. Néanmoins les données fournies par ces documents ne permettent pas de préciser par quel moyen s'exerce cet effet.

2 Stress et sécrétion d'hormones

Du groupe 1 au groupe 3, les souris sont placées dans des conditions de plus en plus stressantes. Or, on constate (**Doc. 1**) que la concentration plasmatique en cortisol des animaux stressés est supérieure à celle des témoins et que, par ailleurs, elle augmente avec l'intensité du stress. Le cortisol (hormone produite par les glandes corticosurrénales) est donc sécrété selon l'état de stress de la souris.

Remarque
Les conditions stressantes correspondant aux conditions d'élevage, on est en présence ici d'une réponse à un stress prolongé.

Le **Doc. 2** montre que le débit de sécrétion du cortisol augmente avec la concentration d'une hormone hypophysaire, l'ACTH. L'ACTH stimule donc la glande corticosurrénale et augmente la libération de cortisol.

On constate par ailleurs que la sécrétion de cortisol diminue après avoir atteint un pic de concentration. Cela s'explique par la durée de vie limitée de l'ACTH (comme de toutes les substances produites par l'organisme). On peut rappeler par ailleurs que lorsque l'hypophyse est intacte, le cortisol exerce un rétrocontrôle négatif qui a pour effet de diminuer la libération d'ACTH par l'hypophyse. Ce rétrocontrôle a un intérêt majeur : il évite un emballement de la réaction de stress qui aurait pour effet d'épuiser l'organisme.

Le **Doc. 3** montre l'effet de l'hypothalamus sur la sécrétion d'ACTH. Celle-ci augmente après une stimulation électrique de l'hypothalamus. Celui-ci est constitué de cellules neuro-sécrétrices qui, sous l'effet du stress, libèrent une neuro-hormone, le CRH, qui agit sur l'hypophyse et provoque la sécrétion d'ACTH. La lésion hypothalamique confirme cette interprétation puisqu'en absence d'hypothalamus fonctionnel, la concentration d'ACTH diminue.

Remarque
La réponse stéréotypée n'est pas toujours adaptée. Ici, par exemple, la souris ne peut ni fuir, ni répondre à ses conditions d'élevage.

Ces expériences ont permis de mettre en évidence une boucle de régulation activée en présence de conditions stressantes. L'hypothalamus, grâce à ses cellules nerveuses, reçoit des autres parties de l'encéphale des informations concernant les agressions du milieu (conditions d'élevage défavorables) et les interprète en répondant par la sécrétion d'une certaine quantité de CRH. C'est l'intégration neuro-hormonale. L'ACTH, libérée sous l'effet du CRH, stimule la production de cortisol par les glandes corticosurrénales. Le cortisol déclenche un ensemble de réactions de l'organisme permettant de faire face à des conditions stressantes.

3 Stress et plasticité cérébrale

Le **Doc. 1** permet de comparer des neurones issus de deux structures nerveuses, le cortex préfrontal médian (mPFC) et le cortex frontal orbital (OFC), afin de mettre en évidence les effets d'un stress prolongé sur chacun d'eux. On observe que les dendrites apicales des neurones du mPFC ont régressé chez le témoin, tandis que c'est l'inverse pour les neurones de l'OFC. Il y a donc bien une restructuration du système nerveux engendrée par le stress : certaines zones peuvent se développer, tandis que d'autres au contraire régressent. Les dendrites sont des fibres nerveuses qui établissent des synapses d'un neurone à l'autre et participent ainsi à la construction du réseau nerveux d'un individu. Ces restructurations nerveuses impliquent donc un changement dans le fonctionnement du système nerveux.

Le **Doc. 2** permet d'étudier l'effet du stress sur les cellules de l'hippocampe. Il indique le nombre de cellules ayant incorporé le BrdU chez deux lots de rats, stressés ou non. Le BrdU est une molécule qui s'incorpore dans l'ADN au cours de la réplication.

Or, la synthèse d'ADN est liée à la division cellulaire. Ainsi, plus le nombre de cellules souches de l'hippocampe ayant incorporé le BrdU est grand, plus celles-ci se divisent activement.

L'astuce du prof
La radioactivité du BrdU permet d'évaluer l'importance de la synthèse d'ADN. Plus les cellules en incorporent, plus elles synthétisent d'ADN.

On constate que l'intensité des divisions cellulaires est peu différente chez les rats témoins et ceux soumis à une journée de stress. En revanche, au bout de quatre jours de stress, les divisions cellulaires sont moins nombreuses. L'écart avec le lot témoin s'accroît encore davantage après sept jours de stress.

On peut donc en déduire que le stress inhibe la division cellulaire des cellules souches de l'hippocampe, c'est-à-dire le renouvellement cellulaire. Il entraînera par conséquent une réduction de son volume.

Le stress prolongé a donc des effets sur le système nerveux : il entraîne une modification des réseaux de neurones et une réduction du volume de certaines structures.

Remarque
En remplaçant les cellules mortes, le renouvellement cellulaire permet le maintien du nombre de cellules à l'intérieur d'un organe.

Cahier Spécial BAC

Description des épreuves

1 Première partie : épreuve écrite

- **Durée :** 3 h 30
- **Barème :** sur 15 points.

Cette épreuve a pour objectif de valider la maîtrise des connaissances et compétences acquises dans le cadre du programme du cycle terminal.

- L'épreuve est constituée de **deux exercices**.
- **Exercice 1 :** noté sur **6 ou 7 points**. Dans cette première partie de l'épreuve écrite, le candidat **rédige un texte argumenté répondant à la question scientifique posée**. Le questionnement peut être accompagné d'un ou plusieurs documents.
- L'exercice permet d'évaluer la capacité du candidat à mobiliser des connaissances, à les organiser et à les exposer avec la syntaxe, le vocabulaire scientifique et tout mode de communication scientifique approprié. Il **argumente ses propos** grâce aux expériences, aux observations et aux exemples issus du ou des documents proposés dans le sujet.
- **Exercice 2 :** noté sur **8 ou 9 points**. Dans cette seconde partie de l'épreuve écrite, le candidat **développe un raisonnement scientifique pour résoudre le problème posé**.
- L'exercice permet d'évaluer sa capacité à **pratiquer une démarche scientifique** à partir de l'exploitation d'un ensemble de documents et en mobilisant ses connaissances. Le questionnement amène le candidat à : choisir une démarche de résolution du problème posé et à l'exposer ; analyser les documents fournis et intégrer leur analyse ; structurer et rédiger correctement son raisonnement.

2 Deuxième partie : épreuve pratique d'évaluation des compétences expérimentales

- **Durée :** 1 heure
- **Barème :** sur 5 points.
- L'évaluation des compétences expérimentales se déroule au cours du second trimestre **pendant la période de l'épreuve écrite de spécialité**.
- Le calcul de la note se fait **sur 20 points ramenés à une note sur 5** pour compléter la note de l'épreuve écrite sur 15.
- Le candidat **tire son sujet au sort** parmi les situations d'évaluation retenues par l'établissement.

• Deux professeurs examinateurs sont présents dans la salle où a lieu l'évaluation. Un examinateur évalue au maximum quatre élèves, qui ne peuvent être ceux qu'il avait dans ses classes de l'année en cours. Les professeurs examinateurs disposent d'une grille d'observation au nom de chaque candidat. Cette grille sert de support à l'évaluation du candidat : elle porte la **note qui lui est attribuée sur 20 points** et un **commentaire qualitatif**.

3 Épreuve orale de contrôle

• **Durée :** 20 minutes + 20 minutes de préparation

• Le candidat **tire au sort un sujet** comportant **deux questions** portant sur **deux thématiques différentes** de l'ensemble du programme de spécialité du cycle terminal, et **doit traiter les deux questions**. Les sujets proposés doivent permettre d'évaluer les compétences, connaissances, capacités et attitudes acquises dans le cadre du programme du cycle terminal.

• L'un des deux exercices, au moins, **comporte des documents choisis parmi ceux que les professeurs utilisent habituellement** dans les situations d'apprentissage. Cette épreuve a lieu dans une salle comportant du matériel de Sciences de la vie et de la Terre afin que des questions puissent être posées sur le matériel expérimental et son utilisation. Le candidat **peut être amené à réaliser un geste manipulatoire simple**.

Comment aborder l'épreuve écrite?

1 Conseils généraux

- Il est important de **bien gérer son temps**. Prévoyez de **consacrer au maximum 1h30 à la première partie** et obligez-vous à commencer l'exercice de la seconde partie **en temps voulu**.

- Commencez par **lire tout le sujet** pour évaluer si un exercice vous semble plus difficile et mérite un peu plus de temps. Vous pouvez d'ailleurs les faire **dans l'ordre que vous voulez**, et vous avez intérêt à **les rédiger sur des feuilles séparées**, pour éventuellement y revenir. Attention néanmoins, il faut éviter des allers-retours entre les exercices, rien de tel pour paniquer!

- Surtout, pensez au correcteur! Une **copie lisible, bien présentée et sans fautes** sera valorisée. N'oubliez pas de vous relire.

2 La partie I : la restitution de connaissances

- Il s'agit de mobiliser ses connaissances sur une partie du programme pour **répondre à une question scientifique**. L'énoncé peut apporter plus ou moins d'informations, voire un ou plusieurs documents dans certains cas.

A. Le travail préparatoire

- Une lecture attentive du sujet doit permettre de repérer la problématique et surtout de **bien cerner le sujet**. La réponse à la problématique se fera progressivement au cours de l'exposé, de **façon argumentée et structurée** en plusieurs parties apportant chacune un élément de réponse. Votre devoir ne peut **en aucun cas** être **la version retranscrite et non réfléchie de paragraphes du cours**.

- Réfléchissez à la question posée en vous demandant : *à quelle partie du cours fait-elle appel? Quels sont les* ***mots-clés*** *à utiliser? Comment organiser la réponse en différentes parties?* Faites aussi la liste des **schémas et graphiques** nécessaires à l'illustration de votre devoir.

- Au besoin, écrivez les mots clés au brouillon dans le désordre, puis pensez à la façon dont on peut en regrouper certains à l'intérieur de paragraphes. De cette manière, vous pourrez **parfaire votre plan**. Privilégiez un **plan simple et clair**, il est d'ailleurs **souvent donné dans l'énoncé**. Ne cherchez pas à tout prix l'originalité.

- Attention néanmoins à **ne pas top écrire sur le brouillon**! Gardez du temps pour la rédaction.

B. La rédaction

- **L'introduction** doit **poser un problème** de façon claire. Rien n'interdit de reprendre les termes de l'énoncé. Les mots-clés du sujet peuvent être définis en veillant à ne pas répondre de façon anticipée au problème posé.
- Enfin, l'introduction peut annoncer le **plan de façon succincte**. De manière générale, il faut éviter une trop longue introduction qui amènera à des répétitions dans le développement ou qui dérivera vers le hors sujet.
- **Le développement** est structuré en **parties équilibrées**, et éventuellement, en sous-parties. Il est présenté avec clarté et rigueur. La **transition** entre parties doit apparaître comme **logique**.
- Le contenu de chacune des parties doit être **argumenté** à partir d'expériences, d'observations, d'exemples éventuellement issus du ou des documents proposés dans le sujet.
- Évitez les digressions inutiles. Elles ne masqueront pas l'absence de véritables connaissances. D'ailleurs, il ne s'agit pas de faire du remplissage et un schéma bien amené est souvent plus explicatif qu'un long développement mal rédigé. **Soignez les schémas!** N'oubliez pas les légendes et le titre.

- **La conclusion** est une **brève synthèse** (non redondante avec l'introduction!) qui apporte une **réponse au problème posé** en introduction. Elle peut reprendre en une ou deux phrases les conclusions de chaque partie.

C. Pour finir

Une copie courte mais bien argumentée est préférable à une copie superficielle comprenant des paragraphes entiers hors sujet ou des répétitions inutiles.

3 La partie II : la construction d'un raisonnement scientifique à partir de l'exploitation de documents

- Il s'agit de raisonner dans le cadre d'un problème scientifique. Après avoir clairement identifié le problème, il faut examiner chaque document pour en tirer les informations susceptibles d'apporter une réponse.

A. Le travail préparatoire

- Il est nécessaire de **parcourir l'ensemble des documents** avant de commencer la rédaction. Pour chacun, repérer les principales informations fournies et déterminer comment on peut les interpréter. Chaque document doit apporter une explication particulière. Il faut éviter de fournir, en analysant un document, des détails qui seront donnés par le document suivant.
- Pour **exploiter au mieux chaque document**, il est utile de réfléchir à la question posée en mobilisant ses connaissances : *quelles notions clés doivent être dégagées?*

B. La rédaction

- Une courte introduction permet de poser le problème. Ensuite, **les documents sont étudiés un par un**, le plus souvent dans l'ordre.
- Lors de l'analyse d'un document, il est impératif de **présenter d'abord les informations fournies :** résultat d'expériences, variations représentées par un graphique, observations sur une photographie ou un enregistrement…
- Dans un second temps, **on relie cette information à une explication**, une interprétation, qui fait appel à des connaissances, le plus souvent.
- Chaque document fournit ainsi une partie de l'explication au problème, laquelle est précisée par l'exploitation du document suivant. Ainsi, il faut veiller à **construire un raisonnement par des transitions logiques** d'un document à l'autre, éventuellement sous forme de question.
- **Les défauts à proscrire :** commencer par une explication que l'on justifie ensuite par une observation. **La démarche doit être déductive.** Il ne faut pas non plus dissocier une explication de l'information à laquelle elle se rapporte.
- **La démarche doit être méthodique, bien construite et argumentée.**
- Enfin, **la conclusion résume en une phrase la réponse au problème**. D'ailleurs avant de conclure, vérifiez que l'exploitation des documents a bien permis d'y répondre!

SUJET DE BAC 1

1 La reproduction sexuée, source de diversité [8 pts]

On s'intéresse à la diversité des génotypes des descendants d'un couple. On considère deux gènes situés sur deux paires de chromosomes, possédant chacun deux allèles (A et a), (B et b). Chaque membre du couple est hétérozygote pour les deux gènes.

Expliquez comment les mécanismes de la méiose, puis la fécondation, permettent d'obtenir une diversité des génotypes des descendants du couple.

Votre réponse sera organisée par une introduction, un développement structuré et une conclusion.

2 Les caractéristiques des motoneurones [7 pts]

Différentes expérimentations et observations ont permis de mettre en évidence à l'échelle cellulaire dans les structures nerveuses les caractéristiques des phénomènes de transmission de l'information.

À partir des informations fournies par les documents 1 à 4 pages suivantes et en vous appuyant sur vos connaissances, dégagez les caractéristiques essentielles des motoneurones.

Doc. 1 **Le message afférent**

On a enregistré le message nerveux issu d'un fuseau neuromusculaire et parcourant la fibre afférente correspondante dans trois situations d'étirement du muscle : 4 grammes, 20 grammes et 30 grammes.

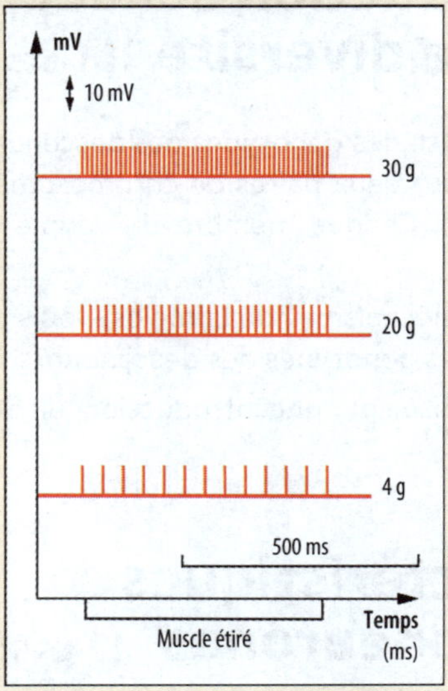

Doc. 2 **Phénomènes électriques dans un motoneurone**

On a enregistré les phénomènes électriques dans un motoneurone de la moelle épinière, après double stimulation d'une fibre nerveuse issue d'un fuseau neuromusculaire et rejoignant ce motoneurone. Les deux stimulations sont d'intensité égale mais l'intervalle entre les deux stimulations varie.

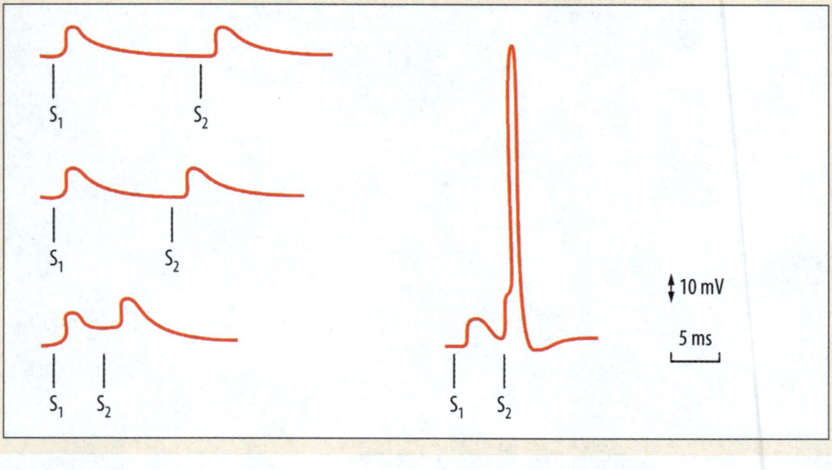

Doc. 3 **Polarisation de deux motoneurones**

Après stimulation de la même fibre nerveuse, on compare la variation de potentiel enregistrée dans le motoneurone initial (tracé du haut), et dans un motoneurone innervant le muscle antagoniste du précédent (tracé du bas).

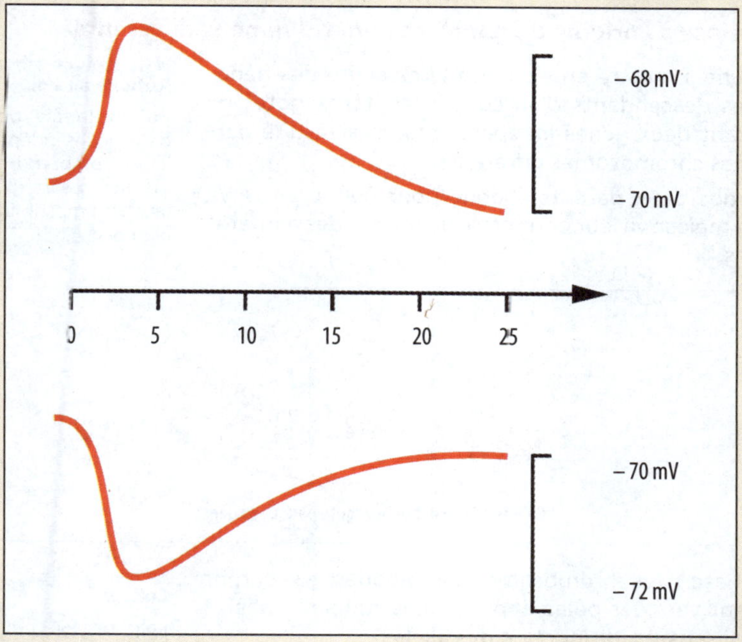

Doc. 4 **Électronographie de la jonction entre la fibre afférente et le motoneurone du document 2**

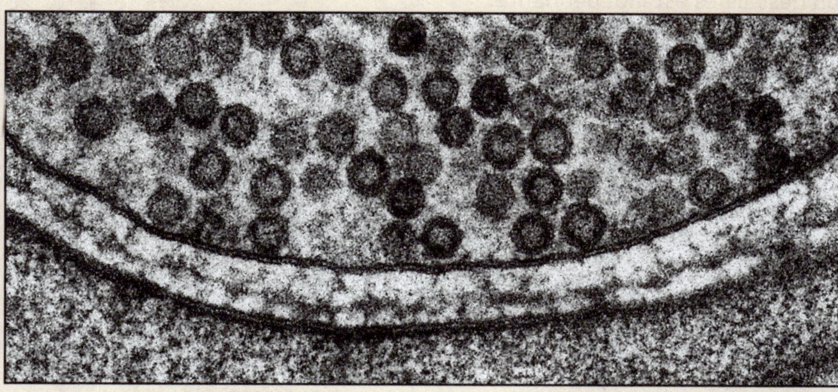

① La reproduction sexuée, source de diversité

Chaque individu est unique avec une combinaison d'allèles qui lui est propre. Comment les mécanismes de la méiose et de la fécondation assurent-ils une diversité des génotypes ?

I. La méiose à l'origine de gamètes génétiquement différents

On cherche à mettre en évidence la diversité des génotypes des descendants d'un couple d'hétérozygotes en considérant deux gènes indépendants, c'est-à-dire portés par des chromosomes différents.

Chacun des deux parents a donc pour génotype (A//a B//b). La méiose va leur permettre de former des gamètes haploïdes.

Réflexe à avoir

Comme le sujet porte sur deux gènes indépendants, il faut comprendre que le brassage intrachromosomique est hors sujet !

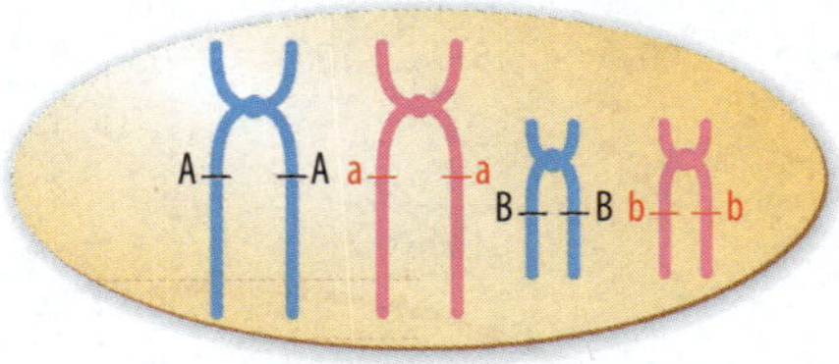

Cellule à $2n = 4$, hétérozygote pour deux gènes

À l'anaphase 1, les chromosomes homologues se séparent et migrent vers des pôles opposés. Les couples d'allèles sont ainsi séparés (disjonction des allèles).

La migration à l'un ou l'autre pôle de la cellule de chaque homologue d'une même paire se fait au hasard. La ségrégation des allèles est indépendante.

Si on considère deux paires de chromosomes, deux cas sont alors possibles.

Conseil

Soignez les schémas. Ils doivent être lisibles et suffisamment explicites.

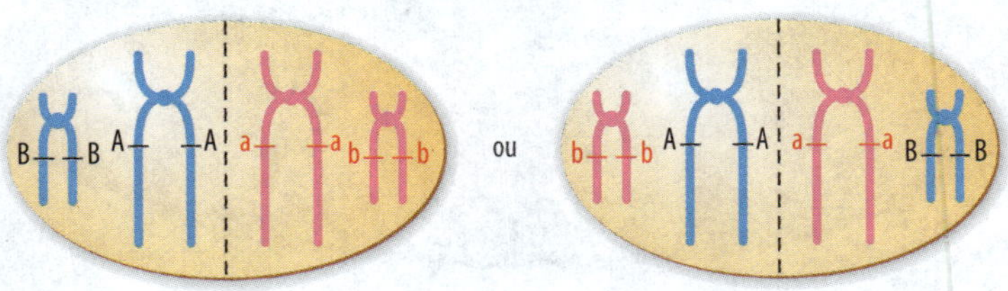

Deux cas possibles de répartition des homologues lors de leur séparation en anaphase de première division

À la fin de la première division, il se forme différents types de cellules présentant des combinaisons alléliques différentes.

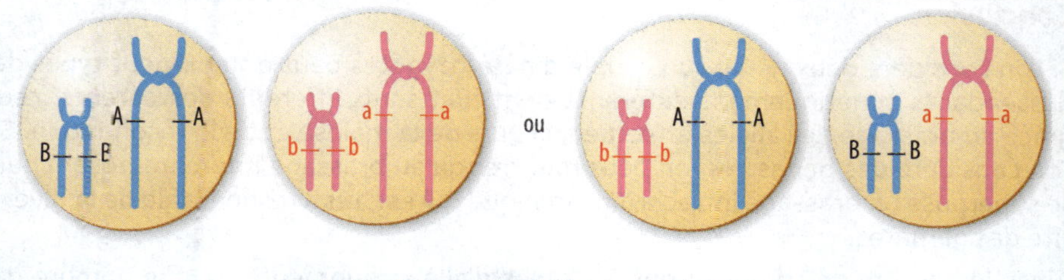

Résultat de la première division dans les deux cas

En fin de seconde division de méiose, on obtient quatre types de gamètes génétiquement différents.

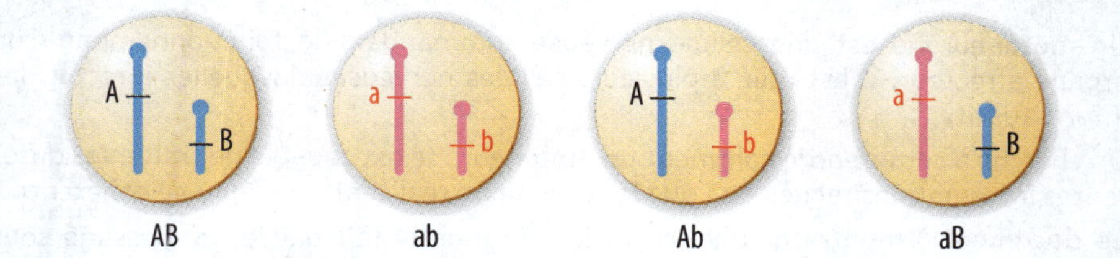

Quatre types de gamètes possibles à l'issue de la deuxième division

Un gamète avec les allèles A/B/; un gamète avec les allèles a/b/; un gamète avec les allèles A/b/ et un gamète avec les allèles a/B/.

Il s'est opéré un brassage des allèles paternels et maternels par le biais d'un brassage interchromosomique, c'est-à-dire entre chromosomes différents.

II. L'amplification du brassage génétique au cours de la fécondation

Lors de la fécondation, la rencontre des gamètes a lieu au hasard et différentes combinaisons sont possibles. Elles peuvent être représentées par un échiquier de croisement.

	A/B/	**a/b/**	**A/b/**	**a/B/**
A/B/	A//A B//B	A//a B//b	A//A B//b	A//a B//B
a/b/	a//A b//B	a//a b//b	a//A b//b	a//a b//B
A/b/	A//A b//B	A//a b//b	A//A b//b	A//a b//B
a/B/	a //A B//B	a//a B//b	a//A B//b	a//a B//B

Ainsi, la fécondation peut aboutir à neuf génotypes différents, dont huit nouveaux génotypes différents de ceux des parents.

La fécondation amplifie donc le brassage génétique dû à la méiose.

Conclusion

Si l'on considère deux gènes, un couple d'hétérozygotes peut obtenir neuf types de descendants génétiquement différents dont huit sont différents des parents, ceci grâce au brassage des allèles effectué au cours de la méiose et de la fécondation. Si l'on considère des gènes liés, on peut montrer qu'au brassage interchromosomique se superpose un brassage intrachromosomique qui est aussi responsable de la diversité des gamètes.

Ainsi, le nombre de combinaisons possibles d'allèles augmente avec le nombre de chromosomes et le nombre de gènes ; ce qui explique le nombre élevé de combinaisons alléliques possibles dans la descendance de chaque couple.

2 Les caractéristiques des motoneurones

Un motoneurone est une cellule nerveuse commandant le fonctionnement d'un organe effecteur. Il est relié à plusieurs cellules nerveuses desquelles il reçoit des informations.

On cherche à comprendre comment un motoneurone est capable de traiter les différentes informations reçues afin que les effecteurs réalisent une réponse cohérente.

Le **document 1** montre qu'une excitation du muscle fait naître un message sous forme de potentiels d'action (PA), véhiculé par le neurone sensitif.

On remarque que la fréquence des potentiels d'action augmente avec l'intensité de la stimulation. Ainsi, le message afférent, véhiculé par le neurone sensitif, est codé en fréquence de potentiels d'action.

Le **document 2** représente la réponse du motoneurone après stimulation du neurone sensitif. On observe la formation d'un potentiel d'action seulement lorsque les stimulations sont rapprochées. Le motoneurone effectue la somme des informations successives qui lui parviennent (sommation temporelle) et élabore alors une réponse sous forme de potentiels d'action.

Remarque

Observez les différentes réponses et déterminez dans quel cas apparaît un PA.

Sur le **document 3**, on compare les réponses de deux motoneurones après stimulation de la même fibre nerveuse sensitive. Le motoneurone du muscle antagoniste répond par une hyperpolarisation, à l'inverse de l'autre. On en déduit que le motoneurone du muscle antagoniste est connecté par une synapse inhibitrice à cette fibre sensitive.

Le **document 4** représente la structure de la synapse. On observe la présence de vésicules dans la terminaison présynaptique, laquelle est séparée par un espace de la partie postsynaptique. L'arrivée de potentiels d'action au niveau de la terminaison présynaptique déclenche la libération de molécules d'un neuromédiateur qui, en se fixant sur des récepteurs postsynaptiques, entraînent la formation de nouveaux potentiels d'action.

Réflexe à avoir

Repérez les vésicules synaptiques pour identifier la partie présynaptique.

La quantité de neuromédiateurs est libérée en fonction de la fréquence des potentiels d'action présynaptiques (**doc. 1**).

La quantité de neuromédiateur fixée est fonction du délai entre les stimulations (**doc. 2**). Dans les synapses inhibitrices, les neuromédiateurs génèrent des hyperpolarisations (**doc. 3**).

Ainsi, le motoneurone reçoit différentes informations à partir desquelles il élabore une réponse adaptée. Il a un rôle d'intégrateur.

Conseil

Le terme « intégrateur » est un mot clé qu'il faut penser à employer.

SUJET DE BAC 2

1 La chronologie relative [8 pts]

Montrez comment, à l'aide de principes géométriques, il est possible de dater de façon relative et de corréler différents événements et structures géologiques.

2 La culture de la vanille [7 pts]

La gousse de vanille est produite par une plante de la famille des orchidées : *Vanilla planifolia*. La vanille est l'une des épices les plus chères au monde, du fait de la main d'œuvre qu'elle nécessite. En effet, la vanille ne produit aucune gousse en dehors de sa région d'origine sans une opération manuelle appelée « mariage ».

À partir de l'exploitation des documents proposés mise en relation avec vos connaissances, expliquez pourquoi la culture de la vanille (en dehors de son aire géographique d'origine) nécessite une opération manuelle afin de produire des gousses.

Doc. 1 **Répartition de *Vanilla planifolia* dans le monde (régions de culture et régions d'origine de l'espèce)**

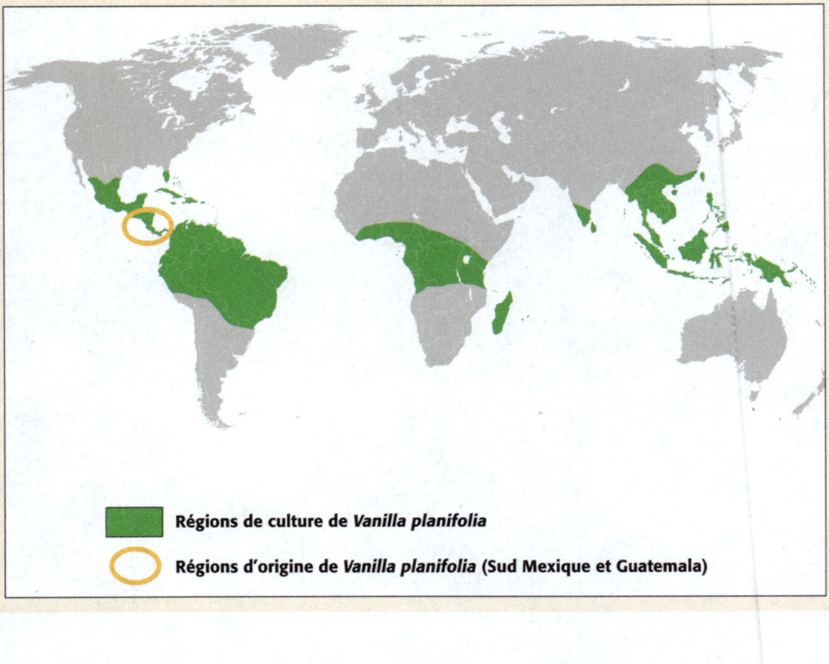

Doc. 2 **Caractéristiques de la fleur de vanille**

La fleur de vanille présente une membrane, le *rostellum*, recouvrant le stigmate, ce qui empêche tout contact entre les pièces mâles et femelles.

Les pollinies, particularité des orchidées, sont des petites masses gluantes de grains de pollen.

La fleur de vanille ne produit aucun nectar (liquide sucré attractif pour des insectes ou d'autres animaux). Cependant, elle dégage des molécules odorantes telles que : 1,2-diméthylcyclopentane, acétate d'éthyle, 1,8-cinéole et trans-ocimène.

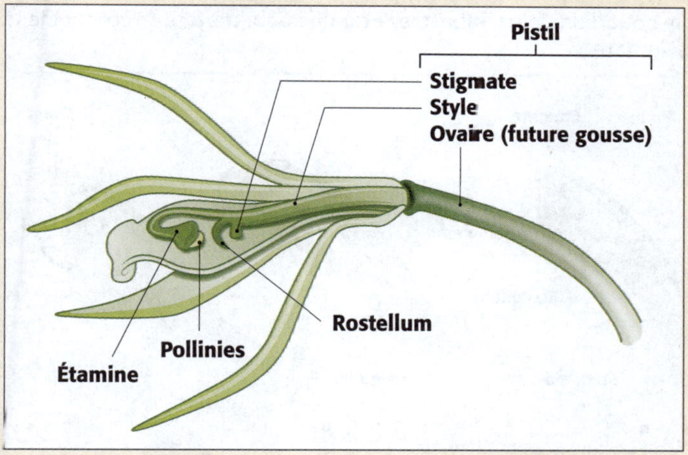

Doc. 3 **L'insecte pollinisateur de la vanille**

Pendant longtemps, une abeille du genre *Melipona* fût considérée comme l'insecte pollinisateur naturel de la vanille. Cependant, bien que la *Melipona* visite habituellement les fleurs de vanille, sa taille serait insuffisante pour accrocher les pollinies au moment de son entrée dans la fleur.

L'abeille de l'espèce *Euglossa viridissima* est aujourd'hui considérée comme le pollinisateur naturel le plus probable de *Vanilla planifolia*. L'abeille présente une taille permettant l'accrochage des pollinies. En outre, les abeilles *Euglossa viridissima* porteuses de pollinies de vanille ont été observées. Cette abeille est connue pour être fortement attirée par des substances odorantes comme le 1,8-cinéole.

Doc. 4 **Distribution de l'abeille *Euglossia viridissima* dans le monde**

Les relevés entomologiques ont permis de délimiter l'aire de distribution d'*Euglossa viridissima* : elle est localisée depuis la côte sud-ouest de l'Amérique du Nord et s'étend sur toute l'Amérique centrale.

Doc. 5 **Le mariage de la fleur de vanille, opéré manuellement**

Lorsque la vanille fut introduite en 1819 à la Réunion, la production naturelle d'une gousse était un fait rarissime. C'est en 1841 qu'un jeune esclave, Edmond Albius, mit au point la technique (qui sera ensuite nommée « mariage ») permettant la production de gousses avec des taux de réussite très importants.

Protocole de la technique de mariage :

a – déchirer les pétales pour mettre à jour les organes sexuels ;

b – à l'aide d'une aiguille, soulever le *rostellum* ;

c – avec le bout d'un doigt, rabattre l'étamine pour mettre en contact les pollinies avec le stigmate.

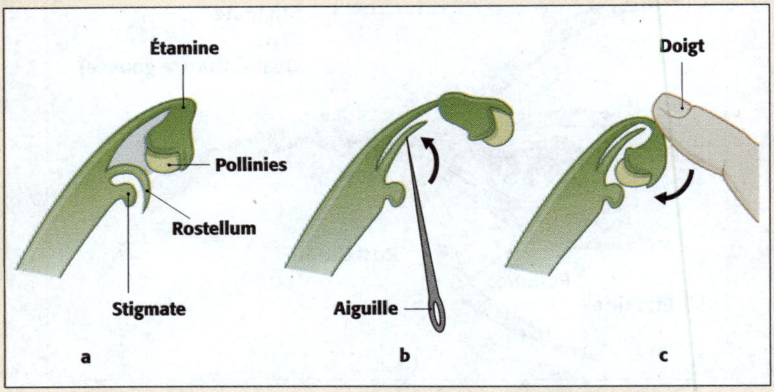

① La chronologie relative

Introduction

La chronologie relative consiste à établir une succession d'événements les uns par rapport aux autres. Elle utilise pour cela des principes géométriques qui ont été établis à partir du mode de formation des roches. Ce sont ces principes et leurs applications que nous étudierons dans un premier temps.

Nous montrerons ensuite, comment, pour comprendre l'histoire d'une région, il est nécessaire d'établir des corrélations entre différentes structures éloignées les unes des autres ainsi que les événements qui leur ont donné naissance.

I. Des principes pour dater les roches

A. Le principe de superposition

Les roches sédimentaires se forment par dépôt, les unes au-dessus des autres. Il se produit alors un empilement des couches les plus profondes vers les couches les plus superficielles. On a ainsi établi le principe de superposition, selon lequel une couche sédimentaire est plus récente que celle qu'elle recouvre. Il s'applique aussi aux coulées de lave les plus récentes recouvrant les plus anciennes.

B. Le principe de recoupement

Selon le principe de recoupement, toute structure qui en recoupe une autre est postérieure à cette dernière. Ce principe concerne les roches mais aussi les déformations qui les affectent. Ainsi, lorsqu'un ensemble de couches sédimentaires est traversé par un pluton de granite, ce dernier est postérieur à la plus récente des strates qu'il recoupe. On pourra ainsi dater la remontée du magma et l'événement qui lui a donné naissance. De même, un événement tectonique est postérieur à la couche inférieure affectée mais antérieur à la couche supérieure non affectée.

C. Le principe d'inclusion

Il s'énonce de la façon suivante : si un fragment A est inclus dans B, alors A est antérieur à B. Il s'applique à des roches comme à des minéraux, lorsqu'ils sont imbriqués les uns dans les autres. Le minéral inclus dans un autre lui est alors antérieur. Ainsi, on peut proposer un ordre de cristallisation à l'intérieur d'une roche.

II. Établir des corrélations à distance

A. Des corrélations nécessaires

Les principes géométriques peuvent être appliqués si deux couches sont au contact l'une de l'autre. Or, le géologue cherche à reconstituer l'histoire d'une région, d'un continent ou du globe, ce qui nécessite d'établir des corrélations, c'est-à-dire des correspondances entre des couches qui ne sont pas au contact les unes des autres. Différents principes ont pour cela été établis.

B. Le principe de continuité

Le principe de continuité énonce qu'une même couche a le même âge sur toute son étendue. En effet, cela suppose, même s'il existe des exceptions, que la couche s'est déposée au même moment en tout point. Ainsi, si une couche a pu être datée en un endroit, par exemple parce qu'elle était recoupée par un pluton de granite, on pourra, même à des centaines de kilomètres de là affirmer qu'elle a le même âge. Évidemment, la même couche ne se prolonge pas sur de telles distances mais en progressant de proche en proche, on peut reconstituer des relations entre couches.

Remarque
Ce principe n'est pas toujours applicable : la continuité de la couche peut être « perdue », c'est-à-dire qu'on ne connaît pas d'équivalent dans une autre région.

C. Le principe d'identité paléontologique

Certains fossiles constituent des marqueurs temporels universels, susceptibles d'être retrouvés dans de nombreuses couches. Ce sont des fossiles stratigraphiques. En effet, un fossile est contemporain de la roche qui le contient. Les espèces se sont succédées au cours du temps, celles ayant la durée d'existence la plus courte sont plus intéressantes pour être utilisées comme marqueur du temps. Par ailleurs, pour réaliser des corrélations, il faut que l'espèce ait un vaste domaine de répartition. Une brève durée d'existence, une large répartition ainsi qu'une abondance suffisante sont les caractéristiques d'un bon fossile stratigraphique. Ainsi, deux couches qui contiendront les mêmes fossiles stratigraphiques seront considérées comme ayant le même âge. On utilise comme marqueur plusieurs espèces, ce qui permet de définir des biozones, c'est-à-dire des unités stratigraphiques définies par leur contenu paléontologique.

Conclusion

Bien qu'elle ait des limites d'application, la datation relative permet d'ordonner dans le temps, de façon simple, une succession de structures et d'événements géologiques. Elle peut être complétée par la datation absolue à l'aide des isotopes. Ainsi, lorsque l'âge absolu d'une couche est connu en un endroit, s'il est possible d'établir une corrélation avec d'autres roches, on pourra alors aussi dater ces dernières de façon absolue.

2 La culture de la vanille

La vanille est l'une des épices les plus chères au monde, car en dehors de son aire géographique d'origine, la production de ses gousses nécessite une opération manuelle effectuée par l'Homme. On cherche à comprendre la nécessité de cette intervention.

Conseil
Expliquez pourquoi l'autofécondation n'est pas possible naturellement.

La vanille est une plante originaire d'Amérique centrale (**Doc. 1**), cultivée en zone équatoriale (Amérique centrale / Amérique du Sud / Afrique équatoriale / Asie). Appartenant à la famille des orchidées, sa fleur possède des particularités anatomiques, notamment la présence d'un *rostellum* qui sépare les pièces mâles des pièces femelles. Ainsi, l'autofécondation semble impossible chez cette espèce et la fécondation croisée obligatoire. La présence d'un vecteur pour le transport du pollen est donc nécessaire.

Pourtant, la fleur de vanille ne produit aucun nectar attractif pour des insectes ou d'autres animaux. Elle dégage néanmoins des molécules odorantes (1,2-dimethyl-cyclopentane, acétate d'éthyle, 1,8-cineole et trans-ocimène) lesquelles pourraient jouer ce rôle.

L'abeille *Euglossa viridissima* semble être le pollinisateur naturel de la vanille en raison de sa taille suffisante pour accrocher les pollinies et de son attirance pour les substances odorantes dégagée par l'orchidée (**Doc. 3**).

Euglossa viridissima vit en Amérique centrale, ce qui correspond à l'aire de répartition naturelle (région d'origine) de la vanille, comme le montre la comparaison des **Doc. 1** et **4**. On peut supposer que les caractères de la vanille comme ceux de l'insecte témoignent d'une coévolution.

Par contre, l'insecte est absent de la majeure partie de l'aire de culture, d'où l'impossibilité de se reproduire pour la plante.

Le mariage de la fleur de vanille (**Doc. 5**) consiste à soulever le *rostellum* pour provoquer le contact pollinies/stigmates. Par cela, l'Homme réalise une fécondation artificielle en mimant par son geste celui que réaliserait un insecte pollinisateur. Cette intervention permet ainsi d'obtenir les gousses de vanille.

Remarque

L'intervention humaine aboutit à une autofécondation et empêche le brassage génétique.

Le grand oral

Au cours de l'année

Préparer ses questions

Vous devez choisir deux questions portant sur les enseignement de spécialité soit pris isolément, soit abordés de manière transversale. Toute l'année, vous préparez ces questions avec le professeurs de spécialité et éventuellement d'autres élèves.

S'entraîner aux techniques de l'oral

Vous devez travailler la prise de parole en public grâce à des exercices d'élocution, de débit de la parole, de rythme à l'oral, etc. Vous pouvez également travailler votre posture : geste expressifs, regards, sourires, etc.

Le jour J

1er temps Présentation d'une question

Vous proposez vos deux questions au jury.

Le jury en choisit une seule, que vous devrez présenter.

Jury de 2 professeurs

- Un professeur d'une spécialité
- Un professeur de l'autre spécialité ou d'un enseignement commun ou un professeur documentaliste

Temps de préparation (20 min)

Vous préparez votre présentation en fonction de la question choisie par le jury. Il est possible de préparer un support sur une feuille que vous remettrez au jury : ce support ne fait pas l'objet d'une évaluation, il est facultatif !

Présentation (5 min)

Présentation orale de votre travail, en réponse à la question choisie.

Notation
20 pts / coef. 10

Les 5 critères d'évaluation :
- Qualité de l'épreuve orale
- Qualité de la prise de parole en continu
- Qualité des connaissances
- Qualité de l'interaction
- Qualité de l'argumentation

2e temps Échange avec le candidat

10 min

Il s'agit d'approfondir votre travail.
Le jury peut vous poser des questions sur toutes les parties du programme du cycle terminal.

3e temps Échange sur le projet d'orientation

5 min

Réflexion autour de vos choix de spécialités et de votre projet d'orientation. Il s'agit de partager l'évolution de votre cheminement, à la fois dans le cadre scolaire et dans le cadre personnel (vos activités, vos centres d'intérêt).

Sujet type

QUESTION

Des expériences de stimulation électrique de certaines zones du cortex ont permis d'établir une carte motrice. Toutefois, on peut montrer d'une part que celle-ci évolue en fonction des expériences individuelles, et d'autre part que le cerveau est capable de se réorganiser après la perte accidentelle de fonctions d'une partie du cortex moteur.

Expliquez sur quelles propriétés du cortex cérébral reposent ces capacités de réorganisation et comment elles s'opèrent.

Conseil

Reprendre les termes de la question pour poser le problème.

EXPOSÉ

Introduction

Nous montrerons que l'organisation du cortex cérébral n'est pas stable : elle peut se modifier en fonction des apprentissages. Cette propriété de réorganisation du cortex, appelée « **plasticité cérébrale** », intervient également dans les capacités de récupération du cerveau après une lésion du cortex. Après avoir rappelé l'organisation du cortex moteur, nous expliquerons comment sa restructuration est possible.

Réflexe à avoir

N'oubliez pas les mots-clés !

1. La carte motrice et son évolution

Le cortex moteur est la zone de commande du mouvement. Il est organisé en différentes zones qui correspondent chacune à une partie du corps et constituent la carte motrice. La taille de chacune de ces zones n'est pas proportionnelle à la surface de la partie du corps qu'elle contrôle mais à la précision du mouvement effectuée par celle-ci.

Aussi peut-on observer des différences individuelles : par exemple, chez les joueurs de piano, la zone corticale correspondant aux doigts se développe lors de la pratique répétée des exercices, témoignant d'une plasticité cérébrale.

Par ailleurs, lorsqu'un accident vasculaire cérébral atteint une zone de l'aire motrice – par exemple, celle commandant le bras – le malade perd la motricité de son bras. Toutefois, une rééducation entraîne une restauration variable de cette motricité. Les techniques d'imagerie cérébrale permettent de montrer une réorganisation du cortex : une nouvelle zone corticale commandant le bras s'est développée aux dépens de zones préexistantes.

2. La plasticité cérébrale : l'établissement de nouveaux réseaux de neurones

Le cortex moteur est constitué de neurones connectés les uns aux autres par l'intermédiaire de synapses. Certains de ces neurones se prolongent par des axones qui

Réflexe à avoir

Donnez des exemples. Au besoin, appuyez-vous sur des expériences ou des données cliniques.

établissent des synapses dans la moelle avec les motoneurones commandant les fibres musculaires.

Chez les joueurs de piano, la mobilisation des doigts permet un recrutement plus important des neurones du cortex qui contrôlent ces doigts. De nouvelles synapses s'établissent entre neurones, permettant l'augmentation de la surface corticale correspondant aux doigts.

De la même façon, la récupération du cortex moteur après un AVC est réalisée par la formation de nouveaux réseaux de neurones. Des neurones intacts, qui n'intervenaient pas dans l'exécution d'un mouvement donné avant l'AVC, établissent de nouveaux contacts et sont intégrés dans de nouveaux circuits commandant les muscles. Les nouvelles connexions sont permises par le développement de dendrites.

Conclusion

Ainsi, les capacités cérébrales reposent en grande partie sur l'expérience et l'apprentissage. La plasticité cérébrale intervient dans de nombreux processus, comme la mémoire. La préservation de ces capacités nécessite une stimulation tout au long de la vie.

PROLONGEMENTS POSSIBLES

- Expliquez la nature du message nerveux.
- Comment fonctionne une synapse?
- Comment le message nerveux déclenche-t-il la contraction du muscle?
- Quelles sont les techniques d'imagerie cérébrale?

PROJET D'ORIENTATION EN LIEN AVEC LA QUESTION

Devenir chercheur en neurobiologie.

MOTIVATIONS PERSONNELLES

→ La possibilité d'approcher le fonctionnement d'un organe qui joue un rôle clé dans le fonctionnement de l'organisme et qui est aussi le siège de la pensée.

→ Ouvrir des perspectives pour compenser certains handicaps, ou encore sur la compréhension et le traitement des maladies neurodégénératives.

QUALITÉS REQUISES

→ Il s'agit d'élaborer et de mener des expériences afin de vérifier la viabilité d'hypothèses explicatives. Ce travail demande curiosité, rigueur et passion, ainsi que des capacités d'observation développées.

→ Les études menées doivent faire l'objet de publications et être largement diffusées, d'où la nécessité d'une aptitude à communiquer et par ailleurs d'avoir une bonne maîtrise de l'anglais.

→ La recherche est un travail d'équipe nécessitant des qualités relationnelles.

QUESTIONS ÉVENTUELLES DU JURY

- Quelles études envisagez-vous pour atteindre cet objectif?
- Les postes sont rares pour de nombreux concurrents. Quelles qualités mettriez-vous en avant pour parvenir à percer dans cette voie?
- Donnez des exemples de chercheurs célèbres et citez leurs travaux. Si vous deviez vous identifier à l'un d'eux, lequel choisiriez-vous?
- Que pensez-vous de l'expérimentation sur les animaux?
- L'intelligence artificielle peut-elle remplacer le cerveau humain?

Remarque

Le jury va tester votre motivation et vérifier la cohérence de votre projet.

Conseil

Ne vous laissez pas déstabiliser par les questions ! Le jury teste votre culture scientifique.

ANNEXES

REPÈRES

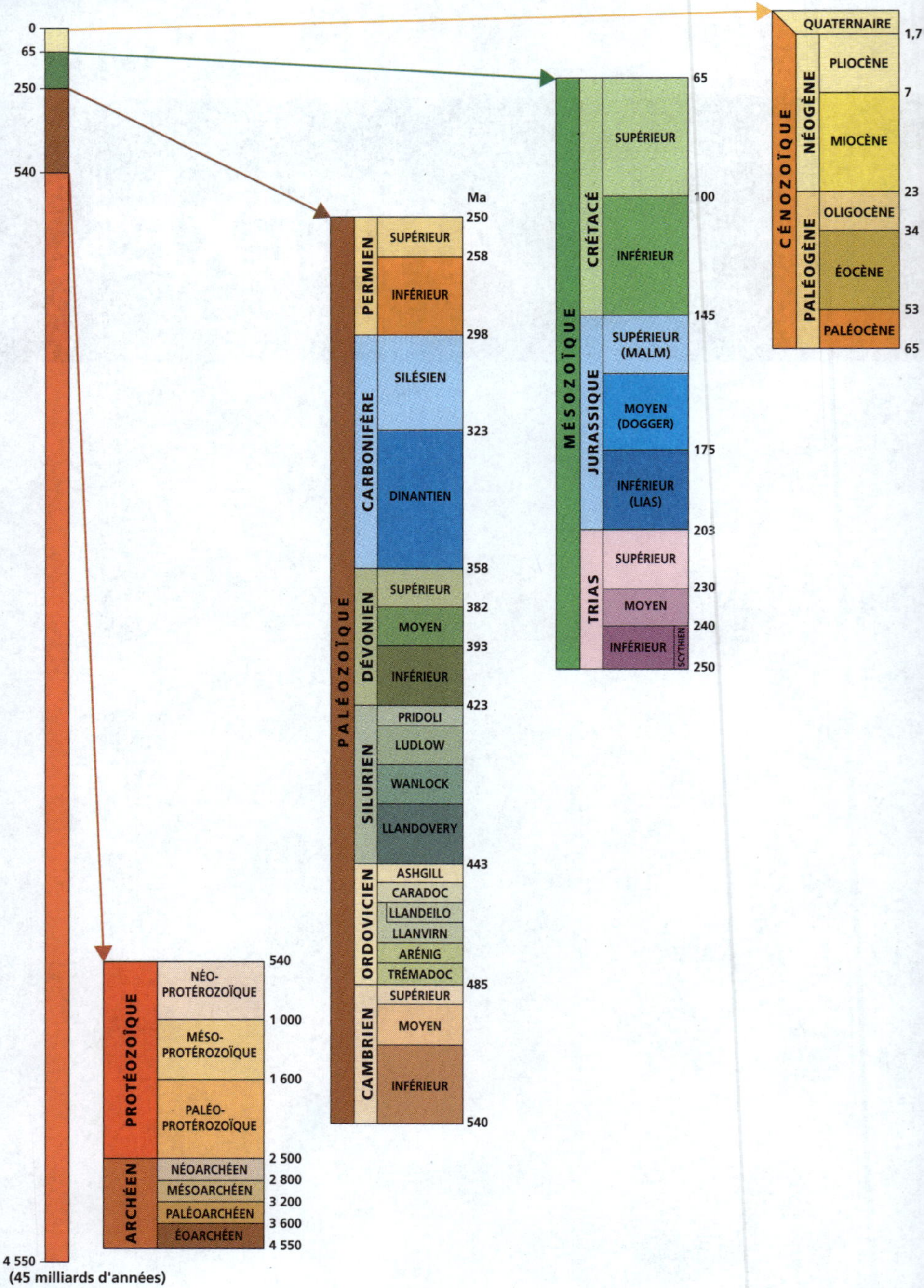
0
65
250
540
4 550
(45 milliards d'années)
PROTÉOZOÏQUE
NÉO-PROTÉROZOÏQUE
MÉSO-PROTÉROZOÏQUE
PALÉO-PROTÉROZOÏQUE
ARCHÉEN
NÉOARCHÉEN
MÉSOARCHÉEN
PALÉOARCHÉEN
ÉOARCHÉEN
540
1 000
1 600
2 500
2 800
3 200
3 600
4 550
Ma
PALÉOZOÏQUE
PERMIEN
SUPÉRIEUR
INFÉRIEUR
CARBONIFÈRE
SILÉSIEN
DINANTIEN
DÉVONIEN
SUPÉRIEUR
MOYEN
INFÉRIEUR
SILURIEN
PRIDOLI
LUDLOW
WANLOCK
LLANDOVERY
ORDOVICIEN
ASHGILL
CARADOC
LLANDEILO
LLANVIRN
ARÉNIG
TRÉMADOC
CAMBRIEN
SUPÉRIEUR
MOYEN
INFÉRIEUR
250
258
298
323
358
382
393
423
443
485
540
MÉSOZOÏQUE
CRÉTACÉ
SUPÉRIEUR
INFÉRIEUR
JURASSIQUE
SUPÉRIEUR (MALM)
MOYEN (DOGGER)
INFÉRIEUR (LIAS)
TRIAS
SUPÉRIEUR
MOYEN
INFÉRIEUR
SCYTHIEN
65
100
145
175
203
230
240
250
CÉNOZOÏQUE
QUATERNAIRE
NÉOGÈNE
PLIOCÈNE
MIOCÈNE
PALÉOGÈNE
OLIGOCÈNE
ÉOCÈNE
PALÉOCÈNE
1,7
7
23
34
53
65

OBSERVATION DU VIVANT

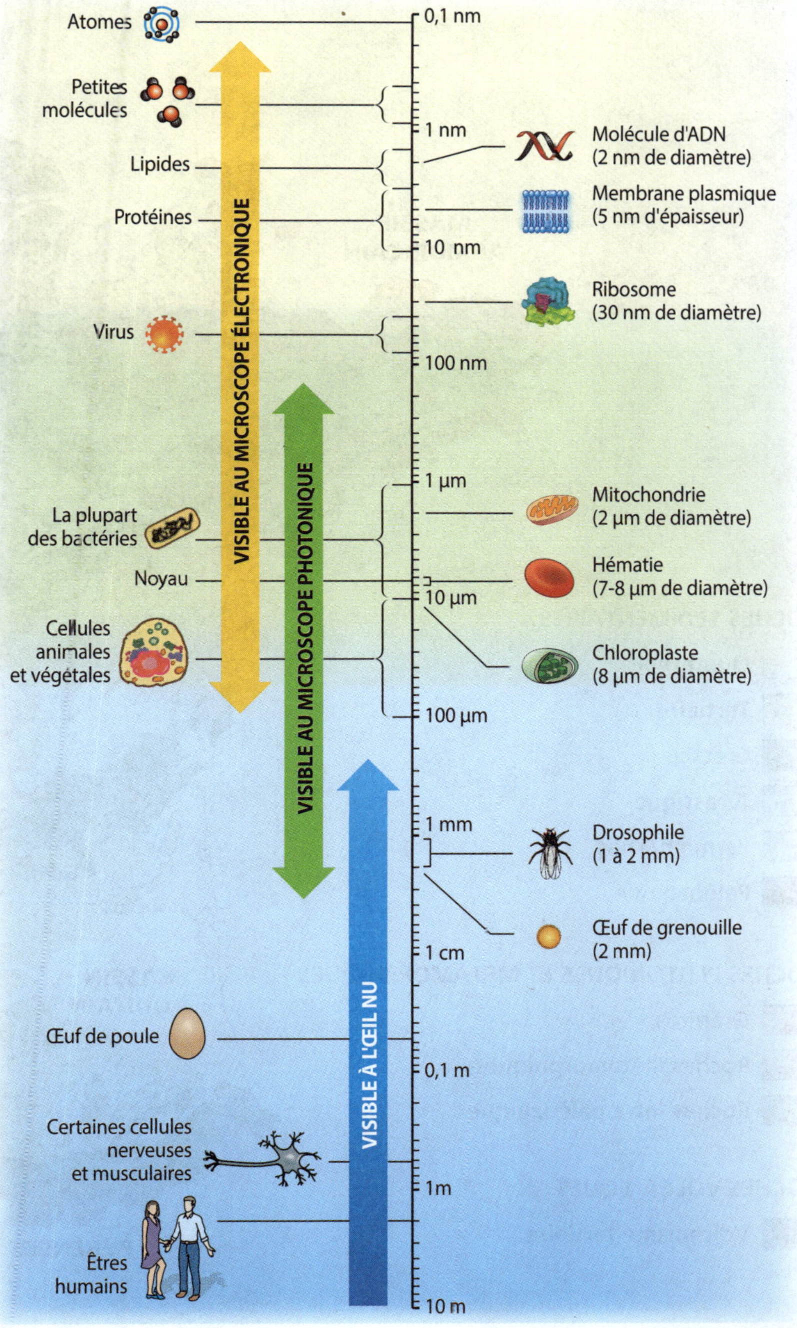

CARTE GÉOLOGIQUE DE LA FRANCE

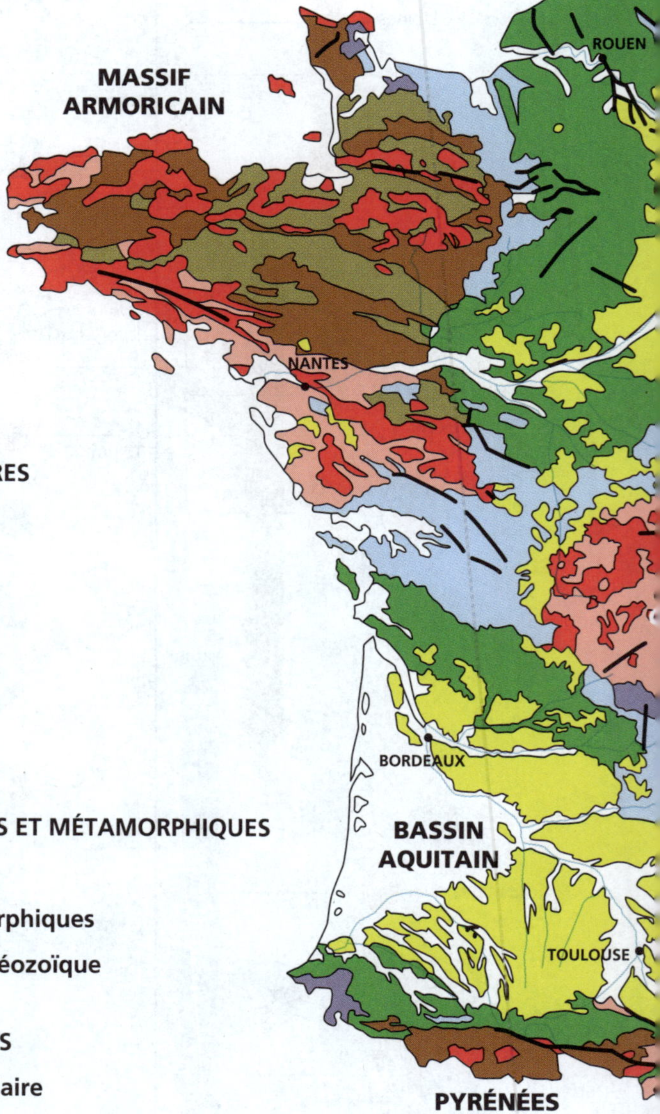

ROCHES SÉDIMENTAIRES

- Quaternaire
- Tertiaire
- Crétacé
- Jurassique
- Permien/Trias
- Paléozoïque

ROCHES PLUTONIQUES ET MÉTAMORPHIQUES

- Granites
- Roches métamorphiques
- Roches infra paléozoïque

ROCHES VOLCANIQUES

- Volcanisme tertiaire

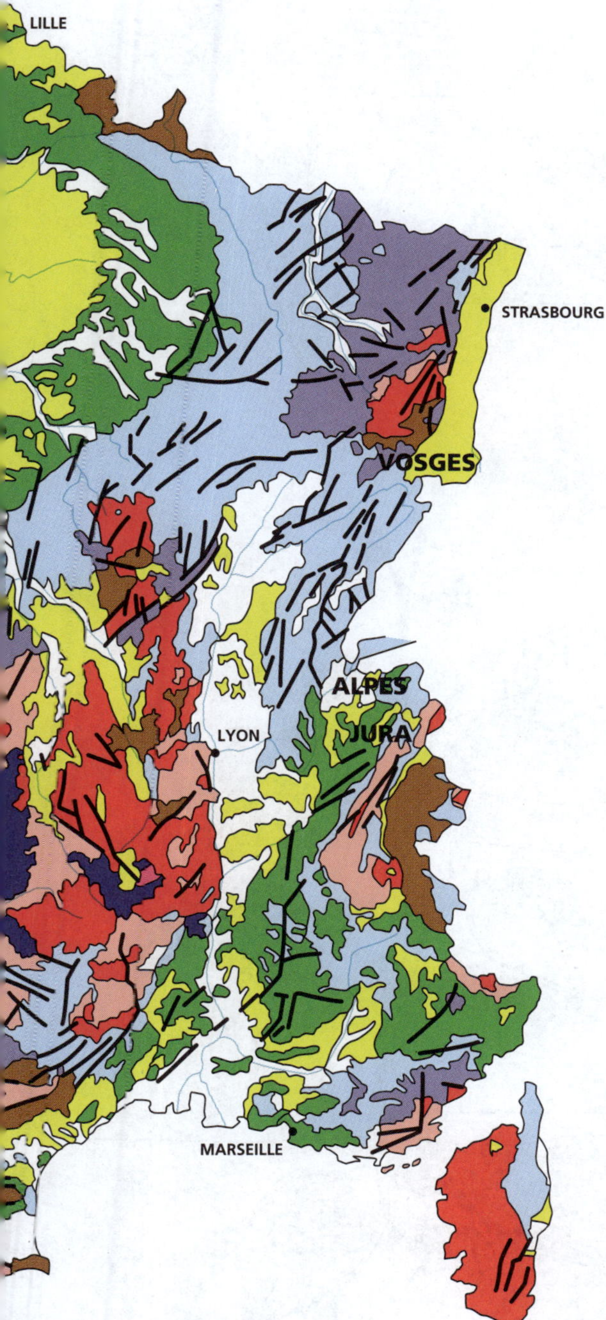
LILLE
STRASBOURG
VOSGES
ALPES
JURA
LYON
MARSEILLE

ORGANISATION D'UNE PLANTE À FLEUR

Organisation de la fleur

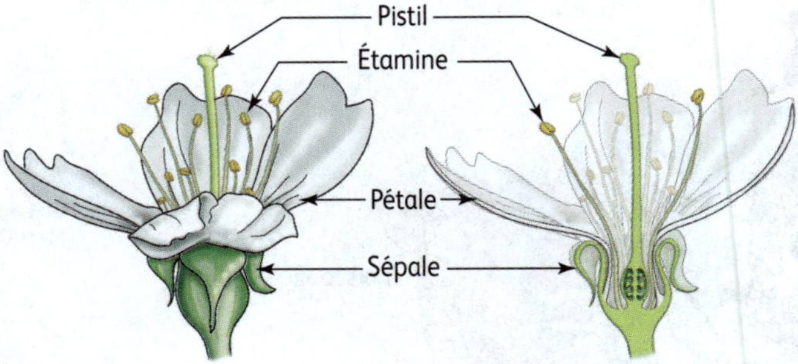

Organisation d'une plante à fleur

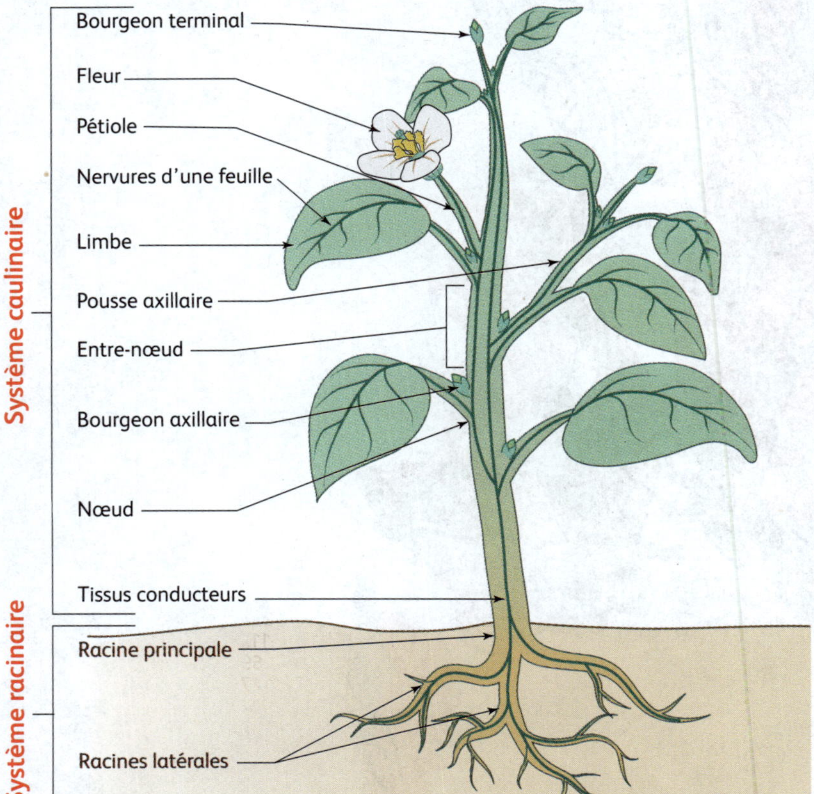

INDEX

N° éditeur : 10278752 - Dépôt légal : juin 2022
Achevé d'imprimer en France en mai 2022 par Clerc à Saint-Amand-Montrond

IMPRIM'VERT

FSC www.fsc.org MIXTE Papier issu de sources responsables FSC® C022030

Nathan est un éditeur qui s'engage pour la préservation
de son environnement et qui utilise du papier fabriqué à partir de bois
provenant de forêts gérées de manière responsable et contrôlée.